新 潮 文 庫

チャールズ・デクスター・ウォード事件

H・P・ラヴクラフト
南 條 竹 則 編訳

目次

チャールズ・デクスター・ウォード事件

壁の中の鼠《ねずみ》

一九二三年七月十六日、最後の職人が仕事をやり終えたあと、私はイグザム修道院に移り住んだ。修復は途轍《とてつ》もない大工事だった。人の住まぬ建物は、貝殻のような廃《はい》墟《きょ》以外ほとんど何も残っていなかったからだ。しかし、そこは私の先祖の屋敷だったので、出費のために思いとどまりはしなかった。その場所には、ジェイムズ一世（訳注・英国王。在位1603－1625）の御世《みよ》に、きわめて忌《い》まわしい、しかし大部分説明のつかぬ悲劇が起こって以来、誰も住んでいなかった。問題の事件では、屋敷の主《あるじ》と五人の子供と数人の召使いが殺され、疑惑と恐怖の影に覆《おお》われた三男、私の直系の先祖にして忌み嫌われた一族の唯一《ゆいいつ》の生き残りは、ここを出て行った。このただ一人の後継者が人殺しとして弾《だん》劾《がい》されたため、地所は王室に復帰し、告発された男は無実を証明しようとも所有地を取り返そうともしなかった。良心や法律の恐怖よりももっと大きい恐怖に動揺し、この古めかしい建物を視界と記憶から消し去りたいという狂おしい願いだけを語って、第十一代イグザム男爵《だんしゃく》ウォルター・デ・ラ・ポーアはヴァージニアに逃げ、そこで一家を起こして、次の世紀になると、一族はデラポーア家として知られるようになった。

イグザム修道院は無人のままだったが、のちにノリス家の地所に割り当てられ、一風変わった折衷様式の建築であるため、大いに研究された。この建物にはゴシック式の塔がサクソン式、あるいはローマ式の下部構造の上に建っており、その土台はさらに古い単数ないし複数の様式——ローマ式と、言い伝えが本当ならば、ドルイド式や土着のウェールズ式——の混淆《こんこう》だった。この土台はじつに特異なもので、片側が断崖《だんがい》の石灰岩の大塊に埋没しており、修道院はその断崖の端から、アンチェスターの村よりも三マイル西にある寂しい谷を見下ろしていた。建築家や好古家は忘れられた諸世紀のこの奇妙な遺物を喜んで調査したが、土地の人々はこれを憎んでいた。かれらは数百年前に私の祖先が住んでいた時もそこを憎み、放置されたために苔《こけ》むして黴《かび》の生えた屋敷を今も嫌っていた。私はアンチェスターに来て一日と経《た》たないうちに、自分が呪《のろ》われた家系の人間であることを知った。そして今週、工夫たちがイグザム修道院を爆破し、その土台の痕跡《こんせき》を消し去ろうと忙《せわ》しく働いている。

私は自分の先祖に関する最低限の知識だけは、前々から持っていた。アメリカに於《お》ける初代の先祖が奇妙な疑いをかけられて植民地へ来たという事実も、その一つだった。しかし、デラポーア家の者がつねに守って来た沈黙の方針のため、詳しいことはまったく知らずにいたのだ。農園主の隣人たちと違って、私たちは十字軍に参加した先祖というような、中世とルネッサンス時代の英雄のことをめったに自慢しなかったし、南北戦争以前、代々の当主が死後開封しろといって長男に託した封書に記されていたかもしれないこと以外は、いかなる言い伝えも伝えられていなかった。私たちが胸に抱いていた栄光は移民してから勝ち取られたものであり、誇り高く名誉を重んずる——少しよそよそしく、社交的でないかもしれないが——ヴァージニアの家系の栄光だった。

戦争の間に我が家の財産は尽き、ジェイムズ川のほとりにある私たちの家、カーファックス邸の焼き打ちによって生活全体が一変した。高齢の祖父は非道な放火の際に死亡し、祖父と共に、私たち全員を過去につなぎとめていた封書もなくなった。私は今でもあの火事を七歳の時見たままに憶《おぼ》えている。北軍の兵士が叫び、女は金切り声を上げ、黒人たちはわめいたり神に祈ったりしていた。私の父は軍隊にいてリッチモンドの守備にあたっており、面倒な手続きをした末、母と私は戦線をくぐり抜けて父のもとに合流した。戦争が終わると、一家はみな母の郷里である北部へ移った。そして私は成人し、中年になり、無神経なヤンキー（訳注・ニューイングランド人のこと）としてついに財を成した。父も私も代々伝えられた封書に何が記してあったのかをついぞ知らず、私は索漠《さくばく》たるマサチューセッツの実業生活に溶け込んでしまうにつれて、我が家系の遥《はる》かな過去に潜んでいるとおぼしい秘密への興味をすっかり失った。その秘密がどういうものか薄々でも知っていたら、喜んでイグザム修道院を苔と蝙蝠《こうもり》と蜘蛛《くも》の巣の蔓延《はびこ》るままにしたことだろう！

父は一九〇四年に死んだが、私にも、私の一人息子アルフレッド――母のいない十歳の少年――にも、何も遺言を残さなかった。一族が歴史を伝える順序を逆にしたのは、この息子だった。私は彼に過去に関して冗談まじりの推測しか語ることができなかったが、彼は先の戦争で航空隊の将校として一九一七年に英国へ行った時、先祖にまつわる興味深い伝説のことを手紙に書いてよこしたのだ。デラポーア家は波瀾《はらん》に富む、おそらく不吉な歴史を持っているようだった。というのも、息子の友人、英国陸軍航空隊のエドワード・ノリス大尉《たいい》がアンチェスターにある一族の屋敷のそばに住んでおり、小説家も敵《かな》わないほど荒唐無稽《むけい》で信じがたい農民の迷信を語ったからだ。もちろん、ノリス自身はそうした話を本気にしなかったが、息子は面白がって、私への手紙の良い材料にした。私が大西洋の彼方《かなた》にある祖先の遺物に明確な関心を向け、一族の屋敷を買って修復する決心をしたのはこの言い伝え故《ゆえ》だった。ノリスは荒廃しているが画趣に富むその場所をアルフレッドに見せ、自分の伯父が現在の所有者だから、君のためにびっくりするほど安い値段で手に入れてやろうと申し出た。

私は一九一八年にイグザム修道院を買ったが、その直後に息子が傷病兵として戻って来たため、修復の計画は頭から消えてしまった。息子が生きていた二年間は彼の看病のこと以外何も考えず、事業さえも共同経営者に任せた。一九二一年、息子に先立たれて何の目的もなく、もう若くはない隠退した工場主である私は、新しい所有物を余生の楽しみにしようと決めた。私は十二月にアンチェスターを訪れ、ノリス大尉の歓待を受けた。大尉は丸々と肥《ふと》った気さくな青年で、死んだ息子のことを大事に思ってくれたし、やがて行う修復の目安となるような図面や逸話を集めるのを手伝ってくれた。私はイグザム修道院それ自体を見ても、何の感懐も湧《わ》かなかった。それは今にも崩れ落ちそうな中世の廃墟の寄せ集めで、地衣類に蔽《おお》われ、烏《からす》がそこら中に巣をつくり、絶壁の上に危なっかしく建っていて、独立したそれぞれの塔の石壁をべつにすると、床も他の内部の造作もなくなっていた。

私は三百年前に先祖がここを去った時の建物の様子を少しずつ思い描きながら、再建のため職人を雇いはじめた。それには、いちいち地元から出て行かなければならなかった。アンチェスターの村人は信じがたいほどあの場所を怖がり、毛嫌いしていたからだ。この気持ちはあまりに強くて、時に外来の労働者にも伝わり、辞める者が大勢出た。一方、その感情は修道院とそこに住んだ旧家の両方に向けられているようだった。

息子は当地を訪問した際、デ・ラ・ポーア家の者だというので人に疎《うと》んじられたと言っていたが、私も今、同様の理由で体良《ていの》く除け者にされていた。私は祖先の遺物について何も知らないことを農民たちに納得させたが、それでも、かれらは無愛想に私を避けたので、村の伝承の大部分はノリスを介して集めなければならなかった。たぶん、人々が許せなかったのは、私がかれらにとって忌まわしい象徴であるものを復元しに来たことだったのだろう。道理にかなっているかどうかはともかく、かれらはイグザム修道院を魔物や人狼《じんろう》の巣窟《そうくつ》だと思っていたからだ。

ノリスが集めてくれた話をつなぎ合わせ、この遺跡を調査した数人の学者の記述によって補足すると、イグザム修道院が建っているのは有史以前の神殿があった場所と推定された。神殿はドルイド教か反ドルイド教のもので、ストーンヘンジと同時代に建てられたにちがいない。言いようのない祭儀がそこで行われたことを疑う者はほとんどなく、こうした祭儀が、ローマ人の持ち込んだキュベレー崇拝に取り入れられたことを示す不愉快な話がいくつもあった。地下室のもう一つ下にある地下室に今も見られる碑文には「DIV…OPS…MAGNA, MAT…」といった文字がまごう方なく入っているが、これは大地母神《マグナ・マーテル》のしるしである。かつてローマ市民はその邪悪な崇拝を禁じられたが、従わなかった。多くの遺跡が証明するように、アンチェスターは第三軍団アウグストゥスの駐屯地であり、キュベレー女神の神殿は壮麗で、群れ集まる信者たちはプリュギア人の祭司が命ずるままに、名状しがたい儀式を行ったという。物語によれば、古い宗教が倒されても神殿での秘密祭は終わらず、祭司たちは新しい信仰を奉じながら、実際には以前と何も変わらぬ生活をつづけた。また、祭儀はローマの支配が終わっても絶えず、サクソン人のうちのある者は神殿の残っている部分に建増しして、その後保存される基本的な外郭をこれに与え、七王国の半分で恐れられた教団の中心としたとも言われている。紀元一千年頃、この場所は年代記に言及されており、頑丈な石造りの修道院で奇妙かつ強力な僧団が住み、広い庭に囲まれているが、塀をつくって締め出さなくても、人々は恐れて寄りつかなかったとある。ここはデーン人に破壊されたことはないが、ノルマン征服のあと大分衰退したにちがいない。一二六一年にヘンリー三世がこの土地を私の先祖である初代イグザム男爵ギルバート・デ・ラ・ポーアに与えた時、何の邪魔も入らなかったからだ。

それ以前のわが家系に関しては良からぬ記録など何もないのだが、この一二六一年という年に、何か奇妙なことが起こったにちがいない。ある年代記の一三〇七年の条には、デ・ラ・ポーア家の一人が「神に呪われし者」だという記述がある。一方、村の言い伝えは、古い神殿と修道院の土台の上に建った城について、罪悪と狂おしい恐怖以外何も語っていない。炉端の物語は身の毛もよだつ内容のもので、人々が恐れて寡黙《かもく》になり、曖昧《あいまい》に言葉を濁すだけにいっそう恐ろしかった。物語に出て来る私の先祖たちは、ジル・ド・レー、サド侯爵と並べれば立派な三人組と思えるような、悪魔の血を引く一族であり、数世代にわたって、村人が時折姿を消すのはかれらのせいだと秘《ひそ》かにささやかれていた。

最悪の人物は、明らかに男爵たちとその直系の後継《あとつぎ》で、少なくとも噂《うわさ》の大部分はかれらに関することだった。後継がもし健全な性向の持主であると、若いうちに変死し、もっとデ・ラ・ポーアらしい者に取って代わられると言われていた。この一族には身内だけの信仰があって、家長がそれを司《つかさど》り、二、三人の家族以外には秘密にされている場合もあった。血筋よりもむしろ気質がこの信仰の基礎だったとおぼしい。結婚して家族の一員となった者が数人入っているからである。コーンウォール出身のマーガレット・トレヴァーは五代目男爵の次男ゴッドフリーの妻だが、子供の敵としてこの地方一帯の語り草になり、ウェールズとの国境《くにざかい》には今も伝わっている、極めて陰惨な古い譚詩《バラッド》の魔性の女主人公となった。話の要点は異なるが、やはり譚詩《バラッド》に保存されているのは、メアリー・デ・ラ・ポーアの忌まわしい物語である。この婦人はシュルーズフィールド伯爵と結婚した直後、夫とその母親に殺されたが、殺した二人はいずれも司祭に赦罪を言い渡され、祝福された。二人は司祭に、世間にはとても洩《も》らせぬことを告白したのだった。

こうした伝説や譚詩《バラッド》は粗野な迷信の典型で、私としては厭《いや》でならなかった。それらがしつこく語り継がれていることや、私の先祖が何代にもわたって出て来ることがとくに腹立たしかったのである。一方、おぞましい習慣を持っていたという非難は、私の近い親族について唯一知られている醜聞を不愉快に思い出させた。それは私の従兄弟《いとこ》にあたるカーファックスのランドルフ・デラポーア——息子の方——のことで、この男はメキシコ戦争から帰って来たあと黒人の間に混じり、ヴードゥー教の司祭になったのである。

もっと漠然とした話も色々あったが、こちらはさほど私を悩ませたわけではない。石灰岩の崖《がけ》の下の、風に吹きさらされる不毛な谷間で泣き声やわめき声がするとか、春の雨が降ったあとに墓場の臭《にお》いが立ちこめるとか、サー・ジョン・クレイヴの馬がある夜寂しい野原で、キイキイいいながらもがく白い物を踏みつけたとか、召使いが白昼屋敷で何かを見て発狂したとかいう話である。こういうものは陳腐な幽霊話であるし、当時の私はきっぱりした懐疑論者だった。消え失《う》せた農民の話はそれほど馬鹿《ばか》馬鹿《ばか》しくないけれども、中世の慣習に鑑《かんが》みると、取り立てて重大な意味は持たなかった。当時、好奇心にかられて穿鑿《せんさく》することは死を意味し、斬《き》られた首がイグザム修道院のまわりの——今はない——陵堡《りょうほう》にさらし物にされることが、一度ならずあったのである。

二、三の物語はすこぶる興趣に富んでいるので、若いうちに比較神話学をもっと勉強しておけば良かったと思った。たとえば、蝙蝠の翼を持つ悪魔の群が夜毎《よごと》修道院で魔女のサバトを行うと信じられていた——広大な庭では粗末な野菜がやたらに多く収穫されたが、その群を養うためだったと説明できるかもしれない。何よりも生々しいのは、鼠《ねずみ》の劇的な叙事詩だった——この城が捨て去られる原因となった悲劇が起こってから三月《みつき》後、城からどっと飛び出した穢《けが》らわしい害獣の小走りに駆けまわる軍勢——痩《や》せた、不潔な、飢えきった軍勢が目の前にあるものをすべて一掃し、家禽《かきん》も、猫も、犬も、豚も、羊も、不運な二人の人間まで貪《むさぼ》り喰って、ようやくその狂乱はおさまった。忘れがたい齧歯類《げっしるい》の軍勢をめぐって、一個の独立した神話群が展開している。鼠どもは村の家々の間に散らばり、行く先々に呪いと恐怖をもたらしたからだ。

先祖の住居の再建を老いの一徹で押し進めている間に私を悩ましたのは、このような言い伝えだった。とはいえ、私の心理的環境がこうした話ばかりから造られていたとお考えになってはいけない。他方で、私はノリス大尉や周囲で助けてくれる好古家たちにずっと賞讃《しょうさん》され、励まされていたのである。着工してから二年以上経ってこの仕事が終わると、私は広い部屋部屋を、板張りの壁を、円天井《まる》を、縦仕切りのある窓を、そして幅広い階段を誇らしくながめ、その得意な気持ちは莫大《ばくだい》な修復費用を十分埋め合わせてくれた。中世の特徴はことごとく巧妙に再現され、新しい部分も本来の壁や土台と完璧《かんぺき》に溶け合っていた。父祖たちの屋敷は完成し、私は自分で絶える血統の名誉を地元で最後に挽回《ばんかい》することを楽しみにしていた。私はここに永住し、デ・ラ・ポーアの人間が（私は家名の綴《つづ》りをもとに戻した）必ずしも悪鬼とは限らないことを証明しよう。イグザム修道院は中世風に造られていたが、内部はまったく新しくて、古い害獣もいなければ古い幽霊もいない。そのことが、たぶん私の慰めを増していたのだった。

すでに述べた通り、私は一九二三年七月十六日に引っ越して来た。一緒に住むのは七人の使用人と九匹の猫で、私はあとの方の種族がとくに好きなのである。一番年とった猫、「黒すけ」は七歳で、マサチューセッツ州ボルトンの自宅から連れて来た。ほかの猫は、修道院の修復中、ノリス大尉の家族と暮らしている間に集めたのだ。五日間、私たちはごく平穏に日々を過ごし、私は古い一族の資料を編纂《へんさん》することに大部分の時間を費した。私は最後の悲劇とウォルター・デ・ラ・ポーアの逃亡に関するごく詳細な記録を手に入れており、カーファックス邸の火事で失くなった一家相伝の書類の内容はたぶんそれだったのだろうと想像していた。私の先祖は、共謀した四人の召使いを除く所帯全員を睡眠中に殺害したと、十分な根拠を持って告発されたらしい。それは彼がある衝撃的な発見をしてから二週間程あとのことで、その発見は彼の振舞いを一変させてしまったが、暗に仄《ほの》めかす以外は何人《なんぴと》にも——彼を助け、のちに司直の手のとどかないところへ逃げた召使いはたぶんべつとして——その内容を打ち明けなかった。

父親と兄弟三人、姉妹二人を含む意図的な殺戮《さつりく》を村人たちは大目に見たし、法によっても杜撰《ずさん》に取り扱われたので、加害者は名誉を損わず、害も加えられず、正体を隠しもしないでヴァージニアへ逃亡した。総じて人々の噂からうかがわれる感情は、彼が遠い昔からこの土地にかかっていた呪いを祓《はら》い清めたというものだった。もっとも、いかなる発見がそのような恐ろしい行動に駆り立てたのかは想像もつかなかった。ウォルター・デ・ラ・ポーアは何年も前から一族にまつわる無気味な話を知っていたにちがいないので、それが彼に新たな衝動を与えたはずはない。それなら、何か驚くべき古《いにしえ》の祭儀を目撃したか、修道院かその周辺で、秘密を暴露する怖《おそ》ろしい象徴でも見つけたのだろうか？　彼は英国では内気で穏やかな青年と言われていた。ヴァージニアでは、厳格とか辛辣《しんらつ》というよりも、悩んで不安を抱えているように見えた。もう一人の冒険家紳士、ベルヴューのフランシス・ハーリーの日記には、無比の正義感と名誉心と繊細さを持つ人物と記されている。

七月二十二日に最初の出来事が起こった。この出来事はその時は軽く見過ごされたが、のちの出来事と照らし合わせてみると、超自然的な意味合いを帯びて来る。ごく単純な、ほとんど取るに足らぬことで、あの状況で注意を惹《ひ》くはずはなかった。というのも、思い出していただかねばならないが、私は壁を除けば実際上真新しい建物の中で、気の確かな僕《しもべ》に囲まれていたのだから、こういう場所とはいっても、不安に駆られるいわれはなかったからだ。あとになって思い出したことは、これだけだ——気性を良く知っている私の老いた黒猫が、持ち前の性格にはまったくそぐわないほど警戒する様子を見せていたのだ。落ち着きがなく、心配そうに部屋から部屋へ歩きまわり、古いゴシック式建築の一部である壁のまわりを始終ふんふんと嗅《か》いでいた。こう言うといかに陳腐に聞こえるかは承知している——怪談にきっと出て来る犬、飼主がシーツを被《かぶ》った亡霊を見る前に必ず吠《ほ》える犬——しかし、これを言わなければ話の筋が通らないのだ。

翌日、家の猫がみんな落ち着かなくて困ると使用人の一人がこぼした。書斎にいる私のところへ来てそう言ったのだが、その部屋は二階にある天井の高い西向きの部屋で、迫持《せりもち》が交差した十字円天井があり、黒い樫《かし》の羽目板が張りめぐらされ、ゴシック式の三重窓から石灰岩の崖と荒涼たる谷が見渡せた。この使用人が話している間も、「黒すけ」の漆黒の姿が西側の壁に沿って這《は》い進み、古い石壁にかぶせた新しい羽目板を引っ掻《か》いているのが見えた。たぶん、古い石造部分から何か奇妙な臭いか放散物が出ていて、人間には感じられないが、繊細な猫の器官には、新しい板が張ってあっても何か影響を与えるのだろう、と私は言った。私は本当にそう信じていて、二十日鼠か大鼠がいるのではないでしょうかと相手が言うのに、こう答えた――ここには三百年間鼠がいなかったし、近隣の野鼠もこの高い壁の中にいるはずはない。野鼠が迷い込んだという話はこれまで一度も聞かれなかったのだから、と。その日の午後、ノリス大尉を訪ねて行ったが、彼も野鼠がそんなに突然、今までにないやり方で修道院に蔓延《はびこ》るとは信じがたいと断言した。

その夜、私はいつものように従僕を連れず、西の塔の部屋に退《さが》った。自分の寝室として選んだその部屋へは、書斎から石の階段と短い廊下を通って行かれる――階段は一部分が昔のもので、廊下は全部修復したものだった。部屋は円形で非常に天井が高く、腰羽目は張っていなくて、ロンドンで私が自ら選んだアラス織りが掛かっていた。黒すけが一緒にいることをたしかめると、私は重いゴシック式の扉を閉め、巧妙に蠟《ろう》燭《そく》を模した電球の明かりで寝床に入り、最後に明かりを消して、彫刻のある天蓋《てんがい》つきの四柱式寝台に身を沈めた。老猫《ろうびょう》はいつものように、私の両足の上に丸くなった。私はカーテンを引かず、正面にある細い北向きの窓から外をながめていた。空には微《かす》かにオーロラが光り、窓の繊細な狭間《はざま》飾りの輪郭が気持ち良く浮かび上がっていた。

いつしか静かに眠り込んでいたにちがいない。大人しくしていた猫がいきなり乱暴に立ち上がった時、奇妙な夢から醒《さ》めた感じがはっきりしたのを憶えているからだ。弱いオーロラの光の中で、猫が頭をつんと突き出し、前足を私のくるぶしにあて、後《あと》足《あし》を突っ張っているのが見えた。猫は壁の、窓よりも少し西寄りの一点をじっと見つめていた。私には何も変わったものは見えなかったが、注意力をそちらに向けて見守っていると、黒すけがいたずらに興奮しているのではないことがわかった。アラス織りが実際に動いたかどうかは何とも言えない。ほんの少し動いたのではないかと思う。だが、断言できるのは、そのうしろから、大鼠か二十日鼠の小走りに走る音が、低くはっきりと聞こえたことだ。猫はすかさず壁を蔽う綴れ織りに全身で跳びつくと、身体の重みでその部分を床に引きずり下ろした。湿った古い石壁が剝《む》き出しになったが、壁はここかしこ修復師が隙間《すきま》を埋めており、齧歯類の徘徊者《はいかいしゃ》たちが残した跡はなかった。黒すけは壁のこの部分に近い床を走りまわって、落ちたアラス織りを爪《つめ》で引っ掻き、時折壁と樫の床板との間に前足を突っ込もうとしているようだった。猫は何も見つけられず、しばらくすると物憂《ものう》げに私の足の上へ戻った。私はじっとしていたが、その夜はもう眠れなかった。

朝になると、使用人全員に訊《き》いてみたけれども、変わったことに気がついた者はおらず、ただ、料理女が窓敷居で休んでいた猫の振舞いを思い出した。夜の何時かわからないが、この猫が唸《うな》ったので目を醒ますと、猫は何か目的でもあるように、開いた扉から階下《した》へどっと駆け下りて行ったという。私はその日の午頃《ひるごろ》までうつらうつらして過ごし、午後にはまたノリス大尉を訪問した。大尉は私の話を聞くと、非常に興味を持った。この妙な——些細《ささい》だがじつに興味深い——出来事は彼の好事《こうず》趣味に訴え、彼は土地の幽霊の言い伝えをいくつも思い出した。私たちは鼠がいることに本当に困っていたので、ノリスは鼠捕りと殺鼠剤《さっそざい》を貸してくれ、私は屋敷へ戻ると、使用人に命じてそれを要所要所に置かせた。

ひどく眠かったので早く寝《しん》に就いたが、何とも恐ろしい夢に苦しめられた。私はどこか非常に高いところから薄明《はくめい》の洞窟《どうくつ》を見下ろしているようだった。洞窟は膝《ひざ》の高さまで汚物に埋まっていて、白い顎鬚《あごひげ》を生やした悪魔の豚飼いが棒を持ち、菌性の、ぶくぶく肥った獣の群を追いまわしている。私はその獣の姿を見て、言うに言われぬ嫌《けん》悪《お》をおぼえた。やがて豚飼いは一服し、自分の仕事に満足してうなずいた。すると、この悪臭のする奈落《ならく》に鼠の大群が雨霰《あめあられ》と降りそそぎ、獣と人間の両方を貪り食いはじめた。

私はいつものように両足の上で眠っていた黒すけが身動きしたため、この恐るべき夢から醒めた。彼は唸ってフーフーいい、怖がって私のくるぶしに――その結果におかまいなく――爪を立てたが、今回はその原因を問うまでもなかった。寝室の壁という壁が胸の悪くなるような音――飢えきった巨大な鼠どもがずるずると走りまわる厭らしい音に沸き立っていたからだ。今はオーロラの光もなく、アラス織り――破れて落ちたところは交換されていた――の状態はわからなかったが、私は明かりを点《つ》けられないほど怯《おび》えてはいなかった。

電球がパッと光ると、綴れ織り全体が気味悪く揺れ、少し風変わりな模様が異様な死の舞踊を踊っているのが見えた。この動きはほとんど見ると同時に熄《や》み、音もしなくなった。私はベッドからとび出して、そばにあった床温め器《とこあたため》（訳注・蓋のある長柄の容器。中に石炭の燃えさしなどを入れ、寝床を温めるのに使わたれ）の長い柄《え》でアラス織りを突っつき、一部分持ち上げて、その下にあるものを見た。そこには修復した石壁以外何もなく、猫も異常なものがいるという張りつめた感覚を失くしてしまったようだった。部屋に置いた円い鼠捕りを調べてみると、バネ仕掛けの口がすべて閉まっていたが、つかまって逃げたものの痕跡は残っていなかった。

もうとても眠れそうにないので、私は蠟燭を点け、扉を開けて廊下に出ると、書斎へ通じる階段の方へ向かった。黒すけがすぐあとについて来た。しかし、猫は石段に着かないうちから私の前にとび出し、古い階段を下りて姿を消した。私もそこを下りて行くと、突然、下の大きな部屋で音がしていることに気づいた。何の音かは間違えようがなかった。樫の羽目板を張った壁の中を鼠どもが小走りに駆けめぐり、ひしめき合って、一方、黒すけは獲物を逃した狩人のように怒り狂い、あたりを走りまわっていた。階段の一番下に着くと明かりを点けたが、今度は音は収まらなかった。鼠どもは依然暴れまわり、勢い良くいっせいに走っているので、しまいには、かれらが一定の方向に動いていることがわかった。無尽蔵にいるかのようなこの鼠どもは想像もつかない高処《たかみ》から、かなりの深さへ、いや、想像のつかない深処《ふかみ》へ、途方もない大移動をしているのだ。

するど廊下で足音がして、次の瞬間には二人の使用人がどっしりした扉を押し開いた。かれらは家中の猫を恐慌《きょうこう》混乱に陥《おとしい》れた騒ぎの原因を探しまわっていたのだった。猫はそのために階段をいくつもまっしぐらに駆け下りると、地下室の下の地下室の閉まった扉の前にうずくまって啼《な》いていたのである。鼠の足音を聞いたかと二人に訊《たず》ねたが、いいえと答えた。それで壁板の中から聞こえる音にかれらの注意を向けようとすると、音はもう歇《や》んでいた。私は二人を連れて地下室の下の地下室の扉の前に行ったが、猫はもういなくなっていた。あとで下の納骨堂を探険しようと思ったが、とりあえず今は鼠捕りを見てまわるだけにした。どれもバネ仕掛けの口が閉まっていたけれども、中は空《から》だった。猫族と私以外誰も鼠の音を聞いていないことをたしかめると、私は朝まで書斎に坐《すわ》って深思に耽《ふけ》り、この建物にまつわる言い伝えとして掘り起こしたものを、些細な断片まで一つ一つ思い返していた。

午前中は、図書室に一つだけある坐り心地の良い椅子《いす》の背に凭《もた》れて、少し眠った。家具は中世風にするつもりだったが、その椅子だけは手放せなかったのだ。あとでノリス大尉に電話をかけ、大尉はこちらへ来て、地下室の下の地下室を探索するのを手伝ってくれた。予想外のものは何も見つからなかったが、この地下室がローマ人の手によって造られたことを知る私たちは戦慄《せんりつ》を禁じ得なかった。低い迫持もどっしりした柱もすべてローマ式で――無器用なサクソン人の堕落したロマネスク様式ではなく、皇帝《カエサル》たちの時代の地味で調和のとれた古典的様式だった。実際、壁には、ここを何度も探索した好古家にはお馴染《なじ》みの碑文がふんだんに刻まれていた――たとえば、「P. GETAE. PROP…TEMP…DONA…」とか、「L. PRAEC…VS…PONTIFI…ATYS…」といったものだ。

アティスへの言及は私を身震いさせた。私はカトゥルス（訳注・紀元前一世紀のローマの詩人）を読んで、この東方の神――その崇拝はキュベレー崇拝とすっかり混淆している――の忌まわしい祭儀について多少知っていたからだ。ノリスと私はランタンの光で、昔の祭壇だったらしい、いくつかの歪《いびつ》な長方形の石塊に刻まれている、消えかかった奇妙な模様を解釈しようと試みたが、何もわからなかった。私たちの記憶によれば、その中の一つの図柄――一種の輝く太陽――はローマ以外の起源を示すものと研究者は考えており、これらの祭壇は同じ場所にもっと古くからあった、おそらく先住民の神殿からローマの祭司が引き継いだにすぎないことを暗示していた。こうした石塊の一つには、怪しげな茶色い染《し》みがついていた。部屋の中央にある一番大きい石塊の上面には、火――おそらく焼いた捧《ささ》げ物――との関係を示すある種の特徴があった。

猫がその扉の前で唸っていた納骨堂の様子はかくのごとくで、ノリスと私はそこで一夜を過ごすことに決めた。使用人が寝椅子を運んで来て、かれらには猫が夜中にどんな振舞いをしても気にするなと言いふくめた。黒すけは役に立つし仲間にもなるので、部屋に入れた。樫の大扉――現代の模造品で、通気のために細長い切れ目が入っている――は固く閉ざしておくことにした。その扉を閉めると、まだ燃えているランタンを持って部屋に籠《こ》もり、これから起こるかも知れない何かを待った。

　この地下室は修道院の非常に深い土台の中にあり、疑いなく、荒涼とした谷を見下ろす突き出した石灰岩の崖の上面よりもずっと下方にあった。走りまわる不可解な鼠どもの目的地であることは疑いの余地がなかったが、その理由はわからなかった。そこに横たわって何が起こるかと待ちうけているうち、時折眠りに落ちて、ぼんやりした夢を見、足の上に寝ている猫が不安げな身動きをして、私を起こすのだった。夢は健全なものではなく、前夜見た夢に恐ろしく似ていた。ふたたび薄明かりに照らされた洞窟と、豚飼いと、汚物の中を転げまわる言いようもない菌性の獣たちがあらわれ、次第に近づいて、はっきりと見えて来るようだった――はっきりして、顔形が見分けられるほどに。やがて獣の一匹のぶくぶく肥った顔が見え――私は黒すけがとび上がるほどの金切り声を上げて目を醒ましたが、眠らずにいたノリス大尉はくつくつと笑っていた。私に悲鳴を上げさせたものが何だったかを知ったら、ノリス大尉はもっと笑ったかもしれない――いや、あまり笑わなかったかもしれない。しかし、私自身もあとあとまで、それを思い出せなかった。極限の恐怖はしばしば慈悲深いやり方で記憶を麻痺《まひ》させるからだ。

例の現象が始まると、ノリスが私を起こした。彼が優しく揺すって、猫の声を聴けと言ったので、私は同じ恐ろしい夢から醒めた。実際、聴くべきものはたくさんあった。石段の上の閉まった扉の向こうでは猫族が唸り、ガリガリ爪を立てて、まさに悪夢のようだったし、一方、黒すけはというと、外にいる同族にはおかまいなく、興奮して裸の石壁のまわりを駆けめぐっていた。その壁の中からは、前の晩に私を悩ましたのと同じ、慌《あわ》てて走りまわる鼠の騒々しい足音が聞こえて来た。

私の胸内《むなうち》に激しい恐怖が生まれた。これは尋常な理屈ではまともに説明できない特異な事態だったからだ。この鼠どもは、私と猫だけが共有している狂気の所産でないとすると、堅牢《けんろう》な石灰岩の切石だと思っていたローマ時代の壁の中に穴を掘り、ズルズル走りまわっているに違いない……いや、おそらくは、千七百年以上にわたる水の作用が曲がりくねったトンネルを穿《うが》ち、齧歯類の身体がそれをすり減らし、広げたのであろう。……しかし、そうだとしても異様な恐ろしさは変わらなかった。こいつらが生きた害獣なら、なぜノリスにはかれらの厭らしい大騒ぎが聞こえないのだ？　彼はなぜ私に黒すけの様子を見守り、外にいる猫たちの声を聴けと促したのだ？　そして猫を刺激したかもしれないものを当てずっぽうに漠然と推測したのだ？　私は自分に何が聞こえているかをできるだけ合理的にノリスに説明したが、もうその頃、鼠の疾走の音は弱まって消えつつあった。その音はさらに下の方へ、この一番深い地下室よりもずっと下へ遠ざかって行き、しまいには足下の崖全体が何かを探し求める鼠で一杯になっているような気がした。ノリスは私が思っていたほど懐疑的ではなく、深く心を動かされているようだった。私に身ぶりで合図をして、扉の外にいる猫たちが、取り逃がした鼠を諦《あきら》めたように騒ぎをやめたことに気づかせた。一方、黒すけはまた急に落ち着かなくなり、部屋の中央にある大きな石の祭壇――それは私の寝椅子よりもノリスの寝椅子に近かった――の下の方を狂ったように引っ掻いていた。

私の未知なるものへの恐れは、ここで頂点に達した。何かとんでもないことが起こっており、ノリス大尉が――私よりも若く、勇敢で、たぶん物質主義的な性格を持っているであろう男が、私自身と同じくらい影響を受けている――それは彼が長年にわたって土地の伝説に親しんで来たからかもしれない。今のところ私たちには、老いた黒猫の様子を見守ることしかできなかった。猫は祭壇の基部を前足で引っ掻いていたが、次第に熱が冷めて来て、時折顔を上げて私にニャアと呼びかけた。それは何かしてもらいたい時の、私には効き目のある啼き方だった。

ノリスはランタンを祭壇に近づけ、黒すけが前足で掻いていたところを調べた。無言で跪《ひざまず》き、どっしりしたローマ時代以前の石塊とモザイク模様の床の間を蔽っている数世紀の地衣類をこそげ取った。しかし何も見つからず、やめようとしかけた時、私は小さなことに気づいた。それはすでに想像した以上のことを意味してはいなかったが、私をゾッと身震いさせた。私はノリスにそのことを言い、二人は新しい発見と確認に魅せられて、気づかないほどかすかな現象にまじまじと見入った。それはただこれだけのことだった――祭壇の近くに置いたランタンの焔《ほのお》が、それまで受けていなかった隙間風によって、わずかに、しかし、たしかに揺らめいたのだ。風は間違いなく床と祭壇の間の割れ目から吹いていた。ノリスが地衣類をこそげ取ったところだ。

私たちは煌々《こうこう》と照らされた書斎でその夜の残りを過ごし、次にすべきことを緊張の面持ちで話し合った。この呪われた建物の下に、ローマ人の手による既知の一番深い石造建築よりもさらに深い地下室が――過去三世紀の穿鑿好きな好古家たちが思ってもみなかった地下室が――あるという発見は、無気味な伝説の背景がなくとも、私たちを興奮させるに足りただろう。実際、魅惑は二重になったわけで、私たちは迷信的な警戒の念から調査をやめて修道院を永久に立ち去るべきか、冒険心を満たして、未知の深処にいかなる恐怖が待ち受けようと向かって行くべきか、迷っていた。それでも朝までには中間の策で折り合いがつき、ロンドンへ行って、この謎《なぞ》に取り組むにふさわしい考古学者や科学者を何人か集めることにした。申し添えておくと、私たちは地下室の下の地下室を去る前に、中央の祭壇を動かしてみようとした。それは上手《うま》くいかなかったが、この祭壇こそ、名状しがたい恐怖のひそむ新しい奈落への門だと認識していた。いかなる秘密がその門を開けるかを、私たちより賢い人たちに見つけてもらわねばならない。

ロンドンに何日もいる間に、ノリス大尉と私は五人の名だたる権威に我々の知っている事実や、推測や、言い伝えられた逸話を語り聞かせた。探求をさらに進めれば一族の秘事が明らかになるかもしれないが、この五人は秘密を守ってくれると信じて良い人々だった。かれらのほとんどが私たちの話を馬鹿にしたりせず、深い関心と心からの同情を寄せてくれた。全員の名前を明かす必要はあるまいが、サー・ウィリアム・ブリントンがその一人だったことは言っても良いだろう。トローアス（訳注・現在のトルコ共和国、アナトリア半島北西部の地域。トロイア遺跡がある）に於ける彼の発掘はかつて世界中を沸かせたものだ。我々全員がアンチェスター行きの汽車に乗った時、私は自分が恐ろしい発見の瀬戸際《せとぎわ》にいることを感じた。折しも世界の向こう側では多くのアメリカ人が大統領の急死を悼《いた》んでいたが、その気分に象徴されるような感覚だった（訳注・急病で在職中の1923年8月2日に死亡した第29代大統領ウォレン・ハーディングへの言及）。

一行は八月七日の晩、イグザム修道院に到着したが、留守中何も異常はなかったと使用人たちは請け合った。猫は黒すけさえもまったく平静で、屋敷の中の鼠捕りを見ても、バネ仕掛けの口が閉まっているものは一つもなかった。探険は翌日から始める予定で、その前に私は客人めいめいに設備の良い部屋を割り当てた。私自身は塔にある自分の部屋で、両足の上に黒すけをのせて休んだ。眠りはすぐに訪れたが、厭な夢が私を襲った。トリマルキオの饗宴《きょうえん》にも似たローマ人の宴《うたげ》の幻があり、覆いをかけた大皿におぞましいものがのっていた。それから、薄明の洞窟にいる豚飼いと汚物にまみれた家畜の群の、何度も見る呪わしい光景があらわれた。しかし、目醒めた時は陽が一杯に射《さ》していて、家の下の方からふだんの物音が聞こえた。生きた鼠も幽霊の鼠も私を悩まさず、黒すけは静かに眠っていた。階下《した》へ降りると、到《いた》る処《ところ》同じ穏やかさが支配していた。集まった学者の一人――心霊現象を研究するソーントンという男――は、ある種の力が見せたかったものを私はもう見てしまったので、こういう状態になったのだと少し馬鹿らしい説明をした。

準備万端ととのって午前十一時になると、七人の男からなる我々の一隊は、強力な電気探照灯と穴掘りの道具を持って地下室の下の地下室へ下りて行き、背後の扉にかんぬきをさした。黒すけも一緒だった。調査人たちには彼の敏感さを見くびる理由もなく、怪しい齧歯類の出現にそなえて、彼がいることを望んだからだ。ローマ人の碑文と祭壇の未知の模様は、簡単に調べただけだった。大学者のうち三人はすでにそれを見ていたし、全員がその特徴を知っていたからである。第一に注意を払ったのは重要な中央の祭壇で、一時間もしないうちに、サー・ウィリアム・ブリントンが、何か未知の平衡力で釣り合いを取っていたその祭壇をうしろに倒した。

そこにあらわれたのは、私たちにもし心の用意がなかったら、圧倒されていたであろう恐ろしいものだった。タイル張りの床にほぼ真四角の穴が空いており、石段——非常に磨《す》り減っているため、中央はほとんど傾斜面にすぎなかった——の上に、人間か半人間の骨がおぞましく並んでいたのだ。骸骨《がいこつ》として連結を保っている骨は恐慌にかられた姿勢を示しており、どれにも齧歯類に嚙《か》まれた跡があった。頭蓋骨はまったくの白痴性か、クレチン病か、類人猿のような原始性を示していた。地獄のように骨が散らばった石段の上を弓形《ゆみなり》の天井が覆い、下へ降りて行く通路を成していたが、それは一塊《ひとかたまり》の岩をくりぬいて造ったらしく、空気の流れがあった。この流れは密閉された地下室からいきなり吹き上がるような有害な風ではなく、何か新鮮さのある冷たい微風だった。私たちはいつまでも立ちどまっておらず、震えながら石段を降りはじめた。その時、切り開かれた壁を調べていたサー・ウィリアムが奇妙な所見を述べた——この通路は、石を穿った方向からすると、下から掘り上げたものであると。

ここからは、ごく慎重に言葉を選ばなければならない。齧《かじ》られた骨の中を数段降りて行くと、前方に光が見えた。神秘の燐光《りんこう》などではなく、弱まった陽の光で、荒涼たる谷を見下ろす崖に空《あ》いている未知の裂け目から射して来るにちがいなかった。そのような裂け目が外から気づかれなかったのも不思議ではなかった。谷間にはまったく人が住んでいないし、崖が高く突き出しているため、飛行船の操縦士でもなければ、その表面をつぶさに調べることはできなかっただろうから。さらに数段降りて行くと、我々はそこに見たもののために、文字通り息が止まった。まさに文字通りで、心霊研究家のソーントンは、うしろに茫然《ぼうぜん》と立っていた男の腕の中で失神した。ノリスは丸々した顔が蒼白《そうはく》になって、しまりがなくなり、言葉にならぬ大声を上げるばかりだった。一方、私は喘《あえ》ぐか驚きの声を漏らすかして、両目を覆ったように思う。私のうしろにいた、一行のうちでただ一人私より年上の人物は、聞いたことのないようなしわがれ声で、「神よ！」と月並な言葉を発した。七人の教養ある人間のうち、サー・ウィリアム・ブリントンだけが冷静さを保っていた。彼は一行を先導して真っ先にあの光景を見たはずだから、いっそう賞讃に値することだった。

それは途方もなく天井の高い薄明の洞窟で、目のとどかぬ彼方まで広がっていた。無限の神秘と恐ろしい暗示を孕《はら》む地下世界だ。そこには建物や他の建築物の残骸があった。恐怖にかられた一瞥《いちべつ》によって、私は見た——無気味な形に散らばった古墳や、列《なら》び立つ一本石の野蛮な円環、低い円屋根のあるローマ時代の廃墟《はいきょ》、まとまりなく広がったサクソン人の大建築、古英国の木造の建物を——しかし、それらも地面全体が呈する凄惨《せいさん》な光景によって矮小《わいしょう》なものに見えたのだ。石段のまわり何ヤードにもわたって、人骨が、少なくとも石段の上にあるものと同じくらい人間らしい骨が、狂気のようにもつれ合い、広がっていたからである。骨は泡立つ海のように広がり、バラバラになったものもあれば、全体ないし一部分が骸骨としてつながっているものもあった。後者は必ず凄《すさ》まじい狂乱の姿勢を取り、何らかの脅威を払い除《の》けようとしているか、食人の意図を持って他の者につかみかかっているかのどちらかだった。

人類学者のトラスク博士は頭蓋骨を鑑定しようとして屈《かが》み込んだ時、退化した骨の混じったものを見つけて、面食らった。骨はおおむね進化の段階に於《お》いてピルトダウン人よりも下等なものだったが、いずれも明らかに人間の骨だった。比較的高等なものの方が多く、ごくわずかだが、この上なく繊細に発達した型《タイプ》の頭蓋骨もあった。骨はみな齧られており、大概鼠の仕業だったが、半人半獣の群の他の者に齧られた骨もあった。鼠の小さい骨もたくさん混じっていた——古《いにしえ》の叙事詩を締めくくった致命的な軍団の戦死者たちだった。

あの忌まわしい発見をした日、生きて正気を保っていた者が私たちのうちにいただろうか。あの薄明の洞窟以上に突飛で信じがたい、狂乱するほどの嫌悪を催させる、あるいはゴシック風にグロテスクな光景は、ホフマンもユイスマンスも想像できなかっただろう。私たち七人はよろめきながらそこを通り抜けた。各人が次々と新発見に出くわし、三百年前、あるいは千年前、二千年前、一万年前にそこで起きたはずのことを、今は考えまいとつとめた。そこは地獄の控えの間《ま》であり、骸骨のうちのあるものは過去二十世代かそれ以上を通じ、四足獣として退化したとおぼしいとトラスクが言った時、気の毒なソーントンはまた失神した。

建築物の残骸について、その意味を解釈しはじめると、恐怖の上に恐怖が塗り重なった。四足獣らしきものは——時に二足獣の中から補充された者もいたが——石の囲いの中に飼われていて、飢えか鼠の恐怖によって最後の興奮状態に陥った時、囲いを破って逃げ出したにちがいない。そこにはかれらの大きな群がいくつもいて、粗末な野菜で肥らされていたとおぼしく、野菜の残りが、ローマ時代よりも古い巨大な石の箱の底に一種の有毒な生牧草として見つかった。私の先祖があのように広い庭を持っていた理由が、今わかった――ああ、忘れることができれば良いのに！　獣の群を飼っていた目的は問うまでもなかった。

探照灯を持ってローマ時代の廃墟に立っていたサー・ウィリアムは、私の知っているもっとも衝撃的な儀式の祭文を声に出して翻訳し、キュベレー女神の祭司たちが知って自分たちの食事にも取り入れた太古の教団の常食について語った。ノリスは戦場に慣れていたけれども、英国風の建物から出て来た時はまっすぐ歩けなかった。それは肉屋の店と厨房《ちゅうぼう》だった。そのことは予期していたが、見慣れた英国の道具をそんな場所で見、見慣れた英国の落書き《グラフィッティ》を――中には一六一〇年のものもあった――そこに読むことは、あまりにも耐えがたかった。私はその建物に入ることができなかった――そこで行われた悪魔の所業は、先祖ウォルター・デ・ラ・ポーアの短剣によって、ようやく止められたのだ。

私が勇気を出して入ったのは、屋根の低いサクソン人の建物だった。樫の木の扉は外れていて、錆《さ》びた鉄格子《てつごうし》のついている石の小房《へや》が十室、物恐ろしく並んでいた。三つの小房《へや》には住人がいて、みな高等な骸骨だったが、その一つの骨ばかりとなった人差し指に、わが家の紋章が入っている印形つきの指輪が嵌《は》まっていた。サー・ウィリアムはローマ人の礼拝堂の下に、それよりもずっと古い小房のある地下室を見つけたが、これらの小房は空《から》だった。その下には天井の低い納骨堂があり、骨をきちんと納めた箱が並んでいて、いくつかの箱にはラテン語、ギリシア語、そしてプリュギアの言葉を並記して刻んだ恐ろしい碑文があった。その間にトラスク博士は有史以前の古墳の一つを暴《あば》き、ゴリラよりも幾分人間に近い頭蓋骨をいくつも明るみに出したが、それには何とも形容しがたい表意文字が刻まれていた。こうした恐ろしい物の中を、私の猫は平然と歩いて行った。一度、私は彼が骨の山の天辺《てっぺん》に気味悪く乗っているのを見、その黄色い眼の奥に隠されているかもしれない秘密のことを思った。

この薄明の領域——何度も見た夢はその忌《い》まわしい予兆であった——の恐るべき新発見をわずかながら理解した私たちは、崖からの光線も入り込むことができない、真夜中の大洞窟の見たところ果てしない深部へ向かった。私たちが進んだわずかな距離よりも先に、いかなる無明の冥界《めいかい》が口を開いていたのかを我々が知ることはないだろう。そのような秘密は人類のためにならぬと判断されたからだ。しかし、近いところにも、私たちの注意を引くものはたくさんあった。それほど先へ行かないうちに、探照灯が無数の呪《のろ》われた穴を照らし出したのだ。鼠どもはそこで御馳走《ごちそう》に舌鼓《したつづみ》を打ったのだが、餌《えさ》の補給が突然絶たれたため、腹を空《す》かした齧歯類の軍団は、最初は飢えている生きた獣の群に襲いかかり、次に修道院の外へ溢《あふ》れ出して、農民たちがけして忘れない歴史的な破壊蹂躙《じゅうりん》の狂宴を繰り広げたのである。

神よ！　鋸《のこぎり》で切られ、穴を穿《ほじ》られた骨と割られた頭蓋骨が入っている、あの腐屍《ふし》の暗い穴々！　計り知れぬ不浄な歳月にわたって、ピテカントロプス、ケルト人、ローマ人、イギリス人の骨が積み重なった、あの悪夢の亀裂《きれつ》！　穴のうちのあるものは一杯で、かつてどれだけ深かったか誰にもわからない。ほかの穴は探照灯で照らしても底が見えず、名状しがたい幻想が巣構《すく》っていた。この凄惨な地獄《タルタロス》の淵の闇《やみ》の中を探っているうちに、こういう罠《わな》に落ちた不運な鼠はどうなったのだろうと私は思った。

一度、私はぽっかりと恐ろしい口を開《あ》いた穴の縁《ふち》で足を滑らし、恐怖のために一時《いっとき》我を忘れた。それまで長いこと考えに耽っていたにちがいない。丸々と肥《ふと》ったノリス大尉《たいい》以外、一行の誰の姿も見えなかったからだ。やがて、漆黒の果てしない闇の彼方《かなた》から、知っている音が聞こえて来た。私の老いた黒猫が、翼の生えたエジプトの神のように傍をサッと通り過ぎ、未知の無窮の深淵《しんえん》の中へまっしぐらにとび込んで行った。だが、私もぐずぐずしてはいなかった。次の瞬間に疑いは消えたからだ。それはあの悪魔から生まれた鼠どもが大慌てで走る怪異な足音だった。鼠どもはつねに新しい恐怖を探し求め、大地の中心で歯を剝き出して笑っている洞窟へ私を連れて行くつもりなのだ。そこには狂った無貌《むぼう》の神ニャルラトホテプが、無定形の白痴の笛吹き二人が吹く笛の音に合わせて、やみくもにわめいている。

　探照灯は消えたが、私はそれでも走った。人の声や、獣の啼き声や、谺《こだま》が聞こえたが、何よりもはっきりとしていて、穏やかに高まって来たのは、あの神を畏《おそ》れぬ陰険な疾走の足音だった。それは穏やかに高まり、高まり——まるで硬《こわ》ばってふくれ上がった死体が、果てしなく連なる縞瑪瑙《しまめのう》の橋々をくぐり、黒い腐敗した海に流れ込むねっとりした川の上に、ゆっくり浮き上がって来るようだった。何かが私に突きあたった——何か柔かくて丸々と肥ったものが。あれは鼠だったにちがいない。死者にも生者にも喜んで喰らいつく、ぬらぬらした、ゼラチン状の、飢えきった軍勢……デ・ラ・ポーアの人間が禁じられた物を喰らうように、鼠がデ・ラ・ポーアの人間を喰らってはいけない理由があろうか？……戦争は私の息子を喰らった、どいつもこいつも呪われるがいい……それにヤンキーどもはカーファックス邸を焔で喰らい、祖父デラポーア老と家の秘密を焼いた……いや、いや、言っておくが、私は薄明の洞窟にいる悪魔の豚飼いではないぞ！　あのぶくぶく肥った菌性のものについているのは、エドワード・ノリスの丸々した顔ではなかった。おまえもデ・ラ・ポーアの人間だなどと言うのは、一体誰だ？　奴《やつ》は生きのびたが、私の息子は死んでしまった！……ノリス家の者が将来デ・ラ・ポーアの土地を手に入れるのだろうか？……いいか、これはヴードゥーなんだ。……あのまだらの蛇……畜生め、ソーントン、私の一族がすることを見て失神するがいい！……忌々しき外道め、物の味わい方を教えてくれよう……我にかような仕打ちをするか《ウォルド・イー・スウィンク・ミー・ジルク・ウィース》？……マグナ・マーテル！　マグナ・マーテル！……アティス……ディア・アット・アーイ・サット・ウータン……アガス・バース・ドゥナハ・オーシュト！　ゴナス・イス・ゴラス・オーシュト、アガス・レットサ！……ウングル……ウングル……ルルル……ククク……

　三時間後に暗闇の中で見つかった時、私はこんなことを言っていたそうである。私は暗闇の中で、丸々と肥ったノリス大尉の半分喰われた死体の上に屈み込んでおり、猫が跳びはね、私の咽喉《のど》を引き裂こうとしていた。連中はイグザム修道院を爆破して黒すけを私から引き離し、私をハンウェル（訳注・ロンドン郊外の町。ここでは、そこにあった有名な精神科病院のこと）のこの鉄格子の嵌まった部屋に閉じ込めて、私の遺伝と体験について恐ろしい話をささやいている。ソーントンは隣の部屋にいるが、彼とは話をさせてもらえない。連中はまた修道院に関する事実の大半を世間に隠そうとしている。私が気の毒なノリスの話をすると、恐ろしいことをしたといって責めるが、私がやったのではないことを教えてやらなければいけない。あれは鼠の仕業なのだと教えてやらなければいけない。小走りに駆けまわって私をけして眠らせない、ずるずると滑り、疾走する鼠ども。この部屋の壁の詰め物のうしろを駆けっ競《くら》して、いまだかつて知らぬ大きな恐怖に私を招き寄せる悪魔の鼠ども。連中にはその足音が聞こえない鼠。鼠、壁の中の鼠の仕業なのだと。

潜み棲《す》む恐怖

一　煙突にさした影

潜み棲《す》む恐怖を見つけ出すため、テンペスト山の頂にある無人の屋敷へ赴いた夜、空には雷が鳴っていた。私は一人ではなかった。グロテスクで恐ろしいものへの嗜好《しこう》の故《ゆえ》に、私の経歴は文学と実人生とに於《お》ける奇妙な恐怖の探求の連続となっていたが、当時はまだそこに無鉄砲さが混じってはいなかったからだ。いよいよという時になって呼び寄せた誠実で筋骨逞《たくま》しい男が二人、同行した――かれらは妙に気心が合うので、私のおぞましい探険に前々からつきあってくれたのだった。

新聞記者たちがいるため、私たちは村からこっそり出発した。かれらは一月《ひとつき》前の怪異な騒ぎ――忍び寄る悪夢のごとき死――のあと、その近辺にずっととどまっていたのだ。連中もあとで助けになるかもしれないと思ったが、その時はついて来てもらいたくなかった。しかし、かれらも探索に加わらせれば良かったのだ――そうすれば、秘密をこんなに長い間、一人で抱え込まずに済んだだろうに。それを一人で抱えていたのは、世間が私を狂人と呼ぶか、さもなくば、あの一件が暗示する悪魔的な事実の故に、世間自体が狂ってしまうのを懼《おそ》れたからだ。思い悩んだ揚句狂気に陥るのを防ぐため、今は結局話しているが、こんなことなら初めから隠さなければ良かった。なぜなら私が、私だけが、異様で荒寥《こうりょう》たるあの山にいかなる恐怖が潜んでいたかを知っているのだから。

私たちは樹木の繁《しげ》る上り坂に阻《はば》まれるまで、小型自動車で原生林と丘を何マイルも走った。あたりはふだん以上に不吉な様相を呈していた。夜だったし、いつもの調査人の群がいなかったからだ。そのため、人目を惹《ひ》く危険を冒して、アセチレンのヘッドライトを使いたくなる誘惑に何度もかられた。暗くなってからのこの一帯は健全な風景ではなく、私はたとえそこに蔓延《はびこ》る恐怖について知らなくとも、病的な性質に気づいていたと思う。野生動物はいなかった。かれらは死が間近で横目にながめていると、すぐに気づくからだ。稲妻に傷つけられた老木は不自然に大きく、ねじ曲がっているように見え、他の植物も不自然に密生して、熱気を放つばかりだった。一方、雑草が茂り、閃電岩《せんでんがん》（訳注・雷電の作用でできるガラス質の岩）が痘痕《あばた》のように散らばっている地面には奇妙な塚や隆起があって、蛇か死人の頭蓋骨《ずがいこつ》が途方もなく巨大にふくれ上がったさまを思わせた。

テンペスト山には百年以上にわたり恐怖が潜んでいた。私はこの地域に初めて世間の耳目をあつめた大惨事の新聞記事から、そのことをすぐに知ったのだ。場所はキャッツキル山脈（訳注・ニューヨーク州東部に位置する低い山脈）の人里離れた寂しい高地である。そのあたりにはオランダ文明がかつて微《かす》かに、ほんの一時期だけ浸透したが、それが去ったあとには、廃墟《はいきょ》と化した二、三の邸宅と、孤立した斜面の惨《みじ》めな小村に住む頽廃《たいはい》した開拓民だけが残った。州警察が組織されるまで、まっとうな人間はめったにこの地を訪れなかったし、今ですらたまに州警察官が巡回するにすぎない。しかし、問題の恐怖は近隣の村々を通じて古い言い伝えになっている。それは貧しい混淆《こんこう》人種たちが他愛ないおしゃべりをする時、まず話題にすることだからだ。この連中は時々谷間を出て、自分たちには撃ったり、飼育したり、作ったりすることのできない素朴な必需品を得るため、手編みの籠《かご》を売りに行くのである。

潜み棲む恐怖は、人も忌《い》む無人のマーテンス邸に巣構《すく》っていた。その屋敷は、よく雷雨に襲われるので〝嵐山《テンペスト》〟という名がついた、高いが勾配《こうばい》は緩《ゆる》やかな山の天辺《てっぺん》にあった。小森に囲まれた古めかしい石造りの家は、もう百年以上も前から、信じられないほど荒誕《こうたん》で醜悪かつ忌まわしい物語の主題だった。音もなく忍び寄る巨大な死神が、夏になるとあたり一帯を闊歩《かっぽ》するという話である。暗くなってから一人旅の旅人をつかまえ、どこかへ連れ去るか、嚙《か》みちぎって五体をバラバラにした恐ろしい状態で残してゆく魔物の話を、開拓民たちは泣くような声でしつこく語り、また時によると、遠くのあの屋敷に向かって続く血痕《けっこん》のことをささやいた。雷が潜み棲む恐怖を棲処《すみか》から呼び出すのだと言う者もいれば、雷はあいつの声なのだと言う者もいた。

辺境の森林地帯の外にいる者は、こうしたさまざまな矛盾する話を――チラと姿を見ただけの魔物の様子を語る、辻褄《つじつま》の合わぬ突飛な話を――誰も信じなかったが、マーテンス邸に食屍鬼《しょくしき》のようなものが取り憑《つ》いていることは、農場主も村人も誰一人疑わなかった。土地の歴史がそのような疑いを許さなかったのだ。もっとも、開拓民からとくに生々しい話を聞いたあとに、あの建物を調べに行った人間が幽霊のいる証拠を見つけたことはなかった。老婆《ろうば》たちはマーテンス家の亡霊にまつわる奇妙な伝説を語った。マーテンス一族自体や、左右の眼の色が違うというかれらの奇妙な遺伝的特徴、長い不自然な年代記、そしてこの一族に呪《のろ》いをかけた殺人にまつわる伝説を語った。

私をこの地に引き寄せたのは、山人たちの荒唐無稽《むけい》な言い伝えを裏書きする、突然の由々しき事件だった。ある夏の夜、いまだかつてない激しさの雷雨のあと、開拓民が殺到して来て、あたり一帯が眠りを醒《さ》まされた。それはただの妄想から起こるような騒ぎではなかった。哀れな土着民の群は金切り声を上げて、自分たちに襲いかかった名状しがたい恐怖のことを泣き声で語り、その話を疑う者はなかった。人々は怪しいものの姿こそ見ていないが、小村の一つから凄《すさ》まじい悲鳴が聞こえたので、這《は》い寄る死神が来たことを知ったのである。

翌朝、市民と州警察官が震える山人たちのあとについて、死神が来たという場所へ向かった。果たして、そこには死があった。開拓民の村の地面が稲妻に打たれたあと陥没し、悪臭を放つ掘立小屋がいくつか壊れたけれども、建物の被害は、人々が蒙《こうむ》った壊滅的な打撃と較《くら》べれば、物の数ではなかった。この場所に住んでいた可能性のある七十五人の土着民のうち、生存者は一人として姿を見せなかったのである。搔《か》き乱された地面は血と人体の残骸《ざんがい》に蔽《おお》われ、悪魔の歯と爪《つめ》の猛威をあまりにも生々しく物語っていたが、殺戮《さつりく》の現場から遠ざかる足跡は見えなかった。何か恐ろしい獣の仕業にちがいないことは誰もがすぐに認めたし、この謎《なぞ》めいた死を、頽廃した町や村によくあるあさましい殺人事件にすぎない、と言う者もいなかった。そんな説が持ち出されたのはもっとあとのことで、推定人口のうちおよそ二十五名が死者の中におらず、行方不明とわかった時だが、それにしても、五十人をその半数の人間が殺すということには説明がつかなかった。とはいえ、夏の夜に天から雷霆《いかづち》が落ちて、村に住む者が死に絶え、その死体はおそろしく切りさいなまれ、嚙まれ、爪で搔きむしられていたという事実は残った。

興奮した地元の住民は、この怪事件をすぐさま幽霊屋敷のマーテンス邸と結びつけたが、二つの場所は三マイル以上離れていた。州警察官は懐疑的だった。くだんの屋敷をほんのおざなりに見に行っただけで、そこがまったく無人とわかると、捜査の対象から完全に外した。しかし、地元の村人たちはこの上なく入念に屋敷を調べ、家の中のあらゆる物を引っくり返し、池や小川を浚《さら》い、藪《やぶ》を叩《たた》き、近くの森を隈《くま》なく探しまわった。何もかも無駄だった。やって来た死神は、破壊そのもの以外にはいかなる痕跡も残していなかった。

捜査も二日目に入ると、テンペスト山に記者が押し寄せ、事件は新聞各紙に書き立てられた。新聞は出来事を詳細に報じ、たくさんの談話を載せて、地元の老婆が語る恐怖の歴史を説明した。最初のうち、私はこうした記事をさしたる興味もなく追っていた。私は恐怖の鑑定家《めきき》だからだ。しかし、一週間を過ぎると、妙に私を興奮させる雰囲気を感じたので、一九二一年八月五日、大勢の記者に交じって、レファーツ・コーナーズのホテルに投宿した。レファーツ・コーナーズはテンペスト山に一番近い村で、調査に来る者の拠点として認められたところだった。さらに三週間が経《た》って記者も散り散りになると、私はそれまでの間にやっておいた綿密な調査と実地検分に基づく恐ろしい探険を自由に始めることができた。

かくして、この夏の夜、遠雷が鳴っている間にエンジンを切った自動車を降り、武器を持つ二人の仲間と、テンペスト山の塚に蔽われた頂付近を登って行った。やがて前方の樫《かし》の大木の間に無気味な灰色の壁が見えて来て、そこに懐中電灯の光を照《あ》てた。この陰気な夜の寂寥《せきりょう》と揺れる弱々しい明かりの中で、巨大な箱に似た建造物は、昼間はあらわれない恐怖の気配をおぼろげに漂わせていた。しかし、私はためらわなかった。ある考えを試そうと固い決心をして来たからだ。私は雷が恐ろしい秘密の場所から死の悪魔を呼び出すと信じていて、その悪魔が堅固な実体だろうと蒸気のような悪《あく》疫《えき》だろうと、見とどけてやるつもりだった。

私は以前《まえ》にその廃墟をとことん調べていたので、段取りは良く心得ており、かつてジャン・マーテンスが使っていた部屋を不寝番《ふしんばん》の場所に選んだ。彼の殺害は土地の伝説の中にたいそう物々しく浮かび上がって来る。この昔の犠牲者の居室こそ、一番私の目的にかなうと何となく感じたのだ。部屋は約二十フィート平方の広さで、ほかの部屋と同様、かつては家具だったガラクタが置いてあった。家の二階、南東の隅にあり、東向きの広い窓と南向きの細窓があったが、どちらの窓にもガラスはなく、鎧戸《よろいど》もついていなかった。大窓の向かい側に巨大なオランダ風の暖炉があり、聖書の放蕩《ほうとう》息子を描いたタイルが貼《は》ってあって、細窓の向かい側には壁にゆったりしたベッドがつくりつけてあった。

樹々《きぎ》に和らげられた雷鳴がだんだん大きくなって来た頃、私は計画の細かい準備をととのえた。まず、持って来た三つの縄梯子《なわばしご》を大窓の窓台に並べて固定した。前に試してみたので、縄梯子は外の芝生の適当な場所にとどくことがわかっていた。それから、三人がかりでべつの部屋から幅の広い四柱式寝台を引き摺《ず》って来ると、窓の手前に横向きに据えた。寝台に樅《もみ》の木の枝をばら撒《ま》くと、自動拳銃《けんじゅう》を抜いたまま、三人共そこに休んだ。二人がくつろいでいる間、三人目が見張ることにした。悪魔がどの方向から来ても、いざという時の逃げ道はつくってあった。もし家の中から来たら窓にかけた梯子があるし、もし外から来たら扉と階段がある。前例から推して、最悪の場合でも、そいつが遠くまで追って来ることはあるまいと思っていた。

私は真夜中から一時まで見張り番をしたが、一時になると、この不吉な家、無防備な窓、近づいて来る雷と稲妻といった状況にもかかわらず、異様に眠気がさして来た。私は二人の仲間に挟まれて、ジョージ・ベネットは窓側に、ウィリアム・トビーは暖炉の側にいた。ベネットは眠っていた。私と同様、異常な眠気に襲われたらしい。そこで私はトビーを次の見張り番に指名したが、彼もうつらうつらしていた。奇妙なことに、私はあの暖炉を一心に見守っていた。

次第に激しくなる雷が私の夢に影響を与えたにちがいない。そこで眠っていた短い間に、黙示録的な幻影が訪れたのだ。一度目が醒めそうになったのは、たぶん、窓側で眠っている者が落ち着きなく私の胸に腕を投げかけたからだろう。私は十分目が醒めていなかったので、トビーが見張りの役目を果たしているかどうかたしかめられなかったが、そのことにはっきりと不安を感じた。邪悪なものの存在感にこれほど圧迫されたことは、それまでに一度もなかった。そのあと、また眠り込んだにちがいない。過去の経験や想像の中で聞いたいかなるものをも超える絶叫が次々にして、夜が忌まわしいものになっていった時、私の心が跳び出したのは幻怪な混沌《カオス》の中からだったからだ。

その叫び声の中では、人間の恐怖と苦悶《くもん》の内奥《ないおう》の魂が空《むな》しく、狂ったように、忘却の黒檀《こくたん》の門にしがみつこうとしていた。目醒めた私を取り巻いていたのは燃えるような狂気と魔性の嘲笑《ちょうしょう》であり、想像を絶する光景の彼方《かなた》へ、さらに彼方へ、結晶化した恐怖の苦悶が遠ざかり、谺《こだま》していた。明かりはなかったが、右側が空《あ》いているので、トビーはどこか知らないところへ行ってしまったことがわかった。私の胸には、左側に眠っている者の重たい腕がまだのっていた。

その時、稲妻の破壊的な一撃が山全体を揺るがして、年古《としふ》りた森の地下堂を思わせる暗がりの隅々まで照らし出し、ねじくれた樹々のうちで一番の老木を真二つに裁《た》ち割った。巨大な火球の悪魔めいた閃光の中で、眠っていた者はいきなりとび起き、窓の外の眩《まぶ》しい光が、私がけして目を離さなかった暖炉の上の煙突に鮮やかな影を投じた。私が今も生きて正気でいることは、理解しがたい奇跡《きせき》である。本当に、私には理解できない。というのも、煙突に映った影はジョージ・ベネットの影でも、他のいかなる人間の影でもなく、地獄の最下層の火口から現われた冒瀆《ぼうとく》的な異形の影――いかなる心も十分に把握できず、いかなるペンもその一部分さえ記述することができない、名状しがたい、形の定かならぬ魔物の影だったからだ。次の瞬間、私は呪われた屋敷にたった一人で震えながら、わけのわからぬことを口走っていた。ジョージ・ベネットとウィリアム・トビーは影も形もなく、揉《も》み合った跡も残さずに消えてしまった。それっきり、かれらの消息は聞かれなかった。

二　嵐《あらし》の中を過ぎ行く者

森に囲まれた屋敷であの忌まわしい経験をしてから何日間も、私は神経が疲れきって、レファーツ・コーナーズのホテルの部屋に寝ていた。あれからどうやって自動車まで辿《たど》り着き、車を走らせて誰にも見られず村へ戻ったのか、良く思い出せない。野放図に腕をひろげた巨人のような樹々と、雷の悪魔的などよもしと、あの地域に点々や縞《しま》をつけている低い塚にさす冥府の渡し守《カロン》さながらの影以外には、はっきりした印象が残っていないのだ。

脳髄を吹き飛ばすようなあの影について震えながら考え込んでいる間に、私は自分がついに地球の究極の恐怖の一つを探り当てたことを知った——それは外部の虚空《こくう》の名状しがたい病害の一つであって、我々は時にその魔が空間のさいはての縁《ふち》で爪を立てる音をかすかに聞くが、我々自身の視覚が限られているため、有難いことにそいつの姿を見ずに済んでいるのだ。私は自分が見た影を分析したり、正体を突きとめたりする気になれなかった。あの夜、私と窓の間に何物かが横たわっていたが、それが何だったかをつい考えてしまうと、そのたびに戦慄《せんりつ》が走るのだった。あいつが唸《うな》るか、吠《ほ》えるか、あるいは忍び笑いでもしてくれたなら——それだけでも底知れぬ忌まわしさがいくらか薄らいだことだろう。だが、あいつは声一つ立てなかった。私の胸に重たい腕か前足をのせていた。……明らかに生物、あるいは、かつて生物だったものだった……私が侵入した部屋の主ジャン・マーテンスは屋敷のそばの墓地に葬《ほうむ》られた……ベネットとトビーがもし生きているなら、見つけ出さなければならない……あいつはなぜ二人をさらって、私を最後まで残しておいたのだろう？……睡魔はいとも重苦しく、夢はいとも恐ろしい……

やがて、私は誰かにこの話をしなければ、精神が完全に参ってしまうことを悟った。潜み棲む恐怖の探求はやめないことをすでに決めていた。向こう見ずで無知だった私には、真相を知ることがいかに恐ろしくとも、曖昧《あいまい》にしておく方がなお悪いと思われたからだ。そこで、取るべき最善の道を考えた——打ち明け話をする相手に誰を選ぶか、二人の人間を消滅させて悪夢のような影を投じたものをいかにして追い詰めるかを。

レファーツ・コーナーズでできた知り合いは主に気さくな新聞記者だったが、そのうちの数人は、悲劇の最後の余響を拾い集めるためにまだ居残っていた。私はこの連中の中から相棒を選ぶことにして、考えれば考えるほどアーサー・マンローという人物が好ましく思われた。彼は三十五歳くらいの色の浅黒い痩《や》せた男で、その教育、趣味、知性、気質はすべて旧弊な考えや経験に縛られない人間であることを示しているようだった。

九月初めのある日の午後、アーサー・マンローは私の話を聴いた。彼が関心と共感を持っているのは最初からわかっていたが、私が語り終えると、非常な慧眼《けいがん》と判断力を以《もっ》てこの一件を分析し、論じた。しかも、彼の助言はまことに実際的だった。もっと詳しい歴史的、地理的資料で備えを固めるまで、マーテンス邸での作戦を延期するように勧めたのだ。そこで、私たちは恐るべきマーテンス一族に関する情報を近隣一帯で掻き集め、謎の解明に素晴らしく役立つ先祖の日記を持っている人物を見つけた。また怪事件と混乱から逃げ出して遠くの斜面へ行かなかった山の混淆人種とじっくり話をし、最終的な仕事の下準備に取りかかった。その仕事というのは、屋敷を詳細な歴史に照らして、徹底的に調べ上げることだったが、その前に開拓民の伝説に語られるさまざまな悲劇と関わりのある場所を、同じくらい徹底的に調べ上げたのである。

この調査の結果も、最初のうちはあまり謎の解明に役立たなかったが、資料を表《ひょう》にしてみると、かなり重要な傾向が見えて来るようだった。すなわち、報告される怪事件の数がとび抜けて多いのは、人の寄りつかぬあの屋敷に比較的近いか、病的に繁茂した森の広がりによって屋敷とつながっている地域であることだ。例外もたしかにあった。実際、世間の耳目をあつめた例の怪事件は、屋敷からも、そこにつながる森からも離れた、樹木のない場所で起こったのだから。

潜み棲む恐怖の性質と外見に関しては、怯《おび》えた愚かな掘立小屋の住人たちからは何の情報も得られなかった。かれらは蛇だと言ったかと思えば、舌の根の乾かないうちに巨人だと言い、雷の悪魔だと言えば蝙蝠《こうもり》だと、猛禽《もうきん》だと言えば歩く樹だと言った。

しかし、そいつは雷を伴う嵐にごく敏感な生き物と考えて良さそうだったし、翼があることを暗示する話もあったけれども、ひらけた場所を避けることからして、地上を移動するという説の方が妥当だと我々は信じた。後者の見解と両立しない唯一《ゆいいつ》の事柄は、この怪物の仕業だという行為をすべて行うためには、非常な速さで移動しなければならなかったということだった。

開拓民たちを良く知るようになると、かれらには不思議に愛すべき点がいろいろあることがわかった。単純な連中で、不運な先祖を持ち、人を愚かにする孤絶した環境にいるため、進化の段階を徐々に後退しているのだった。他所者《よそもの》を怖がったが、だんだん私たちに慣れて来て、潜み棲む恐怖を探し求めて藪という藪を打ち漁《あさ》り、邸《やしき》の仕切りをすべて取り去った時には大いに助けてくれた。ベネットとトビーを探すのを手伝ってくれと頼むと、かれらは本当に心を痛めていた。私たちの力にはなりたかったが、この二人の犠牲者が自分たちの行方不明者と同様、完全にこの世界の外へ行ってしまったのを知っていたからである。野生動物がとうの昔に根絶やしにされてしまったように、かれらの仲間が大勢殺され、連れ去られたことは、私たちももちろん確信していて、さらなる悲劇が起こるのを不安な思いで待ち受けていた。

十月半ば頃になると、私たちは事態の進展がないことに困惑していた。夜空が晴れているために悪魔の襲撃は起こらず、屋敷とその周辺を隈なく探しても何も成果がなかったことから、潜み棲む恐怖は非物質的な作用体だと思いたくなるほどだった。私たちは寒くなって探求が中断されることを懼れた。悪魔は概して冬はおとなしいことを誰もが認めていたからである。そんなわけで、恐怖に見舞われた小村――開拓民の恐怖心のため、今は無人となった小村――を昼間最後に調査した時、我々には一種の焦《あせ》りと絶望があった。

この不幸な開拓民の小村には名前がついていなかったが、コーン・マウンテン、メイプル・ヒルと呼ばれる二つの小山の間の、樹木はないが風を避けられる裂け目に、昔からあった村だ。コーン・マウンテンよりもメイプル・ヒルに近く、粗末な住居のいくつかは、事実上、メイプル・ヒルの斜面にある横穴にすぎなかった。地理的に言うと、テンペスト山の麓《ふもと》から二マイルほど北西に位置し、樫の木に囲まれた例の屋敷からは三マイル離れていた。この小村と屋敷の間で、村寄りの二マイルと四分の一は完全にひらけた土地だった。そこは、蛇に似た低い塚がいくつかある以外はかなり平《へい》坦《たん》で、植物は牧草とまばらな雑草が生えているだけだった。私たちはこの地勢から考えて、悪魔はコーン・マウンテンの方から来たはずだという結論を下した。この山の森に蔽われた南の延長部分は、テンペスト山の一番西の山脚《やまあし》近くまで伸びていたのである。地面が隆起しているのは、メイプル・ヒルからの地滑りによるものだと結論した。その斜面にポツンと一本だけ立っている二つに裂けた高い木は、魔物を呼んだ雷霆《いかずち》が落ちた場所だった。

もう二十回目に、いや、それ以上になるかもしれないが、蹂躙《じゅうりん》された村を隈なく調べていると、アーサー・マンローと私は落胆と共に漠然とした新たな恐怖に満たされた。恐ろしい無気味な事件が当たり前のようになっていた時でも、あれほど圧倒的な出来事のあとで手がかり一つ残っていない現場を見るのは、何とも無気味だった。私たちは空しさと何か行動する必要とを感じて、そこから生じる悲愴《ひそう》な目的《あて》のない情熱にかられ、鉛色の暗くなりゆく空の下を歩きまわった。細心の注意を払いながら、小屋という小屋にふたたび入り、丘の斜面の横穴をすべて調べて死体を探し、茨《いばら》の茂る付近の斜面の裾《すそ》に分け入って巣穴や洞窟《どうくつ》を探したが、いずれも成果はなかった。だが、先程も言った通り、漠然とした新たな恐怖が脅《おびや》かすように私たちを覆《おお》っていた——まるで蝙蝠の翼を持つ巨大なグリフォンたちが、目には見えないが山頂にうずくまり、宇宙の彼方の深淵《しんえん》を覗《のぞ》いたアバドン（訳注・「ヨハネ黙示録」に登場する底なしの淵の魔物）の眼でこちらを横目に見ているかのようだった。

午後も夕暮に近づくにつれて物がますます見えにくくなり、テンペスト山上に迫る雷雨のゴロゴロという音が聞こえた。このような場所で雷鳴を聞くと、私たちは当然興奮したが、夜に聞こえたらそれ以上だったろう。じつのところ、私たちは暗くなっても嵐がしばらく続くことを必死に願っていた。そう願いながら、あてもない丘の斜面の調査を切り上げ、探索を手伝ってくれる開拓民を集めるため、人が住む最寄りの村へ向かったのである。連中は臆病《おくびょう》だったが、年若い二、三の男は、身の安全を保障するという私たちの統率力に勇気づけられていたから、手助けしてくれそうだった。ところが、引き返そうとしたとたんに滝のような雨が降り出し、一寸先も見えなくなったので、雨宿りをしなければならなかった。空がまるで夜のように真っ暗になったため、何度もひどく躓《つまず》いたが、稲妻が頻繁に閃《ひらめ》くのと、村を良く知っていたおかげで、そこでは一番雨漏りのしない小屋にやがて辿り着いた。不揃《ふぞろ》いな丸太と板を組み合わせた建物で、今も残っている扉とただ一つの小窓はどちらもメイプル・ヒルに面していた。中に入って、荒れ狂う風雨を防ぐため扉にかんぬきをさすと、窓に粗末な鎧戸をあてがった。何度も調査しているので、鎧戸が置いてある場所はわかっていた。真っ暗闇《くらやみ》の中でグラグラする箱に腰かけていると気が滅入《めい》ったが、パイプをふかし、たまに懐中電灯の光であたりを照らしてみた。時々、壁の裂け目ごしに稲光が見えた。午後だというのに信じられないほど暗かったので、一つ一つの閃光がきわめて鮮烈だった。

嵐の中でこうして閉《と》じ籠《こ》もっていると、テンペスト山でのおぞましい夜を思い出して、身体《からだ》が震えた。私の心は、あの悪夢のような出来事が起こって以来、ずっと考え続けて来た奇妙な問題に向かった。三人の見張り人に窓か家の中から近づいた悪魔は、なぜ両側の人間から襲いはじめ、真ん中の人間を最後まで——途方もなく大きい火球に怯えて、そいつが逃げ出すまで——残しておいたのだろう。どちらの方向から近づいたにしろ、犠牲者を自然な順序で、すなわち私を二番目につかまえなかったのは、どうしてだろう？　遠くまで伸びるいかなる触手で獲物をとらえたのだろう？　それとも、私が頭目であることを知り、仲間たちより恐ろしい目に遭わせるために残しておいたのだろうか？

こうした思いに耽《ふけ》っていると、まるで恐怖を劇的に盛り上げるかのごとく、恐ろしい稲妻が近くに落ちて、そのあと地滑りの音がした。と同時に、狼《おおかみ》のような風の遠吠えが高まり、悪魔的な漸強音《クレッシェンド》となった。メイプル・ヒルにポツンと一本生えている木がまた雷に打たれたのだと私たちは確信し、マンローは箱から立ち上がって、被害をたしかめようと小窓に寄った。鎧戸を取り外すと、耳を聾《ろう》する唸りを上げて風と雨が吹き込んで来たので、マンローの言うことは聞こえなかったが、彼が身をのり出し、自然の大混乱の様子を探ろうとしている間、私は待った。

風は次第に収まり、異常な闇も晴れて、嵐の去ったことがわかった。私は嵐が夜まで続いて探索を助けてくれることを願っていたが、背後の節穴からこっそりと射《さ》す陽光が、それはありそうもないことを示した。私は俄雨《にわかあめ》が降り込んでも光を入れた方が良いとマンローに言って、かんぬきを外し、粗末な扉を開けた。外の地面は泥と水溜《みずた》まりの異様なありさまで、小さい地滑りのため、あちこちに新しい土の堆積《たいせき》ができていた。私の連れは相変わらず黙って窓から身をのり出していたが、そんなに興味を引くようなものは何も見あたらなかった。そばに寄って肩に触れたが、彼は身動きもしなかった。それで、ふざけて身体を揺さぶり、こちらを向かせた時、私は癌《がん》のような恐怖の蔓《つる》に首を絞められるのを感じた。その恐怖は無限の過去と、時間《とき》の彼方に垂れ込める夜の底知れぬ深淵に根を広げていた。アーサー・マンローは死んでいたのだ。そして嚙まれ、えぐられた彼の頭にはもう顔がなかった。

三 赤い光が意味するもの

大嵐が吹き荒れる一九二一年十一月八日の晩、私は無気味な影を投げかけるランタンを手に、ジャン・マーテンスの墓でただ一人、馬鹿《ばか》のように穴を掘っていた。雷雨が来そうだったので午後から掘り始めたのだが、あたりが暗くなり、狂ったように茂り合った葉叢《はむら》の上で嵐が始まった今、私は喜んでいた。

私の精神は八月五日以来の出来事のため、少し箍《たが》が外れていたのだと思う。あの屋敷で見た悪魔の影、不断の緊張と失望、そして十月の嵐の際に小村で起こったことなどが影響したのだ。あのあと、私は理解できない死に方をした友人のために墓を掘った。他人にも理解できないことはわかっていたので、アーサー・マンローは失踪《しっそう》したと思わせておいた。捜索が行われたが、何も見つからなかった。開拓民たちに言えばわかってくれたかもしれないが、かれらをこれ以上怖がらせたくはなかった。私自身はというと、妙に感覚が鈍くなっているようだった。あの屋敷で衝撃を受けて、私の頭はどうかしてしまったらしく、今では想像の中で途轍《とてつ》もなく大きくなった恐怖を探求すること以外、何も考えられなかった。アーサー・マンローの運命の故に、私はこの探求を人に語らず、ただ一人で行うことを誓っていた。

普通の人間なら、私が発掘する場面を見ただけで恐れをなしただろう。大きさといい、樹齢といい、グロテスクさといい、いかにも不浄のものを思わせる有害な太古の樹々が、地獄めいたドルイド教の神殿の柱のように、頭上から厭《いや》らしい目つきで見下ろし、雷鳴を和らげ、爪を立てる風を静めて、雨をほとんど通さなかった。背景には傷跡のついた木の幹が立ち並んでいたが、その向こうに、木《こ》の間《ま》から洩《も》れる稲妻のかすかな閃光に照らされて、無人の屋敷の湿って蔦《つた》に蔽われた石壁が聳《そび》えていた。少し手前には荒れ果てたオランダ風庭園があったが、そこの散歩道や花壇は、まともに陽の光を見たことがない、白い、菌質の、悪臭を放つ、蔓延《はびこ》りすぎた植物に汚されていた。一番手前に墓地があって、歪《ゆが》んだ樹々が狂った枝を揺らす一方、その根は穢《けが》れた墓石を動かし、地面の下にあるものから毒を吸っていた。時折、蒼古《そうこ》たる森の暗闇で朽ち腐る木の葉の茶色い棺衣《ひつぎかけ》の下に、雷が多いこの地域の特徴である低い塚の無気味な輪郭を辿ることができた。

歴史が私をこの古き世の墓へ導いたのだ。他のすべてが悪魔の嘲弄《ちょうろう》のごとき結果に終わったあと、私に残されたのはまさに歴史だけだった。潜み棲む恐怖は物質的存在ではなく、真夜中の稲妻に乗り、狼の牙《きば》を持つ幽霊だと私は信じていた。そしてアーサー・マンローとの調査によって掘り起こした土地の数多《あまた》の言い伝えから、幽霊は一七六二年に死んだジャン・マーテンスの幽霊だと信じていた。だから、馬鹿のように彼の墓を掘っていたのだ。

マーテンス邸は一六七〇年に、ゲリット・マーテンスによって建てられた。この人物はニュー・アムステルダムの裕福な商人で、英国の支配下に変わりゆく体制を嫌い、辺鄙《へんぴ》な森林地帯の山頂にこの壮大な住居を建設した。あたりの人跡稀《まれ》な寂しさと尋常《つね》ならぬ景観が気に入ったからだ。この場所へ来て唯一期待を裏切られたのは、夏になると激しい雷雨が起こることだった。山を選んで屋敷を建てた時、マーテンス氏は頻繁に起こる自然の暴発をその年限りの異変と思ったのだが、やがて、このような現象が特に発生しやすい土地だと気づいた。しまいに、こうした嵐は自分の頭脳に有害だと知ったので、地下室を造り、嵐がひどく荒れ狂う時にはそこへ逃げ込めるようにした。

ゲリット・マーテンスの子孫については、本人ほど知られていない。かれらはみな英国文明への憎悪《ぞうお》の中で育てられ、その文明を受け入れる入植者を避けるように教育されたからだ。かれらの生活は世間から隔絶しており、孤立しているために口が重く、愚鈍になったと人々は断言した。外見上は、全員に左右の眼の色が違うという特異な遺伝的特徴があった。片方の眼はたいてい緑で、もう片方は鳶色《とびいろ》だったのだ。かれらの世間との接触はだんだん稀になり、ついには、地所のまわりに大勢いる卑賤《ひせん》な階級の人間と雑婚するに至った。人数の増えた家族の多くは頽廃し、谷の向こう側へ移って、のちに哀れな開拓民を生む混淆人種たちと同化した。他の者は先祖ゆかりの屋敷に頑固にしがみつき、ますます排他的で寡黙《かもく》になったが、頻繁な雷雨に対して過敏な反応をするようになった。

こうした情報の大部分は、ジャン・マーテンス青年を通じて外部の世界に伝わったのだ。彼は一種の落ち着きのなさから、オールバニー会議（訳注・一七五四年、オールバニーで行われた会議。フレンチ・インディアン戦争に備えて、英領植民地の代表者が出席した）の報《しら》せがテンペスト山にとどくと、植民地軍に入隊した。ゲリットの子孫のうちで世間を多く見た最初の人間であり、六年間の従軍を終えて一七六〇年に帰って来ると、色の違うマーテンス家特有の眼を持つにもかかわらず、父やおじや兄弟から他所者《よそもの》として疎《うと》まれた。彼はもはやマーテンス一族の奇癖や偏見を分かち持つことができなかったし、山の雷雨ですら以前のように彼を陶酔させなかった。それどころか、周囲の環境は彼の気を滅入らせ、彼はオールバニーにいる友人への手紙に父の家を出る計画のことをしばしば書いた。

一七六三年、ジャン・マーテンスのオールバニーにいる友人ジョナサン・ギフォードは、文通相手が手紙をよこさないので心配になった。マーテンス邸での状況や諍《いさか》いを考えるとなおさら心配だった。彼はジャンに会いに行こうと決めて、馬でこの山地に入った。日記によると九月二十日、テンペスト山に着き、ひどく荒れ果てているくだんの屋敷を見つけた。むっつりした、眼の色の不揃いなマーテンス家の人たちは、不潔な動物のようなありさまで彼に衝撃を与えたが、途切れがちな喉声《のどごえ》でジャンは死んだと告げた。前年の秋、稲妻に打たれ、今は手入れもろくにしない沈み込んだ庭のうしろに葬られているというのだ。かれらは墓碑もない簡素な墓を訪問者に見せた。マーテンス家の連中の態度はどことなくギフォードに嫌悪感と疑念を与え、彼は一週間後、鋤《すき》と根掘り鍬《ぐわ》を持って墓を調べに戻って来た。果たして予期していたものが見つかった――まるで凶暴な打撃を受けたかのように、無惨に砕かれた頭蓋骨が――それでオールバニーへ戻ると、マーテンス家の人々を親族殺害の嫌疑で公然と告発した。法的証拠はなかったが、噂《うわさ》はたちまち近隣一帯に広まり、これ以来、マーテンス家の者は世間から爪弾《つまはじ》きにされた。誰もかれらと取引しようとせず、遠い屋敷は呪われた場所として忌み嫌われた。かれらは自分たちの地所に産する物で、何とか独立した生活を営んだ。というのも、時折遠くの丘からチラと明かりが見えて、かれらがまだそこにいることが証明されたのである。明かりは一八一〇年まで見られたが、終わりの頃にはごく稀にしか見えなかった。

その間に、屋敷とあの山にまつわる一群の禍々《まがまが》しい伝説が生まれた。あの場所は以前に倍して執念《しゅうね》く避けられ、土地に伝わるあらゆる話がささやかれた。一八一六年、明かりが消えて久しいことに開拓民たちが気づくまで、そこを訪れる者はいなかった。この時、一団の人々が調査をすると、家は無人で一部分廃墟となっていた。あたりに骸骨はなかったので、一族は死んだのではなく立ち去ったのだろうと推測された。五、六年前に出て行ったらしく、移住前に人がどれだけ増えていたかを俄《にわか》造りの差掛け小屋が示していた。朽ちゆく家具と散らばった銀器は、所有者が去る前から長い間打ち棄《す》てられていたにちがいなく、そのことからも文化的水準がひどく低下していたことが証明された。だが、恐れられたマーテンス一族がいなくなったにもかかわらず、幽霊屋敷の恐怖は続き、山の頽廃人種の間に新しい奇妙な噂が立つと、非常に強烈なものとなった。屋敷はそこに建っていた――無人で、恐れられ、ジャン・マーテンスの復讐《ふくしゅう》心に燃える幽霊と結びつけられて。私がジャン・マーテンスの墓を掘り返した晩も、屋敷はやはり建っていた。

私は自分の蜿蜒《えんえん》と続く穴掘りを馬鹿のようと形容したが、実際、目的といい方法といい、そうだったのだ。やがてジャン・マーテンスの棺桶《かんおけ》を掘り出した――今は塵《ちり》と硝石《しょうせき》しか入っていなかった――が、私は彼の幽霊を発掘しようと無我夢中になって、彼が横たわっていた場所の下をやみくもに、不器用に掘り下げた。一体何が出て来ると思っていたのだろう――私はただ、幽霊となって夜に徘徊《はいかい》する男の墓を掘っていることだけを感じていた。

どれほどの法外な深さまで掘り進んだ時か、わからない。鋤が、そしてすぐに両脚が下の地面を突き抜けた。状況を鑑《かんが》みると、これは大変な出来事だった。そこに地下の空洞が存在することによって、私の狂った説は恐ろしい確証を得たからだ。少し下へ落ちたためランタンは消えてしまったが、私は懐中電灯を取り出して、小さな水平のトンネルを見た。それは両方向に果てしなく続いていた。男が一人身をよじって通れるほどの大きさで、正気の人間ならこんな時にやろうとはしなかったろうが、私は潜み棲む恐怖を明るみに出したいという一途《いちず》な情熱にかられて、危険も、理性も、綺《き》麗《れい》好《ず》きであることも忘れていた。邸へ向かう方向を選ぶと、狭い横穴の中へ無暴にも潜り込んだ。がむしゃらに、素早く、身をくねらせて前へ進み、懐中電灯を前方に掲げていたが、めったに点《つ》けなかった。

無限の奈落《ならく》のような地中に迷った男の姿を、いかなる言語が形容できよう？　足掻《あが》き、身をよじり、ゼイゼイ息をしながら、時間も、身の安全も、方向も、はっきりした目的も考えず、記憶を絶した暗闇が蔽う渦巻のような地下道を狂ったように這い進む男の姿を？　そこには何か忌まわしいものがあるが、私はそれをしたのだ。長い間そうしていたため人生は霞《かす》んで遠い記憶となり、私は闇の深処《ふかみ》の土竜《もぐら》や地虫と一体になった。実際、果てしなくつづく身悶《みもだ》えののちに、忘れていた懐中電灯を点けたのは、ただの偶然だった。すると、固まった壌土《じょうど》の中の横穴が前方に伸びて湾曲しているさまを電灯の光が気味悪く照らし出した。

しばらくこうして進んで行くうちに、電池が切れて来て、光が非常に弱くなった。その時、通路が急な上り坂になり、私の進み方も変わった。視線を上げると、消えかけた電灯の光を受けて、悪魔的な反射光が二つ、遠くに燦《きら》めいているのが唐突に目に入った。二つの反射光は毒々しい、まごう方なき輝きを放ち、模糊《もこ》とした記憶を狂おしいほどに掻き立てた。私は思わず止まったが、引き返すつもりはなかった。二つの眼が近づいて来たが、そいつの姿は鉤爪《かぎづめ》しか見分けられなかった。しかし、何という爪だろう！　やがて、遥《はる》か頭上に聞き憶《おぼ》えのあるかすかな音がした。それはヒステリックな激烈さに高まった、山の荒々しい雷だった――私はしばらく前から上に向かって這い進んでおり、地面はもうすぐそこだったにちがいない。くぐもった雷鳴が聞こえた時、二つの眼は依然うつろな悪意を持って、こちらを見つめていた。

有難いことに、私はあの時あいつが何か知らなかった。さもなくば死んでいたろう。だが、私はほかでもない、あいつを呼び出した雷に救われたのだ。というのは、恐ろしい緊張のあと、見えない外の空から、このあたりでしばしば起こる山の雷霆《いかづち》が炸裂《さくれつ》した。私は前にあちらこちらでその種の雷霆が落ちた跡を見たが、掻き乱された地面に割れ目ができ、大小の閃電岩が散らばっていた。雷は独眼巨人《キュクロプス》のごとき怒りをこめて、呪わしい穴の上の土を貫いた。私は目も昏《くら》み、耳も聞こえなくなったが、完全な昏睡《こんすい》に陥りはしなかった。

土が滑り、雪崩《なだ》れ落ちる渾沌《こんとん》の中で、私はなすすべもなく物を掻きむしり、もがいていた。そのうち頭に雨がかかったので冷静になり、見慣れた場所の地面に出て来たことを知った。そこは山の南西端の、樹木が生えていない急斜面だった。繰り返し閃く幕電《まくでん》が、崩れた地面と、森に覆われた高い斜面から伸びている奇妙な低い隆起の跡を照らしたが、渾沌たる景色のうちには、私が死の地下墓地から出て来た場所を示すものはなかった。私の脳裡《のうり》も地面同様に渾沌となり、遠く南の方から赤い光が風景の上にどっと射して来た時も、自分がどんな恐怖をくぐり抜けて来たのか理解できなかった。

しかし、二日後、あの赤い光が何だったのかを開拓民たちから聞くと、私は地中の横穴や鉤爪や眼に与えられた以上の恐怖を感じた。それが意味する途方もないことの故に、いっそうの恐怖を感じたのだ。二十マイル程離れた小村で、私を地上に連れ出した雷霆のあとに恐怖の狂宴《うたげ》が始まり、名状しがたいものが、覆いかぶさる木から脆《もろ》い屋根を突き抜けて、小屋の中に落ちて来た。そいつはある行為をしたが、狂乱した開拓民たちが小屋に火をつけたので逃げられなかった。そいつがその行為をしていたのは、地面が陥没して鉤爪と眼を持つものの上に落ちて来た、まさにその時だった。

四　眼の中の恐怖

テンペスト山についてこれだけのことを知りながら、そこに潜む恐怖を一人で探し求める人間の心に、正常なものがあろうはずはない。恐怖の化身が少なくとも二つ滅ぼされたことは、この多種多様な魔が跋扈《ばっこ》する冥府《アケロン》に於《お》いて、さほど精神と肉体の安全を保証しはしなかった。しかし、ますます途方もない事が起こり、発見されるにつれて、私はかえって大きな情熱を燃やし、探求をつづけた。

眼と鉤爪を見た地下道を這い進む恐ろしい体験をしてから二日後、あの眼が私を睨《にら》みつけていた時に、あるものが害意を持って二十マイル離れた場所をうろついていたことを知ると、私は文字通り恐怖の痙攣《けいれん》を味わった。しかし、その恐怖は驚異や魅惑的な異様さと混じり合っていたため、快感というに近かった。見えざる力に弄《もてあそ》ばれてキリキリ舞いし、ニスのニヤニヤ笑いをする亀裂《きれつ》に向かって、見知らぬ死都の上を飛んでゆく——そんな悪夢の苦悶の中では、けたたましく叫び、破滅の夢の忌まわしい渦に巻かれて、口をぽっかり開《あ》いた底知れぬ深淵に我から飛び込むことは、時として救済であり、喜びでさえある。テンペスト山で醒めながら見た悪夢の場合も、そうだった。土地に二匹の怪物が取り憑《つ》いていたという発見は、結局のところ、この呪われた地域の地面の中に飛び込み、有毒な土の隅々から横目で見ている死神を素手で掘り出したいという狂おしい熱望を私に与えた。

私はできる限り急いでジャン・マーテンスの墓を再訪し、前に掘ったところを掘り返したが、無駄だった。広範囲な陥没が地下道の痕跡をすべて掻き消していたし、雨が大量の土を洞穴《ほらあな》に流し込んでいたため、あの日私がどれだけ深く掘ったのかもわからなかった。死の怪物が焼かれたという遠い小村へも苦労して行ってみたが、ほとんど収穫はなかった。惨劇のあった小屋の焼跡に数本の骨が見つかったけれども、明らかに怪物の骨ではなかった。怪物は一人しか襲わなかったと開拓民たちは言ったが、これは不正確だと思った。なぜなら、完全な人間の頭蓋骨のほかに、間違いなく人間の頭部のものだったとおぼしい、もう一つの骨片があったからだ。怪物がいきなり落ちて来るところを目撃した者はいたが、それがどんな姿形をしていたかは、誰にも言えなかった。それを一目見た人々は、ただ悪魔と呼んだ。怪物が潜んでいた大木を調べても、これといった痕跡は見つからなかった。私は黒い森に入ってゆく足跡を探そうとしたが、この時ばかりは、病的に太い木の幹や、禍々しくねじ曲がって地中に潜り込んでゆく大蛇のような根を見ることに耐えられなかった。

私が次にしたのは、もっとも多くの人が死んで、アーサー・マンローが何かを見た――生きてそれを説明することはできなかったが――無人の小村を顕微鏡的な入念さで再調査することだった。無駄だった以前の調査もきわめて詳細だったが、今回は新しく得た知識を確かめる必要があった。墓場を這い進んだ恐ろしい体験から、少なくとも怪異の様相の一つは地下の生き物であることを確信したからだ。今回、十一月十四日に行った探索は、主として不幸な小村を見下ろすコーン・マウンテンとメイプル・ヒルの斜面に関わるもので、メイプル・ヒルで地滑りが起こったあたりの弛《ゆる》んだ地面に特別の注意を払った。

午後の調査からは何も判明せず、夕闇が下りる頃、私はメイプル・ヒルの上に立って、足下の小村と谷間の向こうのテンペスト山をながめていた。見事な日没のあと、今は満月に近い月が昇り、平野と、遠くの山腹と、ここかしこに盛り上がっている奇妙な低い塚の上に銀色の光をふり注いでいた。平和で牧歌的な情景だったが、そこに何が隠れているかを知っている私は、それを憎んだ。私は嘲《あざけ》る月を、猫っかぶりな平野を、爛《ただ》れた山を、そしてあの無気味な塚を憎んだ。何もかもが厭《いと》わしい汚《けが》れに染まり、隠された歪んだ力と有害な同盟を結んでいるように思われた。

月下の眺望をぼんやりと見つめているうちに、やがて私は、地形の一要素の性質と配置に特異な点があることに目を引かれた。地質学の正確な知識は持っていないが、私は最初からこの地域の奇妙な塚や隆起に興味を感じていた。テンペスト山のまわりにはそれらがかなり広範囲に分布しているが、平地では山頂付近よりも少ないことに気づいていた。山頂付近では、有史以前の氷食作用があまり抵抗を受けず、著しい突飛な気まぐれを恣《ほしいまま》にしたのだろう。今、長い無気味な影を投じる低い月の光の中で見ると、塚の群のさまざまな点と線がテンペスト山の頂に対して奇妙な関係を持つことを強く感じた。あの頂上は間違いなく中心であって、そこから線と点の列がどこまでも不規則に、放射状に伸びているのだ。まるで不健全なマーテンス邸が目に見える恐怖の触手を伸ばしたかのようだった。そのような触手を想像すると、私は説明のつかぬ戦慄をおぼえ、立ちどまって、自分がこうした塚を氷食作用による現象だと信ずる理由を分析した。

しかし、分析すればするほど信じられなくなり、新たに開かれた私の心に、地表の様相と地下での体験に基づくグロテスクで恐ろしい類推が生まれはじめた。私はいつしか血迷った支離滅裂な言葉をつぶやいていた。「何と、そうだったのか！……土竜《もぐら》塚《づか》……このろくでもない場所は穴だらけになっているんだ……どれほどいるのか……屋敷で過ごしたあの夜……奴《やつ》らはまずベネットとトビーをさらった……我々の両側から……」それから半狂乱になって、近くに伸びている塚を掘りはじめた。死に物狂いになり、震えながら、しかし、ほとんど歓喜に酔いながら掘っていた。掘って、しまいには何か場違いな感情にかられて大声で叫びながら――すると、先の悪魔的な夜に這って行った穴とそっくりのトンネルか横穴にぶつかったのだ。

そのあと、鋤を手にして駆け出したのを憶えている。塚があちこちにある月下の草地を横切り、取り憑かれた山腹の森の病んだ急峻《きゅうしゅん》な暗所を駆け抜け、跳びはね、叫び、息を切らし、恐ろしいマーテンス邸へ向かってまっしぐらに走って行った。茨《いばら》が一杯に茂る地下室の至る所をやみくもに掘ったことを憶えている。悪意に満ちた塚の宇宙の中核を探していたのだ。やがて通路を見つけた時、どんなに笑ったかを憶えている。それは古い煙突の基部にある穴だった。まわりには雑草が密に茂り、私がたまたま持っていた一本の蠟燭《ろうそく》の明かりの中で、奇妙な影を投げかけていた。その地獄の蜂《はち》の巣に今も何が隠れ潜み、雷によって目醒めるのを待っているのかはわからなかった。二匹はすでに殺された。それで鳧《けり》がついたのかも知れない。しかし、恐怖の内奥の秘密に到達しようという決意は依然として燃え盛っていた。私はふたたびその恐怖を、はっきりした、物質的な、有機的なものと考えるようになっていたのだ。

懐中電灯を頼りに一人で今すぐ通路を調べようか、それとも探求のために開拓民を集めようかと思い迷っていたが、考えはやがて中断された——外から突然風が吹き込み、蠟燭が消えて、真っ暗闇の中に残されたためである。月光はもう頭上の隙間《すきま》や穴から射し込まず、私は運命的な不安を感じながら、近づいて来る雷の不吉で意味ありげな轟《とどろ》きを聞いた。関連のあるさまざまな考えが脳裡に入り乱れ、私は手探りで地下室の一番遠い隅へ戻った。しかし、私の目は煙突の基部の恐ろしい穴からけして離れず、稲妻のかすかな光が外の森を貫いて、壁の上部の割れ目を照らすと、崩れかけた煉瓦《れんが》や有害な雑草がチラチラ見えて来た。私は一秒ごとに、恐怖と好奇心の入り混った ものに苛《さいな》まれた。嵐は一体何を呼び出すだろう——いや、呼び出すべきものがまだ残っているだろうか？　私は稲妻の閃光を頼りに、みっしりと茂った草叢《くさむら》の蔭《かげ》に腰を据えた。草叢ごしに開口部が見え、こちらは見られないはずだった。

もしも天に慈悲があるなら、いつの日か私が見た光景を意識から消し去り、最後の日々を平穏に送らせてくれるだろう。私はもう夜は眠れず、雷が鳴ると阿片剤《あへんざい》を飲まなければならない。あれは突然、前触れもなくやって来た。一匹の魔物が遠い想像もできぬ穴底から鼠《ねずみ》のように小走りにとび出し、地獄めいた喘《あえ》ぎと押し殺した唸り声がして、そのあと、煙突の下の穴から、おびただしい数の生白い生き物がどっと現われた――それは人間の狂気と病がつくり出した最悪のものよりももっと破壊的に忌《い》まわしい、夜から生まれた腐爛《ふらん》せる有機体の厭うべき洪水だった。沸き返り、煮え立ち、波のように押し寄せ、蛇のぬめりのように泡を立てながら、ぽっかりと口を開いた穴から湧《わ》き出すと、腐敗性の病毒のように広がり、地下室のあらゆる出口から流れ出た――外へ流れ出て、呪《のろ》われた真夜中の森の四方へ散り、恐怖と狂気と死を撒き散らした。

何匹いたかは神のみぞ知る――何千といたにちがいない。かすかな明滅する稲光の中でかれらの流れを見ることは衝撃的だった。流れがだんだんまばらになり、個々の有機体として見えて来ると、矮小《わいしょう》な、奇形の、毛むくじゃらな悪魔か類人猿――奇怪にして悪魔的な猿族の戯画であることが見て取れた。かれらは忌まわしいほど静かだった。遅れて最後の方に出て来た連中の一匹が、長い習慣による手際《てぎわ》の良さで自分より弱い道連れを餌食《えじき》にした時も、キイキイ声一つ立たなかった。ほかの者はそいつが残したものを拾って、涎《よだれ》を垂らしながら美味《うま》そうに食った。私は驚愕《きょうがく》と嫌悪感で気が遠くなっていたにもかかわらず、やがて病的な好奇心が勝利を収めた。最後の怪物が未知なる悪夢の地下世界からただ一匹で出て来た時、自動拳銃を抜くと、雷鳴にまぎれてそいつを撃った。

赤い粘着性の狂気の、絶叫し、滑りゆく奔流のごとき影が、電光の走る紫の空の血に染まった果てしない通廊を、追いつ追われつして駆けめぐる……記憶に焼きつけられた凄惨《せいさん》な現場の形をなさぬ幻影と万華鏡《まんげきょう》のごとき変化。繁茂しすぎた巨怪な樫の森と、無数の人喰い悪魔が蠢《うごめ》く大地から名状しがたい汁を吸う、蛇のようなよじれた根。ポリプ状の倒錯の地下の中心から這い進む塚に似た触手……蔦のからむ禍々しい壁と、菌類にふさがれた悪魔の拱廊《きょうろう》を照らす狂った稲妻……。本能が私を無意識のうちに人間の住む場所へ——晴れて来た空の穏やかな星の下に眠る平和な村へ導いたことを天に感謝する。

一週間すると私はそこそこ回復したので、オールバニーから一団の男たちを呼び寄せ、マーテンス邸とテンペスト山の頂全体をダイナマイトで爆破し、見つかる限りすべての塚の横穴をふさぎ、存在自体が正気への侮辱とも思えるいくつかの繁茂しすぎた樹々を伐《き》り倒させた。男たちがそれをやり終えると、少しは眠れるようになったが、潜み棲む恐怖の名状し得ぬ秘密を記憶している限り、真の休息はけっして私のもとを訪れないだろう。あいつは私に取り憑いて離れるまい。というのも、奴らを完全に撲滅したと、同様の現象が世界中に存在しないと誰に言えよう？　私のように秘密を知ってしまったら、将来の可能性への悪夢のごとき恐怖なしに、大地の未知なる洞窟について考えることが誰にできよう？　私は井戸や地下鉄の入口を見ると身震いせずにいられない……どうして医師は雷が鳴った時に私を眠らせるものを、あるいは私の脳を本当に鎮《しず》めるものをくれないのだろう？

あとから出て来た言うに言いがたい怪物を撃ったあと、懐中電灯の光で見たことはじつに単純だったので、ものの一分も経つと私は理解し、譫妄《せんもう》状態に陥った。それは吐き気を催させるものだった。汚ならしく、白っぽいゴリラに似た生き物で、鋭く黄色い牙を生やし、もじゃもじゃの毛皮に覆われていた。哺乳類《ほにゅうるい》の退化の窮極の産物だった。孤立した世界での出産、繁殖、そして地上と地下での食人による栄養摂取の恐ろしい結果。生の背後に潜んで唸り声を上げる渾沌と歯を剥《む》き出して笑う恐怖すべての体現。あいつは死ぬ時に私を見たが、その眼は、地下で私を睨み、曖昧な記憶を掻き立てた眼と同じ奇妙な特徴を持っていた。片方の眼が青く、片方は鳶色だった。古い伝説に語られるマーテンス家特有の不揃いな眼であり、私は声にならぬ恐怖がどっと押し寄せる中で、消え去った一族がどうなったかを知ったのだ。雷に熱狂した恐るべきマーテンス家の人々の運命を。

レッド・フックの怪

「我々のまわりには善の秘蹟《ひせき》と同様に悪の秘蹟があり、蓋《けだ》し我々は未知の世界に、洞穴や影や薄明に棲《す》む者らがいる場所に住み、動いている。人間は時に進化の道を逆行するかも知れず、恐るべき伝承はいまだ滅びていないと私は信ずる」

――アーサー・マッケン

一

つい数週間前のことだが、ロード・アイランド州パスコーグの村の四つ角で、背が高く、身体《からだ》つきのがっしりした健康そうな歩行者が奇異な失態を演じて、さまざまな憶測の種を提供した。その男はチェパーチェットからの道を通って丘を下りていたらしく、建て込んだ区域に出ると道を左へ曲がって、目抜き通りに入った。そこには、いくつかつつましい商店街があり、少しく都会風の雰囲気を伝えている。男はこの場所で、これといった理由もないのに、驚くべき失態を演じたのだ。目の前にある一番高い建物を一瞬おかしな顔で見つめると、恐怖にかられたヒステリックな悲鳴を次々と上げ、半狂乱になって駆け出し、次の交差点でつまずいて倒れた。周囲の人が抱き起こして埃《ほこり》を払ってやると、意識はあり、怪我《けが》もなく、突然の神経の発作は治まったようだった。男は以前精神的緊張を経験したから云々《うんぬん》と恥ずかしそうに弁解の言葉をつぶやくと、目を伏せてチェパーチェットへの道を引き返し、一度もうしろをふり返らずにトボトボと歩いて視界から消えた。そのように大柄で逞《たくま》しく、目鼻立ちも正常で、いかにも有能そうな男にこんなことが起こるとは奇妙だったし、居合わせた一人の人物が言ったことによっても、奇妙な印象は変わらなかった。その人物によると、男はチェパーチェット郊外の有名な酪農業者の家に下宿しているというのである。

男はトマス・F・マローンというニューヨーク警察の刑事であることが判明した。彼《か》の地の凄惨《せいさん》な事件に関して熱心に働きすぎたあと、長い休暇を取り、医師の治療を受けていたのだった。その一件は事故が起こったために劇的なものとなった。マローンも参加した手入れの間に古い煉瓦《れんが》造りの建物がいくつか倒壊したのだが、犯人と仲間の警察官の命がおびただしく失われたことに関わる何かが、彼を異様にゾッとさせた。その結果、彼は倒壊した建物を少しでも連想させる建物に強烈で異常な恐怖心を抱くようになり、精神科医は当分そういうものを見てはならないと厳命した。チェパーチェットに親戚《しんせき》がいる警察の医師が勧めるには、植民地時代の木造家屋から成るあの古風な小村は、精神病の回復期を過ごすのに持って来いの場所だという。それで病人はチェパーチェットへ行った。連絡を取っているウーンソケットの専門医が指示するまで、煉瓦造りの建物が並ぶ大きな村の街路にはけして足を踏み入れないと約束したのだった。雑誌を買いにパスコーグへ歩いて行ったのは間違いで、患者は医師の言いつけを守らなかったために、恐怖と打撲傷と恥辱という報いを受けたのである。チェパーチェットとパスコーグの噂屋《うわさや》たちが知っていたのはそれだけだったし、博学な専門医たちが信じていたこともそれだけだった。だが、マローンも最初のうちは専門医にもっと多くのことを語った。それがまったく信じてもらえないと知って、語るのをやめたのだ。以来彼は口をつぐみ、ブルックリンのレッド・フック地区にある穢《きた》ない煉瓦造りの建物が倒壊し、大勢の勇敢な警官が死んだために、神経の平衡が損われたのだとみなに言われても、少しも反駁《はんばく》しなかった。彼はあの無秩序と暴力の巣《そう》窟《くつ》を浄化しようとして働きすぎたのだと誰もが言った。たしかに、事件のある種の様相は十分衝撃的なものだったし、予期せぬ悲劇が最後の一押しとなった。これは誰にも理解できる単純な説明であり、マローンは単純な人間ではなかったから、これで十分としておく方が良いと悟った。想像力の乏しい人々に、人間の思議を越えた恐怖について——太古の世界から引っ張り出された悪をまとって醜怪に変貌《へんぼう》した家々や、街区や、都市の恐怖について仄《ほの》めかしても、安らかな田舎住居の代わりに、壁に詰物をした病室が待っているだけだろう。それにマローンは神秘主義を奉じているにもかかわらず、分別のある人間だった。隠された不思議なものを見るケルト人の心眼を持っていたが、表面上説得力のないものを見分ける論理家の眼も持っていた。この取り合わせこそが四十二年の生涯を通じて彼を常道から遠く離れたところへ導き、フェニックス・パーク（訳注・ダブリン市西部にある公園）の近くでジョージ王朝様式の家に生まれたダブリン大学出の人間を、さまざまな奇妙な場所に連れ込んだのだ。

　今、自分が見て、感じ、理解したものをふり返りながら、マローンは恐れを知らぬ闘士さえも顫《ふる》える神経症患者にし得る秘密を——古い煉瓦造りの貧民街と黒い陰険な顔の海を悪夢のごとき怪異なものに変え得る秘密を、独り胸にしまい込んで満足していた。彼が気持ちを人に隠さねばならなかったことは、これが初めてではないだろう——そもそも、ニューヨークの地下世界の、多言語が交錯する奈落《ならく》の底に飛び込んだこと自体、まっとうな説明のつかない酔狂ではなかったか？　不健全な諸時代の雑多な澱《おり》がその毒液を混ぜ、厭《いや》らしい恐怖を永続させる毒の大釜《おおがま》のただ中で、敏感な目には見分けられる古《いにしえ》の妖術《ようじゅつ》やグロテスクな奇蹟について、散文的な人間に何を語ることができよう？　彼は外面の貪欲《どんよく》と内面の冒瀆《ぼうとく》がつくりなす、この騒々しい、とらえどころのない大混乱の中で、秘められた驚異の地獄めいた緑の焔《ほのお》を見て来たし、知っているニューヨーク人すべてが警察の仕事に於《お》ける彼の試行錯誤を冷嘲《れいちょう》しても、穏やかに微笑《わら》っていた。かれらは大そう機知に富む皮肉屋で、知りがたい神秘を彼が空想的に追い求めることを嘲笑し、当節のニューヨークには安っぽさと低俗さ以外何もありはしないと請け合った。知人の一人は、マローンが――「ダブリン・レビュー」には多くの辛辣《しんらつ》な記事を書いて賞讃《しょうさん》を博したけれども――ニューヨーク下層社会の生活については、本当に面白い物語さえ書けないことに大金を賭《か》けた。今にして思えば、宇宙的な皮肉がこの予言者の軽薄な言葉をひそかに論破する一方で、その正しさを証明してもいたのだ。最後に垣間見《かいまみ》た恐怖は物語にならなかった――なぜならポオの小説（訳注・「群集の人」）の中でドイツ人の権威が引き合いに出した書物のように、「er lässt sich nicht lesen――読まれることを自らに許さない」からだ。

二

マローンは、存在のうちに神秘が隠されているという感覚をつねに持っていた。若い頃の彼は事物の隠れた美と恍惚《こうこつ》を感じとる詩人だったが、貧乏と悲しみと流浪《るろう》がその眼差《まなざ》しをもっと暗い方向に向けて、彼は周囲の世界に邪悪を見出《みいだ》し、戦慄《せんりつ》をおぼえるようになった。日々の生活が彼にとっては無気味な影絵の魔術幻灯《ファンタズマゴリア》となった。そうした影絵は、ある時はビアズリーの最良の筆致のように隠された腐敗によって輝き、いやらしく笑っているかと思うと、ある時はギュスターヴ・ドレの微妙で奥深い作品のように、ごく平凡な形や物の背後に潜む恐怖を暗示した。高い知性を持つ人間がたいてい内奥《ないおう》の神秘というものを馬鹿《ばか》にしてかかるのを、彼はしばしば慈悲深いことだと思った。というのも——彼に言わせれば——もしも優れた精神の持主たちが、古代の下等な宗教によって保存された秘密にまともに触れたならば、その結果生じる異常事態はやがて人間世界を破滅させるだけでなく、宇宙の完全性そのものまでも脅《おびや》かすだろうから。こうした思考は疑いなく病的だったが、鋭い論理と深いユーモア感覚が上手《うま》くそれを相殺《そうさい》した。マローンは彼の考えを軽々しく玩弄《もてあそ》んでも良い、垣間見ただけの禁じられた幻と思って満足していた。ただ職務上、突然こちらの不意を衝《つ》くので逃れることのできない地獄の啓示にぶつかった時だけ、ヒステリー症状が起こったのである。

レッド・フックの一件に気がついたのは、ブルックリンのバトラー街分署に特派されて、しばらくしてからだった。レッド・フックはガヴァナーズ島の向かい側にある古い海岸地区に近い、雑種の汚穢《おわい》の迷路である。そこには波止場から丘を登って高台に至る汚ない道が何本も通っていて、高台には荒廃したクリントン街とコート街が区庁舎に向かって伸びている。家々はおおむね煉瓦造りで、十九世紀の初頭から中葉までの建築であり、暗い裏通りや脇道《わきみち》のあるものは、昔風の読書をする人間なら「ディケンズ風」とでも呼びたくなる、魅力的な古めかしい趣を持っている。住民は度しがたい混乱と謎《なぞ》だ——シリア人、スペイン人、イタリア人、黒人の要素が互いに衝突し合い、スカンジナビア人とアメリカ人の居住区の断片が、さほど遠くないところに点在している。それは騒音と卑猥《ひわい》な言葉のざわめきであり、薄汚れた桟橋に打ち寄せるねっとりした波の音と、港の汽笛が奏《かな》でる巨大なオルガンの連禱《れんとう》にこたえて、奇妙な叫び声を上げるのだ。昔はここにももっと輝かしい風景があった。低い方の街路には澄んだ目の船乗りたちがいて、大きな家が丘に立ち並ぶところには、趣味の良い豊かな家庭があった。建物の整った形や、時折見かける優美な教会、そしてここかしこの細部にうかがわれる往時の芸術と文化的背景の証跡——磨《す》り減った石段やつぶれた戸口、虫の喰った装飾的な付柱《つけばしら》、あるいは曲がって錆《さ》びた鉄柵《てっさく》が囲っている、かつて緑地だった地面といったものに、こうした以前の幸福の名残りが認められる。家々はおおむねどっしりした石材で造られ、ところどころに窓がいくつもついた頂塔《キューポラ》が立っており、船長や船主の家族が海をながめた時代を物語る。

　この物質的、霊的な腐敗堕落のもつれ合いから、百の言語で発せられる冒瀆が空を襲う。徘徊者《はいかいしゃ》の群がわめいたり歌ったりしながら小路や大通りを千鳥足で歩き、時折他所者《よそもの》が迷いながら街を通り抜けると、そっと現われた手が明かりを消してカーテンを下ろし、罪深い痘痕《あばた》のある浅黒い顔が窓際《まどぎわ》から引っ込む。警官は秩序にも矯正にも絶望し、むしろ外の世界を病毒の伝染から護《まも》る防壁をつくろうとする。巡回のカツカツという足音にこたえるのは一種の無気味な沈黙であり、捕まった被疑者はあまり口を利《き》かない。目に見える犯罪はこの界隈《かいわい》の言語と同じくらい多様で、ラム酒の密輸や異邦人の密入国から、さまざまな段階の不法行為と隠微な悪徳にわたり、果てはいともむごたらしい殺人や傷害に至る。こうした目に見える事件がもっと頻繁に起こらないことは、この界隈の名誉にはならない——隠匿《いんとく》の能力が名誉とすべき芸術であるならば、べつだが。レッド・フックに入る人間は出て行く人間よりも――少なくとも、陸《おか》の方から出て行く人間よりも――多く、おしゃべりでない者が一番出て行く見込みがあるのだ。

マローンはこうした状況のうちに、市民が非難し、聖職者や博愛家が嘆くいかなる罪よりも恐ろしい秘密の臭《にお》いをかすかに嗅《か》ぎ取った。彼は想像力と科学知識を併《あわ》せ持つ人間として気づいていたが、無法状態に置かれた現代人は、日々の生活や儀式に於いて、原始の半類人猿の蛮行のうちでもっとも凶悪で本能的な行動様式を無気味にも繰り返すのだ。爛《ただ》れ目で痘痕《あばた》がある若者の行列が聖歌を歌い、呪詛《じゅそ》の言葉を吐き散らしながら、暗い真夜中過ぎの時刻に道を練り歩くのを、彼はしばしば人類学者の戦慄と共にながめた。こうした若者の集まりはたえず目についた。時には街角で、人を横目に見ながら夜明かしをするし、時には戸口で安物の楽器を気味悪く奏でている。時には区庁舎に近いカフェテリアのテーブルを囲んで、呆《うつ》けたようにうたた寝したり下品な対話に耽《ふけ》ったりしているし、時には固く鎧戸《よろいど》を下ろした崩れゆく古家の戸口階段の前に停まったタクシーのまわりで、ヒソヒソ話をしている。かれらは警察の同僚には言えないほどマローンをゾッとさせ、魅了した。というのも、この連中のうちには、秘密裡《ひみつり》に連綿と続く奇怪なかぼそい糸が――警察が専門的注意を払って念入りに調べ上げた事実や、習俗や、巣窟といった記録の薄汚ない集積をまったく超える、もっと下等で悪魔的な、謎めいた古い行動様式が見られるように思えたからだ。やつらは何か恐ろしい原始の伝統の継承者なのだ、人類よりも古い崇拝や儀式の堕落した破片を分かち持っているのだ、とマローンは内心感じていた。かれらの結束と行動の明確さがそれを暗示していたし、見苦しい無秩序の下に特異な秩序めいたものが潜んでいることも、その証拠だった。彼はマレー女史の『西欧に於《う》ける魔女崇拝』のような論著を伊達《だて》に読んでいたわけではなく、農民や胡散臭《うさんくさ》い輩《やから》の間に、集会や秘密祭の隠された恐ろしい体系が近年までたしかに生き残っていたことを知っていた。それらはアーリア人の世界以前に遡《さかのぼ》る暗黒の宗教から伝わったもので、黒ミサや魔女のサバトとして民間の伝説に現われる。古いツラン＝アジア系の魔術と豊穣《ほうじょう》崇拝のこうした地獄めいた痕跡《こんせき》は、今日でも完全に死に絶えたとは到底考えられなかったし、その中には、ささやかれる最悪の物語よりも本当は遥《はる》かに古く、遥かに禍々《まがまが》しいものがあるかもしれない、と彼はよく思うのだった。

三

マローンをレッド・フックの物事の核心に導いたのは、ロバート・スイダムの事件だった。スイダムはオランダの旧家の血を引く学問のある隠遁者《いんとんしゃ》で、もともと、かつかつに自活できる程度の財産を持ち、祖父がフラットブッシュに建てた広いが保存の悪い屋敷に住んでいた。屋敷が建った当時、くだんの村には植民地時代風の小家が数軒、気持ち良くかたまって、改革派教会を囲んでいるにすぎなかった。尖塔《せんとう》のついている蔦《つた》に蔽《おお》われた教会には鉄柵をめぐらした墓地があって、オランダ風の墓石が並んでいた。スイダムの寂しい家はマーテンス街から少し引っ込んでおり、老木が何本も立つ庭の真ん中にあった。スイダムはここで六十年ほども読書と思索に明け暮れていたが、三十年前に一度旧世界へ渡航し、八年間人目につかずに過ごしたことがあった。彼には使用人を雇う余裕がなく、まったくの独り住居《ずまい》に訪問客を入れることは稀《まれ》だった。親密な友達づきあいは避け、たまに知人が訪れると、綺麗《きれい》に整頓《せいとん》している一階の三部屋のうちの一つに迎えた——そこはだだっ広《びろ》く、天井の高い図書室で、壁には、どっしりと重く、古風で、見た目がどことなく不快感を与えるボロボロになった本が所狭しと並んでいた。町が発展し、最終的にブルックリン地区に吸収されたことも、スイダムには何の意味も持たず、町にとって彼はますますどうでも良い存在となった。年輩の人々は今も通りで彼を見かけると指差したが、当節の住民の大部分にとって、彼は風変わりな肥満した老人にすぎず、人々はそのボサボサに乱れた白髪や、短かくて硬《こわ》い顎鬚《あごひげ》や、テカテカした黒服や、金《きん》の握りのついた杖《つえ》に興味ありげな一瞥《いちべつ》を投げるだけだった。マローンは職務でこの一件に関わるまでスイダムの姿を見たことがなかったが、中世の迷信に造詣《ぞうけい》の深い権威として名前だけは聞いていたし、一度はカバラとファウスト伝説に関する、絶版となった彼の小論文を探してみようと思ったこともあった。友人が記憶からその一節を引用したからである。

スイダムが「事件」となったのは、遠縁の数少ない親戚が彼の精神状態をめぐって法廷の判決を求めた時だった。親戚たちの行動は部外者には唐突に思われたが、じつは長い観察と悲しい議論の末に取られた措置《そち》だった。スイダムの言動に奇妙な変化が起こったことがその理由で、彼は近いうちに奇蹟が起こると荒唐無稽《むけい》なことを言ったり、不可解にもブルックリンのいかがわしい界隈に出入りしたりするようになったのである。彼の身形《みなり》は年と共にますますみすぼらしくなり、今では本当の乞食《こじき》のようにあたりをうろついていた。時折、地下鉄の駅で友人が見かけてきまりの悪い思いをしたり、あるいは区庁舎周辺のベンチに腰かけて、色が浅黒く人相の悪い他所者たちと話していたりした。口を開けば、無限の力がもう少しで手に入るなどとわけのわからぬことを言い、訳知り顔のいやらしい目つきをして、「セフィロト」だの「アシュモダイ」だの「サマエル」だのといった神秘主義に関わる言葉や名前を繰り返した。裁判で明らかになったが、彼は収入を費《つか》い果たし、元金までつぎ込んで、ロンドンやパリから奇妙な大判の書物を取り寄せたり、レッド・フック地区にある薄汚ない地階の貸間を借りたりしているのだった。彼はほとんど毎晩その貸間で過ごし、与太者《よたもの》や外国人の入り混じった奇妙な一団を迎えて、秘密を漏らさぬ窓の緑の日避《ひよ》けの向こうで、ある種の典礼を行っているらしかった。彼の尾行を命じられた探偵たちは、奇妙な叫び声や詠唱や踊り跳ねる足音がこうした夜の祭儀から洩《も》れ聞こえることを報告し、酒《さけ》浸《びた》りのその区域では無気味な乱痴気騒ぎはありふれているにもかかわらず、かれらの異様な忘我の境と放縦な振舞いにゾッとした。しかし、一件が審問にかけられると、スイダムはかろうじて自由を保った。裁判官の前に出ると、彼の態度は上品で道理をわきまえたものになり、研究と調査に打ち込みすぎて奇矯な振舞いに及び、常軌を逸した言葉を口にしたことを素直に認めた。彼は言った――自分はヨーロッパの伝承の詳しい点を調べていて、そのためには外国人の集団やかれらの歌と民族舞踊に親しく接する必要があったのだ。親類は低級な秘密結社の食い物にされていると言うが、そんな考えは明らかに馬鹿げており、自分と自分の研究に対する理解がいかに乏しいかを示すものである、と。冷静な弁明によって勝利を得た彼は、自由に立ち去ることを許され、スイダム家や、コーリアー家や、ヴァン・ブラント家が雇った探偵たちは、雇い主に見限られて手を引く羽目となった。

連邦警察の警部たちとマローンを含む地元警察が合同で事件に介入したのは、この時だった。司法当局はスイダムの訴訟を興味深く見守っており、多くの場面で私立探偵たちを助けるように要請を受けていた。そうするうちに、次のことが判明した――スイダムの新しい仲間はレッド・フックの曲がりくねった小路にいる犯罪者の中でも極悪不逞《ふてい》な連中であり、少なくともその三分の一は、窃盗、騒乱、不法移民の密入国といったことを繰り返す名うての常習犯だったのだ。実際、老学者の特別な取り巻きは、エリス島の移民局が賢明に追い返す、得体の知れぬ名状しがたいアジアの屑《くず》どもを密入国させる組織の最悪のものと、ほぼ同じ顔ぶれだったと言って過言ではなかろう。スイダムが地階の部屋を借りたパーカー・プレイス――その後改称された――の人が溢《あふ》れかえる貧民窟には、目尻《めじり》の上がった得体の知れぬ人間たちの異様な居住区が生長していた。その連中はアラビア文字を使ったが、アトランティック大通りやその周辺に住むシリア人の大多数は、能弁を奮ってかれらを拒絶した。かれらはみな身分証明書がないので追放することもできたはずだが、法律尊重主義の役所はやることが遅いし、世間に公《おおやけ》になるといった事情に強いられない限り、誰もレッド・フックには手を出さないのである。

この連中は、水曜日はダンスホールとして使われている、今にも崩れそうな石造りの教会に通った。その教会は海岸地区の最下等な部分の近くにゴシック式の扶壁《ふへき》を聳《そび》やかしていた。名目上はカトリック教会だったが、ブルックリン中の司祭がこの教会にはいかなる地位も信頼性もないと言ったし、警官たちも夜にそこから聞こえて来る騒音を聴くと、司祭たちの意見に同感した。マローンはこの教会が無人で明かりも点《つ》いていない時、深い地下から隠されたオルガンの罅割《ひびわ》れた恐ろしい低音が聞こえて来たように思ったし、目に見える礼拝の際の金切り声や太鼓の音には、偵察者全員が怖《おそ》れをなした。スイダムはこれについて問われると、あの儀式はネストリウス派キリスト教の名残りで、チベットのシャーマニズムの色彩が加わっていると思うと言った。彼の推測によれば、人々の大半はモンゴル系で、クルディスタンかその近辺のどこかから来ているという――マローンは、クルディスタンがペルシアの悪魔崇拝者の最後の生き残り、イェジディー教徒の土地であることを想起せずにいられなかった。それはともあれ、スイダムがらみの調査活動によって確かめられたのは、こうした不法な新来者がレッド・フックにますます大勢押し寄せていることだった。かれらは税関の役人も港湾警察も手のつけられない海の陰謀団を介して入って来ると、パーカー・プレイスから溢れ出して急速に丘の上に広がり、この地域の他の雑多な住民に奇妙な同胞愛をもって迎えられるのだ。そのずんぐりした身体つきと目の細い特徴的な人相――それがけばけばしいアメリカの服とグロテスクに結合している――が、区庁舎周辺の浮浪者や流浪のやくざ者の間にますます多く見かけられた。しまいには、連中の数を計算し、出身地や職業をたしかめ、可能ならば逮捕して、移民関連の然《しか》るべき機関に引き渡す手立てを講じることが必要と考えられるに至った。マローンは連邦警察と市警察の協定によってこの任に当たったが、レッド・フックの調査を始めてから、自分が名状し得ざる恐怖の縁《ふち》に立っていることを感じ、みすぼらしい身形《なり》でボサボサの髪をしたロバート・スイダムの姿は大悪魔であり、敵であるような気がした。

四

警察の手法は多様かつ巧妙である。マローンは界隈を目立たずに歩きまわって、慎重にさりげない会話をしたり、腰のポケットに入れた酒を頃合いで振舞ったり、怯《おび》えた被疑者たちと要領の良い対話をしたりして、不穏な様相を呈して来た動向について色々と個別の事実を知った。新しく来た連中は果たしてクルド人だったが、厳密な言語学の観点からするとわかりにくい不可解な方言を話した。働いている連中はおおむね波止場人足や無許可の行商人をして暮らしていたが、しばしばギリシア料理屋で給仕をしたり、街角で新聞の売店の店番をしたりした。しかし、大半の者がこれといった生計の手段を持たず、地下社会の仕事と明らかに関わっており、密輸や「酒類密売」はその中でも一番ましな方だった。かれらは不定期貨物船らしき汽船に乗って来て、闇夜《やみよ》に漕《こ》ぎ船に乗ってひそかに上陸した。漕ぎ船はある埠頭《ふとう》に着くと、隠された運河を通って、どこかの家の地下にある秘密の地下港に行くのだ。マローンはその埠頭も、運河も、家も突きとめられなかった。情報提供者の記憶がきわめて混乱していた上に、その言葉には、ごく有能な通訳にも訳せないところが多くあったからだ。かれらが組織的に密入国する理由についても、本当の情報は得られなかった。どの地点から来たのか、正確な場所について連中は口をつぐんでいたし、自分たちを探し求めて案内した周旋人を教えるほど警戒心を解くこともなかった。実際、かれらはやって来た理由を訊《き》かれると、強烈な恐怖のようなものを示すのだった。違う種族のやくざ者たちも同じように口が固く、聞き出せるのはせいぜい、神か偉大な僧団が未聞《みもん》の権力と超自然的な栄光と、不思議な国での支配権を約束したということくらいだった。

新来者たちも元からいるやくざ者たちも、厳重な警戒の中で開かれるスイダムの夜の集会に休むことなく出席した。警察はまもなく知ったが、かつての隠遁者は、合言葉を知る客人を入れるため新たに部屋を借りて、しまいには三軒の家を借り切り、風変わりな仲間の多くを定住させた。今ではフラットブッシュの家にほとんどおらず、本を持ち出したり戻したりするために行来するだけのようで、その顔つきや態度は驚くほど荒々しくなっていた。マローンは二度面会に行ったが、二度共すげなく追い返された。自分は謎めいた陰謀だの活動だのについて何も知らないし、クルド人がどうやって入って来たかも、何を望んでいるのかも見当がつかないとスイダムは言った。自分の仕事はこの地域の移民すべての民間伝承を余念なく研究することで、警察官が口を出す筋合いはない、と。マローンはスイダムがカバラや他の神話について書いた昔の小論文を賞讃したが、老人はほんのいっとき態度を和らげただけだった。彼は相手が自分の事情に立ち入ろうとしているのを感じ、剣もほろろのあしらいをしたので、マローンも不愉快になって引き退《さが》り、ほかの情報源をあたった。

マローンがこの事件の調査を続けることができたら何を明るみに出したかを、我々が知ることはあるまい。実際には、市当局と連邦当局の間に愚かな諍《いさか》いが起こって、調査は数ヵ月間中断され、その間、刑事は他の任務に忙殺された。しかし、彼はいかなる時も関心を失わなかったし、ロバート・スイダムの身に起こり始めたことに愕然《がくぜん》としたのだった。誘拐と失踪《しっそう》の急増がニューヨーク中を興奮させたまさにその頃、ボサボサの髪をした学者は、驚くべきであると同時に馬鹿げた変身を始めたのである。ある日、髭《ひげ》を綺麗に剃《そ》って髪の毛もきちんと梳《と》かし、趣味の良い清潔な服を着ている彼の姿が区庁舎のそばで見られ、それ以後毎日、何かしら目立たぬ改善が認められた。彼は新しい潔癖さを途切れなく維持した上、眼はいつになく輝き、言葉つきもハキハキとして、長い間彼を不格好にしていた贅肉《ぜいにく》が少しずつ落ちて来た。今では年齢《とし》よりも若く見られることがよくあり、新しい流儀に似合った足取りのしなやかさと挙措《きょそ》の軽快さを得て、髪の毛も妙に黒くなって来たが、染めているようには見えなかった。数ヵ月経《た》つうちに彼の服装はだんだん保守的でなくなり、しまいにはフラットブッシュの屋敷を修繕し模様替えして、新しい友人たちをびっくりさせた。彼は屋敷を開放して一連の歓迎会を行い、思い出せる限りの知人を招いた。ついこの間、自分を拘束することを求めた親類もすっかり赦《ゆる》して、特別に歓待した。ある者は好奇心から、ある者は義理から顔を出したが、世捨て人だった男の見違えるような垢抜《あかぬ》けた上品さにたちまち魅了された。自分は課せられた仕事をあらかたやり遂げた、と彼は言った。それに忘れかけていたヨーロッパの友人の財産をつい最近相続したので、残りの人生をもっと明るい第二の青春のうちに送ろうと思う。安らぎと用心と食餌療法《しょくじ》とのおかげで、それが可能になったのだ、と。スイダムの姿をレッド・フックで見かけることはだんだん稀になり、彼は自分が生まれた社会で人と交わることが多くなった。警察官たちは、やくざ者たちがパーカー・プレイスの地階の部屋ではなく、古い石造りの教会兼ダンスホールに集まるようになったことに気づいた――もっとも、前者とそれに最近付け加えられた部屋は、依然有害な連中に溢れていたが。

やがて二つの出来事が起こった――両者は遠く離れていたが、マローンが見たこの事件に於いては、どちらもすこぶる興味深いものだった。一つは、ロバート・スイダムがベイサイドのコーニーリア・ゲリツェン嬢と婚約した旨《むね》を静かに告げる「イーグル」紙の記事だった。くだんの令嬢は高い地位にある若い婦人で、年輩の花婿《はなむこ》の遠い親戚にあたる。もう一つの出来事は、市警察によるダンスホール教会への手入れだった。これは、地階の窓に、誘拐された子供の顔がチラリと見えたという報告があって行われたのである。マローンもこの手入れに参加し、教会の中に入ると、念入りに調べた。何も見つからなかったが――実際、警察が踏み込んだ時、建物には誰一人いなかったのだ――敏感なケルト人は内部にある多くの物に漠然と心を掻《か》き乱された。ぞんざいな絵を描いた羽目板が何枚もあって、彼にはそれが気に食わなかった――神聖な人物の顔が卑俗でせせら笑うような表情に描かれ、中には俗人の礼節の感覚からっても看過できないほど無礼なものもあったのである。また、説教壇の上の壁に記されたギリシア語の文章も好ましくなかった。それはかつてダブリン大学にいた時、たまたま読んだことのある古代の呪文で、逐語的に翻訳すると次のようなものだった。

「おお、夜の友にして連れなる者よ、汝《なんじ》、犬の遠吠《とおぼ》えと流血を喜ぶ者、墓の間、影の中を彷徨《さまよ》う者、血を求め、人間に恐怖をもたらす者、ゴルゴーよ、モルモーよ、千の顔持つ月よ、我らの捧《ささ》げる犠牲をこころよく受けたまえ！」

彼はこれを読んだ時身震いして、夜に教会の下から聞こえて来るように思った鱗割《ひびわ》れたオルガンの低音をぼんやりと思い出した。祭壇に置いてある金属製の水盤の縁《へり》が錆びているのを見ると、またも身震いして、どこからか奇妙なおぞましい悪臭がするように感じた時は、ビクッとして立ちどまった。あのオルガンの記憶が頭から離れず、立ち去る前に地階をとくに念を入れて調べた。そこは彼にとってじつに厭《いと》わしい場所だったが、結局、冒瀆的な絵も、壁の文字も、無知な人間がした幼稚な落書き以上のものであったろうか？

スイダムの婚礼が行われる頃には、誘拐の頻発が新聞に書き立てられて世間を騒がしていた。被害者の大半は最下層階級の幼い子供たちだったが、失踪者の数の増加が憤激の感情を煽《あお》り立てていた。新聞各紙は警察の行動を求めて叫び、バトラー街の分署は手がかりや発見や犯人を求めて、ふたたび警官をレッド・フックに派遣した。マローンは喜んでまた捜査に加わり、パーカー・プレイスにあるスイダムの家の一軒を手入れして得意になった。果たして、拐《さら》われた子供は見つからなかった——金切り声が聞こえたとか、建物の間の通路で血まみれの飾り帯を拾ったとかいう話があったのだが。しかし、大部分の部屋の剝《は》げかかった壁に描かれた絵や殴り書きされた文字、屋根裏にあった素朴な化学実験室、これらは刑事に何か途方もないものを追いかけていることを確信させた。絵は愕然とするようなもので——形も大きさもさまざまな醜悪な怪物と、人間の輪郭を模倣した何とも形容しがたいものだった。書かれた文字は赤く、アラビア文字からギリシア文字、ローマ字、それにヘブライ文字まであった。マローンには少ししか読めなかったが、解読した部分は十分に不吉で、秘教的な内容だった。頻繁に繰り返される一つの文はヘブライ語の混じったヘレニズム期のギリシア語で、アレクサンドリア文化の頽廃《たいはい》を示す、いとも恐るべき悪魔召喚を暗示していた――

「HEL・HELOYM・SOTHER・EMMANVEL・SABAOTH・AGLA・TETRAGRAMMATON・AGYROS・OTHEOS・ISCHYROS・ATHANATOS・IEHOVA・VA・ADONAI・SADAY・HOMOVSION・MESSIAS・ESCHEREHEYE」

どこを向いても円や五芒星《ごぼうせい》が描かれており、ここで不潔な生活を送っていた人間たちの奇妙な信念や野心を明らかに物語っていた。しかし、もっとも奇妙な物は地下室に見つかった――黄麻布《こうまふ》で無造作に被《おお》ってある本物の金塊の山で、その輝く表面には、壁を飾っているのと同じ無気味な象形文字が刻まれていた。手入れの間、警察は、扉という扉から雲霞《うんか》のごとく湧《わ》いて来る目の細い東洋人たちから、さしたる抵抗を受けなかった。事件に関係のある物が何も見つからないので、すべてをそのままにして立ち去らねばならなかったが、警察署長はスイダムに手紙を書いて、世間の騒ぎが大きくなっていることに鑑《かんが》み、間借り人や被後見人の人物を良く見定めるように忠告した。

五

それから六月の婚礼があり、大騒ぎとなる事件があった。正午《ひる》近くのそのいっとき、フラットブッシュの街はにぎやかで、古いオランダ式教会のそばに三角旗をつけた自動車が群がり、教会の戸口から道路まで日避けが張られていた。格式や規模に於いて、スイダム家とゲリッツェン家の婚礼に勝る催しがこのあたりで行われたことはなく、花嫁花婿をキュナード桟橋へ見送った面々は、必ずしももっとも洒落《しゃれ》た人々ではなかったかもしれないが、少なくとも『紳士録』の一ページを埋める顔ぶれではあった。五時に別れの挨拶《あいさつ》が交わされ、重々しい定期船は長い桟橋から少しずつ離れると、おもむろに船首を沖へ向けて、曳舟《ひきふね》を捨て、旧世界の驚異へ導く大海原を目指して行った。夜には外港を出、遅い時刻に甲板に出ている船客は汚染されぬ大洋の上に星が瞬《また》くのを見た。

不定期貨物船と悲鳴のどちらが先に注意を惹《ひ》いたのかは、誰にもわからない。おそらく同時だったのだろうが、考えても仕方のないことである。悲鳴はスイダムの特等室から聞こえて来て、扉を押し破った船員は、正気でいられたならばきっと恐ろしいことを語ったろうが、その場で完全に狂ってしまった——実際、最初の被害者よりも大きな声で叫び、そのあと、へらへら笑いながら船内を駆けまわったので、捕らえられて拘束された。少しあとから特等室に入って明かりを点けた船医は、発狂こそしなかったが、のちにチェパーチェットにいるマローンと手紙のやりとりをするまで、自分が見たもののことを誰にも話さなかった。それは殺人——扼殺《やくさつ》——だったが、言うまでもなく、スイダム夫人の喉《のど》についた爪跡《つめあと》は夫やほかの人間の手がつけたものであるはずはなかったし、白い壁に一瞬、憎むべき赤い文字が現われ、のちに記憶から書き写されたその字は、「リリト」という単語を意味する恐ろしいカルデア文字にほかならぬと思われた。これはたちまち消えてしまったから、言及するに及ばない——スイダムに関して言うと、船医は自分自身どう考えたら良いかわかるまで、ほかの者を部屋に入れないことだけはできた。自分はそれを見ていないと医師はマローンにはっきり言った。明かりを点ける直前、開いていた舷窓《げんそう》が一瞬ある種の燐光《りんこう》に覆《おお》われ、外の闇に、地獄の忍び笑いを思わせるかすかな声がいっとき谺《こだま》したようだったが、物の輪郭は何も目に入らなかった。その証拠に自分は今も正気であると医師は語った。

それから、不定期貨物船が全員の注意を引いた。ボートが親船を出て、高級船員の服を着た、色の浅黒い横柄《おうへい》なならず者の群が、一時停止したキュナード社の船にわらわらと乗り込んで来た。かれらはスイダムか、その死体を引き渡せと言った——彼の旅行のことを知っており、何らかの理由で死ぬことを確信していたのだ。船長室は混乱の極みだった。特等室から来た船医の報告と貨物船から来た男たちの要求との間で、いかに賢明沈着な海の男といえども、どうしたものかとっさに思いつかなかったからだ。と、突然、やって来た船乗りたちの頭目が——黒人のような口をしたアラブ人だったが——皺《しわ》くちゃになった汚ない紙を取り出して、船長に渡した。それにはロバート・スイダムの署名があり、次のような奇妙な文言がしたためてあった。

「私が突然の、または不可解な事故か死に見舞われた場合は、どうか何も訊かずに私ないし私の死体をこの紙の所持者とその仲間の手に引き渡してもらいたい。私にとって、そしておそらく貴方《あなた》がたにとって、これに無条件で従うことに一切がかかっている。理由はあとでわかるだろう——今は私の言う通りにされたい。

ロバート・スイダム」

船長と医師は顔を見合わせ、後者が前者に何かささやいた。しまいに二人は仕方がないという風にうなずき、スイダムの特等室へ案内した。医師は扉の錠を開ける時、船長に目をそむけさせ、見知らぬ船乗りたちを部屋に入れたが、かれらが異様に長い間準備をしてから重荷を運んでぞろぞろと出て来るまで、ろくに呼吸《いき》もつけなかった。その重荷は寝台から持って来た寝具にくるまれ、輪郭があまりはっきりわからないことを船医は有難く思った。男たちはそのものの被いを剝がさず、船の側面ごしに何とか貨物船に乗せた。キュナード社の船はふたたび進み、船医と船の葬儀屋は、最後か奉仕としてできるだけのことをするため、スイダムの特等室を詳しく調べた。船医はまたしても沈黙し、嘘《うそ》までつかねばならなかった。地獄のようなことがそこで起こっていたからだ。スイダム夫人の血をすっかり抜き取ったのはなぜかと葬儀屋が尋ねた時、船医はそんなことはしていないと断言するのを怠った。棚に並べてあった罎《びん》がみな失《な》くなっていることも、それらの罎の中身を急いで捨てたことを示す流しの臭いも、指摘しなかった。男たち——人間の男だったとすれば——が船を去った時、かれらのポケットは異様にふくらんでいた。二時間後、世間はこの恐ろしい出来事について知るべきことをすべてラジオで知った。

六

六月の同じ日の晩方、海上からの消息を一切聞いていないマローンは、レッド・フックの裏通りで必死に働いていた。突然の動揺がこの場所に広がっているようで、住民たちはまるで「葡萄蔓《ぶどうづる》電報（訳注・流言の広まる秘密経路、ほどの意）」によって何か異常なことを知らされたかのように、ダンスホールの教会とパーカー・プレイスの家々のまわりに、何かを待ちうけるごとく群れ集まった。子供が三人失踪したばかりで——ガワナスの方の街から青い眼をしたノルウェー人の子供がいなくなったのだ——その地区の屈強なヴァイキングたちが暴徒の群になりつつあるという噂が流れていた。マローンは数週間前から、この街の一斉捜索を試みるよう同僚を促していたが、同僚たちはダブリンの夢想家の想像よりも自分たちの常識に訴える状況に動かされて、やっと最終的な行動を起こすことに同意した。この晩の不穏と脅威が決定要因となり、ちょうど真夜中頃、三つの署から募られた踏み込み部隊がパーカー・プレイスとその周辺を急襲した。ドアが押し破られ、逃げ遅れた者は逮捕され、蠟燭《ろうそく》の灯《とも》った部屋部屋は、模様の入った長衣や、司教冠や、他の説明しがたい装身具を身におびた種々雑多な異邦人の信じがたい群を吐き出した。混乱の最中にたくさんの物が失われた。さまざまな物品が思いがけぬ場所にある縦穴に慌《あわ》てて投げ込まれたし、秘密を露見させる異臭は突然点火した刺激性の香《こう》によって誤魔化されたからである。しかし、到《いた》るところに血が飛び散っており、マローンは煙がまだ立ち昇っている火鉢や祭壇を見るたびに戦慄した。

彼は同時に何箇所にもいたい気持ちだったが、スイダムの地階の部屋へ行くことにしたのは、荒れ果てたダンスホール教会には人っ子一人いないと使いの者が報告したあとだった。あの部屋には、明らかにくだんの隠秘学者が中心人物となった教団に関する手がかりがあるはずだと彼は思っていた。だから、大いに期待して黴臭《かびくさ》い部屋部屋を隈《くま》なく探し、どことなく納骨堂めいた臭いに注意し、そこかしこに無造作に散らばっている珍奇な書物や、器具や、金塊や、ガラス栓のついた壜を調べた。一度、白黒ぶちの痩《や》せ猫が脚の間をすり抜けて行ったので、躓《つまず》いたとたんに、赤い液体が半分ほど入っているビーカーを引っくり返してしまった。そのショックは強烈で、今日に至ってもマローンは何を見たか確信を持てないのだが、くだんの猫が奇怪に変容し、異様な姿になって逃げて行くさまを、今でも夢に見るのだ。やがて鍵《かぎ》のかかった扉が目の前に現われたので、それを破るためのものを探した。そばに重い腰掛があって、その頑丈な座部は古い扉板を壊すには十分以上だった。罅割れができて、それが大きくなり、扉全体が崩れた――しかし、向こう側から崩れたのだ。そこから氷のように冷たい烈風が唸《うな》りを上げて、底知れぬ奈落のあらゆる悪臭と共に吹き出し、地上のものでも天上のものでもない吸引力が迫って来て、麻痺《まひ》した刑事に生き物のように巻きつき、開いた入口の向こうへ引き摺《ず》り込んだ。彼はヒソヒソ声や泣き声、どっとわき上がる嘲笑《ちょうしょう》に満ちた計り知れぬ空間を落ちて行った。

もちろん、それは夢だった。専門医はみなそう言ったし、彼には夢でないと証明する材料が何もなかった。実際、彼はむしろ、そういうことにしておきたかった。それならば、古い煉瓦造りの貧民街や浅黒い外国人の顔が彼の魂をこんなに深く蝕《むしば》むことはないだろう。だが、その時は何もかもが恐ろしい現実感を持っていたので、あの暗闇の地下堂、あの巨大な拱廊《きょうろう》、そしてあの形定かならぬ地獄の生き物たちの記憶を消し去ることはできない。生き物たちは食いかけのものを抱えて、無言で巨人の如《ごと》く闊《かっ》歩《ぽ》し、食いかけのものの生きている部分は、慈悲を乞《こ》うて叫ぶか、狂って笑うかしていた。香《こう》の匂《にお》いと腐敗の匂いが混じって吐き気を催させ、どす黒い空気は、形がなく眼玉だけついている四大《しだい》の怪物の、朦朧《もうろう》として半分しか見えない巨体によって生動していた。どこかで暗い、ねばねばする水が縞瑪瑙《しまめのう》の桟橋に打ち寄せ、一度、耳障《みみざわ》りな小さい鈴の震える音が鳴り渡って、それに迎えられるように、燐光を放つ裸形のものが狂った忍び笑いをした。そのものは泳いで視界に入って来ると、岸壁をよじ登り、うしろの方にある彫刻を施された黄金の台座の上にうずくまって、いやらしい目つきをした。

果てしない闇の大路《おおじ》がそこから四方八方に伸びているようだった。諸都市を病にかからせて包み込み、雑種の疫病《えきびょう》の悪臭のうちに諸国民を呑《の》み込むであろう伝染性病毒の根源がここにあるかと思われた。宇宙的罪悪がここに入って来て、不浄な祭儀によって腐爛《ふらん》し、ニタニタ笑う死の進軍を始めたのだ。それは我々みなを腐らせ、おぞましくて墓にも葬《ほうむ》れない菌性の異形たらしめる。サタンがここにバビロンのごとき宮居を敷き、燐光を放つリリトの生白い四肢が汚《けが》れない子供の血に洗われた。男性淫魔《インクブス》たちと女性淫魔《スックバ》たちがヘカテーへの礼讃《らいさん》を叫び、頭のない奇形動物たちが大地母神《マグナ・マーテル》に向かって震える声で鳴いた。かぼそい呪《のろ》われた笛の音につれて山羊《やぎ》どもが跳ね、ふくれた蟾蜍《ひきがえる》のように歪《ゆが》んだ岩を越えて、アエギパンたちが無格好なファウヌスたちを果てしなく追いかけた。モロクやアシュタロトもそこにいた。このあらゆる劫罰《ごうばつ》の精髄の中では、意識の境界が取り払われ、人間の心は、悪が造り得るあらゆる恐怖の領域と禁断の次元の展望に開かれていたからである。封印を解かれた闇の井戸からのかかる襲撃に対して、世界と自然はなすすべもなく、いかなる魔除《まよ》けのしるしも祈りも、恐ろしきワルプルギスの暴動を食いとめることはできなかった。その暴動は、憎むべき鍵を持つ一人の賢者が、世々に伝わる悪魔の知識を一杯に詰めて錠を下ろした櫃《ひつ》を持つ集団と出会った時に、始まったのだ。

突然、こうした幻影の中に物理的な光線が射《さ》し、マローンは死んでいるべきものどもの冒瀆のただなかに櫂《かい》の音を聞いた。舳先《へさき》にランタンをつけた小船が視界にいきなり入って来て、ぬるぬるした石の桟橋についている鉄の輪に船を繋《つな》ぐと、寝具にくるんだ長い荷物を運ぶ数人の黒い男を吐き出した。男たちは彫刻を施された黄金の台座にいる、燐光を放つ裸形のもののところへそれを持って行き、台座にいるものは忍び笑いをして、前足で寝具を掻いた。すると、男たちは被いを取り去り、短くて硬《こわ》い顎鬚を生やし、白髪をボサボサに乱した肥満した老人の壊疽《えそ》を起こした死骸《しがい》を、台座の前に垂直に立てた。燐光を放つものはまたクスクス笑って、男たちはポケットから壜を取り出し、そいつの足に赤い液体を塗った。それから、壜をそのものに渡して中身を飲ませた。

と、突然、拱廊となって果てしなくうち続く大路から、冒瀆的なオルガンの悪魔的な轟《とどろ》きと喘鳴《ぜんめい》が聞こえて来た。冷笑的な鯡割れた低音で、地獄のもじり歌をむせぶように鳴り渡らせた。たちまち、動いていたものはみな電気に撃たれたようになって、すぐに儀式の行列をつくると、悪夢の群は音のする方へズルズルと遠ざかって行った――山羊、サテュロス、アエギパン、男性淫魔《インクブス》、女性淫魔《スックバ》、死霊《レムル》、ねじ曲がった蟾蜍《ひきがえる》と形のない四大の霊、犬の顔をして吠える者と暗闇を音もなく歩む者――みんな、あの燐光を放つ忌《い》むべき裸形のものに率いられていた。そのものは彫刻を施された黄金の台座にうずくまっていたが、今は肥《ふと》った老人のどろんとした眼の死骸を腕に抱え、傲慢《ごうまん》に闊歩していた。色の黒い奇妙な男たちがうしろで踊り、行列全体がディオニュソス祭のように狂乱して、跳んだりはねたりしていた。マローンは二、三歩よろよろとついて行ったが、譫妄《せんもう》状態で頭が朦朧とし、自分がこの世界の――いや、べつの世界であれ――どこにいるのかわからなかった。やがて彼はふり返り、よろめいて、湿った冷たい石の上に倒れ込み、息を切らして震えていたが、悪魔のオルガンは罅割れた音で鳴りつづけ、狂った行列の喚声や太鼓の音や鈴の音は次第にかすかになっていった。

遥《はる》か彼方《かなた》から奇怪な歌とぞっとするようなオルガンの音が聞こえるのを、マローンはぼんやり意識していた。時折、むせび泣くかすすり上げるような儀式の祈禱《きとう》の声が暗い拱廊の向こうから流れて来て、ついには恐るべきギリシア語の呪文が聞こえたが、その文句はダンスホール教会の説教壇の上に書いてあったものだった。

「おお、夜の友にして連れなる者よ、汝、犬の遠吠えと（ここでいやらしいわめき声がどっと起こる）流血を（ここで名状しがたい物音が病的な金切り声と競い合う）喜ぶ者、墓の間、影の中を彷徨う者（ここで口笛のようなため息が起こる）、血を求め、人間に恐怖をもたらす者（無数の喉から発せられる短く鋭い叫び）、ゴルゴーよ（応唱として繰り返される）、モルモーよ（恍惚《うっとり》した声で繰り返される）、千の顔持つ月よ（ため息と笛の音）、我らの捧げる犠牲をこころよく受けたまえ！」

詠唱が終わると全員が叫び声を上げ、シュウシュウという摩擦音がオルガンの鋳割れた低音を掻き消さんばかりだった。やがて、大勢の喉から洩れるような喘《あえ》ぎ声がして、吠えたり鳴いたりするような言葉の入り乱れたどよめきが起こった――「リリト、偉大なるリリトよ、花婿を見よ！」さらに叫び声、喧騒《けんそう》、走る者のカツカツいう鋭い足音。足音は近づき、マローンはそちらを見ようと片肘《かたひじ》をついて身体を起こした。

地下堂の光は今まで弱まっていたが、また少し明るくなった。その悪魔の光の中に、逃げも感じも呼吸もするべきではない者の逃げ走る姿が現われた――濁った眼をし、壊疽を起こした肥った老人の死骸が、今は支えを必要とせず、つい先程終わった祭儀の地獄の魔法によって動かされていた。彫刻を施された台座にいた燐光を発する裸形のものが、クスクス笑いながらそのあとを追いかけ、さらにそのうしろを黒い男たちと、感覚を持った醜悪なものの恐るべき一団が息を切らしながら走っていた。死骸は追っ手を引き離しつつあり、はっきりした目的を持っているようで、彫刻を施された黄金の台座――魔術的にごく重要なものであることは明白だった――に向かって、腐りかけた筋肉という筋肉を使い、ひた走っていた。次の瞬間、死骸は目標に到達したが、うしろの群もさらに必死の速さで追いつづけた。だが、間に合わなかった。最後の力をふり絞ると、腱《けん》から腱が引き裂かれて、悪臭を放つ巨体がゼリー状に分解して床を這《は》ったが、かつてロバート・スイダムであった目を見開いた死骸はついに目的を達し、勝利を得たのだ。その一押しは凄《すさ》まじかったが、力は持ちこたえた。押す者が泥のような腐肉の塊となって崩れ落ちた時、彼が押していた台座は揺らぎ、傾き、ついには縞瑪瑙の土台から下のどろどろした水の中に落ちて、彫刻を施された黄金の輝きを最後に放つと、下方の地獄《タルタロス》の夢想もできない深淵《しんえん》に重く沈んだ。そのとたん、恐怖の場面全体がマローンの眼前から消えてなくなり、彼は邪悪な宇宙すべてを掻き消すような、雷鳴に似た轟きのただなかで気を失った。

七

スイダムが海上で死に、死体が移送されたことを知る前に体験したマローンの夢を、現実の奇妙な事柄が補ったことは興味深い。とはいえ、それは彼の夢を信じなければならぬ理由にはならない。パーカー・プレイスにあった三軒の古い家は、長い間じわじわと腐朽が進んでいたためであろう、手入れをした警察官の半分と被疑者の大部分がまだ中にいる間に、これといった原因もなく倒壊し、警察官も被疑者も大半が即死した。ただ地階と地下室では多くの者が助かり、マローンは運良くロバート・スイダムの家の地下深くにいた。現実にそこにいたのであり、誰も否定しようとはしない。彼は漆黒の地下港のそばで発見され、二、三フィート離れたところに腐肉と骨のグロテスクな塊があって、歯の治療跡によりスイダムの死体と判明した。事情は明白だった。密輸人の地下運河がここに通じていたからである。スイダムを船から連れ去った男たちが、彼を自宅に運んだのだ。男たち自身はついに見つからず、少なくとも身元は確認されなかった。そして船医は警察の単純な断定にいまだ納得していない。

スイダムは明らかに大がかりな密入国活動の頭目だった。彼の家につながる運河は、界隈にいくつもある地下水路とトンネルの一つにすぎなかったからだ。この家からダンスホール教会の地下堂へ通ずるトンネルがあり、教会からその地下堂へは、北壁にある狭い隠し通路からしか行くことができず、地下の部屋部屋でいくつかの奇異な恐ろしい物が発見された。鋳割れた音で鳴るオルガンがそこにあり、巨大な迫持《せりもち》造りの礼拝堂には木のベンチがいくつも並び、奇妙な模様に飾られた祭壇があった。壁に沿って小部屋が並び、そのうちの十七室には――口にするのも忌まわしいが――完全な痴呆《ちほう》状態の囚《とら》われ人が一人ずつ鎖につながれていた。その中には、いやに奇妙な姿の赤ん坊を抱いた母親も四人含まれていた。赤ん坊たちは明るみに出されるとすぐに死んだが、医師らはそれをむしろ慈悲深いことだと思った。かれらを調べた者のうちで、昔のデルリオ（訳注・マーティン・アントン・デルリオ１５５１－１６０８。イエズス会の神学者。魔術研究の書『魔女の鉄槌』を著した）の陰気な問いを思い出したのは、マローンだけだった――「ダイモーン、男性淫魔《インクブス》、女性淫魔《スックバ》なるものは果たしてありや？　またかかる媾合《まぐわい》より子の生まるることはあり得るや？」

運河は埋め立てられる前に徹底的に浚渫《しゅんせつ》され、鋸《のこぎり》で切られたり、裁ち割られたりしたあらゆる大きさの骨が続々と出て来たため、大騒ぎになった。誘拐事件の頻発の元凶が探り当てられたことは明々白々だったが、生き残った被疑者のうちに、法的な筋道によってそれと結びつけられる者は二人しかいなかった。この男たちは殺人の共犯者として有罪にならなかったため、現在刑務所にいる。隠秘学的な意味合いからして第一に重要なものだとマローンが何度も言っている、彫刻を施された黄金の台座ないし玉座はとうとう発見されなかった。しかし、スイダムの家の下の一箇所で、運河が落ち込み、深くて浚渫できない井戸に繋がっていることがわかった。その井戸は新しい家々の地下室を作る際に開口部をふさがれ、セメントで固められたが、あの下に何があるのだろうとマローンはよく考える。警察は狂人と密入国幇助者《ほうじょしゃ》の危険な一団を壊滅させたことに満足して、未決のクルド人たちを連邦当局に引き渡し、かれらは国外退去させられる前に、悪魔崇拝者の末裔《まつえい》イェジディー教徒の氏族に属することが判明した。例の不定期貨物船とその乗組員は今もってつかみどころのない謎のままだが、皮肉屋の刑事たちは、くだんの船が人間や酒を持ち込んで来るなら、もう一度戦う気満々でいる。こうした刑事たちがこの事件に無数にある不可解な点も、事件全体の示《し》唆《さ》的な曖昧《あいまい》さも怪しまないことは、悲しいほど狭い物の見方を示しているとマローンは思う。もっとも、彼は新聞各紙にも同じくらい批判的だ。新聞はここに評判になりそうな病的事件を見ただけで、サディストの小さな宗教がどうのこうのといって悦《えつ》に入《い》った。本当は、宇宙の中心から来た恐怖と呼んでも良かったのだが。しかし、彼はチェパーチェットで神経を鎮《しず》めながら沈黙を守ることに甘んじ、時がだんだんに自分の恐るべき体験を、今目の前にある現実の領域から、絵のような、半ば伝説的な遠い過去の領域へ運んでくれることを祈っているのだ。

ロバート・スイダムはグリーンウッド墓地で花嫁の傍に眠っている。奇妙な形で出て来た骨を葬る際にも葬儀は行われず、親戚《しんせき》たちはこの事件全体がすぐ忘れられたことに感謝した。実際、彼《か》の学者とレッド・フックの怪事件との関係が法的な証拠によって確かめられることはなかった。スイダムが死亡したため、さもなければ受けたであろう取り調べを免れたからだ。彼自身の最期《さいご》についてはあまり触れられなかったし、スイダム家の人々は、後世が彼を無害な魔術と民間伝承を道楽半分に研究した穏やかな隠遁者としてのみ思い出すことを願っている。

レッド・フックに関して言えば――あそこはいつまで経っても同じだ。スイダムが来ては去り、恐怖の影が忍び寄っては消えた。しかし、闇と汚穢《おわい》の邪霊は古い煉瓦造りの家々に住む混淆《こんこう》人種の間にわだかまり、明かりや歪んだ顔が不可解に現われたり消えたりする窓の前を、得知れぬ用事でうろつきまわる一団が今も練り歩く。甲羅を経た恐怖は千の頭を持つヒュドラであり、闇の教団はデモクリトスの井戸よりも深い冒瀆《ぼうとく》の中に根を張っている。獣の魂はいずこにもいて勝ち誇り、レッド・フックに無数にひしめく爛れ目で痘痕《あばた》のある若者たちは、今も詠唱し、呪詛の言葉を吐き散らし、わめきながら、深淵から深淵へ、どこから来るともどこへ行くとも知れず、自分にはけして理解できない生物学の盲目の法則に突き動かされて、ぞろぞろと進んで行く。昔と同様、レッド・フックに陸から入る者は出て行く者より多く、酒やもっと口にしがたいものの密売買の中心に向かって、新しい運河が地下を流れているという噂がすでにささやかれている。

例のダンスホール教会は現在、主にダンスホールとして使われており、夜になると窓におかしな顔が現われる。先頃、埋《うず》もれた地下堂がまた掘り返されており、それには単純に説明できない目的があるという所信を一人の警官が表明した。歴史や人類よりも古い毒と闘おうなどとは、我々は何様《なにさま》なのであろう？　アジアではああいう恐ろしいものに合わせて類人猿が踊りをおどったのだし、朽ちかけた煉瓦の家並に人目を忍ぶ存在が隠れているところには、癌《がん》がのうのうと潜み、広がって行くのだ。

マローンが身震いするのも故《ゆえ》なしとしない。つい先日も、建物の間の通路の暗がりで、色の浅黒い、目の細い老婆《ろうば》が、仲間同士がささやく言葉を幼い子供に教えているのを、ある警官が聞いた。彼は耳を澄まし、女が何度もこう繰り返すのを聞いて、じつに妙だと思ったのだ。

「おお、夜の友にして連れなる者よ、汝、犬の遠吠えと流血を喜ぶ者、墓の間、影の中を彷徨う者、血を求め、人間に恐怖をもたらす者、ゴルゴーよ、モルモーよ、千の顔持つ月よ、我らの捧げる犠牲をこころよく受けたまえ！」

彼方《かなた》より

わが無二の親友クロフォード・ティリンガストに起こった変化は、考えられぬほど恐ろしかった。私は二ヵ月半前の一件以来、彼に会っていなかった。その日、彼は物理学と形而上学《けいじじょうがく》にわたる自分の研究がいかなる目標に向かっているかを語った。畏怖《いふ》し、ほとんど恐怖にかられた私が諫《いさ》めると、彼は狂信的な怒りにかられて、私を実験室と家から追い出したのだ。彼が今は呪《のろ》わしい電気仕掛けの機械がある屋根裏の実験室に閉じこもり、ろくに食事もとらず、使用人さえ寄せつけないことは知っていたが、わずか十週間のうちに人間がここまで変わり、醜くなり得るとは思わなかった。恰幅《かっぷく》の良い男が急に痩《や》せるのは見ていて気持ちの良いものではないが、たるんだ皮膚が黄色や灰色になり、眼が落ちくぼみ、隈《くま》ができて無気味にギラギラ光り、額に血管が浮いて皺《しわ》が寄り、両手が震え、引きつるのを見るのは、それよりももっと悪い。そしてこれに不快なだらしなさが加わったら――服装がひどく乱れ、黒い髪はぼうぼうに伸びて生《は》え際《ぎわ》が白くなり、以前は綺麗《きれい》に髭《ひげ》を剃《そ》っていた顔に真っ白い顎鬚《あごひげ》が野放図に伸びていたら、その累積《るいせき》効果たるや、まさに衝撃的である。しかし、あまり要領を得ない言伝《ことづて》をうけて、何週間もの追放の後に彼の家を訪れた時、戸口に出たクロフォード・ティリンガストの外見はそんな風だった。そのような幽霊めいた男が、震えながら、蠟燭《ろうそく》を手に私を中へ入れ、まるで目に見えない物を恐れるかのように、肩ごしにチラとうしろを顧みたのだ。そこはベネヴォレント街から引っ込んだところにある古い寂しい家だった。

そもそもクロフォード・ティリンガストが科学と哲学を学んだのは、間違いだった。こうした学問は冷淡で人間味のない研究者に任せておくべきなのだ。なぜかというと、その種の学問は感情と行動の人間に、同じように悲劇的な二つの選択肢を差し出すからだ。探求に失敗すれば、絶望を。成功すれば、筆舌に尽くせぬ想像もできない恐怖を。ティリンガストはかつて孤独で憂鬱《ゆううつ》な失敗の餌食《えじき》だったが、今は成功の餌食であることを、私は自分自身の吐気を催させる恐怖と共に知った。私は実際、十週間前、彼がもうすぐ発見しそうだというもののことを堰《せき》を切ったようにしゃべりだした時、警告したのだ。あの時の彼は興奮に頰を染めて、甲高く不自然な、しかし、つねに学者ぶった声でこう語った。

「我々は自分のまわりの世界や宇宙について、どれだけのことを知っているだろう?

我々が印象を受け取る手段は馬鹿馬鹿《ばかばか》しいほど少なく、周囲の事物に関する概念は限りなく狭い。我々は自分に与えられた肉体が見せるようにしかものを見られず、その絶対的な性質については何もわからない。お粗末な五感で果てしなく複雑な宇宙を理解するふりをしているけれども、もっと広範囲で強い、あるいは異なる感覚を持つべつの存在がいたら、我々とは非常に異なる形でものを見るだけでなく、我々のすぐそばにありながら我々の持つ感覚ではとらえられない物質や、エネルギーや、生命の世界を見て、研究することができるかもしれない。僕はそういう不思議な、近づけない世界が我々のすぐ間近に存在すると前から信じていたが、今は障壁を破る方法を発見したと信じているんだ。冗談を言ってるんじゃない。今から二十四時間以内に、テーブルのそばにあるあの機械が一種の波動を発生させるだろう。それは萎縮《いしゅく》あるいは退化した痕跡《こんせき》として我々のうちに存在するが、気づいていない感覚器官に働きかける。その波動は、人間の知らない数多くの展望を、そして我々が生物と見なすいかなるものにも知られていない、いくつかの展望を開くだろう。犬が暗闇《くらやみ》で吠《ほ》えたり、猫が真夜中過ぎに耳をピンと立てたりする時、感じているものを我々は見るだろう。こうしたものも、生物がいまだかつて見たことのない、ほかのものも見るだろう。我々は時間、空間、次元を跳び越え、肉体を動かさずして被造物の根底を覗《のぞ》き見るだろう」

ティリンガストがこうしたことを言った時、私は忠告した。彼を良く知っていたので面白がるよりも怖くなったのだが、自分の考えに凝《こ》り固まっていた彼は、私を家から追い出した。今も凝り固まっていることに変わりはなかったが、誰かに話したいという欲求が憤《いきどお》りに勝《まさ》ったため、ほとんど彼の字とはわからない字で命令的な手紙を書いてよこしたのだ。かくも突然震える怪石像《ガーゴイル》に変わってしまった友人の住居に入った時、影という影の中に広がっているかのような恐怖が私にも伝染した。十週間前に彼が口にした言葉と信念が、蠟燭の明かりの小さな輪の外にある暗闇に具現しているように思われ、家の主の変わり果てたうつろな声を聞くと、胸が悪くなった。使用人がまわりにいれば良いのにと思い、三日前に全員いなくなったと彼が言った時には、厭《いや》な気持ちがした。少なくとも、あの老僕グレゴリーが、私のように信頼できる友達に何も言わないで主人を見捨てるというのは妙だった。ティリンガストが怒りにまかせて私を追い返したあと、彼の消息を逐一伝えてくれたのは、グレゴリーだったのだから。

しかし、つのる好奇心と魅惑がやがて恐れに打ち勝った。クロフォード・ティリンガストが私に何を望んでいるのかは想像するしかなかったが、何か途方もない秘密か発見を打ち明けようとしていることは疑いなかった。私は彼が自然の則《のり》を外れて、思議の外《ほか》なるものに首を突っ込むことに反対したが、彼がある程度成功したかに思われる今は、その意気込みを共有していると言っても良かった——もっとも、勝利の代償は恐ろしいものだったらしいが。私は暗いがらんとした家の中を通って、人間の戯画と化した震える男が手に持つ蠟燭がふらふら揺れるあとについて行った。電灯《でんとう》は消してあるらしく、わが案内人にそのことをたずねると、はっきりした理由があるのだと言った。

「そんなことをしたら大変だ……とてもできない」と彼はつぶやきつづけた。私はこのつぶやく癖がとくに気になった。独り言を言うのは彼らしくなかったからだ。屋根裏の実験室に入ると、あの憎むべき電気機械が不快な、気味の悪い、菫色《すみれいろ》の光輝を放っていた。それは強力な化学電池に接続してあったが、電流は通っていないようだった。実験の段階では作動中にパチパチ、ゴロゴロと音を立てていたのを憶《おぼ》えていたからである。ティリンガストは私の問いに答えて、この絶えざる光は君に理解できるような意味で電気的なものではない、とつぶやくように言った。

彼は私を機械のそばに、機械が私の右側になるように坐《すわ》らせると、上の方にいくつもかたまってついているガラスの電球の下にあるスイッチをひねった。例のパチパチという音が始まって、キンキンと高くなり、しまいには静寂に戻ったかのような、低いかすかな唸《うな》りになった。一方、光輝は強まったあとにまた弱まり、それから淡い奇異な色彩、あるいは色彩の混合を帯びたが、私にはそれが何の色かわからず、形容することもできなかった。ティリンガストはこちらを見ていて、私の当惑した表情に気づいた。

「あれが何かわかるかい？」と彼はささやいた。「紫外線なんだよ」彼は私が驚くのを見て、妙にクスクス笑った。「紫外線は目に見えないと思っていたろう。その通りだ――しかし、今はそれが見えるし、ほかにもたくさん目に見えない物が見える。

良く聴きたまえ！　あの装置から出る波動は、我々のうちに眠る千の感覚を目醒《めざ》めさせているんだ。分離した電子の状態から有機的な人体の状態に至る悠久の進化の過程から受け継いだ感覚だよ。僕は真実を見た。君にも見せるつもりだ。どんな風に見えるだろうと思っているのかい？　教えてやろう」ここでティリンガストは自分も私の真向かいに坐り、蠟燭を吹き消して、私の目をいやらしく見つめた。「君が今持っている感覚器官――最初は耳だと思う――がたくさんの印象を拾い上げるだろう。眠っている諸器官と密接につながっているからだ。それから、べつの印象が生ずるだろう。松果体《しょうかたい》のことを聞いたことがあるかい？　浅薄な内分泌《ないぶんぴ》学者たち、フロイト派のお仲間の間抜けな成り上がり者たちが言っていることは笑止だね。松果体は感覚器官の中でもとくに偉大な器官なんだ――僕はそのことを発見した。それは結局視覚に似て、脳に視覚的映像を送る。君が正常なら、それによって多くのものを得るべきなんだ……つまり、彼方から多くの証拠を手に入れるべきなんだ」

私は南側の壁が傾斜しているだだっ広《ぴろ》い屋根裏部屋の中を見まわした。あたりは通常の目には見えない光にぼんやりと照らされていた。遠くの隅々は影になっていて、部屋全体が薄霧のような非現実感をまとっているため、どういう場所かよくわからず、想像力は象徴と幻想に誘《いざな》われた。ティリンガストが黙っている間、私はどこか広大で信じがたい、遥《はる》か昔に死に絶えた神々の神殿にいるような気がした。そこは茫漠《ぼうばく》たる大建造物で、無数の黒い石柱が湿った平石の床から視界を越える雲の高処《たかみ》まで聳《そび》え立っている。映像はしばらくの間非常に鮮明だったが、やがてもっと恐ろしい考えに――何も見えず何も聞こえない無限の空間に独りきりでいるという考えに取って代わられた。そこには虚空《こくう》以外何もないように思われ、私は子供じみた恐怖を感じて腰のポケットから拳銃《けんじゅう》を抜いた。私はある晩、東プロヴィデンスでホールド・アップさせられて以来、暗くなるといつもそれを身につけているのだった。やがて遠い最果《さいは》ての領域から、あの音がかすかに聞こえて来た。それは限りなく弱く、微妙に顫《ふる》え、まごう方なき音楽だったが、いとも荒々しい性質があって、全身が甘美な拷問《ごうもん》を受けているように感じられた。私は磨《す》りガラスを偶然引っ掻《か》いた時のような感覚を味わった。と同時に、冷たい隙間風《すきまかぜ》のようなものが起こって、遠い音のする方向から私の中を吹き抜けてゆくようだった。固唾《かたず》を呑《の》んで身構えていると、音も風も強くなって来るのがわかり、まるで巨大な機関車が近づいて来る線路にいて、二本のレールに縛りつけられているようだと、おかしなことを考えた。ティリンガストに向かって話し始めると、異常な印象は突然消え失《う》せた。あの男と、光る機械と、薄暗い部屋が見えるだけだった。ティリンガストは私がほとんど無意識に抜いた拳銃を見て憎々しく笑ったが、その表情から確信したのは、彼も私と同じものを——それより多くではないにしても——見聞きしたということだった。私が体験したことを小声で伝えると、できるだけ静かにして、感覚を研《と》ぎ澄ましていろと彼は言った。

「動いちゃいけないぞ」と彼は注意した。「この光線の中では、我々は見るだけでなく、見られることもあるんだ。使用人たちはいなくなったと言ったが、どうしていなくなったかは言わなかったな。あの薄ら馬鹿の家政婦がいけないんだ——そうするなと言っておいたのに下の階の電灯を点《つ》けたから、電線が共振してしまった。さぞかし恐ろしかったにちがいない——僕はここで、べつの方向から来る色々なものを見たり聞いたりしていたが、それでも下からの悲鳴が聞こえたよ。あとで家のあちこちに服だけ塊になっているのを見た時は、ちょっとおっかなかった。アップダイク夫人の服は正面の広間のスイッチのそばにあった——それで彼女の仕業とわかったんだ。あいつがみんなをつかまえてしまったのさ。しかし、身動きさえしなければ、まず安全だ。憶えておけよ、我々は恐ろしい世界を相手にしていて、その中では事実上無力なんだ……いいいい、じっとしてろ！」

打ち明け話のショックと突然命令されたショックとが重なって、私は一種の麻痺《まひ》状態に陥り、怯《おび》えながら私の心はティリンガストが「彼方《かなた》」と呼ぶものから来る印象にふたたび開かれた。私は今、音と運動の渦《うず》の中におり、目の前には混乱した光景があった。部屋の輪郭がぼやけて見えたが、空間のある一点から認識しがたい形だか雲だかが沸き返る柱となって注ぎ込み、前方の、私の右側のどこかで、堅い天井を突き抜けて来るようだった。すると、あの神殿に似た建物がふたたびチラリと見えたが、今度は列柱が空の光の大海《おおうみ》にとどいていて、そこから前に見た雲つく柱の通り道に沿って、目も眩《くら》む光が射《さ》した。そのあとの場面はほとんど全体が万華鏡《まんげきょう》的で、光景と、音と、正体のわからぬ感覚の印象が入り乱れる中で、自分が今にも分解するか、何らかのやり方で確固とした形態を失おうとしているのを感じた。まざまざと閃《ひらめ》いた一つの映像を私はいつまでも忘れないだろう。奇妙な夜空の一画が、輝きながら回転する天体に満ちている、そんな様子が一瞬見えたようで、それが遠ざかるにつれて、いくつもの輝く太陽が、定まった形の星座か銀河を成しているのが見えた。その形とは、クロフォード・ティリンガストの歪《ゆが》んだ顔だった。べつの時には巨大な生きたものたちが私を掠《かす》めて行き、時折、固体であるはずの私の身体を通り抜けて、歩いたり漂ったりしているのを感じたが、ティリンガストはそれを見ているようだと思った——まるで訓練された感覚によって、それらを視覚的にとらえることができるように。彼が松果体について言ったことを思い出し、この超自然的な目で一体何を見ているのだろうと思った。

　突然、私自身も一種の増強された視覚を手に入れた。光輝き、かつ影深い渾沌《こんとん》の上に一つの映像が立ち上がり、それはぼんやりしているが、一貫性と永続性の要素を有していた。それには実際、親しみ深いものが幾分あった。というのも、劇場の絵のついた幕の上に映画の画面を投影したように、尋常ならぬ部分が通常の地上の風景に重ねられていたのだ。屋根裏の実験室と、電気仕掛けの機械と、自分と向かい合っているティリンガストの見苦しい姿が見えたが、見慣れた物体が占めていない空間は、どんな極小の部分も空虚ではなかった。筆舌に尽くしがたい形をしたものが——生きているのも、そうでないのも——胸のむかつくような混乱のうちに入り混じって、知っているもの一つひとつのそばに異様な未知の実体の世界が広がっていた。同様に、知っているあらゆるものが他の未知なるものの構造に溶け込んでいるように見え、逆もまた然《しか》りだった。生きている物体の中で真っ先に目についたのは、大きな真っ黒いゼリー状の怪物たちで、機械からの振動に合わせてブルブル震えていた。かれらは厭になるほどたくさんいて、恐ろしいことに、互いに重なり合っているのだ。半流動体で、お互いを、また我々が固体として知っているものの中を通り抜けられるのだった。こうしたものはけしてじっとしておらず、良からぬ目的を持って、つねにあたりを浮遊しているようだった。時々共喰いをするらしく、襲う側がとびかかると、被害者はたちまち視界から消失した。私は不幸な使用人たちを消してしまったものはこれだったのかと思って戦慄《せんりつ》し、このものたちを頭から追い払うことができなかった。それでも、我々の周囲にあるが目には見えない、今初めて可視化された世界のべつの性質を見ようと努めた。だが、ティリンガストは私の様子を見守りながら、こう話しかけた。

「あいつらが見えるかい？　見えるかい？　君の人生のあらゆる瞬間に、君のまわりに浮かんだり落ちたりして、君の中をひょっと通り抜けてゆく物たちが見えるかい？　人間が澄んだ空気とか青空とか呼ぶものを形成している生き物たちが見えるかい？　僕は障壁を破るのに成功したろう？　ほかの生きた人間が見たことのない、色々な世界を君に見せただろう？」私は彼が恐ろしい渾沌の向こうで叫ぶのを聞き、私の顔のそばへ不愉快に突き出した荒々しい顔を見た。その両眼は焰《ほのお》の燃える穴で、今は圧倒的な憎しみとわかった感情をあらわにして、私を睨《にら》んでいた。機械は厭らしくブンブンと唸っていた。

「あの蠢《うごめ》いている奴《やつ》らが使用人を消しちまったと思うのかい？　馬鹿だな、あいつらは無害なんだ！　だが使用人たちはいい、いなくなった、そうじゃないか？　君は僕を止めようとした。ほんの少しでも励ましが欲しい時に、僕の気持ちを挫《くじ》こうとした。臆病《おくびょう》者《もの》め、君は宇宙の真理を恐れていたが、もう僕の勝ちだ！　何が使用人を一掃したかって？　何がかれらをあんな大声で叫ばせたかって？……わからないのか？　もうじきわかるだろうよ！　僕を見ろ——僕の言うことを聴け——君は時間や大きさなんてものが本当にあると思ってるのか？　形や物質なんてものがあると空想しているのか？　いいか、僕は君のちっぽけな脳味噌《のうみそ》には思い描くこともできない深処《ふかみ》に到達したんだ！　無限の境界の彼方を見て、星界から魔物たちを引き摺《ず》り下ろしたんだ……世界から世界へ闊歩《かっぽ》して死と狂気の種を蒔《ま》く影たちを制御したんだ……宇宙は僕のものだ、聞いてるか？　今、僕を追い立てているものがいる——貪《むさぼ》り喰い、溶解するものたちが——だが、僕は逃げ方を知っている。奴らがつかまえるのは君だ——使用人たちみたいにつかまるんだ。おや、何をもぞもぞしているんだね？　動くのは危険だと言ったじゃないか。僕がじっとしていろと言ったおかげで、君は今のところ救《たす》かっている——もっと多くの光景を見て、僕の話を聞いてもらいたいから救けたんだ。もしも身動きしていたら、あいつらはとっくの昔に君を襲っただろう。心配するな、あいつらは痛い思いはさせない。使用人たちも苦しめはしなかった——可哀想《かわいそう》な連中があんなに叫んだのは、見たからだった。僕のペットたちは可愛《かわい》くない——美的基準が——非常に異なる場所から来たのでね。肉体の崩壊には全然苦痛はない。請け合うよ——だが、君にあいつらを見てもらいたいんだ。僕はあやうく見そうになったが、途中で止《や》める方法を知っていた。君は興味をそそられないのか？　君が科学者じゃないことは前からわかっていたよ！　震えてるのか？　僕が見つけた窮極のものどもを見るのが怖くて、震えてるのか？　それなら、動いたらどうだね？　疲れたのかい？　なに、心配しなくても良い、あいつらはもう来るからね……ほら見ろ！　糞《くそ》ったれ、見ろ！……君の左肩の真上だ……」

語ることはもうわずかしか残っていないし、みなさんは新聞記事を読んでとうに御承知かもしれない。警察がティリンガストの古い家で銃声がしたのを聞きつけ、そこに私たちを見つけた——ティリンガストは死に、私は意識を失っていた。私は手に拳銃を握っていたので逮捕されたが、三時間後に釈放された――ティリンガストの死因は卒中であり、私の発砲は、滅茶滅茶《めちゃめちゃ》に破壊されて実験室の床に散らばっている有害な機械を狙《ねら》ったことがわかったからだ。私は自分が見たものについてあまり語らなかった。検死官が疑いを抱くことを懼《おそ》れたのだ。しかし、医師は私がした曖昧《あいまい》な説明から判断してこう言った――君は間違いなく怨《うら》みを抱く人殺しの狂人に催眠術にかけられたのだと。

あの医師の言葉を信じられれば良いのだが。今では空気と頭上の空について考えずにいられないことを忘れられたら、私の戦《おのの》く神経もいくらか安まるだろう。私は自分が独りきりだとも快いともけして感じないし、疲れていると時々、何かに追われているような忌《い》まわしい感覚が訪れて、ゾッとする。医師の言葉を信じられないのは、この単純な事実一つのせいだ――警察は、クロフォード・ティリンガストが殺したという使用人の死体をついに発見しなかったのだ。

戸口にいたもの

一

私が一番の親友の頭に六発の銃弾を撃ち込んだのは本当だ。しかし、この一文によって、彼の殺害者でないことを明らかにできると思う。初めのうち私は狂人と呼ばれるだろう――アーカム療養所の個室で私が撃った男よりも狂っていると。あとになって読者のうちの何人かはそれぞれの陳述を吟味し、知られている事実とつき合わせ、あの恐ろしい証拠を――戸口にいたものを見たあとでは、あのように信じるしかなかったことを納得して下さるだろう。

あの時までは、私も自分の行動の根拠である突飛な話の中に狂気以外の何物も見なかった。今でさえ私は間違っていたのではないかと――果たして狂ってはいなかったのだろうかと自問するのだ。私にはわからない――しかし、エドワード・ダービーとアセナス・ダービーについてはほかの者も奇妙なことを語っているし、鈍感な警察ですら、最後の恐ろしい訪問をどうやって説明すれば良いか途方に暮れている。かれらは解雇された使用人がおぞましい冗談か警告をしたという薄弱な説をでっち上げようとしているが、真実はそれよりも遥《はる》かに恐ろしく、信じがたいものであることを内心悟っているのだ。

だから、私は敢《あ》えてエドワード・ダービーを殺していないと言おう。むしろ彼の仇《かたき》を討ったのであって、そうすることにより、生かしておけば全人類に甚大《じんだい》な恐怖を与えたはずの怪物を地上から取り除いたのだ。我々が日々歩む道のすぐそばに影の暗黒地帯があり、時折、邪悪な者がそこへの通り道を空《あ》けてしまう。そういうことが起こった時、事情を知る人間は結果を考える前に戦わなければならない。

私はエドワード・ピックマン・ダービーを子供の頃から知っている。彼は私より八歳年下だったが、たいそう早熟だったので、彼が八歳で私が十六歳の時から、二人は共通点を多く持っていた。彼は私が知る一番の神童で、七歳の時に陰鬱《いんうつ》で幻想的な、病的ともいえる詩を書き、取り巻く家庭教師たちをびっくりさせた。早すぎた才能の開花には、個人教育を受けたことと大事にされて引きこもっていたことが、おそらく関係していたのだろう。彼は一人っ子で身体《からだ》が虚弱だったため、彼を溺愛《できあい》する両親は不安にかられ、自分たちのそばにしっかりと縛りつけた。彼は子守りと一緒でなければ外に出ることを許されなかったし、よその子供と自由に遊ぶ機会はめったになかった。疑いなく、こうしたことが少年のうちに秘密を好む奇妙な内的生活を育《はぐく》み、想像だけが唯一《ゆいいつ》の自由な道となったのだろう。

ともかく、彼の少年時代の知識は並外れた異様なもので、彼が楽々と書く作品は年上の私さえも虜《とりこ》にした。当時の私はいささかグロテスクなタイプの芸術に魅《ひ》かれる傾向があり、この年下の子供にまたとない同好の士を見出《みいだ》したのだ。二人が影と驚異を愛した背景には、疑いなく、私たちが住んでいた古い、朽ち崩れる、どことなく恐ろしい町があった――それは魔女に呪《のろ》われ、伝説に取り憑《つ》かれたアーカムで、その密集し、たわんだ腰折れ屋根と崩れかけたジョージ王朝様式の欄干は、陰気につぶやくミスカトニック川のほとりで数世紀を沈思のうちにすごしている。

時が経《た》つにつれて、私は建築に関心を寄せ、エドワードの悪魔的な詩の本に挿絵を描く計画を諦《あきら》めたが、それでも私たちのつきあいが減ることはなかった。若いダービーの風変わりな才能は目覚ましく発展し、十八歳の時、悪夢の抒情《じょじょう》詩集が『アザトホート、その他の恐怖』という題名で出版されると、大評判になった。彼はボードレールの流れを汲《く》む悪名高い詩人ジャスティン・ジョフリーと親しく文通した。この詩人は『一本石の民』を書き、ハンガリーの無気味な評判の悪い村を訪れたあと、一九二六年に精神病院で悲鳴を上げながら死んだのである。

しかしながら、ダービーは大事にされて育ったため、自立と実際的な事柄に関しては大いに遅れていた。身体は健康になったが、子供のように他人《ひと》に頼る習慣が過保護な両親に助長されたため、一人で旅行したり、自分自身で何かを決めたり、責任を取ったりすることはけしてなかった。彼に実業ないし専門職の世界で闘う能力がないことは早くからわかっていたが、家に豊かな財産があるので、それも悲劇とはならなかった。彼は大人になっても、少年と見まごう外見を保っていた。金髪碧眼《へきがん》で、子供のようにみずみずしい顔色をしており、口髭《くちひげ》を生やそうと試みたものの、よくよく見ないと髭が生えていることはわからなかった。声は柔らかで明るく、甘やかされてあまり身体を動かさない生活の故《ゆえ》に、中年の太鼓腹が早く来たというよりも、子供のような丸々した身体つきになっていた。上背《うわぜい》はあり、顔立ちも整っていたから、内気なために独りで本ばかり読んでいたが、さもなければ人目を惹《ひ》く伊達男《だておとこ》になっていただろう。

ダービーの両親は毎年夏に彼を海外へ連れて行ったので、彼はすぐにヨーロッパの思想や表現のうわべだけをつかみ取った。ポオに似た才能はますます頽廃《たいはい》的なものに向かい、それ以外の芸術的な感性や希求は半ば目醒《めざ》めただけだった。あの頃、私たちは大いに議論をした。ハーヴァード大学を卒業した私はボストンの建築事務所で学び、結婚し、最後にアーカムへ戻って来て開業した——父が療養のためフロリダへ移ったので、ソールトンストール街の実家に腰を落ち着けたのだ。エドワードは毎晩のようにやって来たので、私は彼を家族の一人と見なすようになった。彼は扉の呼鈴《よびりん》やノッカーを鳴らすのに独特の癖があって、それがまぎれもない暗号の合図となり、私はいつも夕食が済むと、素早く三度鳴らして、少し間を置いてからまた二度鳴らすお馴染《なじ》みの音を耳を澄まして待った。私が彼の家を訪ねることはさほど頻繁でなかったが、私はつねに増えてゆく彼の蔵書中に知られざる稀書《きしょ》を見つけて羨《うらや》んだものだ。

ダービーはアーカムのミスカトニック大学に学んだ。家を離れて下宿することを両親が許さなかったからだ。十六歳の時入学し、三年間で課程を修了した。英文学とフランス文学を専攻し、数学と自然科学以外は全科目で良い成績を修めた。ほかの学生とはほとんど交わらなかったが、「大胆な」あるいは「ボヘミアンな」連中を羨望《せんぼう》の眼差《まなざ》しで見ていた——かれらの上《うわ》っ面《つら》だけ「知的な」言葉遣いと意味もなく皮肉な態度を真似《まね》し、そのいかがわしい振舞いをする勇気が自分にもあれば良いと思った。

彼が実際にしたのは、隠された魔術的伝承のほとんど狂信的な信奉者になることだった。ミスカトニック大学図書館は昔も今も、その種の文献で知られている。彼はつねに幻想と怪奇の表面に棲《す》んでいたが、今では伝説的な遠い過去が後世を導くか悩ませるかするために残した神秘な文字や謎《なぞ》を深く探究したのだ。恐るべき『エイボンの書』やフォン・ユンツトの『無名祭祀書《さいししょ》』、狂えるアラビア人アブドゥル・アルハザードの禁断の書『ネクロノミコン』といった書物を読んだが、そのことを両親には話さなかった。私の一人息子が生まれた時、エドワードは二十歳《はたち》で、私が彼の名をとって子供をエドワード・ダービー・アプトンと名づけた時は嬉《うれ》しそうだった。

二十五歳になる頃のエドワード・ダービーは桁外《けたはず》れに博学な人間で、かなり良く知られた詩人であり幻想作家だった。とはいえ、人との触れ合いや責任が欠けているため、その作品は独創性に欠けて書物の影響が濃すぎるものとなり、文学的成長は滞《とどこお》った。私はたぶん彼のもっとも親しい友人で——彼を重要な理論的話題の無尽蔵の宝庫と思っていたし、彼の方も、両親に言いたくない事柄に関しては、私に助言を求めるのだった。彼はまだ——それを望むというよりも、内気さや、ものぐさや、親の過保護の故に——独身だったし、社交の場でも、わずかに通り一遍のことをするだけだった。戦争が起こった時も、健康状態と生得の臆病《おくびょう》さのため家にとどまった。私はある任務を帯びてプラッツバーグへ行ったが、海外へは行かなかった。

こうして年月は過ぎて行った。エドワードの母親は彼が三十四歳の時に亡《な》くなり、彼は数ヵ月間、奇妙な精神病のため何もできなかった。しかし、父親がヨーロッパへ連れて行くと、何とか不調から抜け出して、これといった悪影響も残らなかった。その後の彼はまるで見えない束縛から幾分か脱したような、一種の奇怪な爽快感《そうかいかん》を感じているようだった。もう中年に達していながら大学の「進歩的な」連中とつきあいはじめ、何度か極端に放埒《ほうらつ》な行動の現場に居合わせ――ある時は、事件の場にいたことを父親に知られないため、大金を強請《ゆす》られて払った(その金は私から借りたのだ)。ミスカトニック大学の放埒な連中についてささやかれた噂《うわさ》のあるものは、極めて異常だった。黒魔術の話や、まったく信じられぬ出来事の話もあった。

二

アセナス・ウェイトと出会った時、エドワードは三十八歳だった。彼女は当時二十三歳くらいだったと思うが、ミスカトニック大学で中世形而上学《けいじじょうがく》の特別課程を取っていた。私の友人の娘が以前――キングスポートのホール校で――アセナスに会ったことがあるが、彼女には妙な噂があったため、なるべく避けていたという。アセナスは色が浅黒く、小柄な方で、ひどい出目である点を除けば美人だったが、その表情のうちにある何かがごく敏感な人々を遠ざけた。しかし、一般の人間が彼女を避けたのは、主として彼女の出自と話す内容のせいだった。彼女はインスマスのウェイト家の一員で、崩れかけ、半ば無人となったインスマスとその住民のまわりには、数々の暗い伝説が何世代にもわたって語り継がれていた。一八五〇年頃に行われたという恐ろしい取引の話や、この衰退した漁港の旧家には「完全に人間ではない」奇妙な要素があるといった話――そのかみのニューイングランド人だけが考えつき、然《しか》るべき畏怖《いふ》を持って繰り返すような話があった。

アセナスの場合、エフラム・ウェイトの娘だというので、事はいっそう深刻だった――彼が年とってから、いつも面紗《ヴェール》をして歩いた身元の知れない妻に産ませた子供なのである。エフラムはインスマスのワシントン街にある朽ちかけた邸宅に住んでいて、その家を見た者（アーカムの住民はインスマスへ行くことを極力避ける）が断言するには、屋根裏の窓がいつも板で囲ってあり、夕暮が迫ると、時々中から奇妙な音が聞こえて来たという。老人は若い頃、並外れた魔術の学徒だったそうで、言い伝えによれば、思いのままに海の嵐《あらし》を起こしたり鎮《しず》めたりすることができたそうだ。私は若い頃、一度か二度彼に会ったことがある。その時、彼は大学図書館にある禁断の書物を閲覧しにアーカムへ来ていたのだが、鉄灰色の顎鬚《あごひげ》をもじゃもじゃに生やした、狼《おおかみ》のような、むっつりした顔が私は嫌いだった。彼は娘が（彼の遺志によって学長の被後見人となった）ホール校に入る直前、いささかおかしな状況下で狂死したが、アセナスは彼の病的に熱心な弟子で、時々恐ろしく父親そっくりに見えることがあった。

娘がアセナス・ウェイトと同じ学校に行った友人は、エドワードが彼女とつきあっているという噂が広まりはじめると、奇妙なことを色々語った。アセナスは学校で魔術師を気取っていたらしく、実際、いとも不可解な奇蹟《きせき》を起こすことができるようだった。雷雨を起こせると公言したが、成功したように見えても、無気味な予知のこつを心得ているだけなのだと大方《おおかた》の者は考えた。動物はすべてはっきりと彼女を嫌い、彼女が右手である仕草をすると、どんな犬でも吠《ほ》え出した。時として彼女は、若い娘にしてはじつに奇妙な――そしてじつに衝撃的な――知識や言葉遣いの片鱗《へんりん》を示した。そんな時は不可解な流し目や目瞬《まばた》きをして学友を怖がらせ、その状況から淫《みだ》らで痛快な皮肉を味わっているようだった。

しかし、もっとも異常だったのは他人への影響力で、これには多くの証人がいた。アセナスは間違いなく正真正銘の催眠術師だった。学生仲間を奇妙なやり方で見つめることによって、しばしば相手に人格が入れ替わったようなはっきりした感覚を与えた。まるで被術者が一時的に魔術師の肉体に入り、部屋の向こう側から自分の本当の肉体を見つめている。自分の肉体は両目が異様な表情を浮かべて燃えるように光り、突き出している――そんな感じがするのだった。アセナスはよく意識の性質について、それが肉体という枠から――少なくとも、肉体という枠の生命作用から――独立しているという荒誕《こうたん》な説を述べた。しかし、彼女が何よりも憤《いきどお》っていたのは、自分が男でないことだった。男性の脳には独特の、遠くまで作用を及ぼす宇宙的能力があると信じていたからである。自分に男の脳があれば、未知の力を究《きわ》める上で、父に比肩するだけでなく凌駕《りょうが》さえできるだろうと彼女は断言した。

エドワードは学生会館の一室で開かれた「インテリゲンチャ」の集まりでアセナスと出会い、翌日私に会いに来た時、ほかの話はもう何もできなかった。彼はアセナスが自分を夢中にさせる種々の関心と学識を持っていると思い、その上、彼女の容姿に激しく魅かれた。私はこの娘に会ったことがなく、彼女について人が時折言ったことも良く憶《おぼ》えていなかったが、彼女が何者であるかは知っていた。ダービーがそんな風に熱を上げるのはいささか残念に思ったが、水を差すようなことは言わなかった。恋にのぼせている時は、反対されると思いがますます燃え上がるからだ。彼は父親にはアセナスのことを話していないと言っていた。

次の二、三週間、ダービー青年からはアセナスの話以外ほとんど何も聞けなかった。ほかの者もエドワードの遅咲きの恋に気づいたが、彼は実際の年齢ほど老《ふ》けて見えないし、風変わりな女神をエスコートするのに不似合いではないという点で意見が一致した。彼は怠惰で不節制な割には腹が出ていなかったし、顔にも全然皺《しわ》がなかった。一方、アセナスは強い意志力を働かせるため、早くも目尻《めじり》に小皺ができていた。

この頃、エドワードはアセナスを連れて私を訪問し、私は彼の関心が片思いでないことにすぐ気づいた。アセナスは獲物を狙《ねら》うような様子で彼にたえず視線を送り、二人の親密な関係は切っても切れないものになっていることがわかった。その後まもなく、私はかねがね敬愛している父親のダービー氏から訪問を受けた。氏は息子に新しい友達ができた話を耳にして、「うちの子」から真相をすべて聞き出した。エドワードはアセナスと結婚するつもりで、郊外の家の下見にまで行ったという。父親は私が日頃息子に大きな影響力を持つことを知っているので、無分別な関係を断ち切るために力を貸してくれないかと言ったが、私は残念ながらできそうもないとこたえた。今回はエドワードの薄弱な意志の問題ではなく、女の強い意志の問題である。永遠の子供は依存する対象を両親の像から、新しくてもっと強い像に移しており、それに関してはどうすることもできない、と。

結婚は一ヵ月後――花嫁の求めにより治安判事の立ち会いの下に行われた。ダービー氏は私の忠告を容れ《い》て反対せず、氏と、私の妻、私の息子と私が簡素な式に参列した――ほかの来賓は大学の放埓な若い連中だけだった。アセナスは本町通りの外れの郊外にある、クラウニンシールド・プレイスという古い屋敷を買っており、二人はインスマスへ短い旅行をしたあと、そこに住む予定だった。インスマスからは三人の使用人を呼び、本と世帯道具を持って来ることになっていた。アセナスが実家に戻って永住せず、アーカムに居を定めたのは、エドワードと父親のためを思ってというよりも、大学と、付属図書館と、大勢の「洗練された人々」の近くにいたいという個人的な願いからだったのだろう。

新婚旅行のあとに訪ねて来た時、私はエドワードの様子が少し変わっていると思った。アセナスに言われて薄い口髭を剃《そ》っていたが、それ以上のものがあったのだ。彼は以前よりも真面目《まじめ》で考え深げに見え、よく子供が拗《す》ねるようなふくれっ面《つら》をする癖があったが、それが本当の悲しみに満ちた顔つきに変わっていた。この変化が好ましいものか好ましくないものか、私には判断がつかなかった。たしかに彼は今のところ、これまでになく正常な大人になったように見えた。おそらく結婚したのが良かったのだろう――依存する相手の変化は中立化に向けての出発点となり、最後には責任ある自立へ繋《つな》がるのではないだろうか？　彼は一人で来た。アセナスは非常に忙しかったからだ。彼女はインスマス（ダービーはその名を口にする時、身震いした）から山程の本と器械類を持って来て、クラウニンシールドの家と庭の修復を完成させつつあった。

彼女の家――あの町にある――は少し人を不安にさせる場所だったが、そこにあったある種のものは彼に驚くべきことを教えた。アセナスの導きを得た今、秘教に関する彼の知識は急速に進んだ。彼女が提案した実験のうちには非常に大胆で過激なものもあった――彼はそれを詳しく説明する自由を持たないように感じていた――が、アセナスの能力と意図を信頼していた。三人の使用人は非常に変わっていた――エフラム老に仕えていた信じられないほど高齢の夫婦は、時折エフラム老とアセナスの死んだ母親のことを謎めいた調子で話したし、もう一人の色の浅黒い若い女は顔立ちに際《きわ》立《だ》って異常なところがあり、つねに魚の臭《にお》いを発しているようだった。

三

そのあとの二年間、私はダービーに会うことが次第に少なくなった。三回、二回と続けて玄関の呼鈴を鳴らすお馴染みの音を聞かずに二週間も経つことがあったし、彼が訪ねて来ても——あるいは、だんだん間遠《まどお》になったが、私が彼を訪ねても——彼は重要な話題についてほとんど話したがらなかった。以前はあんなに細々《こまごま》と説明して論じた隠秘学の研究についても隠し立てをするようになり、妻の話はしたがらなかった。彼女は結婚してから恐ろしく老けて、今では——奇妙なことだが——エドワードより年上に見えた。その顔は見たこともないほど固い決意に満ちた表情をしており、姿全体が漠然とした、理由のわからぬ厭《いや》らしさを増したようだった。私の妻と息子も同じことに気づき、私たちは次第に彼女を訪ねるのをやめた——彼女はそれを非常に喜んでいる、とエドワードは子供のように気配りを忘れた時、うっかり口を滑らした。ダービー夫妻は時折長い旅行に出た——表向きはヨーロッパへということだったが、エドワードはあまり人の知らない行先を仄《ほの》めかすことが時々あった。

人々がエドワード・ダービーの変化について噂し始めたのは、最初の一年が過ぎてからだった。変化は単に心理的なものだったから、何げないおしゃべりにすぎなかったが、いくつかの興味深い点が話題になった。エドワードは時折、ある表情を顔に浮かべて、ふだんの無気力な彼ならとてもやりそうにないことをするのを目撃されたらしい。たとえば——昔は車を運転できなかったのに、今では時折アセナスの強力なパッカードに乗って、古いクラウニンシールドの私設車道を勢い良く出たり入ったりした。運転は堂に入ったもので、誰もが知る彼の性格とはおよそ異質な技倆《ぎりょう》と思いきりの良さで交通の錯綜《さくそう》に対処した。そういう時、彼はいつも旅から帰って来たばかりか、これから出かけるところのようだった——いかなる種類の旅なのかは誰にも見当がつかなかったが、たいていインスマス街道を走った。

奇妙なことに、この変容は必ずしも人に好かれるものではなかったようだ。こういう時、彼はあまりにも妻に、あるいはエフラム・ウェイト老その人に似ていると人々は言った——こういう時はめったにないため、不自然に見えたのかもしれない。彼は時々、こうして出かけてから数時間後、自動車の後部座席に大儀そうに手足を伸ばして帰って来る——運転は雇われた運転手か整備工とおぼしい人物がしているのだ。また減ってゆく社交の機会（わが家への訪問も含めて、と言って良かろう）に彼が街で見せた様子は、大部分が昔の優柔不断な様子であり、無責任な子供っぽさが以前にも増して目立った。アセナスの顔が老けてゆく一方、エドワードの顔は——先に述べた例外的な場合はべつとすると——相好《そうごう》がゆるんで、一種の極端な稚《おさな》さを呈したが、今までになかった悲哀か悟りの影がそこをよぎる時もあった。これは本当に不可解だった。そのうちに、ダービー夫妻は陽気な大学の仲間とほとんど縁を切った——聞くところによると、かれら自身が嫌われたためではなく、二人がやっている研究に関する何かが、他の頽廃派のもっとも無神経な者にさえショックを与えたからだという。

ある種の恐れと不満についてエドワードがあからさまにこぼし始めたのは、結婚して三年目になってからだった。彼は「行き過ぎている」ことについてふと口にしたり、「自分が自分であることを守る」必要について憂鬱そうに語ったりするのだった。私は最初そういう話を無視していたが、やがて用心深く質問するようになった。アセナスが学校でほかの女生徒に催眠術をかけたという友人の娘の話——生徒たちが彼女の身体に入って、部屋の向こう側にいる自分自身を見たと思った事例——を思い出したからである。彼は私があれこれ問うのを警戒すると同時に感謝もしたらしく、あとで真剣に話そうというようなことを、一度ぼそぼそと小声で言った。

ちょうどこの頃ダービー氏が亡くなったが、のちに私はそのことをたいそう有難く思った。エドワードはひどく動揺したものの、けして取り乱しはしなかった。結婚以来、彼は驚くほどたまにしか父親に会っていなかった。家族の絆《きずな》という彼にとって大事な気持ちをアセナスが自分一身に受け取っていたからである。彼は肉親を亡くしたのに冷淡だと言う者もあった——ことに、颯爽《さっそう》と自信に満ちた様子で車を乗りまわすことが増えてからは、なおさらだった。エドワードは古いダービー邸に戻りたがっていたが、アセナスはクラウニンシールドの家に馴染んでいたため、この家に住みつづけると言い張った。

それからまもなく、私の妻が友達から――ダービー夫妻との交際を絶たなかった数少ない人々の一人から――おかしなことを聞いた。その友人が夫婦を訪問するため本町通りの外れを歩いていると、自動車が私設車道から勢い良く飛び出して来て、ハンドルの上にエドワードの妙に自信たっぷりな、まるでせせら笑っているような顔が見えた。家の呼鈴を鳴らすと例の厭らしい女が応対し、アセナスも留守だと言ったが、妻の友人は帰り際にふと家を見上げた。するとエドワードの書斎の窓に顔が一瞬チラリと見えて、慌《あわ》てて引っ込んだ――その顔に浮かんでいた苦痛と、敗北と、やるせない絶望の表情は筆舌に尽くせぬほど痛切だった。それは――ふだんの横柄《おうへい》な顔つきを考えると中々信じがたいことだが――アセナスの顔だった。しかし、その瞬間、アセナスの顔からこちらを見つめていたのは、気の毒なエドワードの悲しそうな、まごついた眼だったと訪問者は断言した。

エドワードの来訪はやがて少し頻繁になり、彼の話は時折具体的になった。数世紀の歴史を閲《けみ》し、伝説のまつわるアーカムにいてすら、彼の言うことは信じられなかったが、彼が秘密の伝承知識を明かす際の口ぶりは、真面目で確信に満ちていたため、果たして正気なのだろうかと心配になった。寂しい場所で行われる恐ろしい集会のこと、メイン州の森の奥に巨石建造物の廃墟《はいきょ》があり、その下の巨大な階段は闇《やみ》にとざされた秘密の深淵《しんえん》へ通じていること、見えない壁を通して時空のべつの領域へ導く複雑な角度のこと、遠い禁断の場所で、他の天体で、そして異なる時空連続体での探険を可能にする忌《い》まわしい人格の交換のことを彼は語った。

彼はたまに、私がまったく理解に窮《きゅう》する物を見せて、ある種の途方もない話を裏づけようとした——それらはとらえどころのない彩色を施された、不可解な触感の物品で、地上で聞いたことのあるいかなる物にも似ておらず、その狂った曲線や表面は考え得るいかなる目的にも適《かな》っていないし、考え得るいかなる幾何学にも従っていなかった。こうした物は「外部から」持って来たのだと彼は言った。僕の妻が手に入れる方法を知っていると。彼は時として——だが、つねに怯《おび》えた曖昧《あいまい》なささやき声で——昔、大学図書館で時折見かけたというエフラム・ウェイト老に関することを仄めかした。そうした話はけして具体的ではなかったが、老いた魔法使いが——肉体的な意味と同時に精神的な意味で——本当に死んだのかという、とくに恐ろしい疑惑にまつわるもののようだった。

ダービーは時々、打ち明け話のさなかに突然黙り込むことがあり、私は思った。もしかすると、アセナスが遠くから彼のしゃべっている内容を察知し、何か未知の精神感応による催眠術——学校で示したような能力——によって、話を遮《さえぎ》ったのではないかと。たしかに、彼女はダービーが私にいろいろなことを話していると疑っていた。何週間か過ぎるうちに、言葉や、不可思議な力のある眼差しで、彼の訪問をやめさせようとしたからである。彼は大変な苦労をしなければ私に会いに来ることができなかった。どこかよそへ行くふりをするのだが、見えない力がたいてい彼の動きを邪魔したり、行先をいっとき忘れさせたりするのだった。彼が訪れるのはたいていアセナスが遠くにいる時だった——「自分の身体に入って遠くへ出かけた時」と彼は一度妙な言い方をした。彼女はダービーがこちらへ来たことをいつもあとで知ったが——使用人が彼の出入りを見張っていたのだ——荒っぽいことをするのは得策でないと考えたようだった。

四

八月のあの日メイン州からの電報を受け取った時、ダービーは結婚して三年以上経っていた。私は二月《ふたつき》も彼に会っていなかったが、「用事で」遠くへ行っていると聞いていた。アセナスも一緒にいるはずだったが、目ざとい噂屋連中は、あの家の二階の、カーテンを二重に引いた窓のうしろに誰かがいると断言した。かれらは使用人の買い物にも注意していたのである。そんな時、チェサンクックの警察署長が電報をよこした。汚れた身形《なり》の狂人が譫妄《せんもう》状態でうわごとを言いながら、森からよろよろと出て来て、私の名を呼び、助けを求めていたのだという。それはエドワードだった——彼は自分と私の名前、それに私の住所を思い出すのがやっとだった。

チェサンクックはメイン州のもっとも手つかずで深い人跡稀《まれ》な森林地帯に近く、自動車でそこへ行くには、幻想的で物恐ろしい風景の中を丸一日、激しく揺られて行かなければならなかった。ダービーは町の療養所の個室におり、狂乱と無気力の間を揺れ動いていた。会うとすぐに私のことがわかり、意味をなさない、半分支離滅裂な言葉を私に向かって奔流のように浴びせかけた。

「ダン——後生だから、頼む！　あのショゴスの穴！　六千段も下りて行くんだ……魔の中の魔……僕は連れて行かれまいとしたが、気がついたら、あそこにいた……イア！——シュブ＝ニグラトフ！……あの異様な形のものが祭壇から立ち上がって、唸《うな》っている奴《やつ》らが五百もいた……〝頭巾《ずきん》を被《かぶ》ったもの〟が『カモグ！　カモグ！』と羊の鳴くような声でわめいた——魔女集会でエフラム老が使う秘密の名前なんだ……

僕はあそこにいた。彼女は連れて行かないと約束したのに……つい一分前まで図書室に閉じ込められていたが、気がつくと、あそこにいた。彼女が僕の身体で行った場所に――完全な冒瀆《ぼうとく》の場所に、暗黒の領土が始まり、見張りが門を護《まも》っている不浄な穴に……僕はショゴスを見た――あいつは形を変えた……耐えられない……我慢できない……僕をまたあそこへ送ったら、あの女を殺してやる……あの実体を殺すんだ……あの女、男、あれを……あれを殺すんだ！　僕の手であれを殺してやる！」

彼を宥《なだ》めるには一時間もかかったが、ようやく落ち着いた。翌日私は村で彼のためにまともな服を買ってやり、一緒にアーカムへ向かって出発した。彼の激しいヒステリーはおさまり、黙りがちになったが、車がオーガスタを通り抜ける時、陰気に独り言を言いはじめた――まるで街の光景が不愉快な記憶を呼び起こしたかのようだった。彼が家に帰りたがっていないのは明らかで、夫人について抱いているらしい荒唐無稽《むけい》な妄想を考えると――その妄想は疑いなく、現実に受けた催眠術による苦しみから生まれたのだ――帰らない方が良いだろうと私は思った。しばらく私の家に泊めてやろう――アセナスとの間にどんな悶着《もんちゃく》が持ち上がろうと構わない。あとで彼が離婚するのを手伝ってやろう。何らかの心理的な要因がこの結婚を彼にとって自殺に等しいものとしていることは、確かなのだから。車がふたたびひらけた土地に出ると、ダービーのつぶやきは聞こえなくなり、私は運転している自分の隣で彼がコクリコクリするのを放っておいた。

夕陽の中でポートランドの街を疾走している間に、つぶやきがまた始まり、前よりもはっきりして来て、耳を澄ますと、アセナスに関するまったく狂ったたわごとを絶え間なくしゃべっているのが聞き取れた。彼女がどれほどエドワードの神経を蝕《むしば》んだかは明らかだった。彼はアセナスをめぐる一群の妄想を作り上げていたからである。

僕の今の苦境は——と彼はあたりを憚《はばか》るようにつぶやいた——長い一連の苦境の一つにすぎない。彼女は僕をつかまえつつあり、いずれ放さなくなるのはわかっている。今でさえ、一度に長い間はつかまえていられないので、やむを得ない時だけ僕を解放しているのだと思う。彼女はしょっちゅう僕の肉体を奪って、名状しがたい祭儀のために名状しがたい場所へ赴き、僕を自分の肉体の中に入れて、二階に閉じ込める——だが、時々その力がつづかなくなって、僕は突然どこか遠くの恐ろしい、たいていは未知の場所で、自分の肉体に戻るのだ。彼女はふたたび僕をつかまえる時もあれば、それができない時もある。僕はしばしば、君が見つけた時のように、どこかで立ち往生していた……自動車を見つけたあと運転してくれる人を探して、恐ろしく遠方から家に帰らなければならなかったことが、何度もあった。

最悪なのは、彼女が一度に僕をつかまえていられる時間がだんだん長くなることだ。彼女は男に——完全な人間に——なりたがっている。だから僕をつかまえたのだ。僕のうちに出来の良い頭脳と弱い意志の取り合わせを感じたのだ。いつか僕を追い出し、僕の肉体を持って姿を消すだろう——そうして父親のような大魔術師になり、完全な人間ですらないあの女の脱殻《ぬけがら》に僕を幽閉するだろう。そうだ、僕はもうインスマスの血筋について知っている。海から来たものどもとの交わりがあった——恐ろしい……それにエフラム老人——彼は秘密を知っていて、齢《とし》を取ると、生き永らえるために忌まわしいことをした。永遠に生きたかったんだ……アセナスが後を継ぐだろう——すでに一つやってみせて成功している。

ダービーがつぶやいているうちに私は彼をつくづくと見て、前から気がついていた変化の印象をたしかめた。皮肉なことだが、彼はふだんよりも身体つきが良くなっているようだった——引き締まって、正常に発達し、怠惰な習慣から生じた不健康なしまりのなさは跡もとどめていなかった。まるで甘やかされた人生で初めて活発に振舞い、適度の運動をしたかのようで、アセナスの能力《ちから》が彼を運動と敏捷《びんしょう》さという慣れない方向に押し込んだにちがいないと私は思った。しかし、今、彼の精神は哀れむべき状態にあった。彼は夫人について、黒魔術について、エフラム老について、この私をさえも納得させるような事実の開示について、途方もない突飛なことをぶつぶつつぶやいていたのだ。私が昔、禁断の書物を拾い読みして知った名前を繰り返し、時に私は、彼の取りとめのない話を神話的に筋の通ったものが——説得力のある首尾一貫したものが——貫いていることに気づいて、戦慄《せんりつ》した。彼は何度も言葉を切った——まるで最終的な恐るべき暴露をするため、勇気をふり絞っているかのように。

「ダン、ダン、あいつを憶えていないかい？——あの狂ったような眼と、けして白くならないもじゃもじゃの顎鬚を？　一度あいつに睨《にら》みつけられたことがあるが、僕はそれを忘れたことがない。今では彼女があんな風に睨むんだ。その理由はわかっている！　彼は『ネクロノミコン』の中にそれを——呪文《じゅもん》を見つけたんだ。君にはまだそのページを教えないが、教えれば、読んで理解できるだろう。そうすれば一体何が僕を襲ったかわかるだろう。次から次へ——肉体から肉体へ、肉体へ——あいつはけして死なないつもりなんだ。生命の輝き——あいつは繋がりを断ち切る方法を知っている……肉体が死んでも、それはしばらく明滅しつづけるんだ。ヒントをあげよう。そうすれば、たぶん察しがつくだろう。いいかい、ダン——僕の妻はいつもひどく骨を折って、あの馬鹿《ばか》げた左傾斜の字を書くが、その理由を知っているかい？　エフラム老が書いたものを見たことがあるかい？　アセナスが急いで書き殴った覚え書きを見た時、僕が震え上がったわけを知りたいかい？　アセナス……本当に、そんな人間がいるんだろうか？　エフラム老の胃の中に毒が入っていたと連中が思いかけたのは、なぜなんだろう？　彼が狂って、アセナスが彼を壁に詰物をした屋根裏部屋に――それまでもう一方がいた部屋に――閉じ込めた時、彼は怯えた子供みたいな金切り声を上げたそうだが、ギルマン家の者はその話になると、なぜ声をひそめるんだ？　閉じ込められたのはエフラム老の魂なんだろうか？　一体誰が誰を閉じ込めたんだ？　彼はなぜ何ヵ月も、優れた精神と弱い意志を持つ人間を探していたんだ？　娘が息子でないことをなぜ呪ったんだ？　教えてくれ、ダニエル・アプトン――神を畏れぬあの怪物が、人を信じて疑わない意志薄弱な半人間の子供を思いのままにしていた恐怖の家で、いかなる悪魔的な交換が行われたんだ？　彼はそれを永久的なものにしたんだろうか――彼女がいずれ僕に対してするように？　アセナスと名乗るあいつはなぜ、油断していると違う字の書き方をするんだ――その筆跡はまるで……」

　その時に、あれが起こった。うわごとを言っているうちにダービーの声はだんだんと上《うわ》ずり、細く甲高い叫びになったが、それが突然、機械のスイッチが切れたようにふっつりと歇《や》んだのだ。私は何度かべつの機会に、私の家で彼の打ち明け話が突然終わったことを思い出した。そんな時私は、アセナスの精神力の隠微な念波が干渉して、彼を黙らせているのではないかと想像したものだ。しかし、今回は何か全然ちがう――それよりも限りなく恐ろしいものだと感じた。私の傍にある顔が一瞬、見分けがつかないほどに歪《ゆが》み、全身を戦《おのの》きが走った――まるですべての骨が、器官が、筋肉、神経、そして腺《せん》が自らを調整して、まったく異なる姿勢、力の配分、人格総体に変わろうとしているかのようだった。

この上ない恐ろしさが一体どこにあるのか、私にはまるでわからなかったが、嘔吐《おうと》感《かん》と嫌悪《けんお》感《かん》の大波が――何かがまったく異質で異常だという、身も凍りつく感覚が――どっと私の上を通り過ぎ、ハンドルを握る手の力が抜けて、運転が怪しくなった。私の隣にいる人物は生涯の友達というよりも、外宇宙から侵入した怪物――未知の、悪意を持つ宇宙的な力の忌まわしい、呪われた焦点であるような気がした。

私はほんの一時《いっとき》ふらついただけだったが、私の連れは間髪を容れずハンドルをつかみ、強引に席を替わらせた。夕闇が今は濃くなり、ポートランドの街明かりは遥《はる》か後方にあったから、彼の顔は良く見えなかった。しかし、その眼の輝きは凄《すさ》まじく、今の彼は大勢の人が気づいた妙に精力の漲《みなぎ》っている状態――ふだんの彼とはまるでちがう状態――にあることがわかった。あの無精なエドワード・ダービーが――けして自己主張ができず、運転など習ったことのない男が——私に指図し、私の車のハンドルを握るというのはいかにも奇妙で信じがたかったが、まさにそういうことが起こったのだ。彼はしばらく口を利《き》かず、説明できない恐怖にかられた私はそれを有難く思った。

ビデフォードとサコの街明かりの中で彼の固く引き結んだ口元が見え、私はその眼の輝きに身震いした。人々の言うことは正しかった——こういう気分の時、彼は妻やエフラム老に忌まわしくも似ていたのだ。それが嫌われるのも無理はないと思った——たしかに何か不自然で悪魔的なものがあり、私はあの突飛なうわごとを聞かされていただけに、不吉な要素をいっそう強く感じた。私はエドワード・ピックマン・ダービーを生涯にわたって知っていたが、この男は見知らぬ人間だった——暗黒の深淵からの一種の侵入者なのだ。

彼は車が暗い一本道に出るまでしゃべらず、しゃべった時の声は、まるで聞き慣れない感じだった。私が知っていた声よりも深く、力強く、きっぱりした声だったし、抑揚や発音もすっかり変わっていた——もっとも、何かはっきりと言えないものを漠然と、かすかに、少し気味悪く思い出させたが。その声色には深い本物の皮肉がかすかに混じっていると思った——ダービーがふだん真似していた、青臭い「洗練された人々」の見かけ倒しで無意味に気取った皮肉もどきではなく、何か凄味《すごみ》のある、根本的な、心に滲《し》み渡り、そして潜在的に邪悪なものが。彼が恐慌《きょうこう》に陥ってつぶやいていたすぐあとで自制を取り戻したことに、私は感嘆した。

「あっちで僕が発作に襲われたことは忘れてくれるね、アプトン」と彼は言った。「僕の神経がどんな風だか君は知っているから、大目に見てくれるだろう。もちろん、こうして家まで乗せて行ってくれることにはものすごく感謝している。

それから、妻のことや――いろんなことについて、とんでもないことを言ったかもしれないが、それも忘れて欲しい。僕がやっているような研究に根《こん》をつめすぎると、ああなるんだ。僕の学問は異様な概念に満ちているから、精神が疲れて来ると、いろいろ変な想像をしてしまうんだ。僕は今から休みを取る――君にはしばらく会えないだろうが、そのことでアセナスを責めちゃいけないよ。

今度の旅は少し変わっていたが、じつは非常に単純なことなんだ。北の森にインディアンの遺跡があって――立石《りっせき》や何かだよ――民間伝承に於いては重要な意味を持つから、アセナスと僕はそいつを研究しているんだ。大変な調査だったから、頭がどうかしちまったらしい。家に帰ったら車を取りに人をやらなければいけないな。まあ一ヵ月も休養すれば、僕も本調子に戻るだろう」

私自身は何と受けこたえしたか憶えていない。隣席に坐《すわ》っている男の不可解な異質感が心を一杯にしていたからだ。とらえどころのない宇宙的恐怖の感覚が刻々とつのり、しまいに私はほとんど錯乱状態に陥って、ドライヴが早く終わることを願った。ダービーはハンドルを放そうとせず、私はポーツマスとニューベリーポートを瞬《また》く間に通り過ぎる車の速さを喜んだ。

幹線道路がインスマスを避けて内陸に向かう交差点で、私はダービーがあの忌むべき場所を通る寒々しい海岸道路へ行きはしないかと半分惧《おそ》れていた。しかし、彼はそうせず、ロウリーとイプスウィッチを通って、我々の目的地へ向かって矢のように突き進んだ。真夜中前にアーカムに着いたが、クラウニンシールドの古い家にはまだ明かりが灯《とも》っていた。ダービーは慌《あわ》ただしく感謝の言葉を繰り返して車を降り、私は妙にほっとした気分で一人家に帰った。恐ろしいドライヴだった――なぜか理由がわからないだけに、いっそう恐ろしかったのだ――私は当分会えないというダービーの予告を残念とは思わなかった。

五

そのあとの二ヵ月間は噂がしきりに飛び交った。人々は精力漲る新しい状態のダービーを見かけることが多くなったと語り、アセナスは数少ない訪問客が来ても、めったに会わなかった。私は一度だけエドワードの訪問を受けた。彼はアセナスの車――メイン州のどこかに置いて来たのを、ちゃんと取り返したらしい――に乗って、私に貸した本を持ち帰るために短時間寄ったのだ。彼は例の新しい状態で、礼儀正しいがうやむやな立ち話をしただけだった。こういう調子の時は私と話し合うことなどないらしく――それに呼鈴を鳴らす時、三回と二回鳴らすいつもの合図さえしなかった。車に同乗したあの日の夕方のように、私は説明のつかぬ限りなく深い恐怖をかすかに感じたので、彼がさっさと行ってしまうと非常に安心した。

九月半ばにダービーは一週間はどこかへ出かけ、大学の頽廃派の連中のある者は訳知り顔にその話をした――最近英国から追放されてニューヨークに拠点を構えた悪名高い新興宗教の指導者に会いに行ったと仄めかしたのである。私としては、メイン州からの奇妙なドライヴのことが頭から離れなかった。あの時目撃した変容に深甚《しんじん》な影響を受け、あのことを――そして、それが自分に吹き込んだこの上ない恐怖を説明しようと、何度も何度も考えてしまうのだった。

しかし、一番奇妙な噂は、クラウニンシールドの古い家で誰かがすすり泣いているという話だった。声は女のようで、若い人間の中には、アセナスの声に似ていると考える者もあった。それはたまに聞こえるだけで、時には、力ずくで止められたように押し消されてしまうこともあった。取り調べをする話もあったが、沙汰止《さたや》みになった。ある日、アセナスが街頭に現われ、大勢の知人と陽気におしゃべりをしたからである――最近留守にしていたことを詫《わ》びて、ボストンから来たお客が神経衰弱とヒステリーを起こしたのだとさりげなく語った。お客の姿は誰も見なかったが、アセナスが現われたので、何も言うべきことはなくなった。そのあと誰かが、すすり泣きは一度か二度、男の声だったと噂して話をややこしくした。

十月半ばのある晩、私は正面の戸口で呼鈴を三回と二回鳴らす聞き慣れた音を聞いた。自分で応対に出ると、戸口の段の上にエドワードがおり、一目見て以前の人格であることがわかった。チェサンクックからの恐ろしいドライヴで彼がうわごとを言ったあの日以来、会っていなかった人格である。その顔は恐れと勝利感が相半ばしているような奇妙な感情にかられて、ピクピク引きつっており、私が彼の背後に扉を閉める時、あたりをうかがうように肩ごしにふり返った。

彼はぎごちなく私のあとについて書斎へ来ると、神経を鎮《しず》めたいからウイスキーをくれと言った。私は質問したいのを我慢し、彼が話を始めたい気分になるまで待った。

しまいに彼は声を詰まらせて、あることを伝えた。

「アセナスは去《い》ってしまったよ、ダン。昨夜《ゆうべ》使用人が外に出ているうちにゆっくり話し合って、僕を餌食《えじき》にするのをやめると約束させたんだ。もちろん、僕はある種の――君には話したことがない秘法による防御手段を持っていた。彼女は降参せざるを得なかったが、恐ろしく腹を立てた。すぐに荷物をまとめて、ニューヨークへ向かったよ――八時二十分のボストン行き列車に乗るために出て行ったんだ。色々噂されるだろうが、それはやむを得ない。君も揉《も》め事があったことは言わないでくれ――彼女は長い調査旅行に出かけたとだけ言ってくれ。

　アセナスはたぶん、彼女の信者になっている恐ろしい集団の誰かの家に滞在するんだろう。あの世へ行って離婚してくれるといいんだがね――ともかく、僕に近づかず、放っておいてくれると約束させた。あれはひどかったよ、ダン――彼女は僕の肉体を盗んでいた――僕を押し出して――僕を虜《とりこ》にしたんだ。僕はじっと時機をうかがい、好きにさせておくふりをしたが、警戒していなければならなかった。慎重にやれば計画を立てることもできた。彼女も僕の心をそのままに、詳しく読むことはできなかったからね。僕の計画について読み取ることができたのは、大まかな叛逆《はんぎゃく》の気分だけだった――それに、僕なんかには手も足も出ないといつもたかを括《くく》っていた。僕が彼女を出し抜けるなんて夢にも思わなかった……でも、僕だって効き目のある魔法を一つや二つは知っていたんだ」

ダービーは肩ごしにうしろをふり返って、さらにウイスキーを飲んだ。

「僕は今日、忌々しい使用人たちが帰って来ると、暇《ひま》をやった。奴らは不満で、あれこれ質問したが、結局出て行った。あいつらは彼女の同類――インスマスの人間――で、彼女とぐるだったんだ。僕を放っておいてくれるといいんだがね――歩いて行った時の笑い声がどうも気に入らないんだ。父さんが以前使っていた使用人をなるべく大勢集めなければいけない。もう元の家に引っ越すつもりなんだ。

僕がイカレていると思ってるんだろうね、ダン――でも、アーカムの歴史を見れば、僕が言ったこと――そしてこれから言うことを裏づけるような物事が暗示されているはずだ。君も一度、僕が変わるのを見ただろう――メイン州から帰って来た日、車の中でアセナスのことを話したあとだよ。あの時、彼女は僕をつかまえた――僕の身体《からだ》から追い出したんだ。あのドライヴで僕が最後に憶えているのは、女悪魔の正体を伝えようとして、興奮していた時のことだ。その時彼女が僕をつかまえ、僕は一瞬にして家に戻っていた――忌々しい使用人どもが僕を閉じ込めた図書室にいて――あの呪《のろ》われた魔物の身体に入っていた……人間ですらない身体に……いいかい、君が家まで車に乗せて来たのは、アセナスだったんだよ……僕の身体に入った狼《おおかみ》さ……君は違いに気づいたはずだ！」

ダービーが言葉を切った時、私はゾッと身震いした。違いにはたしかに気づいていたが――こんなに狂った説明を受け入れることができるだろうか？　しかし、取り乱した訪問者はさらに途方もないことを語りはじめた。

「僕は自分を救わなければならなかった――そうなんだ、ダン！　万聖節になったら、彼女は僕を永久に手に入れただろう――連中はチェサンクックの向こうでサバトを開くんだが、生贄《いけにえ》の儀式をされたら万事手遅れになってしまっただろう。彼女は僕を永久に手に入れただろう……彼女は僕になり、僕は彼女になっただろう……永遠に……もう手遅れに……僕の身体は永久に彼女のものになっただろう……彼女は望み通り男に、完全な人間になっていただろう……たぶん、僕を厄介払いしたはずだ――自分の以前の肉体を、その中に入っている僕もろとも殺しただろう、畜生、前にもそうしたんだ――彼女だか、彼だか、そいつだかが前にもやったんだ……」

エドワードの顔は凄まじく歪んでいた。彼は声をひそめながら屈《かが》み込んで、私の顔に不愉快なほど顔を近づけた。

「僕が車の中で仄めかしたことはわかってるだろう――彼女はアセナスなんかじゃな

くて、本当はエフラム老自身だということだ。一年半前から疑っていたが、今でははっきりわかった。油断している時の筆跡が証拠だ——彼女は時々、一点一画に到《いた》るまで、父親の手稿とそっくりな字で覚え書きを書き殴る——それに時々、エフラムみたいな老人でなければ言うはずのないことを言うんだ。エフラムは死期が迫っているのを感じた時、アセナスと身体を交換した——然るべき頭脳と十分弱い意志を持つ人間は、彼女しか見あたらなかったんだ——アセナスが僕の肉体を手に入れかけたように、彼はアセナスの肉体を恒久的に手に入れると、彼女を押し込めた古い肉体を毒殺した。君は何十回も見ていないかい、エフラム老の魂があの女悪魔の眼から……そして僕の身体を支配している時は、僕の眼から睨みつけるのを？」

ささやく者は喘《あえ》ぎ、息をつぐために言葉を切った。私は何も言わず、彼がふたたび話し始めた時、その声は正常に近づいていた。これは精神病院に送るべき病症だと私は考えたが、自分で病院へ連れて行くつもりはなかった。アセナスから自由になり、時間が経《た》てば、たぶん良くなるだろう。彼は今後二度と病的な隠秘学の研究に首を突っ込む気にはなるまいと思われた。

「あとでもっと詳しいことを話そう——今は長い休息が必要だ。彼女が僕を引きずり込んだ禁断の恐怖について少し話そう——今の今も、辺鄙《へんぴ》な土地に蔓延《まんえん》して、少数の奇怪な祭司が生かしつづけている、太古以来の恐怖のことを。宇宙について誰も知ってはならないことを知り、誰にもできてはならないことを為《な》し得る人間がいるんだ。僕はそれにどっぷり浸《つ》かっていたが、もう終わりだ。僕がもしミスカトニック大学の図書館司書だったら、あの忌まわしい『ネクロノミコン』や何かを、今日にもみんな焼いてしまうだろう。

　だが、彼女はもう僕をつかまえることはできない。僕はなるべく早くあの呪われた家を出て、自分の家に落ち着かなければいけない。もし助けが必要だったら、君は助けてくれるだろうね。あの悪魔のような使用人たちがいるし……それに人がアセナスのことをあまり穿鑿《せんさく》するようだったら。僕には彼女の居所を教えることができないからね……それに、彼女を探している連中がいる――ある種の教団だ――そいつらは僕たちが手を切ったことを誤解するかもしれない……連中の中にはとんでもなく奇妙な考えや流儀を持つ者がいる。何があっても僕の味方をしてくれるね――たとえ君が仰天するようなことをたくさん言わなければならなくても……」

　私はその夜エドワードを客用の寝室に泊めて眠らせ、翌朝になると彼はいくらか落ち着いたようだった。私たちは彼がダービー邸に引っ越すためになし得る手配について相談し、私は彼が早く転居することを願った。彼は翌晩は来なかったが、そのあとの数週間頻繁に会った。奇妙で不愉快なことについてはなるべく語らず、古いダービー邸の改修のことや、エドワードが今度の夏に息子と私と三人で行く約束をした旅行のことを話し合った。

アセナスのことは、ほとんど何も言わなかった。とくに不穏な話題だと私は思ったからだ。もちろん噂《うわさ》は広まったが、クラウニンシールドの家の奇妙な住人に関しては、もう珍しいことではなかった。一つだけ私の気に入らなかったのは、ダービー家と取引をする銀行家がミスカトニック・クラブで開放的な気分になりすぎた時、ふと口にした話だった――エドワードがインスマスのモーゼズ・サージェントとアビゲイル・サージェント、そしてユーニス・バブソンという人物に定期的に小切手を送っているというのだ。まるであの人相の悪い使用人たちが、彼から一種の貢《みつ》ぎ物を取り立てているようではないか――しかし、エドワードは私にそのことを言わなかった。

私は夏が――そして息子の通うハーヴァード大学の休みが――来るのを待ち遠しく思った。そうすればエドワードをヨーロッパへ連れて行ける。しかし、やがてわかったのは、彼が期待したほどすみやかに回復していないことだった。時折はしゃぐ様子には少しヒステリックなところがあったし、怯えたり鬱《ふさ》いだりすることが多すぎたからだ。古いダービー邸は十二月には用意が整ったけれども、エドワードはいつまでも引っ越しを先延ばししていた。クラウニンシールドの家屋敷を嫌い、恐れているようだったが、妙にそれにとらわれてもいた。取り片づけを始める素振りも見せず、行動を延期するためにあらゆる口実を考え出した。私がそれを指摘すると、なぜか怯えているようだった。彼の父親が昔から使っていた執事——ふたたび雇われた他の使用人と共にクラウニンシールドにいたのだ——がある日私に言うには、エドワードは時々家の中、ことに地下室をうろつきまわる。それが変でもあり、不健康にも見えるというのだった。もしやアセナスが不穏な手紙でも書いてよこしたのかと思ったが、執事によると、彼女からの郵便物は来たはずがないそうだった。

六

ダービーがある晩、私を訪問中に発作を起こしたのは、クリスマスの頃だった。私が話題を翌年の夏の旅行のことに持ってゆこうとしている時、彼は突然金切り声を上げて、衝撃的な、抑えきれない恐怖の表情で——悪夢の底の深淵だけが正気の心に与え得るような宇宙的恐慌と嫌悪の表情で、椅子《いす》から跳び上がった。

「僕の脳が！　脳が！　ああ、ダン——あいつが引っ張っている——彼方《かなた》から——叩《たた》いている――爪《つめ》を立てて――あの女悪魔――今となっても――エフラム――カモグ！カモグ！――ショゴスの穴――イア！　シュブ＝ニグラトフ！　〝千の子を持つ山羊《やぎ》〟よ！……

焔《ほのお》が――焔が……肉体を超え、生命を超え……地中に……おお、神よ！……」

彼を椅子に引き戻して喉《のど》に葡萄酒《ぶどうしゅ》を注ぎ込むと、狂乱は鎮《しず》まって鈍い無気力状態になった。彼は抵抗しなかったが、独り言を言うように唇を動かしつづけた。やがて話しかけようとしているのがわかったので、私は弱々しい言葉を聞きとるため、彼の口元に耳を寄せた。

「……まただ、まただ……彼女が試みている……わかっていたはずなんだ……何物もあの力を止められない。距離も、魔術も、死も……あいつは来る、来る、たいてい夜に……僕はあの家を出られない……恐ろしい……おお、神よ、ダン、どんなに恐ろしいか、い、い、い、君にもわかってもらえたら……」

彼がぐったりして人事不省に陥ると、私は枕《まくら》をあてがってやり、正常な眠りにつくにまかせた。医者は呼ばなかった。彼の精神状態について何と言われるかわかっていたし、私としては、できれば自然の回復を待ちたかったのである。彼は真夜中に目醒《めざ》め、二階の寝室に寝かせたが、朝にはいなくなっていた。こっそり家から抜け出したのだ——執事に電報を打つと、エドワードは家におり、図書室を所在なく歩きまわっていると言った。

エドワードはそのあと急速に神経が参ってしまった。もう訪ねて来なかったが、私の方から毎日会いに行った。彼はいつも図書室に坐ってじっと空《くう》を見つめ、異様に耳を澄ましているようだった。理性的に話をすることもあったが、いつも些細《ささい》な事柄についてだった。彼の悩みや、将来の計画や、アセナスのことに触れると、狂乱に陥った。執事が言うには、夜になると恐ろしい発作を起こすそうで、いつか自身を害するかもしれないという。

私は彼のかかりつけの医師や、銀行家、弁護士とじっくり話し合い、しまいに医師と同僚の専門医二人を伴って彼のもとを訪ねた。最初にいくつか質問をすると、彼は激しく痛ましい発作を起こして——その晩、箱型の自動車が哀れな彼のもがく肉体をアーカム療養所へ連れて行った。私は彼の保護者にされて、週に二度面会したが——彼が荒々しく叫び、無気味にささやき、次のような言葉を小声で恐ろしく繰り返すのを聞くと、泣きそうになった。「ああしなければならなかった——やらなければならなかったんだ……あいつは僕をつかまえる……つかまえる……あそこに……あの闇の中に……母さん！　母さん！　ダン！　助けてくれ……助けてくれ……」

回復の見込みがどのくらいあるかは誰にも言えなかったが、私はなるべく楽観的に考えるように努めた。エドワードが退院したら家が必要なので、彼の使用人をダービー邸に移した。エドワードが正気なら、きっとそうするはずだ。何とも不可解な品物を複雑に並べ立て、蒐《あつ》めているクラウニンシールドの家は処分を決めかねたので、当面そのままにしておいた――ダービー家の家政婦に、週に一度そちらへ行って主な部屋を掃除するように言いつけ、その日には火を焚《た》くようボイラーマンに命じた。

最後の悪夢が訪れたのは聖燭節《せいしょくせつ》（訳注・二月二日）の前だったが――残酷な皮肉で、偽りの希望の光がその先触れをしたのだった。一月末のある朝、療養所から電話があり、エドワードが突然理性を取り戻したと報告した。記憶の繋《つな》がりはひどく損われているが、判断力そのものはしっかりしているという。もちろん、しばらく様子を見なければいけないが、結果はまず疑いない。万事上手《うま》く行けば、一週間後には自由になれるだろう。

私は大喜びで療養所へ急いだが、看護婦に案内されてエドワードの部屋へ行くと、当惑して立ち尽くした。患者は立ち上がって私を迎え、微笑を浮かべて礼儀正しく手を差し出した。しかし、私は相手が彼自身の性格とは懸け離れているように思われる、あの奇妙に精力の漲る人格を帯びていることを、瞬時にして悟った。それは私が漠然と恐怖をおぼえた有能な人格で、侵入して来た妻の魂だとかつてエドワード自身が断言したものだ。そこには同じ輝く眼の光――アセナスやエフラム老のそれに似た――と固く結んだ口があり、彼がしゃべった時、私はその声に同じ凄味のある、心に滲み透《とお》る皮肉を――潜在的な悪の匂《にお》いを放つ深い皮肉を感じた。これは五ヵ月前の夜に私の車を運転した人物――呼鈴《よびりん》の昔の合図を忘れて、私の心に模糊《もこ》たる恐れを掻《か》き立てた短い訪問以来、会っていない人物だった。今、彼は同じ冒瀆的な異質さと筆舌に尽くしがたい宇宙的な忌まわしさを私にうっすらと感じさせた。

彼は愛想良く退院の支度について話し――最近の記憶には顕著な空白があったけれども、私は同意するしかなかった。しかし、説明はできないけれども何かがひどく間違っており、異常だと感じた。ここには、私の手がとどかない恐ろしいものがあった。この男は正気だ――しかし、本当に私の知っていたエドワード・ダービーだろうか？　もしそうでないとすれば、誰、あるいは何物なのだ？――エドワードはどこにいるのだ？　こいつを自由にするべきだろうか、閉じ込めるべきだろうか？……あるいは地球上から抹殺すべきだろうか？　彼の言うことすべてに、底知れず冷笑的なものが仄《ほの》めかされていた――「とくに厳重な監禁のおかげで、早く自由になれる」云々《うんぬん》の言葉に、アセナスに似た眼が特別の不可解な嘲弄《ちょうろう》の響きを与えていた。私は非常にぎごちなく振舞ったにちがいなく、逃げ出すことができて嬉《うれ》しかった。

その日も翌日《あくるひ》も、私はこの問題に頭を悩ました。一体何が起こったのだろう？　エドワードの顔についているあの別人の眼からは、いかなる精神が外を覗《のぞ》いているのだろう？　私はこの曖昧で恐ろしい謎《なぞ》以外何も考えられず、ふだんの仕事をすることを諦《あきら》めた。二日目の朝、病院から電話がかかって来て、回復した患者の様子は変わらないと告げたが、夕方には、私の神経は参ってしまいそうだった——私はその事実を認める。かかる精神状態が、そのあと見たものに影響を及ぼしたのだとほかの者は言うだろうが。この点について私に言えるのは、たとえ私が狂っていたと考えても、すべての証拠は説明できないということだけだ。

七

あれは夜——二日目の夕刻を過ぎてから——だった。強烈な恐怖が私に襲いかかり、つかみかかって来るような、どす黒い恐慌で私の精神を圧《お》しひしいだ。以来、私の心はその恐慌をふり払うことができないのだ。それは真夜中直前にかかって来た電話から始まった。起きていたのは私だけで、眠気まじりに図書室にある受話器を取った。誰も向こうの電話口にいないようだったので、受話器を戻して寝ようとした時、私の耳は電話からごくかすかな音がしているのを聞きつけた。誰かが非常に苦労しながら話そうとしているのだろうか？ 耳を澄ますと、半ば液状のものがあぶくを立てる音が聞こえたと思った――「ぐぶ……ぐぶ……ぐぶ」――不明瞭《ふめいりょう》で何を言っているのかわからないが、その音には単語と音節の区切りを奇妙に暗示するものがあった。「誰方《どなた》です？」と私は言ったが、相手は「ぐぶ・ぐぶ……ぐぶ・ぐぶ」と答えるだけだった。機械の音としか思えないが、ひょっとすると電話器が故障して、音声を受信できても発信できないのかもしれないと思い、私はこう言い足した。「聞こえません。電話を切って、案内係に問い合わせた方が良いですよ」とたんに相手が受話器を置く音が聞こえた。

先程も言ったように、これは真夜中直前のことだった。のちに通話の発信者を辿《たど》ると、クラウニンシールドの古い家からかかって来たことがわかった――家政婦がそこへ行く日はまだ三、四日先だったのだが。あの家で何が見つかったかは、仄めかすにとどめておこう――家の奥にある地下貯蔵室の持ち上がった床、足跡、汚物、急いでものを取り出した衣装箪笥《だんす》、電話についた不可解な跡、不器用な使い方をした筆記用具、そしてあらゆる物に残っている厭《いと》うべき悪臭。警察の阿呆《あほう》どもは独りよがりの理屈を立てて、解雇された無気味な使用人たちを探している――かれらはこの騒動の最中に姿を消してしまったのだ。警察は連中がおぞましい意趣返しをしたなどと語り、私はエドワードの親友で相談相手だったために巻き込まれたのだと言う。

　間抜けめ！　あの愚鈍な田舎者たちにあの筆跡が真似《まね》られたとでも思っているのか？　あとでやって来たものを奴らが運び込んだとでも思っているのか？　エドワードのものだった肉体の変化が目に入らないのだろうか？　私に関して言えば、今はエドワード・ダービーが言ったことをすべて信じている。生《せい》の境界の彼方には我々が思いもかけぬ恐怖があり、時折、人間の邪《よこしま》な穿鑿がそれを我々の領域内に呼び込んでしまうのだ。エフラム――アセナス――あの悪魔が恐怖を呼び寄せ、恐怖はエドワードを襲った。そして今私を襲おうとしている。

　私は安全だと信じても良いのだろうか？　あの力は物理的な形態を持つ生命がなくなっても生き残るのだ。あの翌日――午後になって衰弱状態を脱し、歩いたりまともに話したりできるようになると――私は精神病院へ行って、エドワードとこの世界のためにあいつを撃ったが、あいつが火葬にされないうちから安心して良いのだろうか？　当局は数人の異なる医師に馬鹿げた解剖をさせるため、死体を保存している――だが、火葬にしなければならないのだ。火葬にするのだ――私が撃った時、もはやエドワード・ダービーではなかったあの男を。さもないと、私は狂ってしまうだろう。次は私の番かもしれないからだ。しかし、私の意志は弱くない——だから、まわりで沸き返っている恐怖に意志を蝕まれたりはしない。一つの生命——エフラム、アセナス、そしてエドワード——今は誰なんだろう？　私は自分の肉体から追い出されたりするものか……精神病院で弾丸を喰らった死体と魂を交換したりするものか！

だが、あの最後の恐怖についてまとまりのある話をしよう。警察が頑固に無視したことについては語るまい——午前二時前に本町通りで少なくとも三人の通行人が、矮小《ちいさ》い、グロテスクな、悪臭を放つものに出遇《であ》った話や、いくつかの場所についた同一の足跡の性質については語るまい。ただこれだけ言っておこう——ちょうど二時頃、呼鈴とノッカーの音で私は目を醒ました——呼鈴とノッカーの両方を、力のない者が必死で試みるように、頼りなく交互に鳴らす音がしたのだ。どちらも三回に二回鳴らすエドワードのやり方を守ろうとしていた。

安らかな眠りから起こされた私の心は、にわかに騒いだ。ダービーが戸口にいる——昔の合図を憶《おぼ》えている！　あの新しい人格はそれを憶えていなかった……エドワードは突然本来の状態に戻ったのだろうか？　なぜあんなに緊張し、慌《あわ》ててここに来たのだろう？　予定よりも早く解放されたか、逃げ出して来たのだろうか？　たぶん——私は部屋着を引っかけ、階段を駆け下りながら思った——自分自身に戻ってうわごとを言い、暴れたのだ。それで退院が取りやめになり、自由を求めて必死で飛び出して来たのかもしれない。何があったにしろ、善良な昔のエドワードに戻ったのだから、彼を助けよう！

扉を開けて、楡《にれ》の木蔭《こかげ》になった暗闇《くらやみ》を覗き込むと、耐え難い悪臭のする風がどっと吹きつけ、私は卒倒しそうになった。吐き気がして息が詰まり、一瞬、上がり段の上にいる矮小《ちいさ》な猫背の姿が見えなかった。呼んだのはエドワードだが、この穢《きたな》らしい、いじけた出来損ないは何者なのだ？　エドワードはこのわずかな時間にどこへ行ったのだろう？　鈴が鳴り終わってから一秒後には、扉を開けたのに。

訪問者はエドワードの外套《がいとう》を着ていた――裾《すそ》が地面にとどきそうで、袖《そで》をまくっていたが、それでも両手は被《おお》われていた。ソフト帽を目深《まぶか》に被り、黒い絹のマフラーが顔を隠していた。私がよろよろと進み出ると、相手は電話ごしに聞いたような、半ば液状のものが立てる――「ぐぶ……ぐぶ……」という――音を発して、長い鉛筆の先に刺した大判の、みっしりと字を書き込んだ紙をこちらに突きつけた。私は病的で不可解な悪臭のためになおもうしろへよろめきながら、その紙をつかみ、戸口から洩《も》れる明かりで読もうとした。

それはまぎれもなくエドワードの筆跡だった。しかし、彼は呼鈴を鳴らせるほど近くにいるのに、なぜこんなものを書いたのだろう——それに、この字はどうしてこんなにぎごちなく、乱雑で、震えているのだろう？　薄暗い明かりでは少しも読めなかったので、私は玄関の中へじりじりと退《さが》った。矮小《ちいさ》な姿は機械的にのそのそとついて来たが、内側の扉の敷居際《しきいぎわ》で立ちどまった。この特異な使者の臭気は本当に度胆《どぎも》を抜かれるほどで、私は妻が目を醒ましてそれを嗅《か》がないことを願った（有難いことに、願いは叶《かな》えられた！）。

それから、紙の文字を読んでいるうちに膝《ひざ》が立たなくなり、目の前が真っ暗になるのを感じた。気がついた時、私は床に寝ており、あの呪わしい紙は恐怖に硬張《こわば》った手になおも握られていた。これがその紙に書いてあったことだ。

「ダン——療養所へ行って、あいつを殺してくれ。息の根を止めるんだ。あれはもうエドワード・ダービーじゃない。彼女が僕をつかまえた——あいつはアセナスなんだ——しかも彼女は三ヵ月半前に死んでいるんだ。彼女が出て行ったと言ったのは、嘘《うそ》だ。僕が殺したんだ。仕方がなかった。急なことだったが、僕らは二人きりで、僕は自分の身体に入っていた。目の前に燭台があったから、そいつで彼女の頭を思いきり殴った。万聖節になったら、彼女は永久に僕を手に入れただろう。

僕は彼女を家の奥の地下貯蔵室にある古箱の下に埋めて、痕跡《こんせき》をきれいに消した。翌朝になると使用人たちは怪しんだが、奴《やつ》らにも秘密があるから警察には知らせなかった。僕は奴らを追っ払ったが、奴らが――そして教団のほかの連中が――どうするかは神のみぞ知るだ。

それからしばらくは大丈夫だと思っていたが、そのうち何かが僕の脳を引っ張るのを感じた。そいつの正体はわかっていた――忘れてはいけなかったんだ。彼女のような――あるいはエフラムのような――魂は半ば遊離していて、肉体がある限り死後も存在し続けるんだ。彼女は僕を手に入れつつあった――僕と身体を取り換えようとしていた――僕の身体をつかまえて、地下室に埋められた自分の死体に僕を押し込めようとしていた。

僕にはこの先どうなるかわかっていた――だから神経が参ってしまって、精神病院へ行く羽目になったんだ。やがて、思った通りになった――気がつくと、僕は暗闇の中で息を詰まらせていた――アセナスの腐りゆく屍骸《しがい》の中に入って、僕がそいつを埋めた地下室の箱の下にいた。それで彼女は療養所にいる僕の身体に入り込んでいるはずだとわかった――永久にだ。なぜならもう万聖節は過ぎていて、生贄は彼女がその場にいなくても効力を発揮するからだ——あいつは正気で、世界への脅威として解放されるのを待っている。僕は必死になって、何が何でも、と土を掻き分けて出て来たんだ。

僕はひどく腐っているから、しゃべることができない——電話でも話せなかった——だが、今でも字なら書ける。何とか身支度をして、この最後の言葉と警告を君に伝えよう。もしも世界の平和と安寧が大切なら、あの魔物を殺してくれ。そして火葬になるように取りはからってくれ。さもないと、あいつは肉体から肉体へ渡り歩いて永久に生きつづけ、何をしでかすか知れやしない。黒魔術には近寄るな、ダン。あれは悪魔の所業だ。さよなら——君は良い友達だった。警察には、何でもいいから連中の信じそうなことを言っておけ——君にこんな迷惑をかけて、本当にすまない。僕はもうじき安らかになるだろう——この体はもう長く保《も》たないだろうから。この字が読めることを祈る。あいつを殺してくれ——殺してくれ。

君の友、エドワード」

私がこの文章の後半を読んだのは、あとになってからである。三番目の段落の終わりのところで気を失ったからだ。私は敷居に散乱しているものを見て臭《にお》いを嗅いだ時、ふたたび気絶した。暖かい風がそいつに吹きつけていた。使者はもう身動きもせず、意識もなかった。

執事は私よりも剛気な男で、朝に玄関で出くわしたものを見ても気絶しなかった。その代わり、警察に電話をした。警察官が来た時、私は二階に運ばれてベッドに寝ていたが、あの——もう一つの塊は——夜のうちに倒れた場所にあった。警官たちは鼻にハンカチをあてた。

かれらがエドワードの奇妙な取り合わせの服の中に見つけたのは、大部分液化したおぞましいものだった。骨もあった——陥没した頭蓋骨《ずがいこつ》も。歯の治療跡により、その頭蓋骨はアセナスのものであることがはっきり確認された。

チャールズ・デクスター・ウォード事件

一　結果と前置

「動物の精髄たる塩《えん》を然《しか》るべく調整し保存すれば、才に富む人間は、己《おの》が実験室の内にノアの箱舟全体を持ち、動物の整った形を灰から意のままに蘇《よみがえ》らせる事が出来る。また同様の方法で、人間の塵《ちり》の精髄たる塩より、賢者は如《い》何《か》なる罪深き妖術《ようじゅつ》をも用いずして、死せる先祖の姿を、その肉体を焼いた灰より呼び出すことが出来る」

ボレルス

一

ロード・アイランド州プロヴィデンスの近くにある私立の精神病院から、最近きわめて特異な人物が姿を消した。名前をチャールズ・デクスター・ウォードといい、嘆き悲しむ父親によって心ならずも拘禁されたのである。父親は彼の異常が単なる奇行から陰悪な狂気につのるのを見守っていたが、その狂気は殺人的嗜好《しこう》の可能性と共に、精神の内容の深甚《しんじん》にして異様な変化をもたらすものであった。医師たちですら、彼の症状にはまったく困惑したことを認めている。なぜなら、それは心理的のみならず生理的な性質全般の異常を示していたからだった。

第一に、患者は二十六歳という年齢にしては妙に老《ふ》けて見えた。たしかに精神障《しょう》碍《がい》があると人は早く老化するが、この青年の顔は、通常ごく高齢な人間だけが持つ微妙な特色を帯びていた。第二に、彼の肉体器官の作用は医学上類例を見ない均整の奇妙さを示していた。呼吸と心臓の動きが不可解にも調和を欠き、声が上手《うま》く出なくなって、ささやき声より大きな音を発することはできなかった。消化は信じられないほど時間がかかり、能力が減衰して、通常の刺激に対する神経の反応は、正常なものと病的なものとを問わず、これまでに記録されたいかなるものともまったく懸け離れていた。皮膚は病的に冷たく乾燥し、細胞組織の構造が極度に粗く、結合が弛《ゆる》いようだった。右の臀部《でんぶ》にあった大きなオリーヴ色の母斑《ぼはん》さえも消失しており、一方、胸部には、以前にはなかった特異な黒子《ほくろ》か黒ずんだ発疹《ほっしん》ができていた。総じて、ウォードの肉体に於《お》いては、新陳代謝の過程が前例のないほど緩慢だというのが、すべての医師の一致した見解だった。

心理学的にも、チャールズ・ウォードは異例だった。彼の狂気に似たものは、最新のもっとも網羅《もうら》的な論文にも記録されておらず、奇妙でグロテスクな形に歪《ゆが》んでいなかったならば、彼を天才や社会の指導者にしたであろう精神力と結びついていた。ウォード家のかかりつけ医だったウィレット博士は、患者の精神的能力総体が、狂気の領域外にある物事への反応から評価する限り、拘禁以来むしろ向上していると断言する。たしかにウォードはもともと学者であり好古家だったが、彼が昔行ったもっとも才気横溢《おういつ》たる仕事でさえも、精神科医たちによる最後の試験の際に見せた驚異的な理解力と洞察力は示していなかった。実際、青年の精神はいかにも力強く明晰《めいせき》に見えたので、病院への法的な送致の許可を得ることは難しく、第三者の証言や、知性はともかく知識の貯《たくわ》えに多くの異常な欠落があることを根拠として、ようやく監禁されたのだった。彼は失踪《しっそう》する直前まであらゆる方面の本を読み、貧弱な声の許す限り、大そうな座談の名手だった。だから、鋭敏な観察者たちも脱走を予見できず、彼が拘禁を解かれるのにさして時間はかかるまいと率直に予言したのである。

ただ、赤ん坊のチャールズ・ウォードを取り上げ、その心身の成長を見守って来たウィレット博士だけが、彼が将来自由になることを考えて恐怖にかられたようだった。博士は恐ろしい体験をし、恐ろしい発見をしていたが、懐疑的な同僚にはそれを敢《あ》えて打ち明けなかった。実際、ウィレットはこの事件との関わりに於いて、彼自身小さな謎《なぞ》を呈している。彼は逃げ出す前の患者と最後に会った人間であり、その最後の会見から、恐怖と安堵《あんど》の入り混じった様子で出て来たのだが、三時間後にウォードの脱走が知られると、博士が出て来た時の様子を思い出す者も何人かいた。脱走それ自体、ウェイト博士の病院では未解決の不思議の一つである。地上六十フィート以上の高さについている窓からはとても逃げられたはずがないのだが、ウィレットと話したあと、青年はたしかに姿を消したのだ。ウィレット本人も公《おおやけ》にすべき説明を持ち合わせない——もっとも、彼は脱走事件の前と較《くら》べて、妙に気が楽になったように見える。じつのところ、彼は相当数の人間に信じてもらえるなら、色々言いたいことがあるようだと大勢が感じている。彼はウォードと部屋で会ったが、彼が出て行った直後に看護人たちがノックをしても、返事はなかった。扉を開けると患者はおらず、ただ開いた窓から四月の冷たい微風が吹き込んで来て、細かい灰青色の塵煙《じんえん》を立てたため、息が詰まりそうになったという。たしかに、少し前に犬が吠《ほ》えていたが、それはウィレットがまだいた時のことで、犬は何もつかまえなかったし、あとで騒いだりもしなかった。ウォードの父親は電話ですぐに「脱走の」ことを伝えられたが、驚くというよりも悲しんでいる様子だった。ウェイト博士が自ら訪ねて行った時には、ウィレット博士がすでに父親と話をしていて、二人共脱走に関しては何も知らないし、共謀もしていないと言った。ウィレットと父親ウォード氏の信頼する友達数人から多少の手がかりは得られたが、それもあまりに荒唐無稽《むけい》で、誰もが信じられることではない。ただ一つ残る事実は、消えた狂人の足取りが現時点までつかめていないということである。

チャールズ・ウォードは幼い頃から一個の好古家であり、その趣味は明らかに、彼を取り巻く由緒《ゆいしょ》ある町と、丘の頂上のプロスペクト街にある両親の古い屋敷を隅々まで満たしている、過去の遺物から得たのだった。年を経るにつれて、古物に対する彼の愛情は深まり、歴史や、系図学や、植民地時代の建築、家具、工芸全般の研究が、彼の関心の領域から他のすべてを押し出してしまった。彼の狂気を考える上では、こうした趣味を心に留めておくことが重要である。それは問題の核心とはならないにしても、表面上顕著な役割を演じるからだ。精神科医たちが気づいた情報の欠落はすべて現代の事物に関するものであり、それをつねに埋め合わせていたのは、過去の事物に関するありあまるほどの知識だった。こうしたものは普段表に出さなかったが、巧みな質問によって明らかにされたのである。患者は何か隠微な自己催眠によって文字通り過去の時代に連れて行かれたのだと空想したくなるほどだった。奇妙なのは、ウォードがそれほど知悉《ちしつ》している古物や旧習にもう興味を持たないように見えたことだった。そうしたものに慣れきって関心を失ったらしく、彼の最後の努力はすべて、彼の脳裡《のうり》から完全に、まごう方なく抹消されてしまった現代世界の平凡な事実を知ることに向けられていた。この大きな欠落が生じたことを彼は懸命に隠そうとしたが、様子を見ている者全員に次のことは明白だった――彼の読書や会話はある計画に基づいて行われており、その計画は自分自身の人生に関する知識と、一九〇二年に生まれ、現代の学校で教育を受けた人間が持っていて然るべき、二十世紀の実際的、文化的な背景に関する知識を吸収したいという狂おしい願いによって決められていたのだ。精神科医たちが今不思議に思っているのは、知識情報の範囲が致命的に欠損しているというのに、脱走した患者が今日の複雑な社会にどうやって対処しているかということだ。有力な見解はこうだった――彼は現代の情報の貯えが常人のそれと同じになるまで、何か地味で骨の折れない職に就いて、「雌伏して」いるというのだ。高名なボストンの権威ライマン博士は、その時期を一九一九年か一九二〇年、少年がモーゼズ・ブラウン校に通った最後の年だとしている。この頃、彼は突然過去の研究から隠秘学の研究に興味を移し、もっとずっと重要な個人的研究があるという理由で、大学入学資格を取ることを拒んだのだ。この説は、たしかに、当時のウォードの習慣が変わったこと——とくに、彼が不断に町の記録を調べ、古い埋葬地に足を運んで、一七七一年に掘られた墓を探したことによって裏づけられている。その墓はジョーゼフ・カーウィンという先祖の墓で、彼はこの人物の古文書を、スタンパーズ・ヒルのオルニー・コートにある非常に古い家——カーウィンがその家を建てて住んだことが知られている——の羽目板の裏に見つけたと称していた。大まかに言って、一九一九年から二〇年にかけての冬、ウォードに大きな変化が生じたことは否定できない。彼は唐突に好古家としての探求全般をやめ、母国でも海外でも、隠秘学上の問題を必死に調べ始めた。それに変化を添えていたのは、祖先の墓をこうして奇妙に執拗《しつよう》に探すことであった。

しかしながら、ウィレット博士はこの見解に大いに異を唱えている。彼の判断は、長きにわたって患者を親しく知っていたことと、最後の頃に行った恐るべき調査と発見に基づいている。その調査と発見は彼に影響を残し、その話をすると彼の声は顫《ふる》えるし、それについて書こうとすると、彼の手はわななくのだ。普通の人間の目から見れば、一九一九年から二〇年にかけてのウォードの変化が進行性の頽廃《たいはい》の始まりであり、それが一九二八年の恐ろしく無気味な精神異常として絶頂に達したと映るだろう。ウィレットもそれは認めている。しかし、彼は個人的観察から、もっと細かい区別を立てねばならないと信ずる。少年の気性がつねに不安定で、周囲の現象に対する反応が過度に敏感で熱狂的だったことは十分認めるものの、早い時期の変化が、正気から狂気への移行を示していたとはけして考えない。その代わり、何か人類の思想に驚くべき深甚な影響を及ぼしそうなものを発見あるいは再発見したという、ウォード自身の言葉を信じるのだ。真の狂気はもっとあとの変化と共に訪れた、とウィレット博士は確信する。カーウィンの肖像画と古文書が発見されたあと――奇妙な異国の地へ旅をして、奇妙な秘密の状況下で恐ろしい召喚の祈禱《きとう》を唱えたあと――こうした呪文《じゅもん》への応えがはっきりと示され、苦悶《くもん》に満ちた不可解な事情の下で取り乱した手紙を書いたあと――吸血鬼騒動とポータクセットの無気味な噂《うわさ》のあと――そして患者の記憶が同時代の心象を締め出し始め、声が小さくなって、肉体的外見が、多くの者がのちに気づいた微妙な変異を遂げたあとである、と。

悪夢のような性質が疑いの余地なくウォードと結びついたのは、この頃になってからだったとウィレットは鋭く指摘する。そして医師は、重大な発見をしたという青年の主張を裏づける信頼すべき証拠が十分存在することを、恐ろしいほど確信している。第一に、高い知性を持つ二人の作業員が、ジョーゼフ・カーウィンの文書が発見されるところを目撃している。第二に、少年は一度、それらの文書とカーウィンの日記の一ページをウィレット博士に見せており、どちらもいかにも本物らしかった。ウォードが文書を見つけたという穴は長い間現実に見られたし、ウィレットはその文書を——とても信じがたく、おそらくけっして証明できない状況でだが——最後にはっきりと見た。それから、オーンとハッチンソンの手紙の謎と偶然の一致があり、カーウインの筆跡の問題と探偵がアレン博士について明るみに出した問題、さらに、中世の小草字《ミナスキュール》（訳注・原語はminuscules。七世紀頃に発達した書体で、現在のアルファベットの小文字の基礎となった）で書かれた恐るべき言伝《ことづて》——これはウィレットが衝撃的な体験のあとで意識を取り戻した時、ポケットに入っていたものだ——があった。

そして何よりも決定的なのは、博士が最後の調査中に一対の呪文から得た二つの恐ろしい結果である。その結果は、古文書が本物であることと同時に、その途方もない意味合いも真実であることを事実上証明したので、それらの文書は永久に人間が知り得ぬところに運び去られたのだった。

二

チャールズ・ウォードの幼少期をふり返るなら、それは彼がこよなく愛した古物と同様、過去に属するものとして見なければならない。一九一八年の秋、彼は当時の軍事教練への情熱をかなり示して、自宅のすぐ近くにあるモーゼズ・ブラウン校に入学した。一八一九年に建てられた古い校舎は若い彼の好古家としての感覚をずっと魅了していたし、学校がある広々とした敷地は、風景に対する彼の鋭い眼を喜ばせた。彼は友達づきあいをほとんどせず、時間の大部分を家で過ごすか、散策や、授業や教練、そして古物や系図学に関する資料の追跡に費やした。市庁舎や、州会議事堂、公共図書館、アシニーアム図書館、歴史協会、ブラウン大学のジョン・カーター・ブラウン図書館とジョン・ヘイ図書館、そして新たに開館したベネフィット街のシェプリー図書館でそうした資料を漁《あさ》ったのである。当時の彼の姿は今も思い描くことができよう。背が高く、ほっそりして、金髪で、勉強の好きそうな眼をしており、少し猫背で、服装はいささかだらしなく、魅力的というよりも無害なぎごちなさの印象が強かった。

彼の散歩はつねに古物探しの冒険であり、魅惑に満ちた古い街にある無数の遺物から、何世紀も前の光景を生き生きと、まとまった形で思い描くことができた。彼の家は、川のすぐ東側に聳《そび》える急峻《きゅうしゅん》な丘の天辺《てっぺん》にあり、ジョージ王朝様式の大邸宅だった。まとまりなく広がった翼《よく》の裏手の窓からは、下方の町の尖塔《せんとう》や、円屋根や、屋根や、摩天楼の頂上が寄りかたまっている目の昏《くら》みそうな光景が見え、その彼方《かなた》には、田園地帯の紫の丘々が見渡された。彼はこの屋敷で生まれ、張出し窓が二つある煉瓦《れんが》造りの家表《やおもて》の美しい古典的な外玄関から、乳母車に乗った彼を乳母が初めて連れ出したのだ。二人はこの町がとっくの昔に追い越してしまった二百年前の小さな白い農家を通り過ぎ、堂々とした大学に向かって影深い壮麗な街路を進んだ。その街路の古く四角い煉瓦造りの邸宅と、狭くて重厚な柱のついたドーリア式の外玄関がある、幾分小さい木造の家々は、広々とした囲い地や庭園の中にどっしりと立ち、人を寄せつけずに夢見ていた。

彼はまた乳母車に乗って眠ったようなコングドン街を通った。この街路は険しい丘の一段下がったところにあり、東側の家々は高い段々になった斜面に並んでいた。ここにある小さな木造の家は平均して年代が古かった。町はこの丘を登って伸び広がっていったからである。彼はこうした乳母車での散歩の間に、風情《ふぜい》のある植民地時代の村の雰囲気を幾分か吸収した。乳母はいつも乳母車を止めるとプロスペクト・テラスのベンチに坐《すわ》って、警官たちとおしゃべりをしたので、子供時代の最初の記憶の一つは、靄《もや》にけぶる屋根や円屋根や尖塔や遠くの丘々が、茫洋《ぼうよう》と海のように西に広がる景色だった。ある冬の日の午後、彼はその眺めを手摺《てすり》を渡したあの大きな崖《がけ》ふちから見たのだが、菫色《すみれいろ》の神秘的な広がりが、赤と金色と紫と奇妙な緑の混じった熱い黙示録的な日没を背景にしていた。州会議事堂の巨大な大理石の円屋根が重々しい輪郭を截《た》ち、その頂を飾る彫像が、燃える空に横たわる色のついた層雲の切れ目から射《さ》す夕陽で、幻想的な後光をまとっていた。

彼がもっと成長すると、有名な散歩が始まった。最初は乳母をせっかちに引っ張っていたのだが、のちには夢想に耽《ふけ》りながら一人で歩いた。ほとんど垂直に切り立った丘を下へ、さらに下へと下りて行き、散歩のたびに、年古《としふ》りた街のさらに古く趣のある階層に到達した。建物の裏手の壁と植民地時代の切妻がある急勾配《きゅうこうばい》のジェンクス街を慎重に、ためらいながら下りて行くと、影深いベネフィット街の角《かど》に出た。戸口にイオニア式の付柱《つけばしら》がついている骨董品《こっとうひん》のような木造家屋が目の前にあり、傍には、大昔の農家の庭がまだ少し残っているいかにも古めかしい腰折れ屋根の家と、ジョージ王朝様式の壮麗さをわずかにとどめる大きなダーフィー判事の家があった。ここは貧民街になりつつあったが、楡《にれ》の巨木があたりを影に蔽《おお》って汚なさを隠しており、少年は大きな中央の煙突と古典的な正門がある独立戦争以前の長い家並に沿って、南の方へぶらぶら歩いて行くのだった。東側の家々は高い基部の上に建っており、玄関までは手摺のついた二続きの石段を上って行かねばならなかった。若いチャールズはこの街路がまだ新しく、今では老朽の目立つ彩色した三角形の切妻壁を赤い靴と鬘《かつら》が引き立てていた頃の様子を思い描くことができた。

丘の西側は丘の上と同じくらい急坂になっていて、その下には、街の建設者たちが一六三六年に川縁《かわべり》につくった古い「タウン街」があった。ここには数えきれないほどの小路が走り、たいそう古い傾いた家が寄り集まっていた。彼は魅力を感じていたが、古めかしい急斜面の街を縫って歩く勇気が出るまでには、長くかかった。行ってみたらそこが夢か、未知なる恐怖への入口になりはしないかと懼《おそ》れたのだ。それよりもずっと容易なのは、ベネフィット街を歩きつづけて、聖《セント》ジョン教会の隠れた墓地の鉄《てつ》柵《さく》と、一七六一年建造の市庁舎の裏と、ワシントンが泊まった「ゴールデン・ボール」亭の朽ちゆく大きな建物の前を通り過ぎて行くことだった。ミーティング街——かつては牢屋小路《ジェイル・レイン》、そのあとはキング街と呼ばれた——に来ると、彼は東をふり仰いで、本街道が斜面をよじ登るために造らねばならなかった迫持《せりもち》のある階段を見、また西の方を見下ろせば、植民地時代に建てられた古い煉瓦造りの学校校舎がチラリと見えた。この校舎は道路の向かいの「シェイクスピアズ・ヘッド」の古看板に微笑《ほほえ》みかけている。「シェイクスピアズ・ヘッド」では、独立戦争以前に「プロヴィデンス・ガゼット・アンド・カントリー・ジャーナル」紙が印刷されたのだ。やがて、一七七五年建造の優美な第一バプテスト教会が目に入る。これは比類ないギブス式尖塔のついた贅沢《ぜいたく》な造りで、尖塔のそばにジョージ王朝様式の屋根と頂塔《キューポラ》が浮かんでいる。ここから南の方へ行くと界隈《かいわい》の柄《がら》が良くなり、ついには初期の大邸宅の驚くべき群として花開くが、古い小さな道はなおも断崖《だんがい》を下って西へつづく。切妻が数多くあるそのあたりの古めかしさは幽霊めいて、混乱した虹色《にじいろ》の荒廃の中へ沈んでゆく。そこには邪悪な古い海岸地区があり、多言語の飛び交う悪徳と汚穢《おわい》、朽ちゆく波止場、そして爛《ただ》れ目の船具商人たちのただ中で、パケット、ブリオン、ゴールド、シルヴァー、コイン、ダブルーン、ソヴリン、ギルダー、ドラー、ダイム、セントといった細路の名前が、誇り高い東インド会社の時代を偲《しの》ばせる。

　背が伸びてもっと冒険をするようになると、ウォード少年は時々、今にも倒れそうな家々や、壊れた無目《むめ》（訳注・扉と明かり取りの間の横仕切り）や、崩れかけた階段や、ねじれた欄干や、浅黒い顔や、名状しがたい臭《にお》いのこの大渦巻の中へ下りて行った。サウス・メインからサウス・ウォーターまでの曲がりくねる道を辿《たど》って、湾岸航路の蒸気船が今も接岸する船着場を探し出し、この低い階層で北へ引き返して、急勾配な屋根のついた一八一六年の倉庫や、大橋《グレート・ブリッジ》の袂《たもと》の大きい広場——そこには一七七三年建造のマーケット・ハウスが、古めかしい弓形窓を連ねて今もしっかりと建っている——を通り過ぎた。彼はよくこの広場に立ちどまって、東側の丘に広がる古い町の戸惑うほどの美しさに見惚《みと》れるのだった。そこにはジョージ王朝様式の二つの尖塔が立ち、ロンドンを聖《セント》ポール寺院が飾るように、巨大な新しいクリスチャン・サイエンス教会の円屋根が町を飾っている。彼はここに午後遅く来るのが一番好きだった。その時間になると、夕陽がマーケット・ハウスと古い丘の屋根や鐘楼を黄金色《きんいろ》に染め、プロヴィデンスのインド貿易船がかつて停泊した夢見る波止場に魔法をかけた。長い間見入っていると、その眺めに対する詩人の愛情で眩暈《めまい》がするほどになり、彼はそのあと、夕闇《ゆうやみ》の中で家の方へ斜面を登り始めるのだった。古い白い教会の前を過ぎ、狭い切り立った道を上って行ったが、その道では、小さく区切ったガラス窓や高いところにある扇形の明かり取り——これは風変わりな錬鉄の手摺がついた二続きの石段の上にあった——から、黄色い光が外に洩《も》れはじめるのだった。

後年のことだが、べつの折、彼は鮮やかな対照を求めて、崩れかけた植民地時代の建物が並ぶ自宅の北西の区域で散歩時間の半分を過ごした。そこには丘の下方にスタンパーズ・ヒルのやや低い台地が続いており、独立戦争以前、ボストン駅馬車が発着した場所のまわりにユダヤ人街と黒人街がかたまっていた。散歩の残り半分は、ジョージ街、ベネヴォレント街、パワー街、ウィリアムズ街といった優雅な南の地区を歩いた。こちらの昔懐《なつ》かしい斜面には、立派な家屋敷や塀に囲われた小庭、勾配の急な緑の小路が変わらずに残り、数々の香り高い思い出が今も消え残っているのだ。チャールズ・ウォードの心からついに現代世界を押し出してしまった古物研究の膨大な知識は、こうした散策とそれに伴う熱心な研究から説明されよう。また、一九一九年から二〇年にかけての運命的な冬に、奇妙な恐るべき実を結ぶ種子《たね》が落ちた精神的土壌も、こうしたことから明らかになる。

最初の変化が起こったこの不吉な冬まで、チャールズ・ウォードの好古趣味に病的なものは何もなかったとウィレット博士は確信する。墓地は彼にとって古趣と歴史的価値以外にはとくに魅力を持たなかったし、暴力や野蛮な本能といったものは、彼には無縁だった。ところが、識《し》らず知らずのうちに、前年にした系図学的研究の成果が奇妙な余波をもたらしたようだった。彼はその年、母方の先祖にジョーゼフ・カーウインという大そう長命な男がいたことを発見した。この人物は一六九二年の三月にセイレムから来たのだが、彼をめぐってはいかにも異様で不穏な話が絶えずささやかれていた。

ウォードの高祖父ウェルカム・ポッターは、一七八五年に「ジェイムズ・ティリンガスト船長の娘イライザ夫人の娘アン・ティリンガスト」と結婚したが、この婦人の父親については、一族に何の手がかりも伝わっていなかった。一九一八年の暮れ、若き系図学者が町の記録の手書き原本を調べていると、法律上の改名に関する一つの記載に出遭った。一七七二年に、ジョーゼフ・カーウィンの寡婦《かふ》イライザ・カーウィンなる女性が、七歳の娘アン共々旧姓ティリンガストに戻ったというのだ。その理由はこうだった――「彼女の夫の名は、その死後に知られたることによりて世人の非難の的となりぬ。そは前々より広まりし噂にして、忠実なる夫人は信ぜざりしが、全く疑いの余地なきまでに証明されたり」。この記載が明るみに出たのは、慎重に貼《は》り合わせてページ数をわざわざ修正したことにより、一葉《いちよう》として扱われていた二葉《によう》が偶然剝《は》がれたためであった。

チャールズ・ウォードは、今まで知らなかった五代前の先祖を発見したことをすぐに悟った。この人物についてはすでに曖昧《あいまい》な風説を聞き、断片的な言及を見ていたので、発見は彼を二重に興奮させた。現代になって公開されたものを除くと、この先祖に関する記録で公に見られるものはほとんどなく、まるで彼を記憶から抹殺しようとする陰謀が存在したかのようだった。その上、出て来た内容はいとも特異で刺激的なものだったため、植民地時代の記録作成者たちがこれほどひた隠しにし、忘れようとしたのは何だったのかと、好奇心をもって想像せずにいられなかったし、この削除には正当な理由があったのかもしれないと思わずにいられなかった。

これ以前のウォードは、古人ジョーゼフ・カーウィンに関して、とりとめのないロマンティックな夢想をするだけだったが、自分がこの明らかに「消された」人物の血縁であることを発見すると、彼について知り得る限りのことを系統的に調べ上げた。興奮に満ちたこの探求は、やがて期待を遥《はる》かに上まわる成功を収めた。プロヴィデンスの蜘蛛《くも》の巣の張った屋根裏部屋やその他の場所に、古い手紙や、日記や、公刊されなかった回想録の束が残っていて、そこには解明の光を照《あ》てる多くの記述があったからだ。これらは筆者が破棄するまでもないと思って、そのままにしておいた文書だった。さらに一つの重要な側光が遠いニューヨークから射して来た。彼の街《か》にあるフランセス・タヴァーンの博物館に、ロード・アイランドの植民地時代の書簡が保存してあったのだ。しかし、本当に決定的なもので、ウィレット博士の見解によると、ウォードの破滅の明確な原因となったのは、一九一九年の八月、オルニー・コートの崩れかけた家の羽目板の裏に見つかった資料だった。疑いなく、それこそが、その果ては奈落《ならく》の底よりも深い暗黒の通景を開いたのだ。

二　先人と怪異

一

ジョーゼフ・カーウィンは、ウォードが聞いた話や掘り出した材料の中に示されているとりとめのない伝説からうかがわれる限りでは、いとも驚くべき、謎につつまれた、どことなく恐ろしい人物だった。彼は魔女騒ぎの始まった時にセイレムからプロヴィデンスへ――変わり者や、自由思想を持つ者、異議を唱える者みなの避難所へ――逃げて来た。孤独な生活を送り、怪しげな化学ないし錬金術の実験をしていたため、告発されることを恐れたのだ。彼は三十歳くらいの、血の気のない顔をした男で、まもなくプロヴィデンスの自由市民となることを認められ、その後、オルニー街の一番麓《ふもと》のあたりにあるグレゴリー・デクスターの地所の真北に宅地を買った。彼の家はスタンパーズ・ヒルのタウン街の西、のちにオルニー・コートとなる場所に建てられた。一七六一年、彼は同じ敷地にもっと大きな家を建て、この家は今も残っている。

ジョーゼフ・カーウィンについて最初に人々が気づいたおかしなことは、この町へ来てからあまり齢《とし》をとらないように見えることだった。彼は海運事業に携わり、マイル・エンド入江に近い波止場の使用権を買って、一七一三年には大橋《グレート・ブリッジ》の再建を助け、一七二三年には、丘の上にある会衆派教会の建立者《こんりゅうしゃ》の一人となった。しかし、つねに三十歳か三十五歳をあまり越えないような、これといった特徴のない外見を保っていた。十年二十年と歳月を重ねるうちに、この特異な性質は広く注目を集めるようになったが、カーウィンはつねに、自分は頑健な先祖の血を引いているとか、質素な暮らしをしているから老けないのだ、などと説明した。秘密主義のこの商人の不可解な行動や、部屋の窓に夜っぴて奇妙な明かりが灯《とも》っていることと、そのような質素さがどうして両立し得るのか、町の人間には合点がゆかなかったので、人々は彼の若々しさと長寿にほかの理由があると考えがちだった。大体のところ、カーウィンがたえず薬物を混ぜたり沸騰《ふっとう》させたりしていることが、その状態と大いに関わりがあると思われていた。噂によれば、彼は奇妙な物をロンドンや西インド諸島から船で取り寄せたり、ニューポートやボストンやニューヨークで買ったりするのだという。また、ジェイベズ・ボウエン博士がレホボスから来て、大橋《グレート・ブリッジ》の向こうに「一角獣と乳鉢《にゅうばち》」の看板を掲げて薬屋を開くと、寡黙《かもく》な隠遁者《いんとんしゃ》がひっきりなしに買ったり注文したりする薬品や、酸や、金属のことが始終話題になった。カーウィンは素晴らしい秘密の医術を修めているのだと思って、さまざまな病気にかかった人々が大勢彼に助けを求めた。彼は当たり障《さわ》りのないやり方で人々の思い込みを助長するように見え、いつも求めに応じて妙な色の飲み薬を与えたが、他人にしてやることはめったに効き目がないと言われた。この他所者《よそもの》が町に来てから五十年以上経《た》っても、顔や身体《からだ》つきには五年経ったほどの変化しか見られないと、人々はついにもっと剣呑《けんのん》なことをささやきはじめ、彼がつねに示していた孤独を願う心にこちらから応じるようになった。また、この時期の私信や日記は、ジョーゼフ・カーウィンが不思議がられ、恐れられ、最後には疫病《えきびょう》のごとく忌《い》み嫌われた理由をほかにおびただしく示している。彼は墓地が好きで、時刻も天候も問わず、墓場に姿を見せることは周知の事実だった。もっとも、墓泥棒と言える行為を目撃した者はいなかった。彼はポータクセット街道沿いに農場を持っており、夏場はおおむねそこに住んでいたし、昼でも夜でも妙な時刻に、馬でそちらへ向かうのをよく見られた。この農場で見かける召使い兼耕作人兼管理人は、ナラガンセット・インディアンのむっつりした老夫婦だけだった。夫の方は口が利《き》けず、奇妙な傷があり、妻は何とも厭《いや》らしい顔つきをしていたが、おそらく黒人の血が混じっていたのだろう。この家の差し掛け小屋には実験室があり、化学の実験は大部分そこで行われた。壜《びん》や、袋や、箱を小さな裏口に届ける穿鑿《せんさく》好きな荷物運びや御者《ぎょしゃ》は、天井の低い、棚のある部屋で見た珍奇なフラスコや、坩堝《るつぼ》、蒸留器《ランビキ》、炉のことを話し合い、あの無口な「化学者《キミスト》」——それは錬金術師の意味だった——はそのうち〝賢者の石〟を発見するだろうと小声で予言した。この農場に一番近い隣人——四分の一マイルほど先に住むフェナー家の人々——は、夜分カーウィンの家から聞こえて来るというある種の音について、さらにおかしなことを語った。叫び声と、長くつづく唸《うな》り声がするのだとかれらは言い、そこの牧草地に群なす家畜の数が多いことを好まなかった。独り暮らしの老人とわずかな召使いに肉や牛乳や羊毛をまかなうには、そんなにたくさんの家畜は必要なかったからだ。家畜は週ごとに変わるようで、キングスタウンの農場から新しい群が買われた。また、高いところに窓として細い切れ目が入っているだけの、大きな石造りの離れ家には、何かじつに不快なものがあった。

大橋《グレート・ブリッジ》のあたりに屯《たむろ》して閑《ひま》をつぶす連中も、オルニー・コートにあるカーウィンの町の住居について言うことをたくさん持っていた。一七六一年――カーウィンはその年百歳近かったはずだ――に建てられた立派な新しい家よりも、最初の家についてである。その家は低く腰折れ屋根がついていて、屋根裏には窓がなく、側面を柿板《こけらいた》で葺《ふ》いてあったが、取り壊したあと、カーウィンは妙に念を入れて家の材木を焼いたのだった。たしかに、ここにはポータクセットの農場ほどの謎はなかった。しかし、おかしな時刻に明かりが見えることや、男の召使いとしてはそれしかいない、二人の浅黒い肌の外国人がコソコソと隠し立てをする様子や、信じられないほど年とったフランス人家政婦の厭らしい、不明瞭《ふめいりょう》な、ぶつぶついうしゃべり方、四人しか住んでいない家の中へ入って行く大量の食物、またしばしば時ならぬ刻限に、ヒソヒソ話をする声の性質――こうしたもののすべてが、ポータクセット村の農場について知られていることと相俟《あいま》って、この家に悪い評判を与えた。

上流社会でも、カーウィンの家が話題にならなかったわけではない。この新来者は町の教会や実業界に入り込むにつれて上流人士の知り合いができ、教育を受けていたため、そうした人々との交際や会話を楽しむのに適していたからである。彼の生まれが良いことは知られていた。セイレムのカーウィン家ないしコーウィン家といえば、ニューイングランドでは紹介の必要もなかったからだ。ジョーゼフ・カーウィンは若い頃によく旅をし、一時英国に住んでいたし、東洋へ少なくとも二回船旅をしたことがあった。時々気が向いて口を利くと、その言葉は学識教養のある英国人のそれだった。しかし、カーウィンは何らかの理由で社交を好まなかった。けして訪問客を拒みはしなかったが、つねによそよそしさの墻《かき》をめぐらしていたので、彼に言っても空虚《うつろ》に響かないようなことを思いつく者はいなかった。

カーウィンの態度振舞いには、謎めいた冷笑的な傲慢《ごうまん》さが潜んでいるようだった。まるでもっと不思議な力強い存在と交わっているため、すべての人間を退屈に思うようになったかのようだった。一七三八年に、機智《きち》を以《もっ》て名高いチェックリー博士がキングス教会の牧師としてボストンから赴任して来た。博士は来るとまもなく噂をたくさん聞かされた人物を訪問することを怠らなかったが、もてなし役の言うことに何か不吉な底意を見て取ったので、早々に暇《いとま》を告げた。ある冬の晩、カーウィンのことを話していた時、チャールズ・ウォードは父親にこう言った——謎めいた老人が快活な聖職者に何と言ったのかわかるなら、僕は千金を積んでも良いくらいです。けれども、チェックリー博士は自分が聞いたことを人に言いたがらなかった、と日記を書いた人々は異口同音に語っているんです、と。善良な博士はひどく衝撃を受け、ジョーゼフ・カーウィンのことを思い出すたびに、彼の身上《しんじょう》である陽気で洗練された態度に目に見えて翳《かげ》がさした。

しかしながら、趣味も育ちも良いもう一人の人物が傲慢な世捨て人を避けた理由はもっとはっきりしていた。一七四六年に、ジョン・メリット氏という、文学と科学に造詣《ぞうけい》の深い年輩の英国紳士が、ニューポートから、急速にその地位に追いつきつつあるこの町へ来て、ネック地区の、今は高級住宅街の中心となっているところに、立派な田舎屋敷を建てた。この人はかなり豪勢で安楽な暮らしをしていた。町で最初に自家用馬車を持ち、仕着せを着た召使いを雇ったし、望遠鏡や顕微鏡、英語やラテン語の精選された蔵書を自慢していた。カーウィンがプロヴィデンス一の蔵書家だと聞くと、メリット氏はさっそく彼を訪問し、その家を訪れた他の大概のお客よりも手厚くもてなされた。家の主人の大きな書棚には、ギリシア語、ラテン語、英語の古典のほかに、哲学、数学、自然科学の書物がずらりと並んでいて、その中にはパラケルスス、アグリコラ、ファン・ヘルモント、シルヴィウス、グラウバー、ボイル、ブールハーフェ、ベッヒャー、そしてシュタールの著作があった。お客がこの豊かな蔵書を絶讃《ぜっさん》したので、カーウィンはそれまで誰も招いたことのない農場の家と実験室へ来てはどうかと提案し、二人はさっそくメリット氏の馬車に乗って出かけた。

農場の家で恐ろしいものを見たわけではないとメリット氏はいつも言っていたが、カーウィンが表の部屋に置いている魔法や奇術、錬金術や神学を主題とした特殊な蔵書の題名を見ただけで、消えない嫌悪《けんおかん》感を植えつけられたとも語った。だが、おそらく、そうした本を見せる時の所蔵者の表情が、偏見の大きな要因となったのだろう。その異様な蒐集《しゅうしゅう》は、メリット氏が驚きかつ羨《うらや》んだ標準的な著作のほかに、人間が知るほぼすべてのカバラ学者、悪魔学者、魔術師の書物を含んでおり、錬金術と占星術の怪しい分野に於ける知識の宝庫だった。メナール版のヘルメス・トリスメギストゥス、『哲学者の集会』、ゲーベルの『探求の書』とアルテフィウスの『叡智《えいち》の鍵《かぎ》』がみなそこにあった。それに加えて、カバラの書『ゾハル』、アルベルトゥス・マグヌスのペーター・ジャミー編全集、ライムンドゥス・ルルスの『偉大なる究極の術』のゼッツナー版、ロジャー・ベーコンの『化学宝典』、フラッドの『錬金術の鍵』、そしてトリテミウスの『賢者の石について』が所狭しと並んでいた。中世のユダヤ人やアラビア人の書物もふんだんにあり、『回教徒習俗』という目立つラベルが貼ってあった立派な大冊を取り下ろしたところ、それが本当は狂えるアラビア人アブドゥル・アルハザードの禁断の書『ネクロノミコン』であることを知って、メリット氏は青ざめた。じつは数年前、マサチューセッツ湾植民地にある風変わりな小さい漁村キングスポートで、名状しがたい祭儀が行われていることが露見したあと、この本について途方もない話がささやかれるのを聞いていたのだ。

　しかし、奇妙なことに、つかみどころのない不安をもっとも強く感じたのは、ほんの些《さ》細《さい》なことからだったとくだんの立派な紳士は認めている。巨大なマホガニーの机の上に、ひどく擦《す》り切れたボレルス（訳注・フランスの医師ピエール・ボレル１６２０－１６８９のラテン名）の本が伏せてあり、取り上げて見ると、カーウィンの筆跡で、余白や行間にたくさんの謎めいた書き込みがしてあった。本は真ん中辺が開いており、ある段落の神秘的な黒体文字で記された数行の下に、太い震える線が引いてあったため、訪問客はそこを読まずにいられなかった。下線を引いた箇所の内容のせいなのか、それとも下線の筆遣いが熱に浮かされたように激しかったせいなのかはわからなかったが、その取り合わせにある何かが彼をたいそう不愉快で異様な心持ちにしたのだ。彼は生涯その文章を憶《おぼ》えていて、記憶から日記に書き留め、一度は親友のチェックリー博士に読んで聞かせようとしたが、洗練された牧師がひどく動揺している様子を見て、読むのを途中でやめた。文面はこうだった。

「動物の精髄たる塩《えん》を然《しか》るべく調整し保存すれば、才に富む人間は、己《おの》が実験室の内にノアの箱舟全体を持ち、動物の整った形を灰から意のままに蘇《よみがえ》らせる事が出来る。また同様の方法で、人間の塵《ちり》の精髄たる塩より、賢者は如何《いか》なる罪深き妖術《ようじゅつ》をも用いずして、死せる先祖の姿を、その肉体を焼いた灰より呼び出すことが出来る」

しかし、ジョーゼフ・カーウィンについて最悪の噂がささやかれていたのは、タウン街の南の部分に沿った船着場のあたりでだった。船乗りは迷信深い連中である。ラム酒や、奴隷《どれい》や、糖蜜《とうみつ》を運ぶ無数のスループ船、軽快な私掠船《しりゃくせん》、ブラウン商会やクロフォード商会やティリンガスト商会の大きなブリッグ船に乗り組んだ老練な水夫たちは、黄色い髪の毛でやや猫背の、年不相応に若く見える痩《や》せた人物がダブルーン街にあるカーウィンの倉庫に入ったり、カーウィンの船が落ち着きなく浮かんでいる長い岸壁で、船長や船荷監督人と話しているのを見ると、誰もがこっそりと奇妙な魔除《まよ》けの仕草をするのだった。カーウィン自身が雇っている事務員や船長も彼を嫌い、怖がっていたし、彼の水夫はみなマルティニーク島や、シント・ユースタティウス島や、ハヴァナや、ポート・ロイヤルから来た混血の下層民だった。人々が老人に対して抱いた恐れのもっとも強烈で具体的な部分は、一つには、こうした水夫たちが入れ替わる頻繁さによって生じたのだった。上陸許可が出ると船の乗組員たちは町に放たれ、そのうち何人かは、たぶん、あれこれの使いに走らされる。そしてふたたび集まった時、一人かそれ以上の男が欠けていることは、まず確実なのだ。使いの用向きの多くがポータクセット街道の農場に関わるものだったこと、農場から帰って来るのを目撃された水夫がほとんどいなかったことを人々は忘れなかった。だから、やがてカーウィンが妙にまぜこぜの人員を確保することは、きわめて難しくなった。プロヴィデンスの波止場で噂を聞くと、きっと何人かはすぐにやめてしまい、西インド諸島で船員を補充することが、くだんの商人にとってますます大問題となった。

一七六〇年、ジョーゼフ・カーウィンは漠然とした恐ろしい行為や悪魔との結託を疑われて、事実上除《の》け者にされていた。そうした行いは名づけることも、理解することも、証明することもできないため、いっそう脅威的なものに思われた。最後の決め手となったのは、一七五八年の兵隊失踪《しっそう》事件だったかもしれない。その年の三月と四月、英軍の二個連隊がニュー・フランスへ向かう途中プロヴィデンスに宿営したが、不可解ないきさつにより、平均的な脱走率をはるかに超えて人数が激減したのだ。カーウィンが赤い軍服を着た他所者たちと話している姿が頻繁に見られたことが噂になり、かれらの何人かが行方を昏《くら》ましはじめると、人々はカーウィン自身の船員の奇妙な状態に思いを致した。連隊が出発命令を受けなかったら何が起こっていたかは、誰にもわからない。

一方、この商人の事業は上手《うま》く行っていた。町の硝石、黒胡椒《くろこしょう》、シナモンの貿易を事実上独占し、真鍮《しんちゅう》製器具、藍《あい》、綿、毛織物、塩《しお》、索具《さくぐ》、鉄、紙、そして各種の英国製品を輸入するにあたっては、ブラウン商会を除いて、他のいかなる海運業者にも容易に立ち勝っていた。チープサイドに象の看板を掲げたジェイムズ・グリーンや、大橋の向こうに「金の鷲《わし》」の看板を掲げたラッセルズ、あるいは、ニュー・コーヒーハウスの近くに「フライパンと魚」の看板を掲げたクラーク・アンド・ナイティンゲールといった小売商人は、仕入れをほとんど完全に彼に頼っていたし、彼は地元の酒造業者や、ナラガンセット村の酪農場主と馬の飼育者、ニューポートの蠟燭《ろうそく》製造業者と協定して、植民地の主立った輸出業者の一人となった。

人に爪弾《つまはじ》きされてはいたが、彼には一種の公民精神もなくはなかった。市庁舎が火事で焼け落ちた時は籤《くじ》にたっぷりと金を出し、その籤によって一七六一年に新しい煉瓦造りの建物が――これは昔の本通りの広場の突《と》っつきに今もある――建てられた。また同じ年、十月の暴風のあとで、大橋の架け替えにも協力した。市庁舎の火事で焼けた公共図書館の本の多くを補充したし、ぬかるんでいるマーケット広場と深い轍《わだち》のついたタウン街を大きな丸石で舗装し、中央に煉瓦の歩道あるいは「土手道《コージー》」を設けるために籔をたくさん買った。また、この頃、簡素だが立派な新しい家を建て、その戸口は今も彫刻の傑作に数えられる。一七四三年にホワイトフィールド（訳注・ジョージ・ホワイトフィールド1714ー1770。メソジストの説教師）の信奉者たちがコットン博士の丘の教会から分離して、大橋の向こうにスノー執事の教会を創設した時、カーウィンもこの人々と共に去ったが、すぐに熱意が冷めて、教会へもあまり行かなくなった。しかし、今、彼はふたたび敬虔《けいけん》な行いに励んだ。まるで自分を孤立させた影を――素早く手を打たなければ、商売の命運を傾け始めるであろう影を追い払おうとするかのように。

二

この奇妙な青白い顔の男――外見はまだ中年にも達していないようだが、間違いなく百歳を優《ゆう》に越している男――が、はっきりさせることも分析することもできない曖《あい》昧《まい》な恐怖と嫌悪の雲から脱け出そうとする姿は、悲《ひ》愴《そう》かつ劇的、そして軽蔑《けいべつ》すべきものでもあった。しかし、富とうわべの振舞いの力は大したもので、あからさまに彼に向けられる反感はいくらか薄らいだ――ことに、水夫のうちつづく失踪が急に途絶えてからはそうであった。また彼は墓地へ行くにも細心の注意を払って、こっそりと行ったにちがいない。そうした場所を逍遥《しょうよう》する姿は二度と見られなかったからだ。一方、ポータクセットの農場で無気味な音がしたり、怪しいことが行われているという噂も、大分減った。彼は依然異常な速さで食糧を消費し、家畜を補充したが、現代になってチャールズ・ウォードがシェプリー図書館にある彼の勘定書や送り状を調べるまで、次のことは誰も――おそらく、口惜《くや》しい思いをした一人の青年を除いて――思いつかなかったのである。すなわち、彼が一七六六年まで輸入し続けたギニアの黒人の厖大《ぼうだい》な数と、大橋《グレート・ブリッジ》の奴隷商人やナラガンセット地方の農園主に売ったとして真正の明細書を提示できる奴隷の異様に少ない数とを較《くら》べてみることだ。たしかに、忌み嫌われたこの人物の悪知恵と工夫は、一度《ひとたび》それを用いる必要を感じたとなると、無気味なほど底知れぬものだった。

だが、もちろん、遅きに失した弥縫策《びほうさく》の効果は小さかった。カーウィンは相変わらず人に避けられ怪しまれたので――実際、高齢になってもなお若々しい様子をしているという一事をとっても、その十分な理由となったのだ――いずれは自分の運も尽きるだろうと彼は悟った。彼が苦労して行っている研究と実験は、それが何であれ、維持するために莫大《ばくだい》な収入を必要としたようで、環境が変化すると、これまでに築いて来た商売の利点も失われるだろうから、今すぐべつの土地でやり直すことは得策でなかった。冷静に判断すると、プロヴィデンスの町人《まちびと》との関係を繕《つくろ》うことが必要だった。彼が現われると話し声がひそまり、用事があると見え透いた言訳をして人が立ち去り、一座の雰囲気が緊張した不安なものになる――そういう現状を変えなければならないのだ。今や彼の事務員は、ほかの誰も雇わない無能で文無しの残り滓《かす》ばかりになっていて、悩みの種だったし、彼が船長や航海士に言うことを聞かせたのは、もっぱらある種の支配権を握る巧みさ――抵当を取って金を貸すとか、約束手形とか、かれらの安寧に関わるちょっとした情報――によってだった。日記の書き手たちは畏怖《いふ》の念を持って記録しているが、多くの場合、カーウィンはいかがわしい目的のために他人の家族の秘密を発掘するにあたって、魔法使いのような力を示したという。彼が生涯の最後の五年間に舌先で喋々《ちょうちょう》したことの中には、遠い昔に死んだ人間と直接話をしなければ知り得ないような内容が含まれていた。

この頃、狡猾《こうかつ》な学者は町での地歩を取り戻すために、窮余の一策を思いついた。それまで完全な世捨て人だった男が、有利な婚姻を結ぶ決心をしたのだ。揺るぎない地位があって、彼の家を排斥することが不可能になるような婦人を花嫁に迎えるつもりだった。縁組を望んだのには、べつにもっと深い理由が――既知の宇宙領域からあまりにも遠い外にあるため、彼の死後百五十年経って発見された文書だけが、人にそれを考えさせたような理由があったのかもしれない。しかし、これについて確かなことは何も知り得ない。当然のことながら、彼は普通に求婚すればいかなる嫌悪と憤激を以て迎えられるか承知していたので、親に然るべき圧力をかけられる花嫁候補を物色した。そのような候補を探し出すのは、けして容易ではなかった。彼には容姿や才芸、社会的信用といった点で、やかましい要求があったからだ。しまいに選択の範囲は狭《せば》まり、彼がもっとも古くからつきあっている最良の船長の一人の家族に狙《ねら》いを定めた。その人物はデューティー・ティリンガストといい、生まれも良く、評判に疵《きず》一つない男やもめで、一人娘のイライザは遺産相続人になる見込みを除けば、考え得るすべての長所に恵まれているようだった。ティリンガスト船長は完全にカーウィンの支配下にあったから、パワーズ・レイン・ヒルにある、頂塔《キューポラ》のついた彼の家で恐ろしい話し合いをしたあと、この冒瀆《ぼうとく》的な縁組を承諾した。

イライザ・ティリンガストは当時十八歳で、父親の零落した境遇が許す限り、上品に育てられた。裁判所広場の向かいにあるスティーヴン・ジャクソンの学校に通い、一七五七年に天然痘《てんねんとう》で死んだ母親が、生前は家庭生活のあらゆる技芸と嗜《たしな》みを熱心に教え込んだ。イライザが一七五三年に九歳で作った刺繍《ししゅう》見本は、今もロード・アイランド歴史協会の一室に飾ってあるだろう。母親の死後は彼女が家を切り盛りし、たった一人の黒人の老女が手伝いをするだけだった。カーウィンが申し込んだ結婚について、彼女と父親との言い争いは悲痛なものだったにちがいないが、これについての記録は残っていない。たしかなのは、彼女とクロフォード社の定期船「エンタープライズ」号の二等航海士エズラ・ウィーデン青年との婚約が合法的に解消されたこと、そして彼女とジョーゼフ・カーウィンの結婚式が一七六三年三月七日にバプテスト教会で行われ、町が誇り得るもっとも著名な人々が参列したことである。式を執《と》り行ったのは、息子の方のサミュエル・ウィンザーだった。「ガゼット」紙はこのことをごく簡潔に報じたが、今日残っている同紙の現物を見ても、問題の記事はたいてい切り取られるか破り取られるかしているようだ。ウォードは著名な個人蒐集家の書庫を良く探した結果、たった一つ手つかずの「ガゼット」紙を発見して、その記事の言葉遣いが無意味に洗練されていることを面白がった。

「去る月曜日の晩、当市の商人ジョーゼフ・カーウィン氏はデューティー・ティリンガスト船長の令嬢イライザ・ティリンガスト嬢と華燭《かしょく》の典を挙げた。イライザ嬢はその美貌《びぼう》に加えて真の美点を有する若き淑女であり、その美点は結婚生活を優美に飾り、幸福を永遠《とわ》なるものとするであろう」

ダーフィー＝アーノルド書簡は、チャールズ・ウォードが最初の狂気と言われるものの直前、ジョージ街のメルヴィル・F・ピーターズ氏の私的蒐集品の中に発見したのであるが、結婚の時とそれより少し前に交わされた書簡で、不釣り合いな婚姻が公衆をいかに憤慨させたかを如実《にょじつ》に伝えている。しかし、ティリンガスト家の社会的影響力は否定できず、ジョーゼフ・カーウィンの家には、この結婚がなければ到底その敷居を跨《また》がなかったであろう人々が、ふたたび頻繁に出入りした。世間はけして彼を完全に受け入れたのではなかったし、花嫁は強いられた行為によって社交上の不利益をこうむったが、ともかく、まったくの爪弾きという世間の壁は幾分低くなって来た。妻の扱いに於《お》いて、奇妙な花婿《はなむこ》はこの上ない優しさと思いやりを示し、花嫁と世間の両方を驚かせた。オルニー・コートの新居には不穏な現象がまったくなくなり、カーウィンは花嫁がけして行かないポータクセットの農場にいることが多かったが、この町に住み暮らした長い年月のうち、いずれの時期にもまさって、まっとうな市民らしく見えた。ただ一人、彼にあからさまな敵意を示したのは、イライザ・ティリンガストとの婚約を突然破棄された若い航海士だった。エズラ・ウィーデンは公然と復讐《ふくしゅう》を誓っていた。物静かで、普段は穏やかな性質だったが、今は憎しみから生まれた不屈の決意を固めつつあり、それは花嫁を奪いとった男にとって幸先《さいさき》の良いものではなかった。

一七六五年五月七日、カーウィンの一人娘アンが生まれ、キングズ教会のジョン・グレイヴズ師によって洗礼を施された。夫も妻も、結婚後まもなくこの教会の教会員になっていたが、それは二人がそれぞれ会衆派とバプテスト派だったための妥協的な方策だった。この出生の記録は、二年前の結婚の記録と同様、記載されていて然《しか》るべき教会と町の年史のほとんどから抹消されていた。チャールズ・ウォードは未亡人の改名という事実を発見して、自分がカーウィンの血縁であることを知り、最後は狂気に至る熱烈な関心を持ったのだが、それでも、この二つの記録を確認するには苦労した。実際、出生の記載が見つかったのは、奇妙なことに、英国政府支持者グレイヴズ博士の後継者たちとの文通を通じてだった。博士は独立戦争が勃発《ぼっぱつ》して牧師職を去る時、記録の写しを一式持って行ったのである。ウォードがこの資料にあたってみたのは、彼の高祖母アン・ティリンガスト・ポッターが監督教会の信者だったことを知っていたからだった。

娘が生まれると、カーウィンは日頃の冷淡さとは打って変わって大喜びし、そのすぐあと自分の肖像画を描いてもらうことに決めた。絵はコズモ・アレグザンダーという才能のあるスコットランド人の画家に描かせたのだが、コズモは当時ニューポートに住んでおり、その後ギルバート・ステュアート（訳注・アメリカの肖像画家。ジョージ・ワシントンの絵で知られる。１７５５-１８２８）の若き日の師として有名になった。肖像はオルニー・コートの家の図書室の壁板に描かれたと言われていたが、それに言及した二つの古い日記のどちらも、絵が最後にどうなったかについては何の示唆《しさ》も与えなかった。この時期、奇矯な学者はいつになく何かに没頭している様子を見せ、可能な限り多くの時間をポータクセット街道の農場で過ごした。彼は興奮か不安を抑えているようだったと言われている——まるで何か驚異的なことが起こるのを待ち受けているか、不思議な発見をする寸前であるかのように。どうやら化学か錬金術が大きく関わっていたらしい。彼はその分野の蔵書を大部分家から農場へ持って行ったからである。

　彼は相変わらず市民としての関心を持つふりを続け、スティーヴン・ホプキンズ、ジョーゼフ・ブラウン、ベンジャミン・ウェストといった指導者が町の文化的雰囲気を向上させようとするのに、機会さえあれば協力した。当時この町は、学芸への援助という点でニューポートにずっと遅れをとっていたのである。カーウィンはダニエル・ジェンクスが一七六三年に書店を開くのを助け、その後は一番のお顧客《とくい》となった。

同様に、悪戦苦闘している「ガゼット」紙――「シェイクスピアズ・ヘッド」の看板を掲げる建物で毎週水曜日に刊行された――にも援助の手を差し伸べた。政治面では、ニューポートに主要な勢力を張るウォード一派（訳注・このウォードは政治家サミュエル・ウォード1725－1776のこと）に対抗するホプキンズ総督を熱烈に支持し、一七六五年にカーウィンがハッカーズ・ホールで行った雄弁な演説――これは議会に於けるウォード派の投票によって、北部プロヴィデンスをべつの町として切り離すことに反対するものだった――は、他の何にもまして、彼への偏見を弱めることに貢献した。しかし、彼を仔細《しさい》に見守っていたエズラ・ウィーデンは、こうした外向きの活動をすべて冷笑し、あれは地獄《タルタロス》の最暗黒の深淵《しんえん》と名状しがたい取引をしていることを隠す仮面にすぎない、と広言して憚《はばか》らなかった。復讐心に燃える若者は、カーウィンと彼が港にいる時の行動について系統的に調べ始めた。ドリー船をいつでも使えるように準備して、カーウィンの倉庫に明かりが見えると夜の波止場で何時間も過ごし、時々こっそりと沖へ出て、湾に沿って進む小さいボートのあとを追った。またポータクセットの農場もできる限り見張って、一度はインディアンの老夫婦がけしかけた犬にひどく咬《か》まれた。

三

一七六六年、ジョーゼフ・カーウィンに最後の変化が起こった。それは突然のことで、好奇心の強い町人《まちびと》たちに広く注目された。というのも、緊張と期待の様子が古い外套《がいとう》のごとく脱ぎ捨てられて、完全な勝利の隠しきれない昂揚感《こうようかん》にたちまち変わったからだ。カーウィンは自分が発見したか、学んだか、作ったものについて、人前で熱弁を揮《ふる》いたい欲求を苦労して抑えているようだったが、秘密を守る必要の方が喜びを分かち合いたい気持ちよりも大きかったと見えて、結局何の説明もしなかった。この変化は七月初めに起こったようだが、そのあと、無気味な学者は、遠い昔に死んだ先祖しか教えられないような情報を以て、人々を驚愕《きょうがく》させたのだった。

しかし、カーウィンの熱狂的な秘密の活動はけしてこの変化と共に終わりはしなかった。それどころか、むしろ盛んになる傾向にあったため、彼の海運業を処理するのは、破産の恐れと同じくらい強い恐怖の束縛によってつなぎとめている船長たちばかりになった。彼は利益が減る一方だと言って、奴隷貿易をすっかりやめてしまった。可能な限り、一瞬一刻でも長くポータクセットの農場で過ごしたが、墓地のそばではないにしても、墓地と関連のある場所にいたという噂《うわさ》が時折ささやかれ、考え深い人々は老商人の習慣の変化が本当はどれくらい徹底したものなのかを疑った。エズラ・ウィーデンは航海に出るため、偵察をする期間も自《おの》ずと短く途切れがちだったが、彼には大多数の実際家の町人《まちびと》や農民に欠けている復讐心故《ゆえ》の執念深さがあり、カーウィンの動静を、それまで誰もしなかったほど詳しく監視した。

奇妙な商人の船のおかしな活動の多くは、時代の不穏な情勢のために当然と見なされていた。当時はすべての植民者が、目立った貿易を妨げる砂糖法の条項に逆らう腹を固めているようだった。密輸や課税逃れはナラガンセット湾では当たり前で、禁制の船荷を夜分陸揚げすることも日常茶飯事だった。しかし、ウィーデンは、タウン街の船着場にあるカーウィンの倉庫からひそかに出て行く艀《はしけ》や小型スループ船を夜毎《よごと》尾けて行くうちに、こそこそ動く無気味な船が避けようとしているのは、英国の武装船だけではないことをやがて確信した。一七六六年の変化が起こるまで、こうした小船の大部分は鎖につながれた黒人を乗せており、黒人たちは湾を横切って、ポータクセットの北の岸にある人目につかぬ場所に降ろされた。その後断崖《だんがい》を登り、平地を横切り、カーウィン農場へ連れて行かれると、高いところに窓代わりの細い切れ目が入っている、あの巨大な石の離れ家に閉じ込められた。しかし、例の変化が起こってからは計画全体が変わった。奴隷の輸入はすぐに終わり、しばらくの間カーウィンは真夜中に船を出すのをやめた。やがて、一七六七年の春頃になると、新しい方針が明らかになった。ふたたび艀《はしけ》が真っ暗な静まりかえった船着場から出帆するようになり、今度は湾に沿って一定の距離を、たぶんナンキット岬のあたりまで行くと、そこでかなり大型の、見かけはいろいろ異なる怪しい船と落ち合って、荷を受け取るのだった。それからカーウィンの水夫たちがこの荷を岸のいつもの場所に降ろし、陸路で農場へ運ぶと、以前黒人を容《い》れていた謎《なぞ》めいた石造りの建物にしまい込んだ。荷はほとんど全部が箱や櫃《ひつ》で、大部分は横長で重く、棺桶《かんおけ》を思わせて無気味だった。

ウィーデンは不断の勤勉さで農場を監視した。長期にわたって毎晩そこを訪れ、足跡の残る雪が地面に積もっている時を除けば、農場を見にゆかずに一週間と過ごすことは稀《まれ》だった。雪の時でも、人が通う道や近くの川の氷の上を、できるだけ近くまで何度も歩いて行って、ほかの人間がどんな足跡を残したかを調べた。航海の仕事があると自分で見張りができなくなるため、エリエイザー・スミスという居酒屋の飲み友達を雇い、自分が留守の間見張りをつづけさせたから、その気になれば、二人して尋常でない噂の種を蒔《ま》くこともできただろう。そうしなかったのは、このことが世間に知れると獲物が警戒し、これ以上の調査ができなくなるのを知っていたからだった。

二人は行動を起こす前に、何か決定的なことを知りたかった。実際に知ったのは驚くべきことだったにちがいなく、ウィーデンがのちに筆記帳を燃してしまったのが残念だ、とチャールズ・ウォードは何度も両親に話している。かれらの発見について言えるのは、エリエイザー・スミスがあまりまとまりのない日記に書きつけたことと、二人が最後にした話からほかの日記や手紙の筆者たちがこわごわと繰り返していることだけだ――それによると、農場は何か巨大なおぞましい脅威の外殻にすぎず、その脅威の範囲と深さは深遠でつかみどころがないため、おぼろげにしか理解できないのだった。

農場の下に蜿蜒《えんえん》と続くトンネルと地下洞窟《どうくつ》があって、インディアンの老夫婦以外にも大勢の人間が住んでいるとウィーデンとスミスは早くから確信していたらしい。家はとんがり屋根のついた十七世紀半ばの古い遺物で、巨大な組み合わせ煙突と菱形《ひしがた》のガラスが嵌《は》まった格子窓《こうしまど》がついており、実験室は北側の差掛け小屋の中にあるが、その屋根はほとんど地面にとどいていた。この建物はほかの建物とつながっていなかったが、時折中から聞こえて来る種々の声から判断すると、秘密の地下通路を通って行くことができたのだろう。そうした声は、一七六六年以前は、ぶつぶついう声や黒人のささやきと狂乱した悲鳴、それに奇妙な詠唱か召喚の祈禱《きとう》にすぎなかった。ところが、先に言った年以降は特異な恐ろしい様相を帯び、黙従のつぶやきから激烈な苦痛や怒りの絶叫まで、低い話し声から哀願のすすり泣きまで、渇望《かつぼう》の喘《あえ》ぎから抗議の叫びまでの広い範囲にわたっていた。さまざまな異なる言語でしゃべっているようだったが、カーウィンはそれらをすべて知っており、耳障りな口調で返事をしたり、叱《しっ》責《せき》したり、脅したりする彼の声がしばしば聞き分けられた。時によると、家の中に五、六人の人間がいるようだった。カーウィンと、捕虜と、捕虜の番人である。ウィーデンもスミスも海外を広く知っていたが、今まで聞いたこともない種類の声があり、まだこの国、あの国の言葉だと見当のつく声もたくさんあった。会話の性格はつねに一種の尋問のようで、怯《おび》えたり反抗したりする囚《とら》われ人《びと》からカーウィンがある種の情報を引き出しているようだった。

ウィーデンは立ち聞きした切れぎれの言葉を、一語一句違《たが》わず帳面にたくさん書き留めた。英語と彼の知っているフランス語、スペイン語がしばしば用いられたからだが、こうした記録は何も残っていない。しかし、プロヴィデンスの名家の過去に関する身の毛のよだつような対話が二、三あったのをべつとすると、それ以外に理解できた問答の大部分は歴史や科学に関するもので、時には遠く離れた場所や時代に関わるものもあったという。たとえば、ある時は、いきり立ったかと思うとむっつり押し黙る人物が、一三七〇年のリモージュでエドワード黒太子が行った虐殺《ぎゃくさつ》についてフランス語で問いただされていた——まるでその虐殺に隠された理由があり、彼はそれを知っているはずだとでもいうように。カーウィンは囚われ人に——もし囚われ人だったなら——たずねた。殺戮《さつりく》の命令が下されたのは、大聖堂の地下にある古代ローマの納骨堂の祭壇に〝山羊《やぎ》のしるし〟が見つかったからなのか、それとも、オート・ヴィエンヌの魔女集会の〝黒い男〟が〝三つの言葉〟を言ったからなのか、と。返答を得られないので、審問者は極端な手段に訴えたらしい。凄《すさ》まじい金切り声がして、そのあとは静かになり、ぶつぶついう声とドサリという音がした。

窓はつねに厚いカーテンで覆《おお》われていたため、こうした対話の様子を目で見ることはできなかった。だが一度だけ、未知の言語によるやりとりの間にカーテンに影が映り、それを見たウィーデンはギョッとした。一七六四年の秋、ハッカーズ・ホールで見た操り人形の一つを思い出したからだ。ペンシルヴァニアのジャーマンタウンから来た男が巧妙な機械仕掛の見世物を演《や》ったのだが、その謳《うた》い文句は次の通りであった——「名高きエルサレムの都の景観——ここに描かれるはエルサレム、ソロモンの神殿、その玉座、有名なる塔と丘、さらにゲッセマネの園からゴルゴタの丘の十字架に至る我等が救い主の御受難。巧みなる彫刻の技にして、御興味がおありの方々の御照覧に値するものなり」。この時、聴き手は会話が進んでいる表の部屋の窓近くまで忍び寄っていたが、思わず声を上げたために、インディアンの老夫婦が気づいて犬をけしかけた。それ以後、家の中で話し声がすることはなくなり、カーウィンは活動の場を地下に移したのだとウィーデンとスミスは結論した。

地下にそのような場所が存在することは、多くの事柄から十分明白だった。時折かすかな叫び声や呻《うめ》き声が、どの建物からも遠く離れた、しっかりした地面に見えるところから間違いなく聞こえて来たし、一方、急な斜面がポータクセット渓谷まで続く農場の裏手では、川岸に茂る藪《やぶ》の中に、重厚な石造りの枠に嵌《は》まった弓形の樫《かし》の扉が隠されているのが見つかった。これは明らかに、丘の内部にある洞窟への入口にちがいなかった。これらの地下洞窟がいつどうやって造られたのか、ウィーデンにはわからなかったが、作業員の一団が人目につかずに川からその場所へ行くことは容易であると彼はしばしば指摘した。ジョーゼフ・カーウィンは混淆《こんこう》人種の船員たちを、まったくさまざまな目的に使ったものだ！　一七六九年の春の大雨の時、二人の監視者は、地下の秘密が何か水に流されて出て来ないかと、急傾斜な川岸の土手を怠りなく見張っていた。果たして、土手に深い溝ができたあちこちの場所で、おびただしい人骨や動物の骨が見つかった。これには当然、色々な説明がつけられるだろう。家畜のいる農場の裏手であるし、このあたりには古いインディアンの埋葬地がよくあるからだ。

しかし、ウィーデンとスミスは自分たちなりの推理をした。

一七七〇年一月、ウィーデンとスミスが、人を当惑させるこの一件についてどう考えるべきか、何をするべきかを今なお空《むな》しく論議している時に、「フォルタレサ」号の事件が起こった。前年の夏、ニューポートで税関のスループ船「リバティー」号が焼き打ちされたことに憤《いきどお》り、ウォレス提督指揮下の税関船団が怪しい船への警戒を一段と強めていた。この時は、チャールズ・レスリー船長率いる英国の武装スクーナー船「シグネット」号が、ある朝早く、マヌエル・アルーダ船長率いるスペイン、バルセロナのスカウ船「フォルタレサ」号——航海日誌によると、この船はエジプトのカイロからプロヴィデンスへ向かっていた——を、短い追跡の後に拿捕《だほ》したのである。密輸品を探したところ、次のような驚くべき事実が判明した。この船の荷はエジプトの木乃伊《ミイラ》だけであって、荷受人は「船員A・B・C」となっており、その人物は艀《はしけ》に乗って、ナンキット岬沖へ品物を受け取りに来る。アルーダ船長は名誉にかけてその身元を明かすわけにはゆかないと言い張った。ニューポートの副海事裁判所はどうすれば良いか途方に暮れた。船荷は密輸品といった性質のものではないが、秘《ひそ》かに入港したことは法に違反しているからだ。法廷は徴税官ロビンソンの勧告を容《い》れて船を解放したが、ロード・アイランドの水域内で入港することを禁じた。のちにボストンの港でこの船を見たという噂が流れたが、船はけして大っぴらにボストン港に入港はしなかった。

この異常な事件はプロヴィデンスでも広く取り沙汰《ざた》され、木乃伊の船荷と無気味なジョーゼフ・カーウィンとの間に何らかの関係があることを疑う者は少なかった。彼が異国の珍奇な物事を研究し、奇妙な化学薬品を輸入しているのは周知の事実だったし、彼が墓地を好むらしいということも、誰もが知っていた。だから、町の他の人間の手に渡るはずだったとは到底考えられない異様な輸入品とカーウィンを結びつけるのに、大した想像力は要らなかった。カーウィンもこの当然の思い込みを意識しているかのように、木乃伊に使われている液状樹脂の化学的価値について、幾度かさりげなく口にした。そうすれば一件がさほど不自然に見えなくなると思ったのだろうが、自分が関わっていることだけは認めなかった。ウィーデンとスミスは、もちろん、この一件の意味についていささかの疑いも持たず、カーウィンとその奇怪な骨折り仕事に関して、いろいろ突飛な説を立てた。

その年の春も前年のように大雨が降り、監視者たちはカーウィン農場の裏手の川岸にたえず注意を払っていた。あちらこちらで相当の土砂が水に流され、骨が多少見つかったが、地下の部屋や横穴が見えることはなかった。しかし、一マイル程下流のポータクセット村では、妙な噂が立った。ここでは川が滝となって岩棚を流れ落ち、陸地に囲まれた穏やかな入江に注ぎ込んでいる。そこで――趣ある古い家々が田舎風の橋から丘を登ってゆき、眠気を誘う船着場に小型漁船がもやっているところで、川を流れて来て、滝を越える時、ほんの一瞬目に入ったものについての曖昧な話が伝わっていたのである。もちろん、ポータクセット川は長い川で、墓場の多いたくさんの居住地域を通ってうねくねと流れているし、もちろん、その春の雨は非常な大雨だった。しかし、橋の付近の漁師たちは、流れて来たものの一つが下方の静かな水面に落ちて行く時、目をカッと見開いた様子や、べつのものが半ば叫び声を発した――通常叫び声を発する物とは懸け離れた状態だったにもかかわらず――ことが気に入らなかった。この噂を聞いたスミスが――ウィーデンはその時航海に出ていたので――農場の裏の川岸へ駆けつけると、そこには、たしかに大規模な陥没の跡が残っていた。しかし、急傾斜な土手に潜り込む入口は跡形もなかった。小規模な土砂崩れが起こり、上から落ちて来た土と灌木《かんぼく》の混じった分厚い壁ができていたからである。スミスは試しに穴を掘ってみたが、上手くゆかなかったので――いや、おそらく、上手くゆくことを恐れたので――やめた。執念深く復讐心に燃えるウィーデンがその時陸《おか》にいたら、どうしたろうと考えると興味深い。

四

一七七〇年の秋になると、ウィーデンは自分の発見を他の人々に教える時が来たと判断した。関連のあるたくさんの事実を知っていたし、嫉妬《しっと》と復讐心が彼の空想に拍車をかけたのだと言われても、反駁《はんばく》できる二人目の目撃者がいたからである。最初に事を打ち明ける相手として、彼は「エンタープライズ」号のジェイムズ・マシューソン船長を選んだ。一つには、この人物なら彼を良く知っているから、話が本当であることを疑わないと思われたし、一つには、町で十分影響力を持っているので、彼の言うことならば真面目《まじめ》に聞いてもらえるからだ。話し合いは波止場に近い「セイビン酒場」の二階の一室で行われ、スミスも同席して、事実上すべての陳述を裏づけた。マシューソン船長は非常に驚いている様子だった。この町の人間はたいがいそうだったが、彼もジョーゼフ・カーウィンに深い疑いを抱いていたから、こうして情報を裏づけられ増補されれば、完全な確信を得たのだった。話し合いが終わると、船長は非常に深刻な顔をして、固く沈黙を守るようにと二人の若い男に言った。私は、と彼は言った。この話をプロヴィデンスでもっとも学識があり傑出した市民十人ほどに、個別に伝えよう。そしてかれらの見解を確かめ、助言を得られるなら、それに従おう。いずれにしても秘密を守ることが必要不可欠だろう。これは町の巡査や国民軍にどうにかできる問題ではないからだ。何よりも、興奮しやすい民衆に知らせてはならない。ただでさえ物情騒然たるこの時代に、起こってからまだ百年も経《た》たない恐ろしいセイレムの恐慌《きょうこう》――カーウィンは最初そのためにこの町へ来たのだ――を繰り返させてはならないからだ。

船長が信ずるには、この件を伝えるべき人は次のような面々だった。ベンジャミン・ウェスト博士――最近起こった金星の子午線通過に関する小論文は、彼が学者であり明敏な思想家であることを証明している。ジェイムズ・マニング師――ウォーレンからつい最近移転して来た大学の学長である。この大学は新しいキング街の学校校舎に一時《いちじ》間借りし、プレスビテリアン小路を見下ろす丘に建物が完成するのを待っている。元総督のスティーヴン・ホプキンズ――ニューポートの哲学協会の会員で、広い見識を持つ人物である。ジョン・カーター――「ガゼット」紙の発行人。ブラウン兄弟の四人、すなわちジョン、ジョーゼフ、ニコラス、モーゼズは全員名の通った土地の有力者で、ジョーゼフは才能ある素人《しろうと》科学者である。ジェイベズ・ボウエン老博士――この人の学識は相当のもので、カーウィンの奇妙な買い物について多くのことを直接《じか》に知っている。そしてエイブラハム・ホイップル船長――驚異的な胆力気力を持つ私掠船船長で、行動的な処置が必要となった場合、指揮を取ってくれるはずだ。こうした面々がもし賛成すれば、最終的に全員を集めて討議させよう。そして行動を起こす前に、植民地総督であるニューポートのジョーゼフ・ウォントンに知らせるかどうかの決断は、かれらに責任を負ってもらおう。

マシューソン船長による打診は期待を遥《はる》かに上まわる効果を挙げた。選ばれた相手のうち一人二人は、ウィーデンの話の奇怪な面に幾分懐疑的だったものの、秘密裡《ひみつり》に協調して何らかの行動を取る必要はみなが認めたからだ。カーウィンは明らかに、町と植民地の幸福にとって漠然たる潜在的脅威であり、いかなる代価を支払っても排除しなければならない。一七七〇年十二月末、町の名士の一団がスティーヴン・ホプキンズの家で会い、暫定《ざんてい》的な方策を話し合った。ウィーデンがマシューソン船長に与えた覚え書きが注意深く読み上げられ、ウィーデンとスミスは細かい点について証言をするために呼び出された。会合が終わるまでには、恐怖に似たものが参加者全員をとらえていたが、その恐怖を断固たる決意が貫いていて、ホイップル船長の空威張りとあたりに響く罰《ばち》あたりな言葉が、それをもっとも良く表わしていた。合法的な手段以上のものが必要となりそうだったので、総督には知らせないことにした。どの程度かはっきりしないが、隠された力を操ることができるらしいカーウィンは、町を去れと警告してただで済む相手ではなかった。とんでもない仕返しをされるかもしれないし、たとえこの邪《よこしま》な人物が言うことを聞いたとしても、彼が他所《よそ》へ移ることは不潔な重荷をべつの土地へ移すにすぎないだろう。この頃は無法な時代で、英国の税務官の軍隊を何年も手玉にとって来た男たちは、やむを得ぬとあらば苛烈《かれつ》な手段も厭《いと》わなかった。カーウィンがポータクセットの農場にいる時、手練《てだれ》の私掠船員から成る大人数の襲撃隊で不意をつき、一度だけ釈明の決定的な機会を与えねばならない。もしも彼が狂人であって、金切り声を上げたり、種々の声色で架空の会話をしたりして面白がっていたのだと判明すれば、然るべき場所に監禁されるであろう。何かもっと重大なことが明らかになり、地下の恐怖が果たして現実だったならば、彼もその一味もみな殺さなければならない。それはこっそりやれるだろうし、カーウィンの未亡人とその父親には事情を教える必要もないだろう。

こうした真剣な措置《そち》が話し合われている間に、町で事件が起こった。あまりに恐ろしく不可解なことだったので、しばらくの間、数マイル四方ではその噂で持ち切りだった。一月のある月夜の真夜中、足下には雪が深く積もっていたが、川の上に、そして丘に、凄まじい叫び声が次々と響き渡り、寝惚《ねぼ》け眼《まなこ》の人々が窓という窓に顔を出した。ウェイボセット岬周辺の住民は、「トルコ人の頭《タークス・ヘッド》」の前の雪掻《ゆきか》きをあまりしていない空地を、大きな白い物が遮二無二《しゃにむに》突っ走って行くのを見た。遠くで犬の吠《ほ》える声がしたが、目醒《めざ》めた町人《まちびと》たちのざわめきが聞こえて来ると、それはすぐに静まった。ランタンとマスケット銃を持った男たちが一団となり、様子を見に慌《あわ》ててとび出したが、探しても何も見つからなかった。しかし、翌朝、大橋《グレート・ブリッジ》の南の桟橋のまわりに張った氷の上に、筋骨逞《たくま》しい大男の素っ裸の死体が見つかった。そこは長埠頭《ロング・ドック》がアボット蒸溜所《じょうりゅうじょ》の横から突き出しているところで、死体の身元は果てしない憶測と噂の種になった。噂をささやいたのは若者よりも年寄り連中だった。恐怖に眼を剝《む》き、硬直した死体の顔に記憶を呼び醒まされたのは、古老たちだけだったからだ。老人たちはぶるぶる震えながら、驚きと恐怖のつぶやきをこっそりと交わした。死体の硬張《こわば》った恐ろしい顔は、まるで本人かと思われるほどある人物に——五十年以上前に死んだ男に瓜二《うりふた》つだったのである。

死体が見つかった時、現場にいたエズラ・ウィーデンは、前夜犬が吠えたのを思い出して、ウェイボセット街を通り、マッディー・ドック橋を渡った。音はその方向から聞こえて来たのだ。彼には妙な予感があって、くだんの街路がポータクセット街道に合流する居住地域の外れに来た時、雪の中に大そう奇妙な足跡を見つけても驚かなかった。裸の大男は犬と長靴を履いた大勢の男に追いかけられたとおぼしく、猟犬とその主人たちが引き返す足跡は容易に辿《たど》ることができた。かれらは町に近づきすぎたので、追いかけるのをやめたのだ。ウィーデンは陰気な笑みを浮かべ、念のために足跡を出所まで辿った。案の定、それはジョーゼフ・カーウィンのポータクセットの農場で、庭が滅茶苦茶《めちゃくちゃ》に踏み荒らされていなかったら、彼はどんなに喜んだだろう。しかし、この件にあまり関心を持っている様子を昼日中《ひるひなか》人に見られたくなかった。ウィーデンはさっそくボウエン博士のところへ行って、このことを報告した。博士は奇妙な屍骸《しがい》を解剖し、理解に苦しむ異常な点をいくつも発見した。大男の消化管は少しも使われた形跡がなく、全身の皮膚の肌理《きめ》が粗く弛緩《しかん》していることは、どうにも説明がつかなかった。老人たちはこの死体が、ずっと昔に死んだ鍛冶屋《かじや》のダニエル・グリーン——曽孫《ひまご》のアーロン・ホッピンはカーウィンに雇われて船荷監督人をしていた——に似ていると噂した。それが気になったウィーデンはさりげなく人に訊いてまわり、ついにグリーンが埋葬された場所を突きとめた。その夜、十人の男たちがヘレンデン小路の向かいの古い北墓地を訪れて、ある墓を暴《あば》いた。案の定、墓の中には何もなかった。

一方、郵便配達人と相談して、ジョーゼフ・カーウィンの郵便物を押収《おうしゅう》する手筈《てはず》がととのえられ、裸の死体の一件が起こる直前に、セイレムのジェディダイア・オーンなる人物からの手紙が見つかった。これは協力して事にあたる市民たちを深く考えさせた。その一部は写しを取ってスミス家の古記録の中に保存されており、チャールズ・ウォードはそれを発見したのだが、次のような文面だった。

「貴兄が今も独自のやり方にて〝古き原料〟を手に入れ給《たま》うことは欣快《きんかい》至極なり。セイレム村のハッチンソン氏のところにても、貴兄より上手く為《な》し得たりとは思わず。まことに、Hが一部分のみを集め得しものより蘇《よみがえ》らせたるものには、強烈なる恐ろしさ以外の何物もなかりき。貴兄の送り給いしものは役に立たず――足らざるもののありし故か、小生の唱えし言葉あるいは書き写せし言葉が正しからざりし故か。小生は独り途方に暮れたり。小生にはボレルスに従うべき化学の技なく、貴兄の勧め給う『ネクロノミコン』第七巻に困惑せることを認むるものなり。されど、何者を呼び出すかに気をつけよという教えを守らんことを貴兄に望む。なんとなれば、マザー氏が――について『美国基督大業記《マグナーリア》』に記せることを貴兄も御存知なれば、彼の恐るべきものについての報告が如何《いか》に正しきかは御了解いただけるからなり。重ねて言う。鎮《しず》め得ざるものを呼び出すなかれ。小生が言うのは、貴兄に歯向かう何物かを自らの手で呼び出し、貴兄の最強の秘術をも無力ならしむるごとき者のことなり。小さき者に尋ねよ。大いなる者が答えんと欲せず、貴兄以上の支配力を持つことを恐るればなり。ベン・ザリアトナトミクが黒檀《こくたん》の箱に何を入れしかを貴兄が知る旨《むね》を読みて、小生は恐懼《きょうく》したり。何者が貴兄に教えしかを思えばなり。重ねて乞《こ》う――小生の名はサイモンならでジェディダイアと記されたし。この社会に於いて人はあまり長生きをすべからず。小生が小生の息子として戻り来《きた》りし次第は御存知ならむ。〝黒き男〟がローマ時代の城壁の下の地下堂にてシルウァヌス・コキディウスより学びしことを小生に教え給わんことを、また貴兄の言わるる写本を貸し給わんことを請《こ》い願う」

もう一つの無署名の手紙はフィラデルフィアから来たもので、やはり考えさせられるものだったが、とくに以下の箇所がそうであった。

「品物はもっぱら船にて送るべしという御指示は守る所存なれども、いつ到着するかを常に確実に知ることは不可能なり。先に話せし件に関して言わば、余に必要なるものはあと一つのみなり。されど、貴下の言葉を余が正しく理解せるや否《いな》やを確かめたし。最良の結果を得んとせば、いかなる部分も欠けてはならずと貴下は仰《おお》せらるれども、そを確かむるは至難の業《わざ》なること御存知なるべし。箱を丸ごと持ち去るは大いなる危険にして負荷なりとおぼしく、町（すなわち聖《セント》ピーターズ教会、聖《セント》ポールズ教会、聖《セント》メアリーズ教会、あるいはクライスト教会）にて行うはまず不可能なり。されど、余が先の十月に蘇らせしものに如何《いか》なる欠損ありしか、また貴下が一七六六年に適正なる手法を見出《みいだ》すまで、生ける標本を何体使わざるを得ざりしかは余も知るところなり。されば万事貴下の導きに従わん。余は貴下のブリッグ船が待ち遠しく、日々ビドル氏の波止場にて問い合わすなり」

第三の怪しい手紙は未知の言語で書かれ、字母さえも未知のものだった。チャールズ・ウォードが発見したスミスの日記には、一つだけ、不器用に書き写されて何度も出て来る文字の組み合わせがあった。その字母はアムハラ語かアビシニア語だとブラウン大学の権威たちは断言したが、単語は何かわからなかった。こうした書簡はいずれもカーウィンのもとに届かなかったが、その後まもなくジェディダイア・オーンがセイレムから姿を消したことが記録に残っており、プロヴィデンスの人々が隠密裡に何らかの手段を講じたことがわかった。ペンシルヴァニア歴史協会も、シッペン博士が受けとった奇妙な手紙を所蔵しており、それにはフィラデルフィアに良からぬ人物がいると述べてある。しかし、もっと果断な措置が取られそうな風向きで、ウィーデンがした摘発の主要な成果があらわれるのは、誓いを立てて試された船員たちと忠実な老いた私掠船員《しりやくせんいん》たちが、夜間ブラウン商会の倉庫で開いた秘密の集会に於いてであった。ここで一つの作戦計画がゆっくりと着実に練られ、ジョーゼフ・カーウィンの有害な謎を跡形もなく消し去るはずだった。

人々は秘密を漏らさぬように用心したが、カーウィンは何かが起こりそうな気配を察したらしく、つねになく不安げな顔つきをしているのが目についた。彼の馬車は昼夜を問わず町やポータクセット街道で見られ、彼は今まで町の偏見と戦うために装《よそお》っていた愛想の良さを少しずつ失《な》くしていった。彼の農場に一番近い隣人フェナー家の人々は、ある夜、細い高窓がついている謎めいた石の建物の屋根に空いた隙間《すきま》から、空に向かって大きな光の幅が射《さ》すのを見た。かれらはこの出来事を即刻プロヴィデンスのジョン・ブラウンに伝えた。ブラウン氏はカーウィンを滅ぼさんとする選ばれた面々の執行指導者になっており、やがて行動を起こすことをフェナー家に知らせていた。そうする必要があると思ったのは、この家の人々が最後の襲撃を目撃しないことはあり得ないからだ。カーウィンはニューポートの税関の密偵であることが判明しており、プロヴィデンスの船主、商人、農民は公然と、あるいは秘かに彼に向かって拳《こぶし》を振り上げているのだ、とブラウン氏は説明した。おかしなことを散々目撃した近隣の住民がこの作り話をすっかり信じたかどうかはさだかでないが、ともかくフェナー家では、あのような奇人なら、どんな悪いことをしていても不思議はないと思った。ブラウン氏はカーウィンの農場の建物を見張り、そこで起こる出来事をすべて定期的に報告する務めをかれらに委《ゆだ》ねていたのだった。

五

カーウィンが警戒して、奇妙な光の輻《や》が暗示するような異常なことを試みている可能性があるため、真剣な市民の一団は、ごく慎重に計画していた行動についに踏み切った。スミスの日記によると、一七七一年四月十二日金曜日午後十時、百名程の男たちが、大橋の向こうのウェイボセット岬に「金獅子《きんじし》」の看板を掲げる「サーストン酒場」の大広間に集まった。著名人から成る指導的グループには、指導者ジョン・ブラウンに加えて次のような面々がいた。外科の道具箱を持ったボウエン博士。名代の大きな鬘《かつら》（植民地一大きい）を外したマニング学長、黒い外套《がいとう》に身をつつんだホプキンズ総督と船乗りの兄弟イーゼク――ホプキンズ総督は間際《まぎわ》になって、他の面々の承諾の下にこの兄弟を参加させた――、ジョン・カーター、マシューソン船長、そして実際の襲撃部隊を率いるホイップル船長。これらの重鎮たちは奥の間で別個に話し合い、そのあと、ホイップル船長が大広間に現われて、集まった海の男たちに最後の誓いを立てさせ、指示を与えた。エリエイザー・スミスは指導者たちと一緒に奥の間に坐《すわ》って、エズラ・ウィーデンの到着を待った。ウィーデンの務めは、カーウィンを監視し、彼の馬車が農場に向かって出発したら報告することだった。

十時三十分頃、大橋《グレート・ブリッジ》の上から重いゴロゴロという音が聞こえ、そのあと外の街路に馬車の音がした。もうその時は、ウィーデンを待つまでもなく、命運尽きた男が不浄な魔術を行う最後の夜のために出かけたことがわかった。少しあとで、遠ざかる馬車の音がマッディー・ドック橋の上からかすかに聞こえている間に、ウィーデンが現われた。襲撃者たちは声も立てず街路で軍隊式に整列し、携えて来た火縄銃や鳥撃ち銃や、捕鯨用の銛《もり》を肩に担《かつ》いだ。ウィーデンとスミスもこれに加わり、協議をした市民たちの中では、指導者のホイップル船長、イーゼク・ホプキンズ船長、ジョン・カーター、マニング学長、マシューソン船長、そしてボウエン博士が実際の戦闘に加わることになった。またモーゼズ・ブラウンは、居酒屋での事前の会議には出席しなかったが、土壇場《どたんば》になってやって来た。こうした自由市民たちと百人の船乗りはさっそく長い行進を始め、少し不安そうに険しい顔をしながら、マッディー・ドックを後にして、ブロード街の緩やかな上り坂をポータクセット街道へ向かって行った。スノー牧師の教会を越えてすぐのところで、男たちの何人かはふり返り、早春の星空の下に広がるプロヴィデンスに別れの一瞥《いちべつ》を投げた。尖塔《せんとう》や切妻が形良く黒々と聳《そび》え、潮風が大橋《グレート・ブリッジ》の北の入江から穏やかに吹いて来た。水面の彼方《かなた》の大きな丘の上に織女星が昇ろうとしており、ところどころ丘の樹々《きぎ》の梢《こずえ》の上に、未完成の大学校舎が屋根の輪郭をのぞかせていた。丘の麓《ふもと》と斜面を登ってゆく狭い小径に沿って、古い町が夢見ていた。古きプロヴィデンス、その安全と正気を守るために、かくも奇怪で巨大な冒瀆が除去されようとしているのだ。

一時間十五分後、襲撃者たちはかねての打ち合わせ通り、フェナー農場の建物に着くと、狙う相手に関する最後の報告を聞いた。カーウィンは三十分以上前に自分の農場に着き、そのあとすぐ奇妙な光が空に一度射したが、窓に明かりは見えなかったという。最近はいつもそうなのだ。この報《しら》せが伝えられている間にも、ふたたび大きなギラギラする光が南に向かって放たれ、一行は自然に悖《もと》る畏《おそ》るべき驚異の場面に近づいたことを知った。ホイップル船長は、自分の部隊に三派に分かれるよう命じた。一つの部隊は二十名から成り、エリエイザー・スミスの指揮下に岸へ打って出て、カーウィンに救援が来ることに備え、決戦のために伝令が呼びに来るまで、上陸の場所を守る。イーゼク・ホプキンズ船長指揮下の二十名はカーウィン農場の裏手の渓谷へこっそりと下りて行き、高い急傾斜な土手にある樫の扉を斧《おの》や火薬で壊す。第三の部隊は母屋《おもや》とそれに隣接する建物自体に迫る。この分隊のうち三分の一はマシューソン船長が率いて、細い高窓のついた謎めいた石造りの建物へ向かい、三分の一はホイップル船長自身に従って農場の母屋へ向かい、残りの三分の一は、最後の緊急事態の合図で呼ばれるまで、一群の建物全体を輪になって囲んでいる。

川の部隊は呼子の笛が一回鳴ったら丘の斜面の扉を破り、そのあと待機して、中から出て来るものがあればつかまえる。呼子の笛が二回鳴ったら戸口の中へ進んで敵に立ち向かうか、襲撃隊の残りに合流する。石造りの建物の部隊も同様にしてそれぞれの合図に応じ、最初の合図で入口を突破し、二番目の合図では、地下への通路が見つかればそこを降りて行って、洞窟内で起こると予想される全面的ないし局地的な戦闘に加わる。三番目の緊急事態の合図は笛を三度鳴らすが、これを聞いたら近くにいる予備隊は農場全体の見張りをやめて、駆けつける。二十名を半々に分けて、母屋と石造りの建物双方から未知なる深処《ふかみ》へ突入する。ホイップル船長は地下洞窟の存在を信じきっており、計画を立てるにあたって、それが存在しない可能性は考慮に入れなかった。彼は非常に甲高い音が出る呼子の笛を持って来ており、合図が混乱したり誤解されたりする心配はしていなかった。上陸の場所にいる最後の予備隊には、もちろん呼子の音がとどかないので、救援のために呼ぶなら特使を遣わさねばならないだろう。モーゼズ・ブラウンとジョン・カーターはホプキンズ船長と共に川岸へ行き、マニング学長はマシューソン船長と共に石造りの建物に分遣された。ボウエン博士は、エズラ・ウィーデンと共に、母屋を急襲するホイップル船長の部隊に残った。襲撃は、ホプキンズ船長からの伝令がホイップル船長のところへ来て、川の部隊の準備が整ったことを伝えたら、ただちに開始することになっていた。指導者はその時、笛を大きく一度鳴らして、各進軍部隊は三箇所をいっせいに攻撃し始めるだろう。午前一時少し前に、三つの分隊はフェナー家の農場の建物をあとにした。一つは上陸の場所を監視しに行き、一つは渓谷と丘の斜面の扉に向かい、三番目はさらに分かれて、カーウィン農場の母屋の方へ行ったのである。

川岸警備の部隊を率いるエリエイザー・スミスは、何事もない行進と、入江のそばの断崖で長く待機したことを日記に記している。その間に一度、遠くから合図の呼子の音らしいものが聞こえ、その次は、同じ方向から怒号と悲鳴と火薬の爆発音が混ざった、奇異な、くぐもった音が聞こえて来た。そのあと一人の男が遠くの銃声を聞いたと思い、さらにそのあと、スミス自身、雷鳴のような大音声《だいおんじょう》で上空に言葉が鳴り響くのを感じた。夜が明ける直前、一人の憔悴《しょうすい》した伝令が、眼を血走らせ、嗅《か》いだことのない異臭を服にまとわりつかせてやって来た。分遣隊に告げて言うには、静かに解散して家に帰り、今夜の行動についても、ジョーゼフ・カーウィンと名乗った男についても、二度と考えたりしゃべったりしないようにとのことだった。伝令の挙動には、言葉だけではけして与えられなかったであろう説得力があった。彼は多くの者が良く知っている船乗りだったが、彼の魂のうちに何かしら失うか得るかしたものがあって、永久に常人とは異なる存在となっていたからだ。恐怖の領域へ入って行ったほかの古《ふる》馴染《なじみ》たちとものちに会ったが、やはり同じだった。ほとんどの者が何か計り知れぬ、筆舌に尽くしがたいものを失うか得るかしていた。何か人類のためにならぬものを見るか、聞くか、感ずるかして、それを忘れられなかったのだ。かれらの口からは噂話一つ漏れてくることはなかった。噂という人間のもっとも平凡な本能にも、恐ろしい限界があるからだ。岸にいた部隊はたった一人の伝令から名状しがたい畏怖《いふ》を感じとり、そのためにかれら自身もほとんど口を閉ざした。襲撃者たちからは話がほとんど伝わっておらず、エリエイザー・スミスの日記は、星空の下で「金獅子」の看板の酒場から出発した全遠征隊が残した唯一《ゆいいつ》の文字記録なのである。

しかしながら、チャールズ・ウォードはニュー・ロンドンで見つけたフェナー家の書簡の中に、べつの漠然とした側光を発見した。彼はニュー・ロンドンにフェナー家の分家が住んでいたことを知っていたのである。フェナー家からは遠くに運命の農場が見え、この家の人々は襲撃者の縦列が去って行くのを見守っていたし、カーウィンの犬が怒って吠え立てるのをはっきりと聞き、そのあと、攻撃開始の合図である最初の甲高い呼子の音を聞いた。この音のあとには、石造りの建物から大きな光の輻が繰り返し放たれ、少しすると、全員の突入を命ずる第二の合図が素早く鳴ったあとに、マスケット銃の銃声が小さくパラパラと聞こえて、さらにそのあと、凄まじい叫び声が響き渡った。ルーク・フェナーは書簡にその声をこういう文字で表現している――「ワアアアアハルルルルル――ル・ワアアアハルルル」。しかし、この叫び声には字に書いただけでは伝えられない性質があり、手紙の書き手は、母親がそれを聞いて完全に気を失ったと述べている。叫びはそのあともっと低い声で繰り返され、銃声がさらに、前よりもくぐもった音で続いた。と同時に川の方向から大きな火薬の爆発音が聞こえて来た。およそ一時間後、犬という犬が凄まじく吠え出し、ゴロゴロとかすかな地鳴りがして、マントルピースの燭台《しょくだい》がぐらついた。強烈な硫黄の匂《にお》いが鼻をつき、ルーク・フェナーの父親は第三の、緊急事態を告げる呼子の音が聞こえたと言ったが、ほかの者にはよくわからなかった。ふたたびくぐもったマスケット銃の音がして、それから、先に聞こえたものほど鋭くはないが、もっと恐ろしく、底深い叫び声がした。それは咳《せき》か咳嗽《しわぶき》のような、太くしわがれた、いやに人工的な音で、悲鳴のように聞こえたのは、実際の音響的特徴からというよりも、途切れずに続いたことと心理的な意味合いのせいにちがいない。

やがて、カーウィン農場のあるあたりから燃えるものが突然視界に入り、怯えて必死になった男たちの叫び声が聞こえた。マスケット銃が火を噴き、パンパンと鳴って、燃えるものは地面に倒れた。続いてもう一つ燃えるものが現われ、人間の発する金切り声がはっきりと聞き分けられた。フェナーは、狂乱のさなかに吐き出された二、三の言葉が聞き取れたと記している。「全能の神よ、御身《おんみ》の子羊を守りたまえ！」それから、さらに銃が撃たれ、燃え上がる第二のものは倒れた。そのあと四十五分ほど沈黙がつづいて、やがてルークの幼い弟アーサー・フェナーが、遠くの呪《のろ》われた農場から「赤い霧」が星空に立ち昇るのが見える、と叫んだ。子供以外の誰もこれを証明することはできないが、その時室内にいた三匹の猫がほとんど痙攣《けいれん》的な恐慌にかられ、背を弓形《ゆみなり》に曲げて、毛皮を硬張らせた。ルークはこれが意味のある出来事だと認めている。

五分後、冷たい風が吹き起こり、耐えがたい悪臭が空気に充満したので、岸にいる部隊も、ポータクセット村で起きている人間も、強い潮の香がなかったら気づかずにはいなかったろう。この悪臭はフェナー家の誰もかつて経験したことのないもので、墓や納骨堂の臭《にお》い以上に、つかみかかるような、言いようのない恐怖を引き起こした。それを追いかけるようにして、運悪く聞いた者は生涯忘れられないであろう恐ろしい声がした。それは滅びの宣告のように空から轟《とどろ》き渡り、その反響が消えて行く時、窓がカタカタと鳴った。声は深く、音楽的で、低音のオルガンのように力強かったが、アラビア人の禁断の書物のように邪悪だった。何を言ったのかは誰にもわからない。未知の言語で語っていたからだ。しかし、ルーク・フェナーはその悪魔的な音調を表現しようとして、このように記している――「DEESMEES――JESHET――BONE DOSEFE DUVEMA――ENITEMOSS」この大まかな書き写しを人間の知識のうちにあるほかの何かと結びつける者はいなかったが、一九一九年に至って、チャールズ・ウォードは、それが黒魔術の呪文《じゅもん》のうちでも最大の恐怖であると、ミランドラ（訳注・ピコ・デラ・ミランドラ1463－1494。イタリアの哲学者）が震えながら非難したものであることを認めて、蒼白《そうはく》になった。まごう方なき人間の叫び声か、大勢が一斉に上げる底太《そこぶと》い金切り声が、この邪悪な驚異に応《こた》えるごとく、カーウィン農場から聞こえて来た。そのあと、未知の悪臭に同じくらい耐えがたいべつの臭いが加わり、混ざり合った。今度は先の金切り声とは明らかに違う泣き声がわっと上がり、発作のように高まったり少し静まったりしながら、悲しげに蜿蜒《えんえん》と続いた。時折、音節のある言葉のようになったが、聞き手は誰も明瞭《めいりょう》な単語を聞き分けることはできず、ある一点から悪魔的でヒステリックな笑いに近づくようだった。それから、窮極の恐怖と純然たる狂気の叫びが、何十という人間の喉《のど》から絞り出された――その叫びはどこか地中の深いところから迸《ほとばし》ったにちがいないのに、力強く、はっきりしていた。そのあとは闇《やみ》と沈黙が一切を領した。ツンとする煙の渦巻が立ち昇って星々を消し去ったが、焔《ほのお》は一つも見えなかったし、翌日《あくるひ》、失くなったり破損したりした建物は見あたらなかった。

明け方、二人の怯えた伝令が、何とも言えぬ異様な匂いを服にまつわらせながらフェナー家の扉を叩《たた》いて、ラム酒の小樽《こだる》をくれといい、代金をたっぷり支払った。伝令の一人は家族の者に言った――ジョーゼフ・カーウィンの件は終わった。この夜の出来事について二度と口にしてはいけない、と。横柄《おうへい》な命令に思われたけれども、それを伝える男の様子が一切の憤りを取り去り、命令に恐るべき権威を与えた。だから、ルーク・フェナーがひそかに書いたこれらの手紙だけが、当夜見聞きされたことを語る資料として残存しているのである。フェナーはコネティカットの親戚《しんせき》に手紙を破棄するよう求めたが、親戚が従わなかったために手紙は結局救われ、そのおかげで、事件が慈悲深い忘却に委ねられることはなかった。チャールズ・ウォードは先祖の言い伝えを求めて、ポータクセットの住民に長いこと尋ねてまわった結果、これに一つの事実をつけ加えることができた。村のチャールズ・スローカム老人によると、彼の祖父がおかしな噂《うわさ》を聞いていたという。ジョーゼフ・カーウィンの死が発表されて一週間後、焼け焦《こ》げ、歪《ゆが》んだ死体が野原で見つかった。そのことが盛んに語り伝えられたのは、死体が——焼けてねじれた状態で見る限り——完全に人間のものとも言えず、ポータクセットの人々が見たり書物で読んだりしたいかなる動物にも、完全に類似してはいないと思われたからだった。

六

恐ろしい襲撃に加わった者は、みなそれについて一言も話そうとしなかったので、残存する曖昧《あいまい》な情報の断片は、いずれも最後の戦闘部隊に加わらなかった者から伝わっている。実際の襲撃者たちが、この件に少しでも言及した資料をことごとく破棄した入念さには、恐るべきものがある。八人の船員が殺され、遺族は亡骸《なきがら》も見せてもらえなかったにもかかわらず、税関の役人との衝突が起こったという説明に納得した。おびただしい負傷者についても同じ説明で事は足りた。傷にはどれも大きすぎるほどの包帯が巻かれ、同行したジェイベズ・ボウエン博士だけが治療にあたった。もっとも説明しがたいのは、襲撃者全員にまとわりついている名状しがたい匂いで、そのことは何週間も話の種になった。市民の指導者のうちでは、ホイップル船長とモーゼズ・ブラウンがもっとも深傷《ふかで》を負い、夫人たちの手紙は、かれらがだんまりを決め込んで、包帯をけして触らせないのに困り果てたと語っている。心理的には参加者全員が老《ふ》け込み、沈鬱《ちんうつ》になり、落ち着きを失っていた。かれらがみな力強い行動家で、正統派の宗旨を単純に信ずる男だったのは幸いである。もっと繊細な内省と精神の複雑さを持っていたら、さぞかし具合が悪くなっただろうから。マニング学長は一番激しく動揺したが、彼ですら暗黒の影を克服《こくふく》し、祈りによって記憶を覆い消した。これらの指導者はみな後年活発な役割を果たしたが、それはたぶん幸運なことだったのだろう。事件後、一年経つか経たないかのうちに、ホイップル船長は群衆を率いて税関監視船「ガスピー」号を焼き打ちした。この果敢な行いのうちに、不健全な心像を拭《ぬぐ》い消そうとする一つの手段が認められるかもしれない。

ジョーゼフ・カーウィンの未亡人には、風変わりな意匠の、封をした鉛の棺《ひつぎ》が届けられた。これは必要な時即座に使えるように用意してあったらしく、中に夫の亡骸が横たわっていると夫人は聞かされた。彼は税関吏との闘いで殺されたが、詳細を述べることは適当でないという説明だった。ジョーゼフ・カーウィンの最期《さいご》についてそれ以上のことは誰も語らず、チャールズ・ウォードも仮説を立てるための手がかりをたった一つしか得られなかった。その手がかりはじつにかぼそい糸で——ジェディダイア・オーンがカーウィンに出したが押収された手紙の一節に引かれた顫《ふる》える下線にすぎない。この手紙は一部分をエズラ・ウィーデンの筆跡で写してあり、写しはエリエイザー・スミスの子孫の所蔵品の中に見つかった。ウィーデンは事件が落着したあと、起こったことの異常さを伝える無言の手がかりとして、それを相棒に与えたのだろうか。それとも――こちらの方がありそうだが――スミスは前からその写しを持っており、的確な推測や巧みな詰問《きつもん》によって友人から聞き出したことに基づき、下線を自ら引いたのだろうか。判断は我々に委ねられている。下線を引いてある箇所はこれだけだ。

「重ねて言う。鎮め得ざるものを呼び出すなかれ。小生が言うのは、貴兄に歯向かう何物かを自らの手で呼び出し、貴兄の最強の秘術をも無力ならしむるごとき者のことなり。小さき者に尋ねよ。大いなる者が答えんと欲せず、貴兄以上の支配力を持つことを恐るればなり」

この一節を念頭に置き、襲われて切羽詰まった男はいかなる奇怪な味方を喚《よ》び出そうとしたかわからないと考えると、ジョーゼフ・カーウィンを殺したのは果たしてプロヴィデンスの市民だったのだろうか、とチャールズ・ウォードが疑ったのも無理はない。

死んだ男のあらゆる記憶をプロヴィデンスの生活と年史から周到に消し去るにあたっては、襲撃の指導者たちの影響力が大いにものを言った。かれらも初めはさほど徹底してやるつもりはなく、未亡人とその父親と子供には真相を知らせないでおいた。

しかし、賢いティリンガスト船長は噂話を掘り起こすうちにたちまち恐怖心にかられて、娘と孫娘が改姓することを求め、蔵書と残っているすべての書類を焼き、ジョーゼフ・カーウィンの墓石から碑銘を削り取った。彼はホイップル船長を良く知っていたので、告発された妖術師《ようじゅつし》の最期についてほかの誰よりも多くのことを、この空威張りする船乗りから聞き出したのだろう。

その時以来、カーウィンの記憶の抹消はますます厳格になり、しまいには人々の総意によって、町の記録や「ガゼット」紙の綴《と》じ込みにまで及んだ。これに比肩し得るものは、気持ちの上では、オスカー・ワイルドが恥辱を蒙《こうむ》ったあとの十年間、その名を誰も口にしなかった一件だけであり、また程度に於いては、ダンセイニ卿《きょう》の物語に登場するルナザールの罪深き王の運命だけであろう――神々はこの王がいなくなるのみならず、かつていたことさえなかったことにすると決めたのである。

ティリンガスト夫人――未亡人は一七七二年以降そう名乗った――はオルニー・コートの家を売り、一八一七年に死ぬまで、パワーズ・レインにある父親の家に住んだ。ポータクセットの農場は誰からも忌《い》み嫌われ、年月を経て朽ちるままに放置されたが、不可解な速さで腐朽してゆくようだった。一七八〇年には石造りと煉瓦《れんが》造りの部分だけが立っており、一八〇〇年にはこうしたものも崩れ、形をなさぬ瓦礫《がれき》の山になった。

そのうしろに丘の斜面の扉があったかもしれない、川岸のこんもりした茂みには誰も入って行かなかったし、ジョーゼフ・カーウィンが自らの造り出した恐ろしい場所から去る場面をはっきり思い描こうとする者もいなかった。ただ、老いてなお矍鑠《かくしゃく》たるホイップル船長が時折こんな独り言をつぶやくのを、耳《みみ》敏《ざと》い者は聞いたのである。「あの――の畜生め、だが、あいつが叫びながら笑っておったのは変じゃった。あの忌々《いまいま》しい――は、いざという時の用意をしておったようじゃ。半クラウンくれたら、わしはあいつの――家を焼いてやるんじゃがな」

三 探索と召喚

一

すでに見た通り、チャールズ・ウォードは自分がジョーゼフ・カーウィンの末裔《まつえい》であることを、一九一八年に初めて知った。彼がたちまち過去の謎《なぞ》に関わりのある一切のことに強い関心を持ったのも不思議はない。カーウィンについて聞いていたすべての曖昧な噂が、そのカーウィンの血が流れている自分にとって、きわめて重要なことになったからだ。彼のように意欲があり想像力豊かな系図学者としては、さっそくカーウィンに関する資料を貪欲《どんよく》かつ系統的に集め始めるしかなかっただろう。

探究の初めの頃には少しも隠し立てをしなかったので、ライマン博士でさえ、青年の狂気が一九一九年の末よりも前に始まったとすることを躊躇《ためら》う。彼は率直に家族と話し——もっとも、母親はカーウィンのような先祖を持つことをあまり喜んでいなかった——訪れたさまざまな博物館や図書館の館員とも話した。記録を所有していると思われる家族にそれを見せてくれと頼む際にも、目的を隠しはせず、古い日記や手紙に書いてある内容を、持主の家族と一緒に疑いかつ面白がった。ポータクセットの農場の跡地は探しても見つからなかったが、そこで百五十年前に本当は何が起こったのか、ジョーゼフ・カーウィンとは本当は何物だったのかについて、彼はしばしば強い疑念を表明した。

スミスの日記と古記録を見つけ、ジェディダイア・オーンからの手紙に出くわした時、チャールズ・ウォードはセイレムへ行って、カーウィンがそこにいた頃の活動と交友関係を調べてみることに決め、一九一九年の復活祭の休暇にこれを実行した。彼は以前、崩れかかったピューリタン時代の切妻と寄りかたまった腰折れ屋根がある、この魅惑的な古い町に滞在したことがあるので、エセックス学術協会を良く知っており、行くと温かく迎えられて、カーウィンに関する資料を大分発掘した。それでわかったことであるが、カーウィンは一六六二年か三年の二月十八日（旧暦）、町から七マイル離れたセイレム村、現在のダンヴァーズに生まれた。十五歳の時家出して船乗りになり、九年経《た》ってようやく戻って来た時には、言葉も、服装も、態度振舞いも生まれついての英国人同様となっており、セイレムの町に居を定めた。当時、家族とはほとんど没交渉で、ヨーロッパから買って帰った珍らかな書物と、英国、フランス、オランダから船で運んだ不思議な薬品を相手に大部分の時間を過ごしていた。田舎へある種の旅をしたが、そのことは土地で穿鑿《せんさく》の的となり、夜、丘々の上に火がともるという曖昧な風説と何か関係があるように言われた。

カーウィンの親しい友人といえば、セイレム村のエドワード・ハッチンソンという男と、セイレムのサイモン・オーンという男だった。彼はこうした男たちと共有地のまわりで話し合っている姿をしばしば見られたし、互いに訪問することもけして珍しくなかった。ハッチンソンは村から大分外れた森の方に家を持ち、夜にそこから聞こえて来る音の故に、敏感な人々からは必ずしも好かれていなかった。彼は奇妙な訪問客をもてなしていると言われ、窓から見える明かりはいつも同じ色ではなかった。遠い昔に死んだ人物や忘れられて久しい出来事に関して、彼が示した知識は明らかに不健全と見なされ、彼は魔女騒動が始まった頃姿を消して、それきり音信も絶えた。その時、ジョーゼフ・カーウィンも姿を消したのだが、こちらはプロヴィデンスに落ち着いたことがまもなくわかった。サイモン・オーンは一七二〇年までセイレムに住んでいたが、見た目が齢《とし》をとらないことが人の注意を引き始めると、姿を消した。三十年後、息子と称する彼にそっくりの人物が現われて、父親の資産を相続する権利を主張した。主張はサイモン・オーンの筆跡で記された書類のおかげで認められ、ジェデイダイア・オーンは一七七一年までセイレムに住みつづけたが、この年、プロヴィデンスの市民がトマス・バーナード師宛《あて》に出した手紙のために、どこか知らない土地へ静かに引き移った。

これらの奇妙な人物が記した文書やかれらについて記した文書が、エセックス学術協会、裁判所、登記所で閲覧でき、その中には土地の権利証書や売り渡し証書のような無害平凡なものと、もっと刺激的で胡散臭《うさんくさ》い断片的文書とが含まれていた。魔女裁判の記録には四つか五つ、まごう方なきかれらへの言及があった——例えば、ヘプジバー・ローソンという女は一六九二年七月十日、ホーソン判事の主宰する特別法廷で、「四十人の魔女と黒い男がハッチンソン氏の家のうしろの森に集まる習慣だった」と証言した。またアミティー・ハウという者は、ゲドニー判事の主宰する八月八日の法廷で「G・B氏（ジョージ・バローズ師）はその夜、ブリジェット・S、ジョナサン・A、サイモン・O、デリヴァランス・W、ジョーゼフ・C、スーザン・P、メヒタブル・C、デボラ・Bに悪魔の印を捺《お》した」と断言した。それから、ハッチンソン失踪《しっそう》後に見つかった彼の無気味な蔵書の目録と、彼の筆跡だが誰も読めない暗号で記されている、書きかけの手稿があった。ウォードはこの手稿の複写写真を作ってもらい、それが手元に届けられると、軽い気持ちでさっそく暗号を調べはじめた。八月を過ぎると、暗号解読の努力は根《こん》を詰めた熱狂的なものになり、彼の言行から判断して、十月か十一月よりも前に鍵《かぎ》を見つけ出したと信ずるべき理由がある。とはいえ、彼は成功したかどうかについて、けして語らなかった。

しかし、さしあたって一番興味深いものは、オーンの資料だった。ウォードはカーウィン宛の手紙の文面からすでに確実と考えていたことを、筆跡により短時間で証明した。すなわち、サイモン・オーンとその息子を名乗る人物は同一人だということである。オーンが文通相手に言った通り、セイレムに長く暮らし続けることは安全でなかったので、三十年間外国に滞在し、新しい世代の相続人として、土地の権利を主張しに戻って来たのだ。オーンは用心深く書簡をあらかた破棄したらしいが、一七七一年に行動を起こした市民たちは二、三の手紙と書類を見つけて驚き、それを保存した。そこにはオーンや他の人間の筆跡で、不可解な式文や図形が記してあり、ウォードはそれを入念に模写するか写真に撮るかした。また、きわめて謎めいた手紙が一通あり、調査者は登記所にある資料から、それをジョーゼフ・カーウィンの筆跡とはっきり認めた。

カーウィンのこの手紙は書いた年が記されていなかったが、押収されたオーンの書簡がこれへの返信でないことは明らかで、内的証拠から一七五〇年よりさほど後のものではないとウォードは推定した。いとも暗く恐ろしい経歴を持つ人物の文体の見本として、全文をここに引用しても不都合ではあるまい。受取人は「サイモン」と呼びかけられているが、その言葉を線（カーウィンが引いたかオーンが引いたか、ウォードにはわからなかった）を引いて消してある。

プロヴィデンス、五月一日

兄弟よ――

尊敬する旧友よ、我々が永遠の力のために仕える彼《か》の御方に然《しか》るべき敬意と真摯《しんし》なる願いを奉《たてまつ》らん。小生は今まさに、貴兄も知るはずのこと――〃終極の件〃と、そを如何《いか》にすべきかという問題に到《いた》れり。小生は高齢故、貴兄に倣《なら》いて外地へ赴く気にはならず。プロヴィデンスは非凡なるものを狩り出し試煉《しれん》にかけることに於《お》いて、湾岸ほど苛烈《かれつ》ならざればなり。小生は船や積荷に束縛され、貴兄のごとく為《な》すことあたわず、またポータクセットの農場の下には御存知のものあり。そは小生が別人として帰るを待つことあらじ。

されど、先に述べし如《ごと》く、小生も厳しき運命への備えなきにあらず。〃終極〃の後に帰還するすべをかねてより模索したり。昨夜小生はヨグ・ソトホートを喚《よ》び出す言葉に行きあたり、イブン・シャカバオが――に語りし顔を初めて見たり。そは言えり。『禁ぜられたる書』の第三詩篇に〃鍵〃はありと。太陽が第五宮にあり、土星が三分一対座にある時、焔の五芒星《ごぼうせい》を描き、第九節を三度《みたび》唱えよ。この節をば聖十字架発見記念日と万聖節の宵祭ごとに繰り返せ。さすれば、彼のものは外部の天空に於いて子を産むならむ。

而して古きものの種より一人の者生まれ、その者は自ら何を求むるかを知らず、うしろを顧みるべし。

されど、後継者なくば、また塩《えん》あるいは塩の製法その者の元にあらざれば、これも甲斐《かい》なからん。ここに小生は認むれども、小生は未《いま》だ必要なる措置《そち》を取るに至らず、見出《みいだ》せしものも多からざり。その製法は近づき難く、数多《あまた》の標本を費消すなり。西インド諸島より連れ来《きた》れる船乗りは多かれども、十分手に入《う》るるは難儀なり。周囲の住民は好奇心を抱けども、かれらは遠ざくることを得べし。紳士階級は民衆よりも悪《わろ》し。かれらの報告は詳細にして、人その言《げん》を信ずればなり。彼《か》の牧師とメリット氏は多少話せしようなれども、今のところ危険あらず。町に二人の良き薬種屋、ボウエン博士とサム・カルーあれば、化学物質は手に入れ易《やす》し。小生はボレルスの言うところに従い、アブドゥル・アルハザードの第七巻に助けらる。小生の得たるものは貴兄にも贈るべし。当座は、小生がここに記せし言葉の活用を怠るなかれ。言葉は正しく書きたれども、貴兄が〃彼《か》の御方〃に見《まみ》ゆることを望まば、同封する——の紙片にある指図書きを用うべし。聖十字架発見記念日と万聖節の宵祭のたびに詩を誦《ず》すべし。そしてもし血統尽きざらば、幾年か後には、うしろを顧みて、貴兄が残す塩《えん》ないし塩の材料を用うる者生まるべし。『ヨブ記』十四章十四節を見よ。

貴兄がまたセイレムに居《お》らるることを喜び、遠からぬ先に会わんことを望む。

小生には良き種馬あり、馬車を買うつもりなり。プロヴィデンスにはすでに一台（メリット氏のもの）あり。されど、道路は悪し。旅をする御心あらば、必ず拙宅に立ち寄られたし。ボストンより駅馬車街道にて、デダム、レンサム、アトルボローを通るべし。いずれの町にも良き宿屋あり。レンサムにてはボルコム氏の宿に泊まるべし。ここの寝台はハッチ氏のよりも良し。されど、食事はハッチ氏でとるべし。こちらの料理人の方が良ければなり。ポータケット滝のそばでプロヴィデンスに入り、セイルズ氏の居酒屋の前を通る道を行くべし。拙宅はタウン街より横道に入れるエペネタス・オルニー氏の居酒屋の向かいにして、オルニー・コートの北側の突っつきなり。ボストン石（訳注・一七三七年、ボストンのマーシャル街の建物の壁に埋め込まれた石。長年里程標代わりにされていたという）より距離およそ四十四マイル。

小生はアルムーシン＝メトラトンに於ける貴兄の真の友にして僕《しもべ》なり。

ヨセフス・C

セイレム、ウィリアム小路
サイモン・オーン殿

奇《く》しくも、ウォードはこの手紙によってカーウィンのプロヴィデンスの家の正確な住所を知った。それまでに出遇《であ》った記録には具体的なことがまったく記されていなかったのだ。この発見は二重の意味で目ざましかった。なぜなら、古い家の敷地に一七六一年に建てられたカーウィンの新しい家を指し示していたからである。それはオルニー・コートに現存する荒廃した建物で、ウォードはスタンパーズ・ヒルで好古趣味の散歩をしたので、良く知っていた。実際、この大きな丘の高台にある彼自身の家からほんの二、三丁行ったところで、現在は、折々の洗濯や、家の掃除や、暖炉の番の仕事をして重宝《ちょうほう》がられている黒人の家族が住んでいた。この見慣れた陋屋《ろうおく》が自分の一族の歴史に於いて重要なものである証拠を、遠いセイレムでかくも突然に見つけたことは、ウォードにとってじつに感銘深かった。彼は帰ったらすぐこの場所を探索しようと決めた。手紙の中の謎めいた文句は何か突飛な象徴表現の類《たぐい》と解釈したが、正直なところ彼を困惑させた。もっとも、言及された聖書の箇所――「ヨブ記」十四章十四節――が良く知られた次の一節であることに気づいて、背筋がゾクゾクするほどの好奇心をおぼえたのである。「人もし死《しな》ばまた生《いき》んや　我はわが征戦《いくさ》の諸日《しょにち》の間望《のぞ》みをりて　我が変更《かわり》の来《きた》るを待《また》ん」

二

ウォード青年は快い興奮状態で家に帰り、次の土曜日をオルニー・コートの家の長い徹底的な研究に費した。老朽したその建物はもともと大邸宅ではなく、つつましい二階建て半の木造の町家《まちや》だった。プロヴィデンスによくある植民地時代様式の建築で、装飾のないとんがり屋根、中央にある大きな煙突、芸術的な彫刻を施された戸口と放射状の模様が入った扇形明かり取り、三角形の切妻壁、ほっそりしたドーリア風の柱がついていた。外側はほとんど変わっておらず、ウォードは彼が探求する不吉な事柄の真近にあるものを見つめているような気がした。

彼は現在住んでいる黒人たちを知っており、エイサ老人と太った細君のハンナに礼儀正しく中を案内された。ここには外側よりも多くの変化があり、渦巻と壺《つぼ》の綺麗《きれい》な模様が入った炉棚の上の装飾と貝殻のような彫刻を施した食器棚の細工の優に半分が失《な》くなっていた。一方、立派な腰羽目と浮出し繰形《くりかた》も、大部分しるしや刻み目をつけられたり、穴を掘られたり、安っぽい壁紙にすっかり被《おお》われたりしていたので、ウォードは残念に思った。総じて、この検分はウォードがなぜか期待したほどの収穫をもたらさなかったけれども、ジョーゼフ・カーウィンのような恐るべき先祖を住まわせていた家の中に立つことは、それ自体が少なくとも刺激的だった。彼は古めかしい真鍮《しんちゅう》のノッカーから組み合わせ文字が入念に消し去られているのを見て、戦慄《せんりつ》した。

その時から学期が終わるまで、ウォードはハッチンソンの暗号の複写写真を調べ、カーウィンに関する地元の資料を収集することに時間を費した。前者はいまだに解読できなかったが、後者はたくさん手に入り、他所《よそ》にある同様の資料への手がかりも多かったので、七月にはニュー・ロンドンとニューヨークへ旅行をした。こうした場所にあることが示唆《しさ》されている古い書簡を見るためである。この旅行はじつに実り多かった。ポータクセットの農場襲撃の恐ろしい記述があるフェナーの手紙と、ナイティンゲール＝タルボット書簡が得られ、後者によってカーウィンの図書室の羽目板に描かれた肖像のことを知ったからだ。ウォードはジョーゼフ・カーウィンがどんな顔をしていたかを知りたくてならなかったから、肖像の件にとくに興味を引かれた。それでオルニー・コートの家をもう一度調べ、剝《は》がれかけたペンキや黴《かび》が生えた壁紙の下に、古人の面ざしの跡が残っていないかどうかをたしかめることにした。

この調査は八月初めに行われ、ウォードは、広さからいって邪悪な建築者の図書室だった可能性があるすべての部屋の壁を仔細《しさい》に見た。今も残っている炉上の装飾の大きな羽目板にはとくに注意を払った。そして一時間ほど経った時、一階の大部屋で暖炉の上にある広い壁面のペンキを幾層か剝がしてみたところ、現われた面の色が、下塗りのペンキやその下の木材が普通そうであるよりも、目立って黒ずんでいることを確信して、すっかり興奮した。薄刃のナイフでもう二、三度慎重に試してみると、大きな油絵の肖像画を見つけたことがわかった。隠された絵をナイフですぐ露《あら》わにしようとすれば、絵が破損するかもしれない。若者は真に学者らしい自制を働かせて、危険を冒さず、発見現場から引き返して専門家の援助を求めた。三日後、彼は長い経験を積んだ美術家ウォルター・C・ドワイト氏――この人のアトリエはカレッジ・ヒルの麓《ふもと》近くにある――を連れて戻って来た。くだんの熟練した絵画修復師は然るべき方法と薬品を用いて、さっそく仕事に取りかかった。エイサ老人と妻は見知らぬ訪問者が来たので当然立腹し、家庭への侵入に対する賠償金を然るべく支払われた。

日一日と修復作業が進む間、チャールズ・ウォードはいやまさる興味を持って、長い忘却ののちにだんだんと現われて来る線や陰翳《いんえい》を見た。ドワイトは作業を下から始め、絵は七分身の肖像画だったので、顔は中々出て来なかった。その間にわかったのは、描かれた人物が瘦《や》せ型の、均整のとれた身体《からだ》つきの男で、紺の上着と刺繡《ししゅう》を施した胴衣をまとい、黒い繻子《しゅす》の半ズボンと白い絹の靴下を穿《は》いて、窓――その向こうに波止場と船が見える——を背にして、彫刻のある椅子《いす》に坐《すわ》っていることだった。頭部が出て来ると、小綺麗なアルバマール公風の鬘《かつら》を被《かぶ》り、細い平凡な面立ちをしているのがわかったが、ウォードも美術家もなぜかその顔に見憶《みおぼ》えがあった。しかし、最後の最後に痩せた青白い顔の細部を見ると、修復師と依頼人は驚愕《きょうがく》のあまり息を呑《の》み、遺伝が仕掛けた劇的ないたずらを一抹の畏怖《いふ》の念をもって認めた。というのも、最後の油洗いと繊細な鏝《こて》による仕上げののちに、一世紀半の歳月が隠していた相貌《そうぼう》がありありと現われ、過去に生きるチャールズ・デクスター・ウォードは、恐ろしい五代前の祖先の顔のうちに生きた自分の顔立ちを認めて、呆気《あっけ》に取られたのである。

　ウォードは両親を連れて来て、自分が発掘した奇蹟《きせき》を見せた。父親は、据えつけの羽目板に描かれたものだが、その絵を買うことをすぐに決めた。絵の人物は息子よりも老けているようだったが、似ていることは驚くばかりで、先祖返りのいたずらにより、ジョーゼフ・カーウィンの顔形が百五十年後に寸分違わず複製されたことがわかった。ウォード夫人はあまりこの先祖に似ていなかった。もっとも、息子やカーウィンと同じ顔の特徴を持つ親類を何人か思い出すことはできた。夫人はこの発見を喜ばず、絵は家に持って来ないで焼き捨てた方が良いと夫に言った。あの絵には何か不健全なものがある、と彼女は断言した——絵として見てもそうであるし、チャールズに似ているのが厭《いや》だ、と。しかし、ウォード氏は現実主義の世間人で——綿布の製造業者で、ポータクセット渓谷のリヴァーポイントに大工場を持っていた——婦人のためらいに耳を貸す人ではなかった。絵が息子に似ているので大いに感銘を受け、少年への贈り物にふさわしいと考えた。言うまでもないが、チャールズはこの意見に心から賛同し、数日後、ウォード氏は家の所有者——喉声でしゃべる齧歯《げっし》類《るい》めいた顔つきの小男——を探し当てると、しつこい交渉が今にも始まりそうなのを遮《さえぎ》って、ぶっきら棒に値段を決め、マントルピースと絵がついている炉上の装飾とをひとまとめに買い取った。

あとは羽目板を取り外し、ウォードの家へ持って行くだけだった。絵を徹底的に修復して、三階にあるチャールズの書斎ないし図書室に、電熱器がついた擬《まが》い物の暖炉と共に据えつける用意が整えられた。取り外しを監督するのはチャールズの仕事となり、八月二十八日、彼はクルッカー内装会社から来た専門の職人を二人連れて、オルニー・コートの家へ行った。マントルピースとその上の肖像がついている部分は、会社のトラックに乗せて運ぶため、慎重かつ正確に切り離された。すると煙突に沿って煉瓦造りの部分があらわれ、ちょうど肖像の頭部のうしろあたりに、縦横一フィート程の立方体状の窪《くぼ》みが見つかった。そんな空所が何のためにあるのか、何が入っているのかと思って、ウォード青年は近づいて中を覗《のぞ》き込んだ。すると、埃《ほこり》と煤《すす》の厚い層の下に、何枚かの黄ばんだ紙と、一冊の粗末な厚い帳面と、それらを結《ゆわ》えていた紐《ひも》らしい朽ちかけた繊維の切れ端が見つかった。ウォードは積もった埃と灰を吹き飛ばすと、帳面を取り上げ、表紙にくっきりと記された文字を見た。それが誰の筆跡であるかは、エセックス学術協会で資料を見たのでわかっていた。その字は、帳面が「かつてセイレムにありしプロヴィデンス植民地在住の紳士、ジョーゼフ・カーウィンの日記と覚え書き」であることを示していた。

この発見に大そう興奮したウォードは、興味ありげな顔をしている二人の職人に帳面を見せた。発見の性質と信頼性に関して二人の証言には疑問の余地がなく、ウィレット博士はこれを拠《よ》り所として、若者が主な奇行を始めた時にはまだ狂っていなかったという説を立てている。ほかの文書もすべてカーウィンの筆跡で書かれており、その一つは次のような表題の故に、ことのほか重要なものと思われた。「後に来るべき者に。如何にすれば時間と天空の彼方《かなた》へ行き得るか」もう一つは暗号で記してあり、これまで歯が立たなかったハッチンソンの暗号と同じようだとウォードは思った。第三の文書は――調査者はここで喜んだが――暗号を解く鍵のようだった。一方、第四と第五の文書はそれぞれ「エドワード・ハッチンソン殿」と「ジェディダイア・オーン殿」、「あるいは、かれらの後継者、あるいは代理人」に宛てられていた。第六の、最後の文書にはこう記してあった。「一六七八年より一六八七年の間のジョーゼフ・カーウィンの生活と旅。彼は何処《いずこ》へ渡り、何処に滞在し、何人《なんびと》と会い、何を学びしか」

三

我々は今、アカデミックな精神科医たちがチャールズ・ウォードの狂気の始まりとする時点に達した。例の発見をした際、若者はすぐさま帳面と手稿を数ページ覗いて、何か彼の心を途轍《とてつ》もなく動かしたものを見たらしい。実際、職人たちに題名を見せる際、彼は妙に念を入れて本文自体を隠し、この発見が古物や系図の研究の上で貴重だというだけでは説明がつかないほど狼狽《ろうばい》していた。彼は家に帰ると、まるで困惑したような面持ちで報《しら》せを伝えた。それがこの上なく重要であることは伝えたいが、証拠そのものは見せたくない、と思っているようだった。両親には題名さえ見せず、ジョーゼフ・カーウィンの筆跡で書かれた文書を見つけたが、「大部分暗号で」書いてあるから、真意をつかむには慎重に研究しなければならない、とだけ言った。職人たちが好奇心を示さなかったら、彼は文書を見せなかっただろう。だが、ことさらに隠せばかえって噂が立つと思ったにちがいない。

その夜チャールズ・ウォードは部屋で新発見の帳面と文書を読み、朝日が射《さ》してもやめなかった。母親が心配して様子を見に来ると、熱心に頼んで、食事を階上《うえ》へ運んでもらった。午後も、職人がカーウィンの絵とマントルピースを書斎に据えつけに来た時、ほんの少し姿を現わしただけだった。翌晩は服を着たまま時々ひと眠りしながら、暗号の手稿の解読に夢中で取り組んだ。朝になると、母親は彼がハッチンソンの暗号の複写写真を調べているのを見た――以前何度も彼女に見せたものだ。しかし、彼女の質問にこたえて、カーウィンの鍵はそれに当てはまらないと息子は言った。その日の午後、彼は研究をやめて、職人たちが絵の取りつけを終えるのを、魅了されたようにながめていた。職人たちは本物を精巧に模した電熱式の薪《たきぎ》の上に、絵とそのまわりの木造部分をつけ、贋物《にせもの》の暖炉と炉上の飾りを、まるで煙突があるかのように北側の壁から少し出張らして、両脇《りょうわき》を部屋の羽目板と釣り合う板でふさいだ。絵がついている正面の板は鋸《のこぎり》で切り、蝶番《ちょうつがい》で留めて、そのうしろに食器棚用の空間をつくった。職人たちが帰ったあと、ウォードは仕事を書斎へ持って行って腰を下ろし、半ば暗号文字に、半ば肖像画に目を向けていた。その絵は映す者の姿に齢《よわい》を加え、過ぎた世紀を思い出させる鏡のように、彼を見返していた。

両親はのちにこの時期の息子の行動を思い出し、彼が行った隠蔽《いんぺい》のやり方について興味深い事柄を述べている。彼は使用人の前では、研究している文書をめったに隠さなかった。カーウィンの複雑で古風な手跡は、かれらには読めまいと正しく判断していたからである。しかし、両親に対してはもっと用心深かった。問題の手稿が（「後に来るべき者に、云々《うんぬん》」と題されたもののように）暗号や謎めいた記号と未知の表意文字の集積にすぎない場合以外は、やって来た父か母が立ち去るまで、手稿を手頃な紙で蔽《おお》っておくのだった。夜間は古い用箪笥《ようだんす》に厳重に書類を保管し、部屋を出る時もそこにしまった。寝起きの時間や習慣はやがてかなり規則正しくなったが、長い散歩など屋外ですることには関心を失くしたようだった。今は最上級生となった学校が始まったことは、彼にとって非常に煩《わずら》わしかったようで、大学などには行かないという決心をしばしば宣言した。自分には為すべき重要な特別の研究があり、それはこの世界が誇り得るどんな大学よりも、知識と人文学への路《みち》を開いてくれるだろうというのだ。

当然のことながら、普段から多かれ少なかれ勤勉で、変わり者で、孤独な人間でなければ、何日もこのような振舞いをして注意を引かないはずがない。しかし、ウォードは生来学者であり世捨て人だったから、両親も彼が部屋に籠《こも》りきって秘密を守っているのを驚くよりも残念がった。と同時に、父親も母親も不審に思ったのは、息子が自分たちに貴重な宝物を少しも見せず、解読した文書について、まとまりのある話をしなかったことだ。彼はこの沈黙を、まとまった発表ができるまで待ちたいからだと説明したが、何週間経っても何も打ち明けてくれないので、若者と家族の間に一種の気まずさが生じ始めた。母親の場合は、彼女がカーウィンに関する探求に明らかな不満を示しているため、なおさらだった。

十月中にウォードはまた図書館通いを始めたが、もう以前のように古物研究の材料を求めてはいなかった。妖術と魔術、隠秘学と悪魔学こそ彼が今求めるものだった。プロヴィデンスにある資料が役に立たないと、列車でボストンへ行き、コプリー広場の大図書館や、ハーヴァードのワイドナー図書館、あるいはブルックリンのザイオン研究図書館――ここでは聖書関連の稀覯本《きこうぼん》が閲覧できる――の豊かな資料を活用した。彼は山程書物を買い、新しく手に入れた無気味な主題に関する著作のために、書斎に書棚を一式追加して据えつけた。一方、クリスマス休暇の間は町の外をあちこち巡り歩き、セイレムへ行った時はエセックス学術協会で記録を調べた。

一九二〇年一月の半ば頃、ウォードの挙措振舞いに勝ち誇った様子があらわれ、本人はそれを説明しないが、彼はもうハッチンソンの暗号に取り組んではいなかった。

その代わり、化学研究と記録の調査を並行してやり始めた。一方のためには、使っていない家の屋根裏に実験室の設備をととのえ、後者のためには、プロヴィデンスの重要な統計資料がある場所すべてに通った。地元の薬剤や実験器具の商人たちは、のちに質問されると、ウォードが購入した薬物や器具の驚くほど奇妙で無意味な目録を提出した。しかし、州会議事堂や市庁舎や種々の図書館の職員たちは、彼の第二の関心の明確な対象について同じ意見を示している。彼は懸命に、熱狂的に、古人が賢明にもその名を墓石から削り取ったジョーゼフ・カーウィンの墓を探していたのだ。

ウォードの家族は、何かがおかしいという確信を少しずつ深めていった。チャールズには以前から奇癖や小さな関心の変化があったけれども、このように隠し立てがひどくなり、奇妙な追求に熱中するのは、そんな彼にしても異常だった。学校の勉強はただやるふりをしているにすぎず、試験には落第しなかったものの、以前の意欲がすっかり消えてしまったことが見て取れた。彼には今べつの関心事があって、時代遅れな錬金術の書物を二十冊も持って新しい実験室にいるのでなければ、町で古い埋葬記録を熟読しているか、書斎で隠秘学の書物にかじりついているのだった。その書斎では、ジョーゼフ・カーウィンの驚くほど彼に似た——ますます似て来るような気さえする——面《おも》ざしが、北側の壁の暖炉の上からにこやかに彼を見下ろしていた。

三月の末頃、ウォードは文献の調査に加えて、町のさまざまな古い墓地のまわりを墓荒らしのように歩きまわった。その原因はのちに明らかになった。彼はたぶん重要な手がかりを見つけたのだと市庁舎の事務員たちが語ったのだ。彼が探し求めるものは、ジョーゼフ・カーウィンの墓から突然ナフタリ・フィールドという人物の墓に変わっていて、理由はのちに判明した。調査者たちはウォードが目を通した資料を見た際、抹消を免れた断片的なカーウィンの埋葬記録を見つけたが、それには、奇妙な鉛の棺《ひつぎ》が「——にあるナフタリ・フィールドの墓の十フィート南、五フィート西」に埋められたと記してあったのだ。残ったその記載には特定の埋葬場所が記されていないため、調査は面倒になり、ナフタリ・フィールドの墓もカーウィンの墓と同様とらえどころがないように思われたが、ここでは組織的な抹消が行われなかったので、記録が消滅していても、墓石そのものに偶然行きあたることは期待できた。それで散策が始まったのだ——聖《セント》ジョンズ（以前のキングズ）教会墓地と、スワン岬《ポイント》共同墓地の真ん中にある古い会衆派の埋葬所はそこから除外された。なぜなら、記録に載っている人物の可能性がある唯一《ゆいいつ》のナフタリ・フィールド（一七二九年没）はバプテスト派だったことを他の統計資料が示していたからである。

四

ウィレット博士がウォードの父親に頼まれ、チャールズがまだ隠し立てをしなかった頃に家族が聞き出したカーウィン関連の情報で備えをして、若者と話し合ったのは五月頃だった。会見はほとんど価値も、これといった成果もなかった。チャールズが完全に正気であり、真に重要な物事に関わっていることをウィレットはたえず感じたからだ。しかし、秘密主義の若者は、少なくとも最近の振舞いを合理的に説明しなければならなかった。青白く、冷静なタイプで困った様子を容易に見せないウォードは、自分の探究について話し合う用意があるようだったが、その目的を明らかにするつもりはなさそうだった。彼が言うには、自分の先祖が残した文書には昔の科学知識の特筆すべき秘密が、大部分暗号で記されている。その応用範囲はおそらくベーコン修道士の発見に比肩するもので、あるいはそれを凌《しの》ぐかもしれない。しかし、こうした秘密は今日では廃《すた》れた一群の学問と関連づけなければ意味をなさないから、現代科学しか知らない世間の人々にそのまま示したのでは、感銘もなく劇的な意義も失われてしまうだろう。人類の思想史のうちに明確に位置づけるには、まず、それが発展した背景に精通した者が関連づけをせねばならず、ウォードは今その作業に没頭している。彼はカーウィンの資料を真に解釈する者が持たねばならぬ、なおざりにされた古《いにしえ》の諸学問をなるべく早く身につけようとしており、いずれ人類と思想界にとってこの上なく興味深い、十全な発表と紹介をすることを望んでいる。アインシュタインでさえ、現行の事物の概念にこれよりも重大な革命を引き起こすことはできないだろう、と彼は断言した。

彼は墓場を調べていることについて、その目的を率直に認めたが、調査の進み具合については詳しく語らなかった。彼は言った――ジョーゼフ・カーウィンの破損された墓石にはある種の神秘的な象徴《しるし》があった。彼の遺言に記された指示に従って刻まれたものだが、名前を抹消した人々は無知故《ゆえ》にこれを放っておいた。彼の謎めいた思想体系を最終的に解明するには、その象徴《しるし》が必要不可欠なのだ。ウォードが信ずるところによれば、カーウィンは念を入れて己の秘密を守ろうとしたため、資料をきわめて風変わりなやり方で分散したのである。ウィレット博士が秘法に関する文書を見たいと言うと、ウォードは大分難色を示し、ハッチンソンの暗号とオーンの呪文《じゆもん》や図形の複写写真でお茶を濁そうとしたが、結局発見されたカーウィンの資料――「日記と覚え書き」、暗号（題も暗号で書かれている）、それに呪文がたくさん記してある「後に来るべき者に」——の外側を見せ、意味不明の文字で書いてある部分をチラリと覗かせた。

彼はまた差し障《さわ》りのないページを注意深く選んで日記を開き、カーウィンが英語で書いたまとまりのある文章をウィレットに見せた。博士は読みづらい複雑な字を注意深く見、また筆者が十八世紀まで生きていたにもかかわらず、字体にも文体にも十七世紀の雰囲気が残っていることに気づいて、その文書は本物だとすぐに確信した。文章それ自体は比較的些細《ささい》な内容で、ウィレットはほんの一部分だけを憶えていた。

「一七五四年十月十六日水曜日、今日はロンドンより余のスループ船『ウェイクフル』号が、西インド諸島にて集めし新しき男二十名と、マルティニークより来りしスペイン人と、スリナムより来りしオランダ人二人を乗せて入港せり。オランダ人らはこの事業について悪《あ》しき噂を聞きしゆえ逃亡の気配あれども、説得して留《とど》まらしむるつもりなり。『少年と本』のナイト・デクスター氏にキャムレット百二十、キャムルティーン各種百、紺のダッフル二十、シャロン織百、キャリマンコ五十、シェンゾイとハムハム各三百。『象《エレファント》』のグリーン氏に湯沸し五十ガロン分、寝床温め器二十、パン焼き鍋《なべ》十五、火挟《ひばさみ》十丁。ペリンゴ氏に錐《きり》一揃《そろ》い、ナイティンゲール氏に最上等の二つ折り判用罫紙《フールズカップ》五十連。昨夜サバオトを三度唱えたれど、何者も現われず。トランシルヴァニアなるM・Hよりさらに教えを受くる要あれども、彼と音信を通ずるは難儀にして、彼がこの数百年上手《うま》く用いしものの使用法を余に教え得ずとは、奇態至極のことなり。サイモンはこの五週間手紙を寄越さざれど、早晩便りのあらんことを期待す」

この箇所へ来てウィレット博士がページをめくろうとすると、ウォードは素早く制し、日記を彼の手から引ったくるようにして取り上げた。博士が新しく開いたページに見ることができたのは、短い二つの文だけだったが、奇妙なことに記憶に強く残った。それはこういう文章だった。「『禁ぜられたる書』の一節を聖十字架発見記念日に五回、万聖節の宵祭に四回唱えたれば、彼のものは天空の外に生まれつつありと信ず。そは〝来るべき者〟を――余が確実に彼を誕生せしむるならば――引き寄せむ。彼は過ぎしことどもを思い、歳月をふり返るべし。その時に備え、余は塩《えん》ないし塩の材料を用意せざるべからず」

ウィレットはそれ以上見られなかったが、どういうわけか、わずかに覗《か》いたこの文章のせいで、暖炉の上からにこやかに見つめるジョーゼフ・カーウィンの肖像に、新たな漠然とした恐怖を感じたのだった。彼はそれ以降も、ずっとこんな奇妙な空想を抱いていた――医学を修めた彼には、むろん、空想にすぎないとわかっていたが――肖像画の眼が部屋の中を歩きまわるチャールズ・ウォード青年を、実際に追わないまでも、追いたがっているということである。博士は辞去する前に立ちどまって絵を仔細に観察し、チャールズに似ていることに驚いて、謎めいた青白い顔の細かな特徴を、右眼の上の滑らかな額に小さな傷か痘痕《あばた》があることまで記憶に焼きつけた。コズモ・アレグザンダーはレイバーン（訳注・肖像画家ヘンリー・レイバーン１７５６－１８２３）を生んだスコットランドにふさわしい画家で、著名な弟子ギルバート・ステュアートにふさわしい教師だったと彼は結論した。

チャールズの精神状態に危険はないが、彼が携わっている研究は本当に重大なものになるかもしれない。医師がそう請け合ったので、六月に若者が大学に通うことを固く拒んだ時も、ウォード夫妻は割合と寛大だった。自分はもっと遥《はる》かに重要な研究をしなければならないのだ、と若者は主張し、アメリカにない資料を利用するため、来年外国へ行きたいという願いを匂《にお》わせた。父親のウォード氏は、まだ十八歳の少年がそんなことを言うのは馬鹿《ばか》げていると後者を断ったが、大学については黙認した。それで、チャールズはあまり芳《かんば》しくない成績でモーゼズ・ブラウン校を卒業すると、三年間、隠秘学の研究と墓場の調査に打ち込んだ。彼は変人と見なされ、以前にも増して家族の友人たちの目に触れなくなった。自分の研究から離れず、時折、埋《うず》もれた記録をあたるためによその街へ行くだけだった。一度は南部へ行って、沼地に住む不思議なムラット（訳注・白人と黒人との間に生まれた人間）の老人と話をした。その老人について、新聞が興味深い記事を載せたことがあったのである。またアディロンダック山脈の小さな村を訪れたが、その村では奇妙な儀式が行われているという報告があった。しかし、両親は彼が望む旧世界への旅行をいまだに禁じていた。

一九二三年四月に成人し、それより先に母方の祖父からささやかな資産を相続したので、ウォードはついに、これまで禁じられていたヨーロッパ旅行を決行することにした。計画した旅程については、研究の必要上多くの場所をまわるということ以外何も言わなかったが、両親にはまめに手紙を書くと約束した。思いとどまらせることができないと見ると、両親は反対をやめ、できる限り援助したので、青年は六月に父母から別れの祝福を受け、リヴァプールへ向かって船出した。父母はボストンまでついて行き、チャールズタウンのホワイト・スター桟橋から手を振って見送った。やがて旅先から手紙が来て、無事到着したこと、ロンドンのグレート・ラッセル街に良い住居を確保したことを知らせた。彼は家族の友人を避け、ある方面の資料を大英博物館で研究し尽くすまで、そこに滞在するつもりだった。日々の生活についてはほとんど手紙に書かなかった。書くことがなかったからだ。研究と実験にすべての時間を費やし、部屋の一つに実験室をつくったという。この古い魅惑の都市には古風な円屋根や尖塔《せんとう》が心をそそる輪郭を空に截《た》ち、もつれ合った道路や小路は神秘的に寄り集まって、そこに突如ひらける見通しは、人を手招くかと思えば驚かせる。そういう都市で好古趣味の散歩をしたと言って来ないことを、両親は、新しい関心に夢中になっている度合いを示すものと受けとった。

一九二四年六月、一通の短信が来て、パリへ旅立つことを告げた。この街へはそれ以前に一、二回、国立図書館にある資料を調べに慌《あわ》ただしい旅をしたことがあった。その後三ヵ月間は葉書を何通かよこしただけで、サン・ジャック街の所番地を伝え、名前は記さないが、ある個人蒐集家《しゅうしゅうか》が所蔵する珍しい写本を特別に調べていることに触れていた。彼は知人を避けていたので、彼に会ったという報せを持ち帰る旅行者はいなかった。それからしばらく音信が途絶え、十月にウォード夫妻はチェコスロヴァキアのプラハから来た絵葉書を受け取った。それによると、チャールズはある非常な高齢の人物――中世のいとも興味深い知識を有する最後の生存者といわれる――と面談をする目的で、この古都にいるのだという。彼はノイシュタットの住所を記し、翌年の一月までよそには移らないと伝えた。一月になるとウィーンから五、六通の葉書をよこして、さらに東へ向かう途中、この街に立ち寄ったのだと記していた。彼の文通相手であり、隠秘学の研究仲間でもある人物が、その地へ彼を招いたのだという。

次の葉書はトランシルヴァニアのクラウゼンブルクからで、これから目的地に向かうことを記していた。ウォードはフェレンツィ男爵《だんしゃく》を訪問する予定で、男爵の領地はラクス村の東の山地にあり、手紙などはラクスの男爵方で届くという。一週間後、ラクスからまた葉書が来て、男爵の馬車が迎えに来たから、村を出て山地へ行くとあり、このあとしばらく便りがなかった。実際、彼が両親の頻繁な手紙に返事をしたのは五月のことだった。ウォード夫妻は夏にヨーロッパ旅行をするつもりで、母親はロンドンかパリかローマで息子に会う計画を立てていたが、それをやめさせるために手紙を書いたのである。研究のために今いる場所を離れられない、と彼は言った。けれども、フェレンツィ男爵の城がある場所は訪問に向かない。城は暗い森に覆《おお》われた山地の険しい岩山の上にあり、そのあたりは土地の人間も忌《い》み嫌っているくらいだから、普通の人間は居心地が悪いだろう。おまけに男爵は、品行方正で保守的なニューイングランドの良家の人間が気に入りそうな人柄ではない。彼の容貌や振舞いには色々変わったところがあるし、不安になるほどの高齢なのだ。両親は自分がプロヴィデンスに帰るのを待った方が良い、そんなに先のことではないから、とチャールズは言った。

しかし、彼がようやく帰国したのは一九二六年の五月で、事前に葉書を二、三通よこしたあと、若き放浪者は「ホメリック」号に乗って静かにニューヨークへ入り、プロヴィデンスまで長い距離を乗合バスで横断し、春のコネティカットの起伏する緑の丘々や、馨《かぐわ》しい花の咲く果樹園や、尖塔のある白い町々を一心に見入った。彼はおよそ三年ぶりに古きニューイングランドを味わったのだ。バスがポーカタック川を渡り、晩春の午後の不思議な黄金色に輝くロード・アイランド州に入ると、彼の心臓は激しく高鳴った。レザヴォワー大通りとエルムウッド大通りを通ってプロヴィデンスに入ることは、それまで深い禁断の知識を探究していたにもかかわらず、息を呑むような素晴らしい驚きだった。ブロード街、ウェイボセット街、エムパイア街が交わる高台の広場へ行くと、目の前と足元に、古い町のなつかしい家や円屋根や尖塔が落日の焔につつまれていた。そして乗物がビルトモア・ホテルのうしろの発着所へ下りて行った時、彼は奇妙な眩暈《めまい》に襲われた。巨大な円屋根と、家々の屋根の間に覗く川向こうの丘の青葉、そして第一バプテスト教会の植民地時代風の尖塔が、切り立った斜面の鮮やかな新緑を背景にして、魔法の夕光に薄紅色に染まっているのが視界に入ったからだ。

古きプロヴィデンス！　この場所と、その長い連綿たる歴史の不可思議な力が彼という存在を生み、いかなる預言者にも限界を定められない驚異と秘密に彼を引き寄せたのだ。彼はここにある神秘を究《きわ》めるために――それが素晴らしいものか恐ろしいものかはまだわからないが――旅と孜々《しし》たる研究の歳月を送って、準備を整えて来たのだ。彼はタクシーに乗り、川がチラリと見える郵便局広場を、古いマーケット・ハウスを、湾の突端を飛ぶように通り過ぎた。ウォーターマン街から急な湾曲した坂道をプロスペクト街まで上ると、クリスチャン・サイエンス教会の輝く巨《おお》きな円屋根と夕陽に照らされたイオニア式列柱が、北の方へ手招いていた。そこから、子供の頃に見慣れた立派な古い住宅地を、若い彼の足が幾度となく踏んだ趣のある煉瓦《れんが》の歩道を、八丁ほど通り過ぎた。しまいに、街に追いつかれた小さな白い農場の建物が右手に見え、左手には、大きい煉瓦造りの家の古典的なアダム様式の外玄関と張出し窓のついている荘重な家表《やおもて》があった。そこは彼が生まれた家だった。もう黄昏《たそがれ》で、チャールズ・デクスター・ウォードは我が家に帰って来たのだ。

五

ライマン博士の一派ほどアカデミックでない精神科医たちは、ウォードの真の狂気の始まりをヨーロッパ旅行に行った時とする。出発時は正気だったことを認めるが、帰って来てからの行動は危険な変化が起こったことを示すものだと信じている。しかし、ウィレット博士はこの主張にも頑として同意しない。もっとあとに何かが起こったのであり、この段階での若者の奇行は、外国でおぼえた儀式——随分奇妙にはちがいないが、行う者の精神異常を暗示するものではない——の実践のためだと博士は言うのだ。ウォード自身は目に見えて老《ふ》け、頑固になったけれども、全般的な反応はまだ正常だったし、ウィレットとの数回の会話では、狂人ならば、たとえ初期の患者であっても、長時間装《よそお》ってはいられない精神の平衡を示した。この時期から狂っていたという考えが生まれたのは、ウォードが大部分の時間籠もっている屋根裏の実験室から四六時中聞こえて来る音のせいだった。詠唱や復唱、無気味なリズムで響き渡る朗読があり、つねにウォードの声ではあったが、その声色と唱える呪文の抑揚には、聞く者すべての血を凍らせずにおかないものがあった。この家で可愛《かわい》がっている年とった黒猫ニグが、ある種の声が聞こえて来ると毛を逆立て、背中を弓形《ゆみなり》に丸めることに人々は気づいた。

実験室から時折漂って来る匂いも、きわめて異様だった。非常に不快な時もあったが、多くの場合、幻想的なイメージを喚起する力があるらしい、忘れがたく、とらえがたい性質の芳香だった。それを嗅《か》いだ人々はほんのいっとき、広大な展望が無限の彼方までつづく蜃気楼《しんきろう》を見る傾向があった。そこには不思議な丘々や、スフィンクスとヒッポグリフが並ぶ果てしない大路があるのだ。ウォードはもう昔のように散策をすることはなく、部屋の中で外国から持ち帰った奇妙な書物を熱心に読み耽《ふけ》り、同じくらい奇妙な探究にいそしんだ。ヨーロッパで見つけた資料が研究の可能性を大いに広げたと説明し、いずれ大きな発表をすると約束した。老け込んだ彼の顔つきは、書斎にかかっているカーウィンの肖像にびっくりするほど似て来た。ウィレット博士は訪問したあとしばしば絵の前に立ちどまって、事実上同一人物であることに驚き、今では画像の右眼の上にある小さな痘痕《あばた》だけが、遠い昔に死んだ魔術師と生きている青年とを見分ける特徴だと思った。ウォード夫妻の依頼によるウィレットのこうした訪問は、いささか奇妙なものだった。ウォードはけして医師を追い返しはしなかったが、医師は青年の心の奥にけして入り込めないことを悟った。彼はしばしば、あたりに奇異なる物があることに気づいた。棚やテーブルにグロテスクな意匠の小さい蠟人形《ろうにんぎょう》が載っており、広い部屋の床の中央には、白墨や炭で描いた円や三角形や五芒星が消え残っていたのだ。そして、いつも夜になると、あのリズムと呪文が鳴り響き、しまいには使用人を雇い続けることも、チャールズの狂気に関する秘《ひそ》かな噂《うわさ》を抑えることも難しくなった。

一九二七年の一月、奇怪な出来事が起こった。ある夜、真夜中近くにチャールズが式典書を誦《ず》し、無気味な抑揚のついた声が家中に気味悪く谺《こだま》している時、湾から冷たい突風が吹きつけて、かすかな怪しい地震が起こり、近所の者はみなそれに気づいた。と同時に、猫がひどく怯《おび》えた様子を示し、犬が一マイル四方に聞こえるほど吠《ほ》え出した。これはこの季節にしては格外な強い雷雨の前ぶれで、やがて起こった嵐《あらし》は凄《すさ》まじい衝撃をもたらしたため、ウォード夫妻は家に雷が落ちたかと思った。二人は損害の程度を見ようと階上《うえ》に駆け上がったが、屋根裏へ通じる扉の前にチャールズが立っていた。青ざめ、決然とした尊大な様子で、その顔には得意の色と真剣さが入り混じった怖いような表情が浮かんでいた。家に雷は落ちていないし、嵐もうじきおさまるだろうと彼は断言した。夫妻が立ちどまって窓の外を見ると、果たしてその通りだった。稲妻は次第に遠ざかったし、樹々《きぎ》は海から吹く極寒の突風に撓《たわ》むのをやめていた。

雷鳴は鈍い含み笑いのような音に変わって、ついには聞こえなくなった。空に星が現われ、チャールズ・ウォードの顔に浮かんだ得意げな色は、何とも異様な表情に結晶した。

この出来事のあと二月《ふたつき》かそれ以上の間、ウォードは以前ほど実験室に籠もりきりでなくなった。天気に妙な関心を示し、春の雪解けはいつだろうとおかしな質問をした。三月末のある夜、彼は真夜中過ぎに家を出て、明け方まで帰らなかった。その時刻に起きていた母親は、自動車がガタガタと走って来て、私道の入口に停まる音を聞いたのである。小声で悪態をつくのが聞こえ、ウォード夫人が起きて窓辺に寄ると、色の黒い四人の男がチャールズの指図を受けながら、トラックから長い重そうな箱を引っ張り出し、脇の戸口から家の中に運び込むのが見えた。ハアハアという息づかいと重々しい足音が階段から聞こえ、しまいに屋根裏でドサッという鈍い音がした。そのあと足音は下に降り、四人の男がまた外に現われて、トラックに乗って去った。

この日、チャールズはまた屋根裏に閉じこもり、実験室の窓の黒い日避《ひよ》けを下ろし、何か金属の材料で作業をしているようだった。誰が行っても扉を開けず、食べ物を持って行ってもかたくなに拒絶した。正午頃《ひる》、何かを捻《ね》じ開けるような音がして、そのあとに恐ろしい悲鳴と物の倒れる音が聞こえたが、ウォード夫人が扉を叩《たた》くと、息子はやがて弱々しい声で返事をし、何も不都合なことは起こっていないと言った。言いようもなくひどい臭《にお》いが洩《も》れ出しているが、これはまったく無害で、残念ながら実験に必要なものなのだ。今は独りでいることが何よりも肝腎《かんじん》で、あとで食事に下りてゆくという。午後に、鍵《かぎ》のかかった扉の向こうから聞こえる妙なシューシューという音がやんだあとで、彼はようやく現われたが、ひどく憔悴《しょうすい》した顔をし、いかなる理由があろうと誰も実験室に入ってはならないと言った。これは実際、新しい秘密主義の始まりとなった。以来、ほかの人間は謎《なぞ》めいた屋根裏の作業室にも、隣の物置にも一切立ち入りを許されなかったのだ。彼はこの物置を掃除して多少の家具を入れ、寝室として彼の冒すべからざる私的領域に加えた。ここに寝起きし、階下の図書室から本を持って行った。ポータクセットにバンガローを買って、科学器具の類《たぐい》をすべてそちらへ移すまで、このような生活が続いたのである。

その晩、チャールズはほかの家族よりも先に新聞を手にとると、うっかり粗相をしたかのように、一部分を破いた。のちにウィレット博士は、この家のさまざまな人から聞いた話によって、その新聞の日付をたしかめ、「ジャーナル」紙の事務所で完全な紙面を見たところ、破かれた部分には次の小さな記事が載っていた。

夜の墓荒らし
北墓地にあらわる

北墓地の夜警ロバート・ハートは、今朝方、トラックに乗って来た五、六人の男が墓地のもっとも古い区域にいるところを発見したが、男たちは、目的が何であったにしろ、それを達する前に慌《あわ》てて退散した模様である。

発見したのは四時頃で、ハートは番小屋の外で自動車の音がしたのに注意を引かれた。様子を見に行くと、数ロッド（訳注・1ロッドは約5メートル）離れた中央車道に大型トラックが停まっていたが、そこまで行く前に、砂利を踏む足音で、彼の近づいていることが相手にわかった。男たちは急いで大きな箱をトラックに乗せ、追いつかれぬうちに通りへ向かって走り去った。墓は一つも荒らされていないので、連中は箱を埋めようとしたのだとハートは信じている。

墓荒らしたちは露見する前に長時間作業をしていたとおぼしく、ハートは車道からかなり引っ込んだところに巨きな穴が掘ってあるのを見つけた。そこはアメイサ・フィールドの墓所で、古い墓石の大部分がなくなって久しい。穴は大きさも深さも墓穴くらいだったが、空《から》っぽで、墓地の記録に載っているいかなる埋葬場所とも一致しなかった。

第二分署のライリー巡査部長は現場を検証し、穴を掘ったのは酒の密売人であるという見解を述べた。無気味だが、誰にも荒らされそうにないこの場所を、酒の安全な隠し場所にしようと悪知恵を働かせたのだろうという。ハートが質問に答えて言うには、逃げたトラックはロシャンボー大通りを疾走して行ったと思うが、確信はないそうである。

そのあと数日間、ウォードはほとんど家族の前に姿を見せなかった。屋根裏の自分の領分に眠る部屋をつけ加えると、すっかりそこに閉じこもり、食べ物は戸口に運ばせて、使用人が立ち去るまで取らなかった。単調な呪文の低い唸《うな》り声と奇怪なリズムの詠唱が時折繰り返され、時には、たまたま聴耳を立てていた者が、チリンチリンと鳴るガラスや、シュウシュウいう薬品、流水、あるいは轟々《ごうごう》と燃えるガスの焔の音を聞きつけることもあった。今までにしたどの匂いとも全然異なる、得体の知れぬ匂いが時々扉のまわりに漂っていたし、若き隠遁者《いんとんしゃ》が短時間部屋から出て来る時にいつも感じられる張りつめた様子は、深い臆測《おくそく》を呼ぶものだった。一度、彼は必要な本のためにアシニーアム図書館へ急ぎ足で行ったし、またボストンから人の知らぬ書物を取って来るために使いの者を雇った。何かの前兆めいた不安がこの状況全体を覆い、家族もウィレット博士もどうすれば良いか、また何と考えれば良いか、まったく途方に暮れたことを告白している。

六

そして、四月十五日に奇妙な進展があった。出来事の種類はそれまでと何も変わらないようだったが、程度に於《お》いては恐ろしい違いがあって、ウィレット博士はなぜかこの変化に重大な意味を認めている。その日は聖金曜日で、使用人たちはこのことを重く見るけれども、ほかの者は無論、些細な偶然の一致として片づける。午後遅く、ウォード青年は異様に大きな声で呪文を唱えはじめ、同時に何かひどい刺激臭のする物を燃やしたので、家中に煙がまわった。呪文は鍵のかかった扉の外の廊下にいても、はっきりと聞こえた。ウォード夫人は不安に耳を澄まして聴いているうち、その文句を憶えてしまい、あとでウィレット博士に求められると、書き留めることができた。それは次のような文句で、斯方《しほう》の専門家がウィレット博士に言うには、「エリファス・レヴィ」の神秘的な著作に同じような言葉が出て来るという。レヴィは禁断の扉の隙間《すきま》から中に忍び込み、彼方の虚無の恐ろしい眺望を垣間見《かいまみ》た謎の人物である。

主《しゅ》エロイム、主エホヴァ、
主サバオト、メトラトン・オン・アグラ・マトン、
予言の言葉、火精《サラマンドラ》の密儀、
空精《シルフ》の集会、土精《グノームス》の洞窟《どうくつ》、
天の魔物ら、ガッド、アルムーシン、ギボル、イェホスア、
エヴァム、ザリアトナトミクの力によりて、来《きた》れ、来れ、来れ。

これが蜿蜒《えんえん》二時間にわたって変化も中断もなしに続くと、やがて近隣一帯の犬がまるで万魔殿の騒ぎのように吠え始めた。どれだけ吠えたかは、翌日の新聞に載った記事の長さから推察できるだろうが、ウォード家の人々にとっては、そのあとすぐに立ちこめた匂いの印象の方が強烈だった。それは厭らしい、すべてに滲《し》み透《とお》る匂いで、家中の誰にしても、後にも先にも嗅いだことがなかった。この臭気の洪水のただなかに、稲光のような閃光《せんこう》がくっきりと走った。陽が射していなかったら、目も昏《くら》む鮮烈な光だったろう。それから、あの声がした――その雷鳴に似た遠さ、信じられない底

深さ、チャールズ・ウォードの声とは似ても似つかぬ奇怪さ故に、聞いた者はけして忘れないであろう声が家を揺るがし、近所の者が少なくとも二人、犬の吠え声がする中ではっきりと聞いている。ウォード夫人は鍵のかかった息子の実験室の外で、絶望して耳を澄ましていたが、その空恐ろしい意味合いを悟って、戦慄《せんりつ》した。それが諸々《もろもろ》の暗黒の書物の中で悪名高い言葉とされていること、またフェナーの手紙によると、ジョーゼフ・カーウィンが滅ぼされた夜、ポータクセットの運命の農場の上に鳴り渡ったことを、チャールズから聞いていたからである。悪夢のごときその文句は聞き違えようがなかった。チャールズは以前、カーウィンに関する研究のことを何でも話した頃、生き生きと説明してくれたからだ。しかし、それは古代の忘れられた言語の次のような断片にすぎなかった――「DIES MIES JESCHET BOENE DOESEF DOUVEMA ENITEMAUS」

この雷のような声に続いて、日没まではまだ一時間あるのに、日の光がいっとき翳《かげ》った。それから、最初の匂いとは異なるが、やはり未知の耐えがたい匂いが漂って来た。チャールズはまた詠誦《えいしょう》を始めていて、母親には次のような言葉が聞き取れた。「イイ・ナシュ・ヨグ・ソトホート・ヘー・ルゲブ・フィー・トロドッグ」――最後は「ヤー！」で終わったが、その狂った激しさは耳をつんざく漸強音《クレッシェンド》に高まった。

一秒後、それまでの記憶はすべて激しく泣き叫ぶ声に掻《か》き消された。その声は狂おしくどっと爆発したが、次第に形を変えて、悪魔的でヒステリックな笑いの発作となった。ウォード夫人は恐怖と母親の盲目の勇気が入り混じった気持ちで進み出ると、向こう側を見せてくれぬ扉板をおそるおそる叩いてみたが、中の者が気づいた様子はなかった。もう一度叩いたが、第二の叫び声が上がったために、気を挫《くじ》かれてやめた。今度は間違いなく聞き慣れた息子の声で、それと同時に、もう一つの声がいまだに洪笑を発していた。やがて夫人は気を失ったが、直接の原因は今もって正確に思い出せない。記憶というものは時に慈悲深い削除を行うのだ。

ウォード氏は六時十五分頃に仕事場から帰って来た。階下に妻の姿はなく、怯えた使用人たちの話では、たぶんチャールズ様の扉の前で見張っていらっしゃるのでしょう――そこから今までよりもずっと奇妙な音が聞こえて来たのです、ということだった。急いで階段を上がると、実験室の外の廊下に、ウォード夫人が大の字になって倒れていた。失神しているのを見てとって、急いでそばの壁の窪《くぼ》みに置いてあった鉢から、グラス一杯の水を掬《すく》って来た。冷水を妻の顔にかけると、すぐに反応があったので安心したが、彼女が戸惑った顔で目を開くのを見ているうちに、ゾッと身体《からだ》中に悪《お》寒《かん》が走った。夫人がそこから脱け出しつつある状態に、今度は自分が陥ってしまいそうだった。というのも、静かに思われた実験室がさほど静かではなく、緊張した話し声がくぐもった音で聞こえて来たからだ。声は低くて何を言っているのかわからなかったが、魂を深く掻き乱す性質の声だった。

もちろん、チャールズが呪文をつぶやくのはいつものことだったが、このつぶやきははっきり異なっていた。明らかに対話か対話の真似《まね》で、問いと答、陳述と応答を思わせる抑揚が規則的に交替した。一方はありのままのチャールズの声だったが、もう一方の声には、青年がいくら苦心して儀式の声色を使っても、これまでは出せなかった深さとうつろな響きがあった。そこには何か厭らしい、冒瀆《ぼうとく》的な、異常なものがあって、気がついた妻の悲鳴が彼の保護本能を目醒《めざ》めさせ、精神をはっきりさせなかったら、セオドア・ハウランド・ウォードは気絶したことがないという昔からの自慢をそれから一年近くしつづけることはできなかっただろう。彼は妻を腕に抱えて、素早く階下《した》へ連れて行ったため、夫の心を恐ろしく掻き乱した声に彼女は気づかなかった。しかし、彼自身はある声を聞いてしまい、重荷を抱えたまま危うくよろけそうになったのである。というのも、ウォード夫人の悲鳴は彼以外の者の耳にもとどいたらしく、鍵のかかった扉の向こうから、秘かな恐ろしい対話が初めて発した意味のわかる単語が聞こえて来たのだ。それはチャールズ自身の声で、興奮した警戒の言葉にすぎなかったが、その暗示する内容が、立ち聞きした父親に、なぜか言い知れぬ恐ろしさを感じさせたのだった。その文句はただこれだけだった。「しっ――筆談にしてくれ！」ウォード夫妻は夕食を食べてからしばらく相談し、ウォード氏はその夜のうちにチャールズと真剣に話し合うことに決めた。いかに重要な目的があろうと、こんな振いはもう許しておけない。近頃のやり方は正気の沙汰《さた》ではなく、家中の者の秩序と精神の健康を脅《おびや》かしているからだ。青年はすっかり分別を失《な》くしているにちがいない。今日のような荒々しい絶叫や、声色《こわいろ》を使った架空の会話は、完全に狂っていなければできないことだ。こんなことはやめさせなければならない。さもないと、ウォード夫人は病気になってしまうだろうし、使用人を雇いつづけることもできなくなるだろう。

ウォード氏は食事の時間が終わると席を立ち、チャールズの実験室に向かって、階段を上がりはじめた。ところが、三階へ行くと、使わなくなった息子の図書室から音が聞こえて来たので、足をとめた。本をあたりに放り出し、紙をガサガサといじっている様子で、ウォード氏が戸口へ踏み出すと、中に若者の姿が見えた。興奮して、大きさも形もさまざまな本や新聞の類《たぐい》を腕に一杯集めていた。チャールズの顔は憔悴して血の気がなく、父親が声をかけるとハッとして、抱えていたものを全部落とした。

彼は年長者に命じられて腰を下ろし、前々からされて当然だったお説教をしばらくの間傾聴した。激しい口争いなどはなかった。訓戒が終わると、青年は父親の言うことが正しいと認め、自分が立てた物音や、つぶやきや、呪文や、化学薬品の匂いが弁解できない迷惑行為だったことを認めた。もっと静かにすると約束したが、今後も邪魔はしないでもらいたいと要求した。自分のこの先の仕事の多くは――と彼は言った――いずれにせよ純然たる書物の研究だし、のちの段階では儀式で声を出すことが必要になるかもしれないが、その際はどこか他所《よそ》に住まいを手に入れれば良いだろう。彼は母親が驚き、失神したことについて強い自責の念を表わし、そのあとに父親が聞いた会話は、ある種の精神的雰囲気を醸《かも》し出すために行う、手の込んだ象徴的表現の一部なのだと説明した。息子が難解な専門用語を使うのでウォード氏はいささか辟易《へきえき》したが、別れ際《ぎわ》の印象は、ひどく真面目《まじめ》で緊張しているのが不可解ではあったけれども、息子が正気で落ち着いていることは否定しがたいというものだった。話し合いはまったく要領を得ず、チャールズが腕一杯の本や新聞を拾い上げて部屋を出て行った時、ウォード氏は事態をどう考えれば良いかわからなかった。それは可哀想《かわいそう》な老猫《ろうびょう》ニグの死と同様に謎めいていた。じつは一時間前にニグの硬直した死骸《しがい》が地下室で見つかったのだが、その目はカッと見開き、口は恐怖に歪《ゆが》んでいたのである。

困惑した父親は探偵の本能のようなものに駆られて、息子が屋根裏へ何を持って行ったのかを知るため、空《から》になった書棚を興味深げに見やった。青年の蔵書は明確かつ厳密に分類してあったから、持ち去られた本が何か、少なくともどういう種類の本なのかは一目でわかった。この時、ウォード氏が驚いたことには、以前持って行った本以外、隠秘学や古物に関する本は何もなくなっていなかった。新たに持ち去られたのはすべて現代的な内容のもので、歴史、科学論文、地理学、文学の手引書、哲学書、現代の新聞雑誌等々だった。チャールズ・ウォードが最近読んでいた本の傾向からすると、じつに奇妙な転換であり、父親はつのる困惑の渦と襲い来る違和感の中に立ち尽くした。その違和感は強く、胸を掻きむしられるようだったので、彼は何がおかしいのだろうと周囲を見まわした。実際に何かがおかしかった。精神的にも感覚的にもそうだった。この部屋に入ってからずっと、彼は何かが普通でないことを感じていたが、それが何なのかようやく気づいた。

北側の壁には、彫刻を施された古い炉上の飾りが、オルニー・コートの家から持って来たまま今もついていたが、大きなカーウィンの肖像画の油絵具——修復はしたが不安定な状態で罅割《ひびわ》れている油絵具に、惨事が起こっていた。時間と不適切な暖房がついにその仕事をやり遂げ、いつのことかわからないが、この部屋を最後に掃除したあと、最悪の事態が生じたのだ。絵具が木の板から剝《は》がれ、次第次第にめくれ上がって、最後には不吉な沈黙のうちに、突然崩れ落ちたにちがいない。ジョーゼフ・カーウィンの肖像画は、その絵が奇妙に似ている青年を監視することを永久にやめ、今は細かい灰青色の塵の薄膜となって、床を蔽《おお》っていた。

四　変容と狂気

一

記憶に残る聖金曜日の翌週、チャールズ・ウォードはいつもより頻繁に姿を見せ、図書室と屋根裏の実験室の間でたえず本を運んでいた。振舞いは穏やかで理性的だったが、追われてあたりを憚《はばか》るような様子があり、母親はそれが気に入らなかったし、信じられないほど猛烈な食欲が出て来たことは、料理人への要求から察せられた。ウイレット博士は金曜日の騒音や出来事について話を聞き、次の火曜日に、あの絵がもう睨《にら》んでいない図書室で青年と長いこと話し合った。会見は、例によって要領を得ないものだったが、あの時点の青年は正気で彼自身だったとウィレットは今でも断言する用意がある。青年はもうじき発表をできると約束し、どこか他所《よそ》に実験室を確保する必要があると言った。肖像が失われたことはあまり悲しまず、当初の熱狂ぶりを考えると不思議なほどで、絵の突然の崩壊にむしろ滑稽《こっけい》さを感じているようだった。

一週間過ぎた頃から、チャールズは長い間家を留守にするようになり、ある日、黒人の老女ハンナが春の大掃除を手伝いに来て語るには、彼は度々オルニー・コートの古い家を訪れる。大きな鞄《かばん》を提げて来て、地下室で妙な穴掘りをしているという。青年はいつもハンナやエイサ老人に対して鷹揚《おうよう》だったが、以前よりも悩ましげな様子に見えたので、ハンナは非常に悲しかった。チャールズが生まれた時からずっと成長を見守って来たからである。彼の行動に関するもう一つの報告はポータクセットからもたらされた。こちらでは、ウォード家の友人が遠くから彼の姿を驚くほど何度も見かけたという。彼はローズ・オン・ザ・ポータクセットの行楽地とカヌー小屋に出入りしているようで、のちにウィレット博士がその場所で調べてみたところ、チャールズの目的はつねに灌木《かんぼく》に囲い込まれた川岸へ行くことで、彼はその川岸を北へ向かって歩き、たいてい非常に長い間戻って来なかった。

　五月の末、屋根裏の実験室で、短い間だが、また儀式の声が繰り返された。ウォード氏は厳しく叱《しか》り、チャールズは行いを改めるといささか上《うわ》の空の約束をした。それは朝のことで、あの大変な聖金曜日に聞こえた架空の会話の続きという形をとった。青年は自分自身を相手に激論を交わすか抗議するかしていた。というのも、突然、甲高い怒鳴り声が聞こえ、完全に区別できるべつべつの声色で要求と拒絶を交互に繰り返すようだったのだ。ウォード夫人は階上《うえ》へ駆け上がり、戸口で耳を澄ました。聞こえたのは会話の断片だけで、はっきりしていたのは「三月《みつき》の間、紅《あけ》に染めておかなければいけない」という言葉だったが、夫人が扉を叩くと、声はすぐにやんだ。チャールズはあとで父親に詰問《きつもん》された時、こう言った――意識の諸領域の間に一種の葛藤《かっとう》があって、それは優れた技術がなければ避けられないのだが、こういうことはほかの場所でやるようにすると。

　六月の中頃、夜に奇妙な出来事が起こった。宵の口に階上の実験室でドスンという音がして、ウォード氏が様子を見に行こうとすると、急に静かになった。真夜中、家族が寝《しん》に就いたあとで執事が正面玄関の戸締りをしていたところ、執事の話によれば、大きなスーツケースを提げたチャールズが、少しぎごちなく、落ち着つかない様子で階段の下に現われ、外へ出たいという仕草をした。青年は一言も口を利《き》かなかったが、ヨークシャー生まれの立派な執事は熱に浮かされたその眼を一目見て、理由《わけ》もなく震え上がった。扉を開けてやると青年は外に出たが、執事は翌朝ウォード夫人にお暇をいただきたいと申し出た。チャールズが彼に注いだ眼差《まなざ》しには何か不浄なものがあったというのだ。若い紳士が正直な人間を見る目つきではなく、自分はもう一晩もここにはいられないと。ウォード夫人は執事が辞めるのを許したが、彼の話はあまり本気にしなかった。その夜チャールズが無作法な振舞いをしたなどと考えることは、まったく馬鹿げていた。夫人が目を醒《さ》ましている間ずっと、上の実験室からかすかな音が聞こえたからだ。すすり泣いたり歩きまわったりするような音と、絶望のもっとも深い淵《ふち》を物語るため息のような音だった。ウォード夫人は夜間聴耳を立てることが習い性になっていた。息子の謎が彼女の心から他のすべてを急速に追い払っていたからである。

翌晩、三月《みつき》近く前のべつの晩と同じように、チャールズ・ウォードは新聞を真っ先に手に取り、主要な部分をうっかり失くしてしまった。その件が思い出されたのは、のちにウィレット博士がこの問題の細部を調査して、ここかしこで欠けているものを捜し出した時のことである。博士は「ジャーナル」紙の事務所でチャールズが失くした部分を見つけ、重要な意味を持つかもしれないものとして二つの記事に注目した。それは次のような記事だった。

墓荒らしふたたび

今朝、北墓地の夜警ロバート・ハートは、共同墓地の古い区域で墓荒らしがふたたび犯行に及んだことを発見した。エズラ・ウィーデン——引き抜かれ、乱暴に割られた墓石によると、一七四〇年に生まれ一八二四年に没した——の墓が掘り返され、内部が荒らされており、作業は近所の道具小屋から盗んだ鋤《すき》で行ったらしい。

埋葬後百年以上経《た》った墓に何が入っていたにせよ、朽木の細長い裂片が二、三残っている以外はすべてなくなっていた。車輪の跡はなかったが、警察は付近にあった一組の足跡の寸法を取り、上流の男性が深靴でつけた跡であることが判明している。

ハートはこの事件を先の三月に発見された墓荒らしと結びつけて考えている。その時はトラックに乗った一団が深い穴を掘ってから、慌てて逃げ出した。しかし、第二分署のライリー巡査部長はこの説を退け、二つの事件に重大な違いがあることを指摘する。三月に掘られたのは、知られている限り墓のない場所だった。だが、今回ははっきりした墓標があり、手入れもされている墓が、どう見ても計画的な目的があって荒らされており、前日まで無傷だった墓石を割るという形で、悪意が意図的に示されている。

ウィーデン家の人々はこの事を知らされると驚きと遺憾《いかん》の意を表わし、先祖の墓を暴《あば》こうとする敵などまったく思いつかないと語った。エインジェル街五九八番地に住むハザード・ウィーデンは一族の伝説を憶《おぼ》えているが、それによると、エズラ・ウィーデンは独立戦争の少し前、本人にとって不名誉ではないが、きわめて特異な事件に巻き込まれたという。しかし、現代の怨恨《えんこん》や謎については何も知らないと率直に語る。この事件を担当するカニンガム警視正は、近日中に有力な手がかりが得られることを期待している。

ポータクセットで犬が騒ぐ

本日午前三時頃、ポータクセットの住民は突拍子もない犬の吠え声で目を醒ました。声はローズ・オン・ザ・ポータクセットの北にあたる川のほとりを中心として聞こえて来るようだった。聞いた者の多くが言うには、吠え声の大きさと調子がいつになく妙だった。ローズの夜警フレッド・レムディンは、死ぬほどの恐怖と苦悶《くもん》を味わっている人間の絶叫に似たものが、それに混じっていたと断言する。激しいごく短時間の雷雨が起こり、川岸付近に雷が落ちそうだったので、騒ぎは終わった。人々は、湾岸の石油タンクから漂って来たとおぼしい、嗅いだことのない不快な匂《にお》いとこの出来事とを結びつけており、あるいはそれが犬を興奮させた一因かもしれない。

チャールズの顔は今やげっそりと窶《やつ》れ、追い詰められたようになって来た。彼はこの時期、何らかの発言ないし告白をしたがっていたのかもしれないが、恐ろしくてできなかったのだろう、と当時をふり返る者はみなそう語った。母親が夜間、病的に聴耳を立てていたため、彼が夜陰にまぎれて度々外出した事実が明らかになり、現在、アカデミックな精神科医の大半は一致してこう考えている——新聞がこの頃センセーショナルに書き立て、しかし、犯人はいまだにはっきり突きとめられていない、おぞましい数々の吸血鬼事件は彼のしわざであると。これらの事件は最近のことで良く知られているから、詳しい言及は不要だろうが、あらゆる年齢とタイプの被害者を巻き込み、明確な二つの地域に集中して起こったようだった。すなわちウォードの家に近い丘の住宅街とノース・エンド、そしてポータクセットに近い、鉄道のクランストン線の両側に跨《またが》る郊外である。夜更《よふ》けに外を歩く者も、窓を開けて眠る者も襲われ、生き延びた人間が異口同音に語るには、燃える眼をした、痩《や》せた、しなやかな、跳びはねる怪物が喉《のど》か上腕に嚙《か》みついて、貪《むさぼ》るように血を吸ったそうである。

チャールズ・ウォードの狂気はこの時点でもまだ始まっていない、とウィレット博士は頑《かたくな》に主張するが、こうした怪事件の説明を試みることには慎重である。自分なりに思うところがあると断言し、積極的な発言を奇妙な種類の否定に限定する。「私は」と博士は言う。「誰が、あるいは何物がこうした襲撃や殺人を行ったと信ずるかを述べるつもりはない。しかし、チャールズ・ウォードは無実だったと断言しよう。私には彼が血の味を知らなかったと確信する理由がある。実際、彼の貧血症が悪化しつづけ、顔色が蒼《あお》ざめていったことは、いかなる議論よりもそれを良く証明する。ウォードは恐ろしいものに手を出したが、その代償を支払ったし、けして怪物でも悪人でもなかった。現在のことについては——考えたくない。ある変化が起こり、以前のチャールズ・ウォードはそれと共に死んだのだと私は信じて満足している。ともかく、彼の魂は死んだのだ。ウェイトの病院から姿を消した狂った肉体には、べつの魂が宿っていたからだ」

ウィレットの言に重みがあるのは、度々ウォード家でウォード夫人の診察をしたからにほかならない。夫人は気苦労のために神経が参っていた。夜毎《よごと》聴耳を立てているので病的な幻覚が生じ、そのことをためらいがちに医師に打ち明けた。医師は夫人と話す時はそれを一笑に付したが、一人になると深く考え込んだ。こうした妄想はつねに、屋根裏の実験室と寝室から聞こえて来るように思ったかすかな音に関わるもので、およそあり得ない時刻に、押し殺したため息やすすり泣きが聞こえて来たという点が際立《きわだ》っていた。七月初め、ウィレットはウォード夫人に、療養のためしばらくアトランティック・シティーに滞在することを命じ、ウォード氏にも、憔悴して頼りないチャールズにも、彼女には元気づける手紙だけを書くように注意した。彼女が生き永らえて正気を保っているのは、おそらくこの強制された、気の進まない脱出のおかげであろう。

二

母親が出発してまもなく、チャールズ・ウォードはポータクセットのバンガローを手に入れるための交渉を始めた。それは穢《きた》ならしい小さな木造の建物で、コンクリートの車庫がついており、ローズよりもやや上流の、家がまばらにある川岸の高台に立っていたが、青年は何か妙な理由でほかの家を買おうとしなかった。不動産業者をうるさくせっつき、しまいに不動産屋の一人が彼のために法外な値段で、あまり気乗りのしなかった所有者から買い取った。家が空《あ》くと、彼はすぐさま夜陰にまぎれてそこを占有し、屋根裏の実験室にあったものを一切合切、大型の有蓋《ゆうがい》貨物車に乗せて運んで来た。それには、図書室から持って来た無気味な本と現代の本も含まれていた。彼は暗い夜更けに貨物車に荷を積ませたので、父親は品物が運び去られた夜、小声でつく悪態と床を踏み鳴らす足音を夢うつつで聞いたことしか憶えていない。その後、チャールズは三階にある自分の昔の部屋に戻って、屋根裏にはもう出入りしなかった。チャールズは屋根裏の領域を囲っていた秘密の被《おお》いをポータクセットのバンガローに移したが、今は謎を分かち合う人間が二人いるようだった。一人は悪党面《あくとうづら》をした混血のポルトガル人で、南本通りの海べりから来たのだが、使用人として働いていた。もう一人は痩せた学者風の男で、黒眼鏡をかけ、染めたような硬《こわ》い顎鬚《あごひげ》をたくわえており、この男の立場は研究仲間のそれとおぼしかった。近所の者はこの風変わりな二人に話をさせようとしたが、無駄だった。ムラットのゴメスはほとんど英語を話さなかったし、アレン博士と名乗る顎鬚の男も進んでそのお手本に倣《なら》った。ウォード自身はもっと愛想良く振舞おうとしたが、化学の研究に関する取りとめのない話をして好奇心を掻き立てただけだった。やがて、明かりが夜通し燃えているというおかしな噂が伝わり始め、その後、明かりが突然見えなくなったあとには、肉屋にあまりに大量の肉を注文するとか、家の下の深い地下室から、くぐもった叫び声、朗誦、リズミックな詠唱、そして金切り声が聞こえて来るといった、さらにおかしな噂が立った。はっきりしていたのは、新しい奇妙な家の住人が近隣の正直な小市民に毛嫌いされていたことで、憎まれ者のこの世帯を吸血鬼の襲撃や殺人という頻発する事件に結びつけて、良からぬことを仄《ほの》めかす者が出て来たのも不思議はない。災厄の範囲が今ではポートタクセットとそれに隣接するエッジウッドの街に限られているようだったから、なおさらだった。

ウォードは時間の大半をバンガローで過ごしたが、時々家で眠り、今も父親の屋根の下の住人と見なされていた。二度だけ、一週間程の旅をしてプロヴィデンスの街からいなくなったが、行先はいまだにわかっていない。彼はますます顔色が青ざめ、以前と較《くら》べても窶《やつ》れて来て、重要な研究と将来の発表という言い古した話をウィレット博士にしている時も、以前のように自信のある口ぶりではなかった。ウィレットはしばしば父親の家で彼を待ち伏せした。というのも、ウォード氏は深く憂慮し困惑して、このように隠し立てをする独立した大人に対して可能な限り、息子をしっかり監督してもらいたいと頼んでいたからである。若者はこの時期に至っても正気だったと博士は今なお主張し、それを証明するために多くの会話を証拠として挙げる。

九月頃、吸血鬼騒ぎは下火になったが、翌年の一月、ウォードは深刻な厄介事に巻き込まれた。ポータクセットのバンガローに夜間トラックが出入りすることはしばらく前から人の話題となっていたが、この時、予期せぬ支障が生じて、積荷の少なくとも一つの品目がいかなるものか暴露されたのだ。酒の積荷を狙《ねら》う「強盗団《ハイ・ジャッカーズ》」がトラックを待ち伏せするというあさましい事件が頻繁に起こっていたが、ホープ渓谷付近の寂しい場所でそうした待ち伏せがあり、この時は強盗たちの方が大きな衝撃を受ける運命にあった。奪った長い箱を開けてみると、中には何とも気味の悪いものが入っていたのである。実際、あまりにも気味が悪かったので、この一件を地下社会の住民の間で秘密にしておくことができなかった。泥棒たちは見つけた物を急いで埋めたが、州警察が噂を聞きつけると、入念な調査が行われた。最近逮捕されたばかりの浮浪者が、ほかの嫌疑では訴追しないと約束されて、ついに州警察官の部隊を現場へ案内することを承知した。そしてにわか造りの隠し場所に何ともおぞましく、恥ずべきものが見つかったのだ。畏怖《いふ》にかられた警官隊が何を掘り出したかを公衆が知ったら、国民の——いや、全世界の——礼節の意識が傷つけられただろう。学があるとはとても言えない警官たちもそれを見間違えようはなく、熱に浮かされたような速さでワシントンへの電報が続々と打たれた。

問題の箱の受取り人はポータクセットのバンガローにいるチャールズ・ウォードで、州警察と連邦警察の警官たちがさっそく彼のもとへ強引に押しかけ、厳しく問い詰めた。かれらは青白い顔をしたウォードが二人の風変わりな仲間といるのを見、彼からもっともな釈明と無罪の証拠と思われるものを示された。ウォードは言った。自分は研究の一環として——その研究が深い真摯《しんし》なものであることは、過去十年間の自分を知る人間なら証明できる——ある種の解剖学的標本が必要だった。そこで必要な種類のものを必要な数、そういう業者としてはまずまず合法だと考えていた業者に注文した。彼は標本の身元については何も知らず、この一件が知れ渡れば、公衆の感情と国家の尊厳にとんでもない悪影響を及ぼしかねないと警部たちが仄めかすと、当然のショックを受けた。陳述に際して、彼をしっかりと支えたのは顎鬚を生やした相棒のアレン博士で、博士の妙にうつろな声は、ウォード自身の神経質な口調よりも説得力があった。結局、警官たちは何もせず、ウォードが教えたニューヨークの業者の名前と住所を捜査の基本的な手がかりとして注意深く書き留めたが、その捜査は成果なしに終わった。次のことは付言しておくべきであろうが、標本はすみやかに、そして秘《ひそ》かに然《しか》るべき場所へ戻され、それが冒瀆されたことを一般大衆が知ることはあるまい。

一九二八年二月九日、ウィレット博士はチャールズ・ウォードから一通の手紙を受け取った。博士はこの手紙をきわめて重要なものと考え、それについてライマン博士と何度も言い争った。ライマンはこの短信に、かなり進行した早発性痴呆症《ちほうしょう》の明確な証拠が見られると信じているが、ウィレットの方は、これを不幸な若者が最後にした完全に正気の発言と見なすのである。彼は筆跡が正常であることにとくに注意を払うよう求める。その筆跡は神経が参っていることをうかがわせるが、明らかにウォード自身のものである。全文は以下の通り――

プロスペクト街百番地、

ロード・アイランド州プロヴィデンス、
一九二八年二月八日

「親愛なるウィレット博士──

　大分前に貴方《あなた》にお約束し、貴方が何度も僕を促した発表をする時がとうとう来たと感じています。貴方がこれまで示された忍耐と、僕の心と誠意に対してお示しになった信頼に感謝することを僕はけしてやめないでしょう。

　お話しすると決めたからには、恥ずかしながら、僕は到底夢見たような大成功を得られないことを認めなければなりません。大成功の代わりに僕は恐ろしいものを見つけました。貴方との話は勝利の自慢ではなく、僕自身とこの世界を、人間の観念や予測を越えた恐怖から救うための御助力と御忠告をお願いするものとなるでしょう。昔、ポータクセットへ向かった襲撃隊についてフェナーの手紙が言っていることを御記憶でしょう。あれをふたたび──それも、すぐにやらなければなりません。言葉で言える以上のものが──すべての文明、すべての自然法則、そしておそらく太陽系と宇宙の運命が僕たちにかかっているのです。僕はとんでもなく異常な物を明るみに引き出してしまいましたが、それは知識を得るためだったのです。今はすべての生命と自然のため、あいつを闇《やみ》の中へ押し戻すのを手伝っていただかなければなりません。

僕はあのポータクセットの家を永久に去りました。あそこにいるものは、生死を問わず、すべて撲滅しなければなりません。僕はあそこへ二度と行かないでしょうし、もしあそこにいるとお聞きになっても、信じてはなりません。こんなことを言う理由は、お目にかかった時に申し上げます。僕は永久に家に戻って来たので、できるだけ早い折においで下さることを望みます。五、六時間つづけて話を聞いていただきたいのです。そのくらい長くかかるでしょうから――ですが、信じて下さい。貴方は医師としてこれほど大切な義務をお持ちになったことはないのです。僕の生命と理性は、危殆《きたいひん》に瀕《ひん》しているもっとも小さなものなのですから。

父に言う勇気はありません。父には事の全体がつかめないでしょうから。ですが、僕の身の危険について話したので、父は探偵社から来た四人の男に家を見張らせています。かれらがどのくらい役に立つかはわかりません。相手は貴方ですら想像することも認めることもできないような力だからです。ですから、早くいらして下さい――僕が生きているうちにお会いになって、宇宙を地獄から救うために、あなたができることをお聞きになりたいなら。

いつでも結構です――僕は家から出ません。事前に電話をするのはやめて下さい。誰が、あるいは何物が盗聴して邪魔するかわからないからです。この会見に支障が起こらないことを、あらん限りの神々に祈りましょう。

この上ない重圧と絶望のうちにあって

チャールズ・デクスター・ウォード

追伸。アレン博士を見たら射殺し、死体を酸で溶かして下さい。焼いてはいけません。

ウィレット博士はこの短信を午前十時半頃に受け取ると、さっそく手配をして、午後遅くから夕方までの時間を重大な話し合いに当てられるように、また夜も必要なだけ話をつづけられるように取り計らった。四時頃ウォードの家に行くことにして、それまでの数時間は種々の突飛な思索に耽《ふけ》っていたため、仕事の大部分はごくおざなりに済ませた。部外者が見れば、あの手紙は狂っているように思われただろうが、ウィレットはチャールズ・ウォードの奇行を数多く見て来たので、ただのたわごととして片づける気になれなかった。何か非常に微妙で、古く、恐ろしいものがまわりに漂っていることを確信し、アレン博士について言った言葉も、ウォードの謎めいた研究仲間についてポータクセットで噂されていることを考えると、理解できるような気がした。ウィレットはアレン博士に会ったことがなかったが、その風貌《ふうぼう》や振舞いについて色々と聞いており、散々話の種になった黒眼鏡の奥に、いかなる眼が隠れているのだろうと思わずにいられなかった。

ウィレット博士は四時きっかりにウォードの自宅へ赴いたが、チャールズが家にいるという決意を守らなかったことを知って、心外に思った。護衛たちはいたが、青年は幾分臆病《おくびょう》さをなくしたようだとかれらは言った。探偵の一人によると、彼はその朝、電話で怯《おび》えたような言い争いや抗議をしていた。誰かわからぬ声にこたえて、「ひどく疲れたから、しばらく休まなければいけないんです」「当分、誰にも会えません。勘弁してください」「何か妥協策を講じられるまで、決定的な行動は延期してください」、あるいは「本当にすみませんが、僕は何もかもやめて、完全な休暇を取らなければいけないんです。あとでまた話しましょう」などと言っていた。それからしばらく考え込んだ末に勇気が出たらしく、静かに外へ出て行ったが、あまり静かだったので、出かける姿を誰も見なかったし、一時頃に戻って来て何も言わず家に入るまで、出て行ったことも知らなかった。彼は階上《うえ》に上がったが、そこで恐怖心が少し蘇《よみがえ》ったにちがいない。図書室に入った時、恐ろしげな悲鳴を上げるのが聞こえ、その声は尾を引いて、やがて噎《む》せるような喘《あえ》ぎ声に変わった。しかし、執事が行ってどうしたのかと訊《き》くと、青年はいかにも不敵な様子で戸口に現われ、無言で身振りをして相手を退《さが》らせた。執事はその態度に説明のできぬ恐怖をおぼえた。やがてチャールズは棚の整理を始めたらしく、カタカタ、ドスン、ギイギイといった大きな音が聞こえたが、そのあとまた姿を現わし、すぐに出て行った。何か言伝《ことづて》がないかとウィレットは尋ねたが、ないということだった。執事はチャールズの外見と態度の何かが妙に気になったらしく、あの方《かた》の神経の不調は治る見込みがあるでしょうか、と心配そうに言った。

ウィレット博士は二時間近くチャールズ・ウォードの図書室で待ちながら、埃《ほこり》の積もった書棚の本を取り去ったあとに広い隙間《すきま》が空《あ》いているのを見たり、北側の壁の暖炉の上に張られた羽目板に向かって、陰気に微笑《わら》ったりした。一年前は、そこからジョーゼフ・カーウィンの柔和な顔が穏やかに見下ろしていたのだ。やがて影が深まりはじめ、夕映えの明るい気分は次第に消えて、夜の闇の前を影のように飛び交《か》う漠然とした恐怖に変わった。しまいにウォード氏が帰って来て、息子が――彼を護《まも》るためにあれだけ手間をかけたというのに――家にいないことにすっかり驚き、腹を立てた。

彼はチャールズが医師と面会するはずだったことを知らず、若者が帰って来たらウィレットに連絡すると約束した。ウォード氏は医師に別れを告げる時、息子のことで途方に暮れていると言い、若者を正常な落ち着いた状態に戻すため、できることは何でもやって欲しいと訪問客に頼んだ。ウィレットは図書室から逃げ出すことができて、ほっとした。何か恐ろしい不浄なものがそこに取り憑《つ》いているような気がしたからだ。まるで消えた絵が邪悪な遺産を残していったかのようだった。彼はあの絵がけして好きではなかったし、それがなくなった羽目板には今でもある性質が潜んでいて、神経の太い医師ではあったが、一刻も早く清浄な空気の中へ出て行きたいと感じたのである。

三

翌朝ウィレットは、チャールズがいまだに帰らないという報《しら》せをウォード氏から受け取った。アレン博士が電話をかけて来て、チャールズはポータクセットにしばらく留まるから、邪魔をしないでくれと言ったそうだ。アレン自身が急に無期限の呼び出しを受けて、研究をチャールズに常時見守ってもらわなければならないため、こうした仕儀《しぎ》となった。チャールズはよろしくと言っており、予定を突然変更して迷惑をかけたなら済まないと思っている——話の内容はそういうことだった。この時、ウォード氏は初めてアレン博士の声を聞いたのだが、その声はある曖昧《あいまい》な、とらえどころのない記憶を——はっきりとは思い出せないが、恐ろしいほど心を乱す記憶を掻き立てるようだった。

この不可解で矛盾した報告に直面し、ウィレット博士は正直なところ、どうすれば良いかわからなかった。チャールズの短信の取り乱したような真剣さは否定できなかったが、その書き手がすぐに自分の表明した方針を破ることを、どのように考えれば良いのだろう？　ウォード青年は手紙に書いた——自分の探究は冒瀆的で危険なものになった。そうした研究の結果と顎鬚を生やしたアレン博士を、いかなる犠牲を払っても撲滅しなければならない。自分自身はあの場所へ二度と戻るつもりはない、と。しかし、さいぜんの報告によると、彼はこうしたことをすっかり忘れ、謎《なぞ》の真っただ中へ舞い戻ってしまったのだ。気分屋の若者のことなど放っておけと常識は医師に命じたが、もっと深い本能が働いて、あの血迷った手紙の印象が薄れることを許さなかった。ウィレットは手紙を読み返したが、その本旨は、大袈裟《おおげさ》な言葉遣いと言行の不一致が暗示するほど空疎《くうそ》で狂ったものには思えなかった。その恐怖はあまりにも深遠で現実味があり、医師がすでに知っていることと結びつけると、時空の彼方《かなた》から訪れる怪異を生々しく想像させて、皮肉な解釈など許さなかった。名状しがたい恐怖が存在し、たとえそれをとらえる力はなくとも、いついかなる行動も取り得る準備をしておくべきだった。

一週間以上、ウィレット博士は自分に突きつけられた矛盾を考えつづけ、ポータクセットのバンガローにチャールズを訪ねてみたい気持ちが次第につのって来た。青年の友人でこの禁断の隠れ場に押しかけた者はいなかったし、父親でさえ、その内部についてはチャールズがした説明から知っているだけだったが、ウィレットは患者と直《じか》接に話し合うことが必要だと感じていた。ウォード氏は息子からタイプで打った当たり障《さわ》りのない短信を受け取っていて、アトランティック・シティーで静養中のウォード夫人も、その程度の便りしかもらっていないと言った。それで、医師はついに行動に踏み切った。ジョーゼフ・カーウィンにまつわる古い言い伝えや、チャールズ・ウォードがした告白と警告のために奇妙な気持ちになってはいたが、川べりの断崖《だんがい》の上にあるバンガローへ向かって、果敢にも出発した。

ウィレットはまったくの好奇心から、前にその場所を訪れたことがあった——もちろん家の中には入らず、自分がいることを告げもしなかったが。だから、行くべき道筋は正確に知っていた。二月も末に近いある日の午後早く、小型自動車でブロード街を走りながら奇《く》しくも考えたのは、百五十七年前に、誰にも理解できないであろう恐ろしい用向きのため、同じ路《みち》を通った物々しい一団のことであった。

車は街の荒廃しかけた周辺地区をすぐに抜け、やがて前方に、小綺麗《こぎれい》なエッジウッドと眠たげなポータクセットが見えて来た。ウィレットは右折してロックウッド街を通り、田舎道を行けるところまで行って、それから車を降り、北へ向かって歩いた――美しくうね曲がる川と彼方の霧に煙る丘陵地帯の上に断崖が聳《そび》え立つ場所へ向かって。このあたりには家もまだ少なく、左手の高いところにポツンと一軒建っている、コンクリートの車庫がついたバンガローは間違えようもなかった。彼は手入れの悪い砂利道を足早に上って行くと、しっかりした手で扉を叩《たた》き、それをほんの少し開けた邪悪なポルトガル人のムラットに向かって、声を顫《ふる》わせもせずに話しかけた。自分は、と彼は言った。ごく重要な用件でチャールズ・ウォードに今すぐ会わなければいけない。言訳は聞かないし、拒絶するなら、この件をすっかり父親のウォード氏に伝えるだけだ。ムラットはなおもためらい、ウィレットが扉を開けようとすると押し返したが、博士は声を上げて要求を繰り返すだけだった。すると、暗い家の中からかすれたささやき声がして、聞いた者はなぜか全身に悪寒《おかん》が走ったが、なぜ恐ろしいのかわからなかった。「お通ししてくれ、トニー」と声は言った。「どうせ話すのなら、今話した方が良い」そのささやき声は博士を不安にさせたが、しかし、もっと恐ろしいことがそのあとに続いた。床が軋《きし》み、声の主《ぬし》が目の前に現われ――その奇妙な、良く透る声の主は、ほかならぬチャールズ・デクスター・ウォードだったのである。

ウィレット博士がその午後の会話を克明《こくめい》に憶え、記録しているのは、この時期がとくに重要だと考えているからである。というのも、博士はついに、チャールズ・デクスター・ウォードの精神状態に重大な変化が起こったことを認め、青年のその時の言葉は、博士が二十六年間も成長を見守った頭脳とは絶望的なほど異質な頭脳が語っていたのだと信じている。ライマン博士と論争をするため、事実をごく具体的に指摘せざるを得なかった彼は、チャールズ・ウォードの狂気が始まったのは、タイプライターで打った手紙が両親のもとへ届きはじめた時だと明確に述べている。それらの短信はウォードのいつもの文体ではなく、ウィレットに宛《あ》てた最後の取り乱した手紙の文体ですらない。奇妙な古文調で、まるで書き手の精神がぷっつりと折れてしまったために、少年時代の好古趣味を通じて無意識に拾い上げられた傾向や印象が、洪水のごとく溢《あふ》れ出したかに思われる。現代風の言葉で書こうと努力しているのは明らかだが、その精神も、時には言語さえも過去のものなのである。

過去はまた、博士を薄暗いバンガローに迎えた時のウォードの口調や仕草一つひとつに姿をあらわしていた。彼はお辞儀をして、ウィレットに椅子《いす》を勧めると、あの奇妙なささやき声でいきなりしゃべり出し、その声のことを一番初めに説明しようとした。

「肺結核になりかかっているんですよ」と彼は語りはじめた。「このろくでもない川の空気のせいでね。お聞き苦しいのは御勘弁願います。貴方は父に言われて、僕の具合を見にいらしたんでしょう。父が心配するようなことをおっしゃらないでいただけると助かります」

ウィレットは、この引っ掻くようなガサガサした声を注意深く観察していたが、話し手の顔はもっと詳しく観察していた。彼は何かがおかしいと感じて、ある夜ヨークシャー出身の執事が怯えたというウォードの家族の話を思い出した。家の中がこんなに暗くなければ良いのにと思ったが、日避《ひよ》けを開けてくれとは言わなかった。その代わり、ウォードにこう尋ねた——君はつい一週間ほど前に取り乱した手紙をくれたが、その内容を裏切るようなことを、なぜしたのかと。

「お話ししようと思っていたところです」と家の主はこたえた。「御存知でしょうが、神経の状態がひどく悪くて、自分でも説明のできないおかしなことをしたり、しゃべったりしてしまうんです。何度も申し上げたように、僕は重大な事をもうすぐやり遂げようとしていて、そのことの大きさのために、どうも頭が変になっているんです。僕が発見したことには誰でも恐れをなすでしょうが、いつまでもためらってはいません。護衛をつけて家にへばりついていたのは、愚かでした。ここまで来たからには、ここにいなければならないんです。穿鑿《せんさく》好きな近所の者は僕のことを良く言いませんし、僕自身、気弱なために、連中が言うことを信じてしまったのかもしれません。僕のやっていることは、誰にも害になりません——正しくやる限りはですが。どうか半年お待ちになって下さい。そうすれば、今までの御辛抱に報いるだけのものをごらんに入れます。

知っていただいた方が良いかと思いますが、僕には古い事を書物よりも確実なものから学ぶ手立てがあります。その方法によって、歴史や、哲学や、学芸にどれほど重要な貢献をなし得るかは、貴方の御判断におまかせします。阿呆《あほう》な覗《のぞ》き屋どもが来て僕の先祖を殺した時、彼はこうしたものを持っていました。僕も今それを持っています。いや、その一部分を非常に不完全な形で持とうとしています。今度は何事も起ってはいけませんし、とくに自分自身の愚劣な恐れが支障を招いてはなりません。どうか手紙に書いたことはお忘れになって、この場所も、ここにある物も恐れないで下さい。アレン博士は有能な人で、あの人を悪く言ったことは謝らなければなりません。

引きとめておければ良かったんですが、彼には他所でしなければならない仕事がありました。こうしたことにかける彼の情熱は僕に劣らず、僕は研究が恐ろしくなった時、その最大の協力者である彼のことまで恐ろしくなったのだと思います」

ウォードは言葉を切った。博士は何と言い、何と考えれば良いかわからなかった。こうして冷静に手紙の内容を否定されると、まるで自分が馬鹿《ばか》になったような気がした。けれども、次の事実は彼の頭から離れなかった――現在の対話は奇妙で、異質で、疑いなく狂っているが、あの短信は悲痛なまでに自然であり、彼の知っているチャールズ・ウォードらしかったことである。ウィレットは話題を昔のことに向けて、打ち解けた雰囲気に戻れるような過去の出来事を青年に思い出させようとしたが、何とも奇怪な結果を得ただけだった。後日、精神科医たちがウォードを診た時と同じだった。チャールズ・ウォードの脳裡《のうり》に貯《たくわ》えた心像の重要な部分、主に現代と彼自身の私生活に関する部分が不可解にも消失しており、その一方で、若い頃に蓄積した古物の知識が深い潜在意識から湧《わ》き上がり、同時代的なものと個人的なものを嚥《の》み込んでしまっていた。往昔《おうせき》の事物に関する若者の詳細な知識は異常にして不浄であり、本人もなるべくそれを隠そうとした。彼が少年時代に好んで研究していた古い物事の話を持ち出すと、ウォードは何度も、ふとしたはずみに、常人が知るよしもないことを口にした。

そういうことをすらすらと話すのを聞いていると、博士は身震いした。

たとえば、次のようなことをあまりにも良く知っているのは、健全ではあるまい。一七六二年二月十一日——その日は木曜日だった——に、キング街にあるダグラス氏の演劇学校で、肥《ふと》った保安官が芝居を観《み》ながら身を乗り出した時、鬘《かつら》が落ちたこと。俳優たちがスティール（訳注・英国の文人・劇作家1672-1729）の「醒めたる恋人」の台詞《せりふ》をひどく割愛したので、二週間後、バプテスト派の牛耳る議会が劇場を閉鎖した時、人はほとんど愉快に思ったこと。トマス・セイビンのボストン駅馬車が「ひどい乗り心地」だったことは、古い書簡に詳しく書いてあるかもしれない。しかし、エピネタス・オルニーの新しい看板（彼が自分の居酒屋を「クラウン・コーヒー・ハウス」と改名したあとで掲げた、けばけばしい王冠《クラウン》だ）の軋む音が、ポータクセットのラジオというラジオから流れて来るジャズの新曲の冒頭《でだし》の楽音《おと》にそっくりだったというようなことを、いかなる健全な好古家が思い出せるだろうか。

しかし、ウォードはこの手の質問をいつまでもさせなかった。現代の話題や個人的な話題は即座に撥《は》ねつけ、古い時代のことを話しても、やがて飽きあきした顔をした。明らかに彼が望んでいるのは、訪問者をまた来ようと思わないほどに満足させて帰すことだった。そのために、家の中をすっかり御覧に入れましょうと言い出し、さっそく医師を案内して、地下室から屋根裏まで、部屋という部屋をまわった。ウィレットはあたりを鋭く観察したが、そこにある本はあまりにもわずかで、自宅にあるウォードの書棚の広い隙間を埋めるには足りなかったし、貧弱な「実験室」と称するものは、見えすいた目昏《めくら》ましであることに気づいた。明らかに図書室と実験室がべつの場所にあるはずだが、それがどこかはわからなかった。自分にも名前を言えないものを探し求める試みはほとんど失敗して、ウィレットは日が暮れる前に町へ帰り、起こったことをウォードの父親に逐一《ちくいち》報告した。青年がたしかに狂っているという点で二人の意見は一致したが、さしあたり思いきったことをする必要はないと判断した。何よりも、息子本人がタイプ打ちの奇妙な手紙に記すことはべつとして、ウォード夫人には一切を隠しておかなければいけない。

ウォード氏は自ら息子のもとを訪れ、それもだしぬけの訪問にしようと決意した。ある日の夕方、ウィレット博士が彼を自動車に乗せて行き、バンガローが見えるところまで道案内して、辛抱強く氏の帰りを待った。話し合いは長くつづき、父親はひどく悲しげな、困惑した様子で現われた。彼はウィレットと同じようにもてなされた。ただ、訪問客は無理矢理広間に入ると、うむをいわせぬ調子でポルトガル人に言いつけ、主人を呼びに行かせたのだが、そのあとチャールズが姿を現わすまでにひどく時間がかかった。そして人が変わった息子の振舞いには、子供らしい情愛の欠片《かけら》も見られなかった。照明は薄暗かったが、それでも青年は眩《まぶ》しくてたまらないとこぼした。ひどく喉の調子が悪いといって、高い声ではしゃべらなかったが、そのしわがれたささやき声には、漠然と不安を掻き立てるところがあり、ウォード氏はそれを心から追い払うことができなかった。

今や青年の精神を救うためにしっかりと手を組んだウォード氏とウィレット博士は、得られる限りの情報を、些細《ささい》なものまで集めることに取りかかった。最初に調べたのはポータクセットの噂話で、二人共その地域に友人がいたから、話を拾い集めることは割合に容易だった。噂の大部分を聞き込んだのはウィレット博士で、これは人々が噂の中心人物の親よりも、ウィレットを相手にする方が腹蔵なく話したからだが、どの話からも、ウォード青年の生活がはなはだ奇妙なものになっていることがわかった。人々は彼の世帯を前年の夏の吸血鬼事件と結びつけるのをやめず、夜毎トラックが出入りすることも暗い臆測の種を供した。地元の商人たちは人相の悪いムラットが持って来る注文の奇妙さ、ことに、近隣の二軒の肉屋から買う肉と生血《なまち》の法外な量について語った。三人しかいない世帯に、その量はまったく馬鹿げているというのだった。

それに、地面の下から聞こえる音の一件があった。こうした報告ははっきりさせることが難しかったが、曖昧な仄めかしはすべて一定の主要な点と符合していた。儀式の音らしいものがすることはたしかで、時にはバンガローが真っ暗でも聞こえて来た。もちろん、既知の地下室から聞こえて来たのかもしれないが、噂によると、もっと深くて広い地下堂があるのだという。ウィレットとウォード氏はジョーゼフ・カーウィンの地下洞窟《どうくつ》の話を思い出し、現在のバンガローが選ばれたのは、肖像画の裏に見つかった文書に記されているカーウィン農場の敷地にあるからだということを認めて、風説のこの面に大いに注意を払った。そして川岸の土手にあると古文書に記されている扉を何度も捜したが、徒労に終わった。バンガローの住人に対する人々の見方はどうかというと、怪しいポルトガル人は憎まれ、顎鬚を生やして眼鏡をかけたアレン博士は怖がられ、青白い若い学者は深く嫌われていることがすぐに明らかになった。ウォードはここ一、二週間のうちに随分変わって、愛想良くする努力をやめ、たまに家の外に出ても、しわがれているが妙に嫌悪感を抱かせるささやき声でものを言うだけだった。

　そこかしこで集めた切れぎれの情報はこのようなもので、それについて、ウォード氏とウィレット博士は何度も長い真剣な話し合いをした。かれらは演繹《えんえき》と帰納、そして建設的な想像を極限まで働かせようとして、チャールズの近年の生活に関して知った事実をすべて――医師が父親に見せた、あの取り乱した手紙も含めて――ジョーゼフ・カーウィンに関して得られた乏しい証拠文書と突き合わせた。チャールズが見つけた古文書を一目でも見られるなら、かれらは千金の謝礼も惜しまなかっただろう。青年の狂気の謎を解く鍵《かぎ》は、彼が往昔の魔法使いとその行状について知ったことにあるのは明白だったからだ。

四

だが結局、この特異な事件に次の進展があったのは、ウォード氏やウィレット博士の取った措置《そち》によってではなかった。父親と医師は、戦うにはあまりに漠然として、つかみどころのない影になすすべもなく困惑し、不安のうちに手を束《つか》ねていた。その間にウォード青年が両親に出すタイプ打ちの手紙はますます少なくなっていった。やがて、例によって会計を清算する月初めになると、いくつかの銀行の行員たちが妙に首をひねり、互いに電話をかけ始めた。チャールズ・ウォードの顔を知る役員たちがバンガローへ来て、この時期に振り出された小切手がすべて稚拙な偽造であるのはどういうことかと訊《たず》ねた。青年は、近頃神経性ショックによって手が不自由になり、字をちゃんと書けないのだとしわがれ声で説明したが、役員たちはあまり安心しなかった。青年は言った——自分は文字を書くことが非常に難儀なのだ。その証拠に、最近の手紙は父母に宛てたものもタイプライターで打たざるを得なかった。これは両親が証明してくれるだろう、と。

調査にあたった行員たちをまごつかせたのは、この文字の件だけではなく——それはべつに前例のないことでもないし、基本的に疑わしいわけでもなかったからだ——調査員の一人二人がポータクセットの噂の余響を聞きつけていたせいでもなかった。かれらを当惑させたのは青年の混乱した話で、彼はつい一、二ヵ月前には熟知していた重要な金銭的案件について、記憶をすっかり失くしているようだったのだ。何かがおかしかった。青年の話は一見辻褄《つじつま》が合い、理性的だったが、ごく重要な問題に関して隠しきれない空白があることには、何か異常な理由があるにちがいない。それに、調査員の誰もウォードを良く知ってはいなかったが、彼の言葉遣いと挙動の変化に気づかずにはいなかった。好古家だとは聞いていたが、いかに度しがたい好古家でも、使わなくなった言いまわしや仕草を日々用いたりはしないものだ。しゃがれ声と、麻《ま》痺《ひ》した手と、記憶力の減退と、一変した話し方と物腰——これらは、全体として何か重大な障碍《しょうがい》か病気の徴候と思われ、巷《ちまた》に伝わる妙な噂のもとになっていることは疑いなかった。役員たちはその場を辞去したあと、父親のウォード氏と是非話をしなければならないと決断した。

かくして一九二八年三月六日、ウォード氏の事務所で長い真剣な協議が行われ、そのあと、すっかり面食らった父親は、どうしようもない諦《あきら》めの気持ちでウィレット博士を呼び出した。ウィレットは小切手の不自然でぎごちない署名を見ると、内心でそれをあの取り乱した短信の筆跡と較べた。たしかに、変化は極端で深甚《しんじん》なものだったが、新しい方の字にも何か妙に見憶えがあった。その字には何とも風変わりな読みづらさと古めかしさがあり、青年のふだんの筆遣いとはまったく違うものに思われた。奇妙だ——しかし、自分はどこでそれを見たのだろう？　全体として、チャールズが狂っていることは明白だった。それについて疑問の余地はなかった。彼がこの先長く自分の財産を管理したり、外の世界と取引を続けたりすることはできそうもないので、彼を監督し、可能ならば治療するため、ただちに手を打たなければならなかった。精神科医たち、すなわちプロヴィデンスのペック博士とウェイト博士、ボストンのライマン博士が呼ばれたのは、この時だった。ウォード氏とウィレット博士はこの件の経緯《いきさつ》を余すところなく説明し、精神科医たちはしまいに、今は使っていない若い患者の図書室で協議をした——青年の日頃の精神的傾向について理解を深めるため、残っている彼の本や文書を調べながら。かれらはこの資料を精査し、ウィレット宛の不吉な短信を調べたあと、チャールズ・ウォードの研究は通常の知性を失わせるか、少なくとも歪《ゆが》めるに十分だということで意見が一致し、彼がもっと親しんでいる書物や文書を見たいと切に願った。だが、それはバンガローで一悶着《ひともんちゃく》起こさなければ不可能であることもわかっていた。ウィレットは今、尋常ならぬ熱意を持って、この一件全体をふり返った。チャールズがカーウィンの文書を発見するのを目撃した職人たちの話を聞き、破られた新聞記事――「ジャーナル」紙の事務所で調べたのだ――に載っている出来事を突き合わせてみたのも、この時だった。

三月八日木曜日、ウィレット、ペック、ウェイトの三博士は、ウォード氏同伴で、若者に記憶すべき訪問をした。自分たちが来た目的を隠さず、今では病人と認められた若者に、きわめて細々《こまごま》と質問をした。チャールズは呼び出しても中々出て来ず、興奮した様子でやっと現われた時、不快な実験室の異臭をぷんぷんさせていたが、反抗的な患者というには程遠かった。深遠な研究に没頭していたため、記憶と精神の平衡が多少損われたことを素直に認めた。べつの場所に移ってくれと言われても少しも逆らわず、実際、単なる記憶をべつとすれば高度の知性を持っていることを示した。言葉の執拗《しつよう》に古風な癖と、頭の中で現代の考えが昔の考えに入れ替わっているのがたしかなことから、正常でないことは明らかだったけれども、もしそうでなかったら、彼の振舞いを見た訪問者たちは当惑して帰っただろう。彼は自分の研究について、以前家族やウィレット博士に言った以上のことを医師団に話そうとしなかったし、前の月の取り乱した短信は、神経とヒステリーの結果にすぎないと言って片づけた。この薄暗いバンガローには、今見られるもの以外に図書室も実験室もないと言い張り、現在自分の服に染《し》みついている臭気が家には感じられないことを説明し始めると、言うことがだんだん難解になった。彼は近隣の噂話を、好奇心を満たされぬ輩《やから》のくだらぬ作り事だとした。アレン博士の居所に関しては、自分には明言する自由がないように思うと言ったが、顎鬚を生やして眼鏡をかけたあの男は、必要とあらば戻って来ると審問者たちに請け合った。訪問者たちは何を訊いても答えない鈍重なポルトガル人を解雇し、いまだに多くの暗い秘密を匿《かく》していそうなバンガローを閉鎖したが、その際も、ウォードはとくに神経質な様子を見せず、ただ何かごくかすかな音に聴耳を立てるような素振りがほんの少し認められるだけだった。彼は穏やかな哲学的達観を有しているようで、よそへ行くのはいっときの些事《さじ》にすぎず、一度円満に解決してしまえば、何の問題もないと思っているようだった。明らかに損われていない彼の精神そのものの鋭さが、歪んだ記憶や、失った声と筆跡、秘密主義の奇矯な振舞い故《ゆえ》に立ち至った難局を克服すると信じていることは、たしかだった。母親に彼の変化を知らせるべきではない、ということで一同の意見は一致し、父親が彼の名前でタイプ打ちの手紙を出しつづけることになった。ウォードは湾のコナニカット島にある私立病院――ウェイト博士が経営し、静かで絵のように美しい場所に位置している――に連れて行かれ、この件に関係のあるすべての医師によって精密な検査と質問を受けた。肉体的な異常が認められたのは、その時だった。緩慢な新陳代謝、皮膚の変化、神経の不釣り合いな反応といったものである。検査をしたさまざまな医師の中でもっとも驚き慌《あわ》てたのはウィレット博士だった。ウォードを子供の頃から診ているため、彼の肉体的変調の程度が恐ろしいほど良く理解できたからである。臀部《でんぶ》にあったオリーヴ色の母斑《ぼはん》さえなくなっていたし、胸には以前はなかった大きな黒い黒子《ほくろ》か瘢痕《はんこん》があり、青年は「魔女のしるし」でもつけられたのだろうかとウィレットは思った。人里離れた寂しい場所で開かれる、ある種の不健全な夜の集会でそういうものがつけられるという。チャールズがまだ隠し立てをしなかった頃に見せてくれた、セイレムの魔女裁判記録の書き写しを、医師は頭から追い払うことができなかった。それには、こう書いてあったのだ。「G・B氏はその夜、ブリジェット・S、ジョナサン・A、サイモン・O、デリヴァランス・W、ジョーゼフ・C、スーザン・P、メヒタブル・C、デボラ・Bに悪魔の印を捺《お》した」ウォードの顔も博士をひどく悩ませ、しまいに博士は自分が恐ろしくなった理由を突如悟った。青年の右眼の上に、それまで気づかなかったものがあったのだ。小さな傷か痘痕《あばた》で、崩れ落ちたジョーゼフ・カーウィンの絵にあったものとそっくりだったから、たぶん、両者が隠秘学の修行のある段階で、忌《い》まわしい儀式的な接種を受けたことの証拠であろう。

ウォード自身が病院の医師全員を考え込ませている間、彼かアレン博士宛に来る郵便物は厳重な監視下に置かれていて、ウォード氏の依頼により実家に配達された。重要な連絡はおそらく使いの者によって取り交わされるだろうから、郵便物はほとんど来るまいとウィレットは予言したが、三月下旬にプラハからアレン博士宛の手紙が来て、医師も父親も深く考え込んだ。それはじつに読みづらく古めかしい字で書いてあり、外国人の書いた文章でないことは明らかだったが、ウォード青年自身の話し言葉と同様に、現代英語から奇妙に懸け離れていた。文面は次の通りだった。

　　クラインシュトラッセ十一番地、
　　プラハ、旧市街、
　　一九二八年二月十一日

アルムーシン゠メトラトンに於《お》ける兄弟よ——

　余は本日、貴兄に送りし塩《えん》より何が現われしかという貴兄の手紙を受け取りたり。あれは別の塩にして、バルナバスが余に標本を与えし時、墓石がすでに変わりてありしこと明白なり。かかることはしばしばあり。一七六九年、キングズ・チャペルの墓地より貴兄が得しもの、また一六九〇年に旧埋葬地よりHが得しもの——そはHを危うく殺さんとせし——の例《ためし》あれば、貴兄も御承知なるべし。余も七十五年前、エジプトにてさようなものを得しことあり。彼の若者が一九二四年に当地にて余の上に見し傷はそれの仕業なり。以前言いし如《ごと》く、鎮《しず》め得ざるものを呼び出すなかれ——死者の塩よりも、また彼方なる天空の外よりも。鎮めの言葉をつねに用意し、貴兄の持てるものが何者かにつきて些《いささ》かなりとも疑いあらば、確認を怠るなかれ。墓地にては十中八九墓石が変えられたり。問わざれば決して確かならず。本日Hより文《ふみ》を受け取りしが、Hは兵士達のことで難儀したり。彼はトランシルヴァニアがハンガリーよりルーマニアに移りしことを憂《うれ》えるようにて、城に我等の知るもの数多《あまた》なかりせば、拠点を移すと言えり。されど、この事につきてはHが文に書きしならむ。余の次の送り荷の中に東方の丘の墳墓より持ち来りしものあり、貴兄は大いに悦《よろこ》ぶべし。一方、貴兄に入手可能なりせば、余はB・Fを欲することを忘るなかれ。貴兄はフィラデルフィアのGを余よりも良く御存知なり。お望みとあらば、まず彼を喚《よ》び出すべし。されど扱いにくくなるほど酷使すべからず。余は最後に彼と話さねばならぬからなり。

ヨッグ・ソトホート・ネブロド・ジン
サイモン・O

プロヴィデンス在住
J・C殿。

ウォード氏とウィレット博士は、このあからさまな狂気の所産とおぼしき手紙を前にして、渾沌《こんとん》無明のうちに立ち迷った。二人は手紙が仄《ほの》めかす内容を少しずつやっと呑《の》み込んだ。してみると、チャールズ・ウォードではなく、今は不在のアレン博士がポータクセットで主導者になったのだろうか？　青年の最後の取り乱した手紙にあった過激な言及と非難も、それならば納得がゆく。しかし、顎鬚《あごひげ》を生やし、眼鏡をかけた怪人物に「J・C氏」と呼びかけているのは、どういうわけだろう？　あることを推理せずにはいられなかったが、奇怪なる物事にも限界というものがあろう。「サイモン・O」とは誰だろう？　四年前、ウォードがプラハで訪問した老人だろうか？　そうかもしれないが、百年以上前にもう一人のサイモン・Oがいた——一七七一年に姿を消したセイレムのサイモン・オーン、別名ジェディダイアである。ウィレット博士が今見ている手紙の文字は、この人物の独特な筆跡だった。チャールズが以前オーンの呪文の複写写真を見せてくれたので、それに間違いはなかった。何という恐怖と謎が、何という自然の否定と違背《いはい》が、一世紀半を経て、尖塔《せんとう》と円屋根が寄りかたまった古きプロヴィデンスを悩ましに戻って来たのであろう？

　父親と老医師は何をすべきか、どう考えるべきかわからなくなって、病院にいるチャールズに面会し、アレン博士のこと、プラハ訪問のこと、セイレムのサイモンないしジェディダイア・オーンについて知っていることなどを、できるだけ婉曲《えんきょく》に問いただした。青年は慇懃《いんぎん》に当たり障りのない返事をして、しわがれたささやき声でこう言うだけだった——アレン博士は過去から来たある種の魂と驚くべき霊交を行っていることがわかった。顎鬚のあの男の文通相手がプラハにいるなら、その人物もきっと同様の能力を持っているのだろう、と。青年の部屋を出てから、ウォード氏とウィレット博士はハタと気づいて口惜《くや》しがった――実際に質問攻めにあったのは自分たちの方であり、監禁された青年は、自分は何も大事なことを言わずに、プラハから来た手紙の内容を二人から手際《てぎわ》良く聞き出してしまったのだ。

ペック、ウェイト、ライマンの三博士は、ウォード青年の仲間がしている奇妙な文通を軽《かろ》んずる傾向があった。似たような奇人や偏執狂患者は群れ集う傾向があるので、チャールズやアレンは国外に居住する同類を探し出したにすぎないと信じていた。その男はたぶんオーンの筆跡を見て、過去の人物の生まれ変わりのふりをするために、それを真似《まね》しているのだろう。アレン自身もきっと似たようなもので、自分は死んで久しいカーウィンの化身だと青年に思い込ませたのかもしれない。そういう事例はこれまでにも知られており、頭の固い医師たちは同じ根拠に基づいて、チャールズ・ウォードの現在の筆跡に関してウィレットが不安をつのらせていることも意に介さなかった。それはさまざまな方策によって入手した資料から学んだものだというのだ。ウィレットはその字に妙に見憶《みおぼ》えがある理由をとうとう突きとめたと思った――ジョーゼフ・カーウィンその人の過去の筆跡にどことなく似ているのだ。しかし、他の医師たちはこれをこの種の狂気にありがちな模倣癖の一面と見なして、良くも悪くも、重要性を認めようとしなかった。同僚たちのこの即物的な態度がわかると、ウィレットは、四月二日にトランシルヴァニアのラクスからアレン博士宛に届いた手紙を、人に見せないようにとウォード氏に忠告した。その手紙の筆跡はハッチンソンの暗号のそれにそっくりなため、父親も医師も、畏怖《いふ》にかられてふと開封をためらった。手紙の文面はこうだった。

フェレンツィ城
一九二八年三月七日

親愛なるC——余は当地の民衆が言うことについて話し合うため、民兵隊二十名を迎えたり。さらに深く地下を掘りて、音の漏るるを防ぐべし。ルーマニア人どもはおせっかい焼きにして小うるさく、余を悩ますこと甚だし。マジャール人ならば酒と食べ物にて買収せば立ち去りしに。先月、Mはアクロポリスより五体のスフィンクスの石棺《せっかん》を送り来りし。余の喚び出せし者が、そはアクアクロポリスにありと言いしなり。余は彼処に埋葬されしものと三度《みたび》話せり。それは初めプラハなるS・Oのもとへ行き、そこより貴兄のもとへ届くべし。あのものは頑固なれども、貴兄はかかるものの扱い方を御存知なり。貴兄がまわりに以前ほど多くのものを置かざるは賢明なり。番人をもとの形に保ちて、大喰らいせしむる必要はなく、また貴兄も良く御存知のごとく、危急の際に見つからば大事《おおごと》なればなり。今や貴兄は必要あらば、さしたる手間もかけずして他所《よそ》へ移りて研究をすることを得《う》——もっとも、近々さような面倒を強いらるることはあるまじく存ずれども。貴兄が〝外部のもの〟と多くの交渉を持たざることを喜ぶ。そはつねに命とりの危険あり、庇護《ひご》を求められし者がそを欲せざる時、何をなせしかは御承知の通りなり。べつの者が唱えるとも効果ある呪文《じゅもん》を得ること、貴兄は余に勝れりとはいえ、正しき言葉を知らば、さあるべしとボレルスも考えたり。あの坊やは呪文をしばしば用うるや？　彼が次第に小うるさくなるは遺憾なり。余は彼が十五ヵ月近く余の元にありし時、さあらむことを憂慮せしが、貴兄は彼の扱い方を御存知なるべし。あの呪文にては彼を倒すことは叶《かな》わず。もう一つの呪文が塩《えん》より呼び出せしものにしか効かざればなり。されど、貴兄には今なお強き手とナイフと拳銃《けんじゅう》あり、墓穴を掘るは難しからず、酸も溶かすことを厭《いと》わず。Oの言いけるには、貴兄は彼にB・Fを約束せられしとか。余ものちに彼を得る要あり。Bはまもなく貴兄のもとへ行かむ。彼がメンフィスの下なる彼《か》の暗黒のものにつきて、貴兄に望みのことを教えんことを祈る。喚び出すものに注意し、若者に気をつけよ。一年の後には、地下より軍団を出《いだ》す機は熟すべし。その時、我等の手にするものは限りなからむ。余の言うことを信じよ。御存知の通り、Oと余は貴兄のあらざりしこの百五十年間、これらの事柄を調べしゆえに。

ネフレンカ＝ナイ・ハドス
エドワード・H.

プロヴィデンス在住
J・カーウィン殿

ウィレットとウォード氏はこの手紙を精神科医たちに見せることは控えても、これに基づいて行動することは控えなかった。どれだけ博学な詭弁《きべん》を弄《ろう》しても、次の事実は論駁《ろんばく》できなかった。すなわち、奇妙な髭《ひげ》を生やして眼鏡をかけたアレン博士——チャールズの取り乱した手紙は、彼を恐るべき脅威だと言う——が、二人の不可解な人物とひそかに無気味なやりとりをしている。ウォードは旅行中かれらを訪問しており、かれらはカーウィンが昔セイレムにいた頃の仲間の生き残りか化身だとはっきり主張している。アレン博士は自分がジョーゼフ・カーウィンの生まれ変わりだと思っていて、ある「若者」――チャールズ・ウォード以外の人間であるはずはない――を殺害する意図を持っているか、少なくとも、そうせよと忠告されている。組織的な恐ろしい計画が進行中で、それを始めたのが誰であれ、行方不明のアレンが目下黒幕である。そこで、チャールズが現在安全な病院にいることを天に感謝しつつ、ウォード氏はさっそく探偵を雇い、謎めいた髭の博士について可能な限り調べさせた。彼がどこから来たか、ポータクセットの人々は彼について何を知っているか、また、可能なら現在の居所も探りあてるように。氏はチャールズが差し出したバンガローの鍵の一つを探偵たちに渡して、空いているアレンの部屋を捜索し――患者の持物を荷造りした時、どの部屋かたしかめておいたのである――彼が残して行ったかもしれない手回り品から、手がかりを得るように促した。ウォード氏は息子の図書室で探偵たちと話したのだが、探偵たちは最後にその部屋を出ると、ほっとした。そこには漠然と邪悪の気配が立ちこめていたからである。かつて暖炉の上からその肖像画が睨《にら》んでいた悪名高い老魔術師の話を聞いていたせいかもしれないし、何かべつの無関係なことのせいだったのかもしれない。ともあれ、かれらは全員、手に触れ得ない瘴気《しょうき》を半ば感じ取っていた。それはカーウィンの旧居の名残りである彫刻を施された炉上の飾りに集まり、時折、ほとんど物質的な放散物の強さにまで高まったのだ。

五　悪夢と異変

一

そして、まもなくマリナス・ビックネル・ウィレットはあの忌まわしい経験をした。それは彼の魂に消えることのない恐怖の跡を残し、すでに青春の時を過ぎて久しい人物の見た目を十歳も老《ふ》け込ませた。その前に、ウィレット博士はウォード氏とつぶさに話し合い、精神科医たちは一笑に付すだろうと二人共感じているいくつかの点で意見の一致を見た。この世界にはある恐るべき活動が行われていて、セイレムの魔女崇拝よりもさらに古い妖術《ようじゅつ》と直接の関係を持つことは疑いないとかれらは認めた。少なくとも二人の生きた人間が――そしてもう一人、敢《あ》えて考えたくない人間が――一六九〇年ないしそれ以前に機能していた精神または人格を完全に有することも、あらゆる既知の自然法則に反しているが、ほとんど議論の余地なきまでに証明されている。この恐ろしい連中が——そしてチャールズ・ウォードが——やっていること、ないしやろうと試みていることは、かれらの手紙やこの事件の上に射し《さ》込んだ新旧の光から、かなり明白であるように思われた。かれらは世界のもっとも偉大な賢人たちのそれを含む、あらゆる時代の墳墓を暴《あば》いている——過去の死灰から、かつてそれを生動させた意識と知恵の名残りを蘇《よみがえ》らせようと目論《もくろ》んでいるのだ。

こうした悪夢の墓荒らしの間では忌まわしい取引が行われており、学童が本を取り換えるような冷静な打算をもって、著名な人間の骨が交換されていた。そしてこの数世紀を閲《けみ》した塵《ちり》から無理矢理引き出したものによって、かつて一人の人間ないし一集団に集まったためしのない力と叡智《えいち》が得られると期待されていた。かれらは同じ身体《からだ》か異なる複数の身体の中に自分の頭脳を生かしつづける邪悪な方法を発見し、共に集めた死者の意識を利用する方法を編み出したとおぼしい。空想家の古人ボレルスは、大昔の遺骸《いがい》からさえ「精髄たる塩《えん》」を調整することができ、その塩から、遠い昔に死んだ生き物の霊を喚び出せると記したが、そこには幾分の真実があったようだ。そうした霊を喚び出すための呪文と鎮めるための呪文があり、呪文はもう完成して、他人にも教えられるようになった。召喚を行うには注意しなければならない。古い墓の墓碑は必ずしも正確でないからだ。

　ウィレットとウォード氏は結論から結論へ移りながら、戦慄《せんりつ》を禁じ得なかった。ものたち——ある種の存在か声——は墓からと同様、未知の場所からも引き下ろせるのだが、この際にも注意しなければならない。ジョーゼフ・カーウィンは疑いなく多くの禁じられたものを喚び出した。そしてチャールズはというと——彼のことをどう考えれば良いのだろう？　「天空の外」のいかなる力がジョーゼフ・カーウィンの時代からチャールズに手を伸ばして、その心を忘れられた事物に向けたのだろう？　彼はある指示書きを見つけるように仕向けられて、それを用いた。プラハにいる怪人と話し合い、トランシルヴァニアの山中にいる人物のもとに長く滞在した。そして、とうとうジョーゼフ・カーウィンの墓を見つけたにちがいない。例の新聞記事と母親が夜中に聞いた音は重要で看過できない。それから彼は何かを召喚し、そいつはやって来たにちがいない。聖金曜日に階上で響き渡った大きな声、扉に鍵をかけた屋根裏の実験室から聞こえた異なる二つの声。深さとうつろな響きがあったというのは、どんな声だったのだろう？　そこには無気味な低い声でしゃべり、人々を怖がらせたアレン博士の恐ろしい前触れがなかっただろうか？　そうだ、それこそ、ウォード氏が一度だけあの男と――果たして人間の男だとすれば――電話で話した時、漠然とした恐怖と共に感じたことだったのだ！

いかなる地獄の意識あるいは声が、いかなる悪しき霊あるいは存在が、あの鍵のかった扉の向こうで、チャールズ・ウォードの秘密の儀式に応《こた》えて現われたのだろうか？　言い争っていたあの声――「三月《みつき》の間、紅《あけ》に染めておかなければいけない」――神よ！　あれは吸血鬼騒動が始まる直前ではなかったか？　エズラ・ウィーデンの古い墓が荒らされたこと、そのあとポータクセットで聞こえた悲鳴――一体何者の心が復讐《ふくしゅう》を企て、いにしえの冒瀆《ぼうとく》行為の人も忌み嫌う現場を探し出したのだろう？

それから、バンガローと鬚の男、噂《うわさ》と恐怖。チャールズの最後の狂気は、父親も医師も説明を試みることさえできなかったが、ジョーゼフ・カーウィンの精神が地上にふたたび現われ、昔のようにおぞましい行いをしていることはたしかだと二人は感じていた。悪魔憑《あくまつ》きというものは、本当にあり得るのだろうか？　アレンがそれに関わっており、青年の生命を脅《おびや》かすこの人物について、探偵にもっと調べさせなければいけない。一方、バンガローの下に巨大な地下空間があることは事実上議論の余地がないから、それを見つける努力もしなければいけない。ウィレットとウォード氏は精神科医たちの懐疑的な態度を知っていたので、最後に話し合った際、二人だけでこっそりと徹底的な探索をすることに決めた。そして翌朝、鞄《かばん》を持ち、建物の調査と地下の探索に適した道具や付属品を持って、バンガローで落ち合うことにした。

四月六日の朝は明方から晴れ、二人の探険者は十時頃バンガローの前にいた。ウォード氏が鍵を持っているので、中に入り、ざっと見てまわった。アレン博士の部屋が散らかっていることから、探偵たちがそこへ入ったのは明らかで、かれらが何か価値のある手がかりを見つけていれば良いのだが、と二人は思った。もちろん、大事な用は地下室にあったので、二人は早々にそちらへ下り、前に狂った青年同伴で空《むな》しく見てまわったように、もう一度一巡《ひとめぐ》りした。しばらくの間は、何もかもが不可解に思われた。土の床も、石の壁も、どこを取っても堅牢《けんろう》で無害な様相を示しており、ぽっかりと開《あ》いた入口などはとても考えられなかった。ウィレットは思った。この地下室は、もともと下に地下洞窟があることなど知らないで掘られたのだから、通路の入口の部分は、ウォード青年とその仲間が最近行った現代的な掘削の跡を示しているはずである――かれらはその場所で、いかがわしい手段によって存在を伝え聞いた古い地下堂を探したのだ。

医師は自分がチャールズなら、どうやって掘削を始めるだろうと考えてみたが、このやり方ではあまり妙想が湧《わ》かなかった。そこで消去法を用いることに決め、垂直な面も水平な面も、地下の表面全部を入念に調べ、一インチ刻みで確認しようと試みた。やがて、調べるべき範囲は大分狭まり、ついには洗い桶《おけ》の前の小さな壇だけが残った。そこは前にも一度調べたが、何もなかったところである。今はあらゆる方法で験《ため》し、二人分の力をふり絞ると、果たして上部が隅の枢軸《すうじく》を中心にして水平に回転することがわかった。その下には綺麗《きれい》なコンクリートの面があり、鉄のマンホールがついていた。ウォード氏は興奮してすぐさまそこへ駆け寄った。蓋《ふた》は難なく持ち上がり、青年の父親はそれをすっかり取り除《の》けたが、その時ウィレットは彼の様子がおかしいのに気づいた。眩暈《めまい》でもしているように身体を揺らし、頭をコクリコクリやっていたが、やがて医師は、下の真っ暗な穴から吹き上げた有害な空気が原因であることを知った。

ウィレット博士は気を失いかけた連れをすぐさま一階の床に寝かせ、冷水で蘇生《そせい》させた。ウォード氏の反応は弱々しかったが、地下から吹いて来た毒気のある突風のために、ひどく気分が悪くなったことがわかった。ウィレットは万一のことを考え、急いでブロード街へ出てタクシーを拾うと、そのまま病人を家へ帰らせた。ウォード氏は弱々しい声で抗議したが、聞き入れなかった。そのあと懐中電灯を取り出し、殺菌したガーゼの帯で鼻孔を蔽《おお》い、もう一度下へおりて、新しく見つかった深処《しんしょ》を覗き込んだ。汚れた空気は少し薄らいでいたので、ウィレットは黒暗々《こくあんあん》たる穴の中を光で照らすことができた。穴は十フィートほどまっすぐ円筒形につづいていて、コンクリートの壁に鉄の梯子《はしご》がついていた。その先で古い石段にぶつかっているらしく、その石段は本来、現在の建物の南西にあたるどこかで地上へ出たにちがいなかった。

二

ウィレットはその時、カーウィンの伝説を思い出して、悪臭立ちこめる深淵《しんえん》に一人で下りて行くのをためらったことを素直に認める。彼はあの最後のおぞましい夜についてルーク・フェナーが報告したことを考えずにいられなかったのだ。だが、やがて義務感に突き動かされ、とくに重要な文書があれば持ち帰るため、大きな鞄を持って穴に入った。彼のような高齢者にふさわしくゆっくりと梯子を下りて、下のぬらぬらした石段に降り立った。それは昔の石造部分であることが懐中電灯の光でわかり、水の滴《したた》る壁は数世紀の間に生えた無気味な苔《こけ》が蔽っていた。下へ、下へ、段はつづいた。螺旋形《らせんけい》ではなく、三度急に曲がった。狭くて、男が二人通るのがやっとだった。三十段くらいまで数えた時、ごくかすかな音が聞こえて来て、そのあとはもう数える気がしなくなった。

それは神に見放された音だった。自然を蹂躙《じゅうりん》する存在してはならないものの、調子の低い陰湿な声だった。声を合わせる苦悶と傷ついた精神なき肉体の鈍いむせび泣き、運命を呪《のろ》うすすり泣き、あるいは絶望の呻《うめ》きなどと呼んだのでは、そのもっとも本質的な厭《いや》らしさと魂に吐き気を催させる倍音を伝えることはできないだろう。ウォードは病院へ連れて行かれる日、何かに聴耳を立てている様子だったが、この声のためだったのだろうか？　それはウィレットが聞いたことのあるもっとも衝撃的なもので、石段の下に着き、天井の高い廊下の壁に懐中電灯の光をあてた時も、どこからともなく響いていた。上の方が巨石を組んだ円天井になっている壁は、無数の暗い拱道《きょうどう》に貫かれていた。ウィレットが立っていた広間はおそらく天井の中央の高さが十四フィート、幅は十フィートか十二フィート程だった。床には大きな削った板石が敷いてあり、壁と天井は化粧仕上げをした石造りだった。部屋の長さは想像もつかなかった。前方の暗闇《くらやみ》の中へ果てしなく伸びていたからである。拱道のうちには、六枚の羽目板を張った植民地時代風の古い扉がついているものもあり、ついていないものもあった。

ウィレットは臭《にお》いと呻き声の恐ろしさに打ち克《か》って、これらの拱道を一つずつ調べ始めた。拱道の先には頭上に石の筒形天井が交差した部屋部屋があり、どれも中位の広さで、怪しい用途に当てられているようだった。大部分の部屋に暖炉があり、その煙突の上の方は、工学上興味深い研究対象となっただろう。部屋の到《いた》る所にある器具、あるいは器具めいたものを彼は後にも先にも見たことがなかった。それらは一世紀半の間に積もりつもった塵と蜘蛛《くも》の巣に蔽われ、昔の襲撃隊にやられたのか、たいてい破壊されていた。というのも、部屋の多くは現代人が足を踏み入れた形跡がなく、ジョーゼフ・カーウィンの実験のもっとも古く時代遅れな様相を示していると思われたからだ。最後に、明らかに現代風の部屋、少なくとも最近人がいた部屋が現われた。石油ヒーターや、書棚やテーブル、椅子《いす》と用箪笥《ようだんす》があり、机には古いものも新しいものもある書類が堆《うずたか》く積み重なっていた。燭台《しょくだい》と石油ランプが数箇所に置いてあり、マッチ箱を手近に見つけたので、ウィレットはすぐ使える明かりを点《つ》けた。

光が十分に射すと、この部屋はほかならぬチャールズ・ウォードの最新の書斎ない し図書室であることがわかった。医師は本の多くを前に見たことがあり、家具の大部分は明らかにプロスペクト街の屋敷から持って来たものだった。ここかしこにウィレットが良く知っている品物があり、親近感が湧いて来たため、厭な臭いとむせび泣き――どちらもここでは、石段の下にいた時よりもはっきりしていた――を忘れかけた。事前に計画していた彼の第一の任務は、ごく重要と思われる文書――とくに、チャールズがずっと前オルニー・コートの家で絵のうしろに発見した由々《ゆゆ》しき文書を見つけて押収《おうしゅう》することだった。調べていると、最終的な解明がどれほど大変な作業になるかわかった。風変わりな筆跡で書かれ、風変わりな図の入っている書類がいくつもの書《しょ》類綴《るいと》じに詰め込まれていて、徹底的に解読し整理するには数ヵ月、いや、ことによると数年かかるかもしれないからだ。一度はプラハとラクスの消印がある手紙の大きな束を見つけた。筆跡は明らかにオーンとハッチンソンのものだった。ウィレットはそれをすべて鞄で運ぶ束の一部として、持ち去った。

しまいに、かつてウォード家を飾っていたマホガニーの鍵つき用箪笥の中に、ウィレットは古いカーウィンの文書の束を見つけた。何年も前、チャールズが渋々ながら一目見せてくれたので、それと見分けられたのだ。青年はそれを最初見つけた時のままにまとめてとっておいたらしく、オーンとハッチンソンに宛《あ》てた文書、それに暗号とその鍵を除けば、職人たちが記憶している表題がすべてそこにあった。ウィレットは全部鞄に収めて、文書の調査をつづけた。ウォード青年の目下の状態が今最大の問題なので、ごく最近のものとおぼしい書類をもっとも念入りに調べたところ、たくさんある現代の手稿に、非常に不可解な点があることに気づいた。チャールズの通常の字で書かれたものが少なく、実際、二月《ふたつき》前より新しいものは一つもなかったのだ。一方、ジョーゼフ・カーウィンの古い文書と同じ読みにくい手跡で書かれている——しかし、まぎれもなく現代のものである——記号や呪文、歴史的な覚え書きや哲学的な論評は、文字通り山程あった。明らかに、この末の世の計画の一部は昔の妖術使いの筆跡を入念に模倣することであり、チャールズはそれを驚くほど完璧《かんぺき》にやり遂げたようだった。第三の筆跡があれば、アレンのものかもしれないが、そんなものは一つもなかった。もしアレンが実際に指導者になったのだとしても、ウォード青年に筆記役をつとめさせたにちがいない。

この新しい材料の中には、一つの、というより一対の謎《なぞ》めいた呪文がしばしば出て来るので、ウィレットは探索を半分も終えないうちにそれを暗記してしまった。それは並列された二つの語句から成り、左側のものの上には、「竜頭」という、暦で昇交点を示すのに使う古風なしるしがついている。それに対して右側のものの上には、「竜尾」あるいは降交点のしるしが書いてあった。全体の外見はこのようなもの（訳注・373頁図参照）で、医師はほとんど無意識のうちに気づいたが、その後半は前半を音節単位でさかさまに書いたにすぎず、ただ最後の単音節語とヨグ・ソトホートという奇妙な名前は例外だった。この名前は、綴《つづ》りは区々《まちまち》だが、恐ろしい事件との関係で見た他の文書にも出て来るので、医師は見分けることができるようになっていた。呪文は次の通りで——正確にこの通りだったことをウィレットは十分に証明できる——最初の呪文は彼の脳裡《のうり》に潜む不愉快な記憶を妙に掻《か》き立てた。彼はのちに前年の恐ろしい聖金曜日の出来事をふり返ってみた時、そのことに気づいたのである。

これらの呪文は忘れがたいもので、何度も出て来たために、医師はいつのまにか小声で口ずさんでいた。だが、やがて、当面有効に活用できる書類は全部確保したと感じたので、調査を切り上げることにした。後日、懐疑的な精神科医たちをひとまとめに連れて来て、もっと大がかりで組織的な調査を行えば良い。隠された実験室を見つける仕事がまだ残っているので、明かりの点いた部屋に鞄を置き、ふたたび悪臭のする真っ暗な廊下に出た。廊下の天井にはあの鈍く、いやらしいすすり泣きが小止《おや》みなく谺《こだま》していた。

次に入ってみた二、三の部屋は、すっかり廃墟《はいきょ》と化しているか、崩れかけた箱や無気味な鉛の棺《ひつぎ》が詰め込まれているだけだったが、ジョーゼフ・カーウィンの活動の規模を医師の心に深く刻みつけた。彼は行方不明になった奴隷《どれい》や船乗りのこと、世界中で荒らされた墓のこと、そしてあの最後の襲撃隊が見たはずのもののことを考え、やがて、もう考えない方が良いと悟った。一度、右手に大きな石の階段が現われた。自分の下りて来た階段が、急傾斜の屋根がついた農場の母屋《おもや》からつづいていたのだとすると、こちらはカーウィンの離れ家の一つ——おそらく、高い切れ目のような細窓がある例の石造りの建物——に通じていたのだろうと推測した。と、突然、前方の壁がなくなったように見え、悪臭とむせび泣きの声が強まった。ウィレットはだだっ広《ぴろ》い空間に出たことを悟った。広いので懐中電灯の光が向こう側にとどかないのだ。前進すると、時折、天井の迫持《せりもち》を支える頑丈な柱があらわれた。

　しばらくすると、ストーンヘンジの巨石のように柱が環状に並んでいるところに出たが、その中央には、三段の基部の上に、彫刻を施した大きな祭壇があった。彫刻がいとも風変わりだったので、彼は良く見ようとして、電灯を手に近づいた。しかし、それがどういうものであるかわかると、身震いして後退《あとずさ》り、壇の上面を変色させて、ところどころ細い筋となって側面を伝い下りている、黒ずんだ染《し》みは調べてもみなかった。その代わり、遠くに壁を見つけて、壁面をたどって行った。壁は巨大な円形を成してまわりにずっと連なり、ところどころに真っ暗な戸口があり、また奥行の浅い小房《こべや》がお

Y'AI 'NG'NGAH,
YOG-SOTHOTH
H'EE — L'GEB
F'AI THRODOG
UAAAH

OGTHROD AI'F
GEB'L — EE'H
YOG-SOTHOTH
'NGAH'NG AI'Y
ZHRO

びただしく並んでいた。小房には鉄格子《てつごうし》が嵌《は》まり、手枷《てかせ》足枷が、窪《くぼ》んだうしろの石組の石に鎖でつながれていた。そこには何もいなかったが、ひどい臭いと陰々たる呻き声はなおもつづき、今までよりも耳について、時々ドスンと滑り落ちるような音が混じるようだった。

三

恐ろしい臭いと無気味な音から、ウィレットはもう注意を逸《そ》らすことができなかった。どちらも、大きな柱があるその広間ではほかのどこよりもはっきりしていて、おぞましく、地中の神秘に満ちたこの暗黒の地下世界にあっても、さらにずっと下の方からして来る印象を漠然と与えた。真っ暗な拱道に入ってさらに下へ降りて行く階段を探す前に、医師は石畳の床のあちこちに光をあてた。床石はしごくぞんざいに敷いてあり、不規則な間隔を置いて、奇妙な小孔《しょうこう》を穿《うが》たれた平石があった。孔《あな》はこれといって定まった形に並んでいるわけではなかった。一方、非常に長い梯子が一つ無造作に放り出してあった。この梯子には、奇態《きたい》なことだが、あらゆるものを被《おお》い包んでいる恐ろしい臭いがとくに濃くまとわりついているようだった。梯子のまわりをゆっくりと歩きまわっているうち、ウィレットはふと気がついた。奇妙な孔を穿たれた平石の真上に来ると、音も臭いも一番強くなるようなのだ——まるでそれらの平石は粗末な揚蓋《あげぶた》で、さらに深い恐怖の領域へ通じているかのように。彼は一つの平石のそばに膝《ひざ》をつき、両手で石をいじってみると、非常に困難だが何とか動かせることがわかった。石に触れたとたん、下方から聞こえて来る呻き声が高い調子になり、彼はぶるぶる震えながら重い石をようやく持ち上げた。すると名状しがたい悪臭が下から立ち上り、医師は眩暈がして、平石をわきへ除《の》け、ぽっかりと口を開いた暗闇の四角い穴に電灯を向けた。

窮極の魔が待ち受ける広い裂け目へ下りて行く階段を期待していたならば、ウィレットは失望する運命にあった。悪臭としわがれた泣き声のただ中に見えたのは、円筒形の井戸の煉瓦《れんが》を張った上部だけで、井戸の直径は一ヤード半ほどあり、下りて行く梯子もほかの手段もなかった。光が下を照らすと、むせび泣きは突如恐ろしい咆哮《ほうこう》に変わり、それに合わせて、やみくもに攀《よ》じ登っては、滑ってドサッと落ちる音がふたたび聞こえて来た。探険者は身震いした。その奈落《ならく》の底に一体どんな有害なものが潜んでいるかは想像したくもなかったが、すぐに勇気を奮い起こして、粗削りな石の縁《へり》から覗《のぞ》き込んだ。大の字になって寝そべり、伸ばした腕の先に懐中電灯を提げて、下にいるものを見ようとした。最初の一秒間は、苔に蔽《おお》われ、ぬるぬるした煉瓦の壁が、漆黒の闇と不潔と苦悶《くもん》狂乱の、手に触れることのできそうな瘴気の中へ果てしなく下りてゆくのが見分けられただけだったが、やがて何か黒い物が狭い竪穴《たてあな》の底で、ぎごちなく、半狂乱になってあちらへこちらへ跳びはねているのが見えた。そこは彼が寝そべっている石の床よりも二十フィートから二十五フィート下だったにちがいない。手に持つ懐中電灯が震えたが、彼はもう一度覗き込んで、不自然な井戸の暗闇に一体どんな生き物が閉じ込められているのかを見た。そいつは医師たちがウォード青年を連れ去ってから、丸々一ヵ月間置きざりにされて、飢えていたのだ。しかも穴を穿たれた石の蓋は、大きな円天井の洞窟《どうくつ》の床におびただしく散らばっていたから、無数のものが同じような井戸に閉じ込められているのは明らかだった。その正体が何であれ、かれらは狭苦しい場所に寝ることもできず、主人が無頓着《むとんちゃく》に棄《す》て去ってからの忌まわしい数週間、ずっとうずくまり、すすり泣き、待ち、弱々しくとび跳ねていたにちがいない。

しかし、マリナス・ビックネル・ウィレットは二度見たことを後悔した。外科医であり解剖室の古強者《ふるつわもの》だった彼が、それ以来別人になってしまったからだ。大きさを測り、手に触れることもできる物体をただ一目見たことが、どうしてそれほど人間を動揺させ、変えてしまい得るのかは説明しがたい。ただこれだけは言えるだろう――ある種の輪郭か実体が持つ象徴と暗示の力は、敏感な思索者の物の見方に恐るべき作用を及ぼし、通常の視覚という我々を護《まも》る幻像の背後にある隠微な宇宙的関係と名状しがたい現実を恐ろしいささやき声で仄めかすのだ、と。ウィレットは二度目の一瞥《いちべつ》で、そうした輪郭か実体を見た。そのあとの数秒間、彼は疑いなくウェイト博士の病院にいるどの入院患者にも負けないほど狂っていたからだ。筋肉の力も神経の協調も失った手から懐中電灯を取り落とし、穴の底でそれがどうなったかを物語る、歯でバリバリと嚙《かじ》る音も気に留めなかった。彼は叫び、叫び、叫んだが、恐慌《きょうこう》のあまり裏返ったその声を知人が聞いても、誰もウィレットの声とは思わなかっただろう。立ち上がることはできなかったが、湿った敷石の上を必死で這《は》いずり、転がって逃げて行った。床に幾十とある地獄の井戸は、彼自身の狂った叫びにこたえて、疲れきったすすり泣きと咆哮を吐き出した。彼はぞんざいに敷かれた粗い石で手を傷つけ、いくつもある柱に何度も頭をぶつけて痣《あざ》をこしらえたが、それでも進みつづけた。やがて、真っ暗闇と悪臭の中でだんだんと我に返り、咆哮が静まって、長く尾を引くむせび泣きに変わったのを聞くまいと耳をふさいだ。全身汗だくになり、明かりを点ける手段もなく、底知れぬ闇と恐怖の中で打ちひしがれ、怖気《おじけ》づき、消すことのできない記憶に圧《お》しつぶされていた。彼の下にはあのものたちが何十となく今も生きており、竪穴の一つは蓋が外されていた。彼が見たものは滑る壁を攀《よ》じ登れないとわかっていたが、何か隠れた足がかりがあったらと考えるとゾッとした。

あのものが何だったのか、彼はけして語ろうとしなかった。それは地獄めいた祭壇の彫刻のあるものに似ていたが、生きていた。自然はけっしてあのような形にあれを造ったのではない。あれは明らかに未完成だった。その欠陥は驚くべきもので、均整の異常さは筆舌に尽くしがたかった。ウィレットはただこう言うだけだ――あの種のものは、ウォードが不完全な塩から喚び出し、奴隷として使役するか儀式に使うかの目的で飼っていた実体にちがいない、と。それがある種の重要性を持っていなかったら、あの忌まわしい祭壇の石に姿を彫られることはなかっただろう。それは石に刻まれた最悪のものではなかったが――ウィレットはほかの穴の蓋は開けてみなかった。この時、最初に頭に浮かんだ脈絡のある考えは、ずっと前に読んだカーウィンの資料のよしもない一節だった。サイモンないしジェディダイア・オーンがそのかみの妖術師に宛てて出したが押収された、由々しき手紙の文句である。「まことに、Hが一部分のみを集め得しものより蘇らせたるものには、強烈なる恐ろしさ以外の何物もなかりき」

そして、このイメージに取って代わるというよりも、それを補完したのは、カーウィン農場の襲撃から一週間後に野原で見つかった、焼けてねじれたものに関する古い消えやらぬ噂の記憶だった。スローカム老人がそのものについて言ったことを、かつてチャールズ・ウォードは博士に教えたのだ。それは完全な人間でもなければ、ポータクセットの人々が見たり書物で読んだりしたことのあるいかなる動物にも、完全に似てはいなかった、と。

硝石のこびりついた石の床にうずくまって、ゆらゆら身体を揺らしている間、こうした言葉が医師の脳裡に低く鳴っていた。彼はそれを追い払おうとして、主の祈りをつぶやいた。やがて彼の心はT・S・エリオット氏の現代風な荒地に似た記憶の寄せ集めのうちに入り込み、最後には、さいぜんウォードの地下図書室で見つけた、頻繁に出て来る一対の呪文に立ち戻った。「イ・アイ・ング・ンガー、ヨグ・ソトホート」云々《うんぬん》とつづいて、強調された「ズロー」に終わるものだ。それで気持ちが落ち着いたようで、やがて彼はよろよろと立ち上がった。驚いた拍子に失《な》くした懐中電灯のことを苦々しく後悔し、つかみかかって来るような漆黒の冷気の中で、光を求めて、必死にあたりを見まわした。何も考えようとはせず、図書室に置いて来た輝く照明のかすかな光か反射が見えないかと、四方八方に目を凝《こ》らした。しばらくすると、限りなく遠い先に明かりらしいものが見えたと思い、悪臭と呻き声の中をそちらに向かって、四つん這いで、苦しみながらも用心して進んで行った。たくさんある大きな柱にぶつかったり、自分が蓋を外してしまったおぞましい穴に転げ落ちたりしないようにと、つねに前方を手探りした。

一度、顫《ふる》える指が何かに触れたが、地獄めいた祭壇に上る段にちがいなかったので、ゾッとして後退りした。べつの時には、自分が外した、小孔のある平石に出くわし、この時の彼の用心深さは哀れなほどだった。しかし、結局、恐ろしい穴にはぶつからず、その穴から出て来て彼を引き留めるものもなかった。穴の底にいたものは、声も立てず身動きもしなかった。どうやら、落ちて来た懐中電灯を囓ったのが、そいつのためには良くなかったらしい。小孔を穿たれた平石に指が触れるたびに、ウィレットは戦《おのの》いた。そうした石の上を通ると、下からの呻き声が大きくなることもあったが、極力音を立てずに動いたので、たいていは何も起こらなかった。進んで行くうちに数回、前方の光が目に見えて弱くなり、置いて来た蠟燭《ろうそく》とランプが一つずつ消えているのだと悟った。悪夢のような地下迷宮のただ中で、マッチもなく、真っ暗闇で迷子《まいご》になることを考えると、彼は立ち上がって走り出さずにいられなかった。蓋を外した例の穴を通り過ぎた今は、走っても安全だったからだ。なにしろ、あの明かりが消えたら、救出され生きのびる唯一《ゆいいつ》の望みは、長い間彼がいないことに気づいたウォード氏が派遣してくれるかもしれない捜索隊にかかっているのだから。しかし、やがて彼は広々した場所から出て狭い廊下に入り、例の明かりが右手の戸口から洩《も》れて来ることをはっきりと知った。立っていた。まもなく彼はそこに着き、ふたたびウォード青年の秘密の図書室に立っていた。ほっとしながらも身体が震えて、自分を安全な場所へ導いた最後の図書室にランプがパチパチ音を立てて燃えるのを見ていた。

四

やがて彼は前に目をつけておいた灯油罐《とうゆかん》から、燃え尽きたほかのランプに急いで油を注《つ》ぎ、部屋がまた明るくなると、さらなる探索に使えるランタンがないかとあたりを探した。恐怖に苛《さいな》まれたとはいえ、断固たる目的意識はまだ何よりも強く、あらゆる手立てを尽くして、チャールズ・ウォードの異様な狂気の背後にある忌まわしい事実を突きとめようと固く決意していた。ランタンが見つからないので一番小さいランプを持って行くことにし、ポケットに蠟燭とマッチも詰めて、一ガロン入りの灯油罐を携行した。穢《けが》れた祭壇と蓋をした名状しがたい井戸がある、恐ろしい広い場所の向こうに、隠された実験室が見つかるかもしれない。灯油罐はそこで使うための備えだった。あの場所をふたたび横切るにはこの上ない忍耐力が必要だが、やらなければならないのだ。幸いなことに、おぞましい祭壇も蓋を取った竪穴も、洞窟の周囲の、小《こ》房《べや》の連なる巨大な壁からは遠かった。合理的に調査するなら、壁のそこここにある真っ暗な謎めいた拱道を次の目標とすべきだろう。

それで、ウィレットは悪臭と苦悶の呻き声に満ちた、柱のある大きな広間へ戻った。例の地獄めいた祭壇や、蓋のない竪穴とそのそばにある小孔を穿たれた平石が遠くに見えるのを避けるため、ランプの火を弱めた。真っ暗な戸口の大半は小さい部屋に通じているだけで、部屋は無人のものもあれば、物置に使われているらしいものもあり、後者のうち、いくつかの部屋には種々の物品がいとも奇妙に積み上げられていた。ある部屋には朽ちかけて埃《ほこり》にまみれた予備の衣服の梱《こり》が詰まっており、それが間違いなく百五十年前の服であることを見て、探索者は戦慄した。べつの部屋には雑多な現代の服がたくさんあり、まるで大勢の人間に着せるために、少しずつ蓄えていたようだった。しかし、彼がもっとも嫌悪《けんお》したのは、時々現われる銅の大桶と、それにこびりついた無気味な外被だった。奇怪な模様の入った鉛の鉢もあって、ひどく不快な沈殿物が縁《へり》にこびりつき、まわりには、地下堂全体の悪臭の中でも感じられるむかつくような臭気が漂っていたが、大桶ほど気味悪くはなかった。壁面を半周ほどまわった時、前に通って来たような廊下をもう一つ見つけた。そこにはたくさんの扉が開いていた。彼はこれを調べ始めて、中位の広さの、とくに重要なものは置いていない三つの部屋に入ったあと、しまいに大きな長方形の部屋に来た。事務的に据えつけられた水槽やテーブル、炉や現代の道具、ところどころにある本や、壺《つぼ》や罎《びん》が果てしなく並ぶ棚は、まさしくそこが長い間探していたチャールズ・ウォードの実験室で――かつては疑いなくジョーゼフ・カーウィンの実験室だったことを告げていた。

油が一杯入っていて、すぐに使えるランプが三つあったので、それらを点けたあと、ウィレット博士は部屋と付属品すべてをきわめて強い関心を持って調べ、棚にある種々の試薬の相対的な量から、ウォード青年の主たる関心は生化学の一分野にあったらしいと気づいた。総じて、科学装置――それには見るからにゾッとする解剖台も含まれていた――からわかることはほとんどなかったので、この部屋は少し期待外れだった。本の中には、黒体文字で書かれたボレルスの古いぼろぼろになった本があり、気味悪く、しかも興味深いことに、ウォードは、百五十年以上前にカーウィンの農場で善良なメリット氏をひどく動揺させた箇所と同じ箇所に下線を引いていた。もちろん、メリット氏が見た本は、最後の襲撃でカーウィンの隠秘学に関する他の蔵書と共に滅んだにちがいない。実験室からは三つの拱道がつづいていて、医師はこれらを順番に調べてみた。ざっと見たところ、二つは小さな物置に通じているだけだったが、彼はこれらの物置を注意深く調べ、破損の程度もさまざまな棺の山を認めた。棺の名札のうちには解読できるものも少しあり、そのうち二つ三つを見ると、医師はわなわなと震えた。これらの部屋には衣服もたくさん置いてあって、しっかりと釘《くぎ》づけした新しい箱もいくつかあったが、調べてはみなかった。おそらく一番興味深いものは、ジョーゼフ・カーウィンの実験室の装置の破片と思われる奇妙な部品だった。これは襲撃隊の手によって壊されていたが、それでも部分的に、ジョージ王朝の化学実験の道具類と認められた。

第三の拱道の先にはかなり広い部屋があり、そこはぐるりを棚に囲まれ、中央にテーブルがあって、ランプが二つ載っていた。ウィレットはこれらのランプを点け、その輝く光の中で、自分のまわりに果てしなく連なる棚を調べた。上の方のいくつかの段には何もなかったが、棚の大半は、小さい妙な鉛の壺で一杯になっていた。壺は二種類に分かれ、一つは古代ギリシアのレキュトスという油壺のように背が高くて取っ手がなく、もう一つのタイプは取っ手が一つついていて、ファレロン壺のような格好をしている。どれにも金属の栓がしてあり、浅浮き彫りで象《かたど》った異様な象徴《しるし》に蔽われている。やがて医師はこれらの壺が厳密に分類されていることに気づいた。レキュトスはすべて部屋の片側にあり、「Custodes《クストデス》」と読める大きな木の看板がその上にかかっている。ファレロン壺はもう一方の側にあり、「Materia《マテリア》」と読める看板が同じようにかかっていた。壺ないし水差しは、上の方の棚に置かれたいくつか——これは空《から》だった——を除いて、どれもボール紙の札をつけてあり、札には目録に載っているらしい数字が記してあった。ウィレットはあとでその目録を探すことに決めた。しかし、今は並んでいる壺全体の内容にいっそう興味を惹《ひ》かれたので、大まかに判断するため、レキュトスとファレロン壺を数個、出鱈目《でたらめ》に開けてみた。結果はすべて同じだった。どちらの壺にも一種類の物質が少量入っていた。埃のような細かい粉で、非常に軽く、濃淡はさまざまだが、くすんだ中間色だった。多少変化があるのは色だけだったが、それによって配列を決めている風でもなく、レキュトスに入っているものとファレロン壺に入っているものに区別はなかった。灰青色の粉が淡紅色の粉のそばに置いてあることもあり、ファレロン壺に入っているどの粉をとっても、それとそっくり同じものがレキュトスにも入っていそうだった。これらの粉の最大の特徴は粘着性がないことだった。ウィレットは粉を手の中に注ぎ、また壺に戻したが、掌《てのひら》には少しもついていなかった。

彼は二つの看板の意味がわからず、ここにある薬品はなぜ実験室の棚に並ぶガラス壜に入っているものと、はっきり分けてあるのだろうと思った。「Custodes」、「Materia」は「番人」、「原料」を意味するラテン語だ——その時、「番人」という言葉を、この恐ろしい謎の事件との関連で、前に見た記憶が閃《ひらめ》いた。もちろん、エドワード・ハッチンソンが最近アレン博士によこした手紙に出て来たのだ。それはこういう文言だった。「番人をもとの形に保ちて、大喰らいせしむる必要はなく、また貴兄も良く御存知のごとく、危急の際に見つからば大事《おおごと》なればなり」これはどういう意味なのだろう? だが、待てよ——ハッチンソンの手紙を読んだ時は思い出せなかったが、この件に関して、「番人」への言及はもう一つあったではないか? ウォードは以前隠し立てをしなかった頃、医師にエリエイザー・スミスの日記について話したことがある。スミスとウィーデンがカーウィン農場の様子を探っていたことを記した日記で、その恐るべき記録の中に、老妖術師がすっかり地下へ潜る前に立ち聞きした会話への言及がある。スミスとウィーデンが言うには、カーウィンと、その捕虜たちと、捕虜の番人たちが登場する恐ろしい対話があった。ハッチンソンないしその化身によれば、番人たちは「大喰らいした」ので、アレン博士はもうかれらをもとの形で保存してはいないというのだ。そして、もしもとの形でないなら、「塩《えん》」として保存する以外のいかなる手立てがあろう――この妖術師たちは、できるだけ多くの人間の死体や骸骨を「塩」に還元することにいそしんでいたようではないか？

　してみると、それこそがこれらのレキュトスの中味なのだ。邪《よこしま》な祭儀と行為の奇怪な結実で、おそらく手なずけるか脅すかされて言うことを聞くようになり、地獄の呪文で喚《よ》び出せば、神を畏《おそ》れぬ主人を護るか、しゃべりたがらぬ者たちにものを問いただす手伝いをするのだろう。ウィレットは自分の手にふり注いで、指の間を流れ落ちていったものが何だったのかを考えるとゾッとして、無言の哨兵《しょうへい》たちが今も見張っているかもしれない忌《い》まわしい棚の洞窟から、一目散に逃げ出したい衝動に一瞬駆られた。それから、「原料」のことを考えた――部屋の反対側にある無数のファレロン壺に入っているものだ。これも塩だろうが――「番人たち」の塩でないとすれば、何の塩なのだ？　神よ！　ここに、古今の偉大な思索者の遺骸が半分も集められているということがあり得るのだろうか？　それらは、安全に保管されていると世人が思っていた納骨堂から、腕利《うでき》きの墓荒らしによって奪い去られ、狂人たちの言いなりになっている。狂人たちは何かもっと大それた目的のためにかれらの知識を汲《く》み尽くそうとしており――その窮極の影響は、気の毒なチャールズが取り乱した短信で仄《ほの》めかしたように、「すべての文明、すべての自然法則、そしておそらく太陽系と宇宙の運命」

に関わるのだ。そしてマリナス・ビックネル・ウィレットはかれらの死灰を篩《ふるい》にかけるように自分の手にふりかけたのだ！

やがて彼は部屋の向こう端に小さな扉があることに気づき、心を静めると、それに近づいて、上の方に大雑把に彫ってあるしるしを調べた。それは記号にすぎなかったが、彼の心を漠然たる霊的な恐れに満たした。というのは、ある病的な夢想家の友人がかつてそのしるしを紙に描き、それが眠りの暗い深淵の中で意味することを二、三教えてくれたからだった。それはコスのしるし――薄明の中に孤立する黒い塔の拱道の上に掲げられているのを、夢想家たちが見るもの――であり、ウィレットは友人ランドルフ・カーターがその力について言ったことを好まなかった。しかし、彼はすぐにしるしのことを忘れた。悪臭に満ちた空気に新たな刺激臭が加わったのを感じたからだ。それは動物の匂《にお》いというより化学的な匂いで、明らかに扉の向こうの部屋から漂って来た。間違いなく、医師たちがチャールズ・ウォードを連れ去った日、彼の服にまつわりついていた匂いだった。してみると、最後の呼び出しによって邪魔をされた時、青年はここにいたのだろうか？　彼は抵抗しなかっただけ、昔のジョーゼフ・カーウィンよりも賢かった。ウィレットはこの地下の領域に秘められているかもしれぬ驚異と悪夢をとことん見究めようと勇敢な覚悟を決めていたので、小さいランプをつかみ、敷居を越えた。名状しがたい恐怖の波が押し寄せて彼を迎えたが、彼はいかなる迷いにも屈せず、いかなる直感にも従わなかった。ここには彼を害するような生き物はいないのだから、躊躇《ちゅうちょ》せず、彼の患者を嚥《の》み込んだ怪異な雲を突き破るつもりだった。

扉の向こうの部屋は中位の大きさで、テーブル一脚と椅子一脚、それに締め具と歯車がついた風変わりな機械が二組あるだけだったが、ウィレットはやがてその機械が中世の拷問《ごうもん》道具であることに気づいた。扉の片側に残酷な鞭《むち》を掛けた台が立っており、その上にはいくつか棚があって、ギリシアのキュリクス（訳注・古代ギリシアの酒宴に用いられた一種の杯。通常は陶杯）のような形をした空《から》の杯が並んでいた。杯は鉛製で、浅く、高脚がついていた。反対側にはテーブルがあり、強力なアルガン灯と剝《は》ぎ取り式のメモ用紙と鉛筆、それに外の棚から持って来た栓をしたレキュトスが二つ、一時《いちじ》そこに置いただけか、あるいは慌《あわ》てて置いたかのように、乱雑に載っていた。ウィレットはランプを点け、注意深くメモ用紙を見た。邪魔が入った時、ウォード青年が何か覚え書きでも書き残していないかと思ったのだ。しかし、何とか意味を取れたのは、読みづらいカーウィンの筆跡で書いた以下の脈絡のない断片ばかりで、この一件全体には何も光を照《あ》ててくれなかった。

Bは死せず。壁の中に逃げ込み、下に場所を見出《みいだ》したり。
V老人のサバオトを唱うるを見てやり方を学びたり。
ヨグ・ソトホートを三度喚び、翌日、現われ出たり。
Fは外部のものどもを喚び出す方法を知る者を全滅せんことを望めり。

強力なアルガン灯の光が部屋中を明るく照らしたので、医師は気づいた――扉の向かい側の壁、隅にある二組の拷問道具の間の壁には釘が何本も打ってあり、そこに少し陰気な黄白色の、形の崩れた儀式用の長衣が一揃《ひとそろ》い掛かっていた。だが、それよりもずっと興味深かったのは何もない二つの壁で、どちらにも化粧仕上げを施した滑らかな石の面をびっしりと覆って、神秘な記号や呪文《じゅもん》が粗く彫り込んであったのだ。じめじめした床にも彫刻の跡があり、ウィレットは中央に大きな五芒星《ごぼうせい》があることを容易に見て取った。五芒星と部屋の四隅との中間に、幅三フィート程の普通の円が描いてあった。この四つの円のうち、黄色っぽい長衣が無造作に掛かっているところに近い円の中に、鞭の台の上の棚にあったような浅いキュリクスが一つ置いてあった。そして円周のすぐ外には、もう一つの部屋の棚から持って来たファレロン壺が一つあり、その札には一一八という番号が記してあった。これは栓が外してあり、調べてみると空《から》だったが、キュリクスはそうでないのを見て、探索者はゾッとした。その浅い杯のうちには、隔離されたこの洞窟には風がないため吹き散らされなかったのだろう――乾いた、くすんだ緑色の、風化性の粉が少量入っており、それは壺に入っていたものにちがいなかった。ウィレットはこの場面で見たいくつかのものとその前に見聞きしたものとを少しずつ関連づけてゆくうちに、翻然とあることを悟って、よろめきそうになった。鞭と拷問道具、「原料」の壺から取った塵灰《じんかい》ないし塩《えん》、「番人」の棚から持って来た二つのレキュトス、長衣、壁に彫られた呪文、メモ用紙の覚え書き、手紙や言い伝えからの暗示、そしてチャールズ・ウォードの友人や両親を苦しめた数多《あまた》の光景、疑惑、推測――緑色がかった乾いた粉が、床の上にある高脚つきの鉛のキュリクスの中に広がっているのを見ていると、こうしたもののすべてが医師を恐怖の大波に巻き込んだ。

しかし、ウィレットは必死で気を静め、壁に彫られた呪文を調べ始めた。染みがつき、外被に蔽われた字の様子からして、それらはジョーゼフ・カーウィンの時代に刻まれたとおぼしく、語句は、カーウィンの資料を多く読むか、魔術の歴史を広く研究した者にはどことなく馴染《なじ》みのあるものだった。一つは――医師ははっきりと認めた――一年前の不吉な聖金曜日に息子が誦《ず》しているのをウォード夫人が聞いたもので、ある権威が語ったところによると、通常の天空の外部にいる秘密の神々に呼びかける恐ろしい召喚の祈禱《きとう》だった。綴りはウォード夫人が記憶から書き留めたものと少し違い、くだんの権威が見せてくれたエリファス・レヴィの禁断の書物にあったものとも少し違ったが、同じ言葉であることは間違いようがなく、サバオト、メトラトン、アルムーシン、ザリアトナトミクといった単語は、宇宙的な忌まわしいものをつい近くで多く見たり感じたりした調査者の総身に恐怖の戦慄《せんりつ》を走らせた。

これは部屋へ入って左手の壁にあった。右手の壁にも一面に文字が刻まれ、先程図書室で見た覚え書きに頻繁に出て来た一対の呪文に出会った時、ウィレットはハッとした。それはウォードが走り書きしたものと大体同じで、上に「竜頭」と「竜尾」の古いしるしがついていた。しかし、綴りは現代のものと大分異なり、カーウィンが発音を記録するのにべつの方法を用いていたか、のちの研究が問題の祈禱のもっと強力で完全な異文を発達させたかのようだった。医師は壁に彫られた言葉と今なお自分の頭の中に執拗《しつよう》に残っている言葉とを一致させようとしたが、これは難しかった。彼が諳《そら》んじている呪文は「イ・アイ・ング・ンガー、ヨグ・ソトホート」で始まるのだが、こちらの文は「アイ・エンゲンガー、ヨッゲ・ソトホータ」で始まり、二番目の単語の分節に難があるとウィレットには思われた。

新しい文が意識に刷り込まれてゆくうち、不一致が気になった彼は、自分の頭の中にある音を彫られた文字に一致させようとして、いつのまにか最初の呪文を声に出して唱えていた。その声は、古き冒瀆の深淵の中で無気味に物恐ろしく響き、その抑揚は過去と未知なるものの魔力によってか、あるいは穴から聞こえて来る鈍い、神に見捨てられたむせび泣き——人間のものではないその声の調子は、悪臭と暗闇の中で遠くリズミカルに高まり、また低まっている——が地獄めいた手本となったためか、低く単調な節回しだった。

「イ・アイ・ング・ンガー
ヨグ・ソトホート
ヘ・エール・ゲブ
フ・アイトロドッグ
ウアアアー！」

しかし、詠誦《えいしょう》を始めたとたんに吹き起こった、この冷たい風は何なのだろう？　ランプが悲しげにパチパチと音を立てていて、闇が濃くなり、壁の文字が視界から消えそうになった。煙も立ち、刺激臭が漂って、遠い彼方《かなた》の井戸から来る悪臭を覆い消した。それは以前嗅《か》いだことのある匂いに似ていたが、それよりもはるかに強く、鼻を刺すものだった。壁の文字から異様な物の置いてある部屋の中に目を転ずると、無気味な風化性の粉が入っている床の上のキュリクスから、驚くほど多量の、不透明な、暗緑色の蒸気が湧《わ》き出していた。あの粉は——偉大なる神よ！　あれは「原料」の棚にあったのだ——あれは今何をしているのだろう？　どうしてそれが始まったのだろう？　彼が唱えていた呪文——対になった最初のもの——竜頭、昇交点——ああ、まさか、そんなことが……

医師はあたりがクルクルとまわっているような気がして、ジョーゼフ・カーウィンとチャールズ・デクスター・ウォードの恐ろしい事件について見たり、聞いたり、読んだりしたすべてのことから、支離滅裂な断片が脳裡を駆けめぐった。「重ねて言う。鎮《しず》め得ざるものを呼び出すなかれ……鎮めの言葉をつねに用意し、貴兄の持てるものが何者かにつきて些《いささ》かなりとも疑いあらば、確認を怠るなかれ……彼処に埋葬されしものと三度《みたび》話せり……」ああ、天の御慈悲あれ、晴れて来た煙のうしろにいるあの人影は何なのだ？

五

マリナス・ビックネル・ウィレットは、自分の話のどの部分にしろ、幾人かの同情ある友人以外に信じてもらえるとは思っていない。だから、今までごく内輪の仲間以外に話そうとはしなかった。話を聞いた部外者はわずかしかおらず、そのうちの大部分は笑って、あの医師《せんせい》も齢《とし》をとったねと言う。長い休暇を取って、今後は精神障碍《しょうがい》に関連のある症例は避けた方が良いとウィレットは忠告されている。しかし、老練な医師が語るのは恐ろしい真実にすぎないことをウォード氏は知っている。ウォード氏自身、あのバンガローの地下室で厭《いや》な臭いのする穴を見たではないか？　あの不吉な朝の十一時に、毒気にあたって気分が悪くなった彼を、ウィレットは家に帰らせたではないか？　ウォード氏はその晩も翌日も医師に電話をしたがつながらず、翌日の午後バンガローへ行ってみると、友人が意識を失い、しかし無傷で二階のベッドに寝ていたではないか？　ウィレットは鼾《いびき》をかいていて、ウォード氏が車から取って来たブランデーを飲ませると、ゆっくりと目を開いた。それからブルッと身震いして、大声で叫んだ。「あの鬚……あの眼……ああ、おまえは何者なんだ？」少年の頃から知っている身綺麗《みぎれい》な、青い眼の、きれいに髭《ひげ》を剃《そ》った紳士に向かって言う言葉としては、じつに奇妙であった。

輝かしい真昼の陽光《ひかり》の中で、バンガローは前日の朝と変わらぬ佇《たたず》まいを見せていた。ウィレットの服は、いくらか染みがつき、膝のところが擦《す》り切れている以外には乱れもなく、ただかすかな刺激臭がまつわっていて、病院に連れて行かれた日の息子についていた匂いをウォード氏は思い出した。医師は懐中電灯を失くしていたが、鞄はちゃんとあり、持って来た時と同様空《から》っぽだった。ウィレットは説明を始める前に、必死で気力をふり絞っている様子で、ふらつきながら地下室へ下りて行くと、洗い桶《おけ》の前の運命的な壇を試した。壇は動かなかった。彼は前日にまだ使っていない道具入れを置いて来た場所へ行って、鑿《のみ》を取り出し、頑丈な板を一枚ずつこじ開けにかかった。下には今も滑らかなコンクリートが見えたが、入口も穴も跡方もなかった。不審そうな面持ちで医師について来た父親の気分を悪くするような穴は、今回は口を開いていなかったのだ。床板の下には滑らかなコンクリートがあるばかりで――厭な臭いのする入口も、地中の恐怖の世界も、秘密の図書室も、カーウィンの古文書も、悪臭と呻《うめ》き声が出て来る悪夢の奈落も、実験室も、棚も、壁に刻まれた呪文も、何もなかった……。ウィレット博士は青くなって年下の男をつかんだ。「昨日」と彼は穏やかに尋ねた。「ここであれを見たかね……あの匂いを嗅いだかね？」やはり恐怖と驚きで立ちすくんでいたウォード氏が、何とかうなずいて肯定すると、医師はため息とも喘《あえ》ぎともつかない声を出して、うなずき返した。「それじゃ、お話ししよう」と彼は言った。

それから一時間にわたり、二階の一番陽照《ひあ》たりの良い部屋で、医師は自分の恐ろしい話を、驚いて聞く父親にささやいた。キュリクスから出た暗緑色の蒸気が分かれて、人影がぬっと現われ出たところから先は何も語ることがなく、ウィレットは疲れて、何が起こったのかを自問することもできなかった。二人共当惑して空《むな》しく首を振るばかりだったが、一度ウォード氏が声をひそめて提案した。「掘ってみたら何かわかると思いますか？」医師は無言だった。未知なる領域の諸力が〝大いなる深淵《しんえん》〟のこちら側をかくも著しく侵犯した時、人間の頭脳はその問いに答えられないように思われたからだ。ふたたびウォード氏がたずねた。「しかし、そいつはどこへ行ったのです？　そいつが貴方《あなた》をここへ運んで来て、どうにかして穴をふさいだのですよ」ウィレットはまたも沈黙を以《もっ》て答えた。

だが結局、これは事件の最終局面ではなかった。立ち去る前にハンカチを取り出そうとすると、ウィレット博士の指はポケットに入っている一枚の紙切れに触れた。それは前にはなかったもので、消えた地下堂で手に入れた蠟燭とマッチが一緒に入っていた。ありふれた紙切れで、地下のどこかにあるあの信じがたい恐怖の部屋で、安い剝ぎ取り式のメモ用紙から破り取ったとおぼしく、書いてある字も普通の鉛筆の字だった。疑いなくメモ用紙のわきに置いてあった鉛筆だ。紙はごく無造作に折り畳んであり、あの謎めいた部屋の刺激臭がかすかにすることを除けば、この世ならぬいかなる世界の痕跡《こんせき》もしるしもなかった。しかし、文章自体はまことに驚異に満ちていた。そこにあったのは健全な時代の手書き文字ではなく、闇の中世のぎごちない筆遣いだったからだ。今目を凝らしてそれを見ている素人《しろうと》たちには読めなかったが、どことなく見憶《みおぼ》えのある記号の組み合わせが混じっていた。簡潔に書き殴った言伝《ことづて》は次のようなもの（399頁参照）で、その謎は動揺した二人に目的を与えた。二人はさっそく外に待っているウォード氏の車に向かってしっかりと歩いて行き、まずは静かな食事の場所に、それから丘の上のジョン・ヘイ図書館へやるように言いつけた。

図書館では古文書学の良い入門書が容易に見つかったので、二人は本と首っ引きで知恵を絞り、やがて大シャンデリアから晩の明かりが輝き出した。しまいに二人は必要な物を見つけた。あの字は果たして出鱈目な創作などではなく、暗黒時代の通常の字体だった。八世紀か九世紀のサクソン人が使った尖《とが》った小草字《ミナスキュール》であり、ある異様

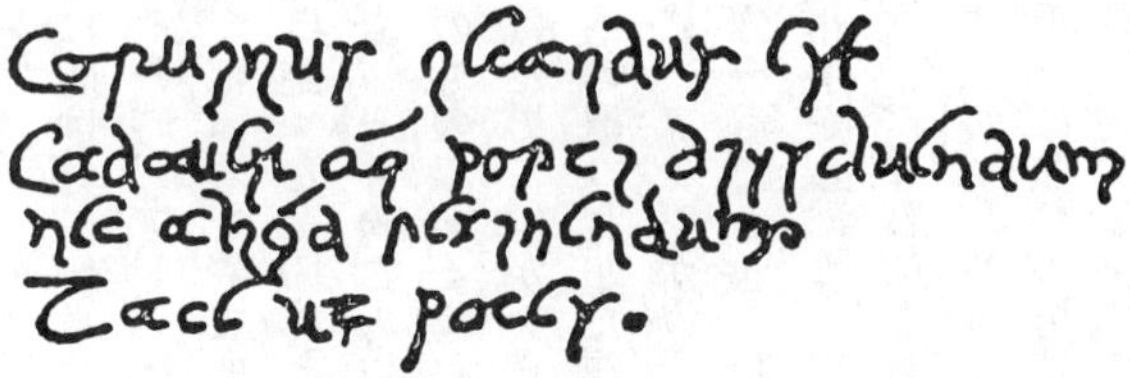

な時代の記憶を呼びさました。その時代は、新しいキリスト教の装《よそお》いの下に古い信仰と古い祭儀がひそかに活動し、ブリテン島の青白い月が、カーリオンやヘクサムにあるローマ時代の遺跡や、ハドリアヌスの崩れゆく壁に沿って立つ塔のあたりで、時折奇妙な行為を見下ろしていたのだ。くだんの言葉は野蛮な時代の人間が思い出すことのできたラテン語だった――「Corvinus necandus est. Cadaver aq (ua) forti dissolvendum, nec aliq (ui) d retinendum. Tace ut potes.」――大まかに翻訳すれば、「カーウィンを殺すべし。死体は硝酸で溶解し、何物も残すべからず。可能な限り沈黙を守れ」となる。

ウィレットとウォード氏は困惑して言葉もなかった。かれらは未知なるものと出遭ったのだが、そういうものに対して湧いて来るはずだと漠然と信じていたような感情が湧かなかった。ことにウィレットは新たに畏《い》怖《ふ》の印象を受け取る能力がほとんど尽きており、二人共、図書館が閉館になって追い出されるまで、なすすべもなくじっと坐《すわ》っていた。それから、大儀そうに車でプロスペクト街のウォード邸へ行き、深夜まで実りのない話し合いをした。医師は明け方に休息したが、家には帰らなかった。日曜の正午になってもまだそこにいて、その時、アレン博士を探すように頼んだ探偵たちから電話があった。

部屋着を着て所在なげに歩きまわっていたウォード氏が電話に出、報告の用意がほぼ整ったと聞くと、明朝早く来てくれと探偵たちに言った。ウィレットもウォード氏も、一件のこの方面が形を成して来たことを喜んだ。奇妙な小草字《ミナスキュール》の言伝が誰からのものであるにしろ、滅ぼさねばならぬ「カーウィン」が、顎鬚《あごひげ》を生やし、眼鏡をかけた男にほかならないことは確実と思われたからだ。チャールズはこの男を怖がり、あの取り乱した短信の中で、彼を殺し、酸で溶解しなければならないと言った。それに、アレンがカーウィンの名でヨーロッパの奇妙な妖術師《ようじゅつし》たちから手紙をもらい、自分を過去の妖術師の化身と見なしていることは明白である。そして今、新しい未知の相手から、カーウィンを殺し、酸で溶解すべしという言伝が来たのだ。その関連は明白で、作為的なものであるはずはない。それにアレンは、ハッチンソンという男の忠告に従い、ウォード青年を殺そうと企てていたではないか？　もちろん、二人が見た手紙は顎鬚の男に届かなかったが、その文言から、アレンがすでに若者を——あまりに「小うるさく」なったら始末する計画を立てていたことは読み取れた。間違いなく、アレンは捕らえなければならない。たとえもっとも過激な指示は実行しないにしても、彼をチャールズ・ウォードに危害を加えられない場所に押し込めなければならない。

その日の午後、深奥《しんおう》な謎に関する情報の淡い光を、それを与え得る唯一の人間から引き出そうと一縷《いちる》の希望を抱いて、父親と医師は湾岸に出、病院にいるチャールズ青年を訪ねた。ウィレットは彼が見つけたもののことを単純かつ厳粛に述べ、一つ一つの説明から発見が真実であることが明らかになるにつれて、青年の顔色が青ざめてゆくのに気づいた。医師は最大限の劇的効果を狙《ねら》って、蓋《ふた》をした穴とその中にいる名状しがたい雑種生物のことまで話を進めながら、チャールズにたじろぐ様子がないかと見守っていた。しかし、ウォードはたじろがなかった。ウィレットは言葉を切り、あのものたちがいかに飢えているかを話すうちに、その声は憤《いきどお》りを帯びていった。彼は青年を冷酷非情だといって責めたが、冷たいせせら笑いしか返って来なかったので、ゾッとした。地下堂など存在しないふりをしても無駄だと思って、それをやめたチャールズは、この件におぞましい揶揄《からか》いの種を見つけたらしく、何が面白いのか、しゃがれ声でクックックッと笑ったのだ。それから、かすれた声のためにいっそう恐ろしい口調でささやいた。「ふん、あいつらはたしかに食うが、食う必要はないんだ！　それが重宝なところなんです！　一ヵ月食べ物なし、とおっしゃいましたか？　そいつは控え目なお見立てですな！　いいですか、偉そうなことを言うホイップルの爺《じい》さんが可笑《おか》しかったのは、そこなんです！　何もかも殺し尽くすだって？　ふん、あいつは〝外部〟からの音を聞いて半分耳が聞こえなくなっていたから、井戸から来るものは何も見えないし聞こえなかったんですよ！　奴《やつ》らがあそこにいることさえ夢にも思わなかったんです！　畜生め、あの呪われた連中は、百五十七年前にカーウィンがやられて以来、ずっとあそこで呻いているんですよ！」

しかし、ウィレットは青年からこれ以上何も聞き出せなかった。彼は慄然としながら、しかし、自分の願いとは裏腹にほぼ確信を持って語りつづけた。聞き手が何かの事柄に驚愕《きょうがく》して、彼が保っている狂った冷静さを失うことを期待したのだ。青年の顔を見ていると、医師はこの数ヵ月がもたらした変化に一種の恐怖を感じずにはいられなかった。たしかに、若者は天空から名状しがたい恐ろしいものを引き下ろしたのだ。壁の呪文と緑色がかった粉末を見つけた部屋の話を持ち出すと、チャールズは初めて動揺の色を示した。ウィレットが読んだメモ用紙の言葉を聞くと、訝《いぶか》しげな表情がその顔に広がり、彼は穏やかな口調で次のようなことを述べた――あの覚え書きは古いもので、魔術の歴史に深く通じていない人間には何の意味もあるはずがない、と。

「しかし」と言い足した。「僕が杯に入れておいたものを喚び出す言葉をあなたが知っていたら、ここへ来てこんな話をしてはいないでしょう。あれは一一八番で、もう一つの部屋にある目録でその番号をごらんになったら、震え上がったでしょうよ。僕はあれを蘇《よみがえ》らせたことはありませんが、あなた方が僕をここへ招待しに来たあの日、喚び出すつもりだったんです」

そこでウィレットは、彼が唱えた呪文と立ち昇った暗緑色の煙のことを話した。すると、チャールズ・ウォードの顔に初めて真の恐怖の色が浮かんだ。「そいつが来たのに、あなたは生きてここにいるというんですか？」そう言っているうちに、かすれたウォードの声はほとんど束縛を破って迸《ほとばし》り出、良く透《とお》る無気味な響きの洞窟のような深淵へ沈んで行くようだった。ふと脳裡《のうり》に閃くもののあったウィレットは状況を理解したと信じ、記憶している手紙の中の警告を織り混ぜて、返事をした。「一一八番ですと？　しかし、忘れてはいけません。墓石は今では十中八九変わっているのですよ。尋ねてみなければ、けしてたしかではないのです！」それから、警告なしに小草字《ミナスキュール》の言伝を引っ張り出して、患者の目の前にサッと突きつけた。結果は、思いも寄らぬほど強烈だった。チャールズ・ウォードはそのまま失神したのだ。

もちろん、この話し合いはごく内密に行われた。病院住み込みの精神科医たちが、狂人の妄想を助長させたとして父親と医師を咎《とが》めるといけないからだ。だから、ウィレット博士とウォード氏は、他人《ひと》の手を借りずに、卒倒した若者を抱き起こして寝椅《ねい》子《す》に寝かせた。患者は息を吹き返すと、オーンとハッチンソンに報《しら》せをすぐ伝えねばならないなどと何度もつぶやいたので、彼の意識が十分回復したところを見計らって、医師は言った――その怪しい連中のうち、少なくとも一人は君の宿敵であって、アレン博士に君を殺すよう忠告したのだよ、と。この暴露には目に見える効果がなく、訪問客たちはそのことを告げる前から、部屋の主がすでに追われる人間の顔つきをしていることに気づいた。青年はそのあともう話をしようとしなかったので、やがてウィレットと父親は辞去した。別れ際《ぎわ》に、鬚を生やしたアレンに用心しろと言ったが、青年はこう答えただけだった――あの男は安全に見守られているから、たとえそうしたくても、誰にも危害を加えることはできない、と。この言葉はほとんど悪意に満ちた含み笑いと共に言われて、聞くに耐えなかった。二人はチャールズがヨーロッパにいる二人の怪人と手紙のやりとりをすることについては、心配していなかった。病院当局は外に出す郵便物をすべて検閲し、過激な、あるいは常軌を逸しているような信書は通さないからだ。

しかし、オーンとハッチンソン――流亡の妖術師たちが本当にこの二人なら――については奇妙な後日譚《ごじつたん》がある。あの時期、恐ろしい出来事が次々と起こる中で、漠然とした予感に突き動かされたウィレットは、国際的な新聞切り抜き会社に依頼して、プラハと東トランシルヴァニアで最近起こった顕著な犯罪や事故の記事を送ってもらった。そして半年後、彼が受け取り、翻訳させた雑多な記事の中に、二つのすこぶる重要なものを見つけたと思った。一つは、プラハ最古の市街で夜間一軒の家が全壊し、誰も思い出せないほど昔から、そこで一人暮らしをしていたヨーセフ・ナデックという邪悪な老人が行方不明になったというものだった。もう一つは、ラクス村の東にあたるトランシルヴァニアの山中で大爆発が起こり、悪名高いフェレンツィ城が、住人諸共《もろとも》壊滅したというものだった。この城の主《あるじ》は農民にも兵士にも評判が悪く、厳重な尋問を受けるためブカレストに召喚される予定だったが、この事件のため、すでに衆人の記憶にないほど昔からつづいた生涯を断たれた。ウィレットは主張する――あの小草字《ミナスキュール》を記した手はもっと強い武器を揮《ふる》うこともできたのであり、書き手はカーウィンの処分をウィレットに任せる一方で、自分はオーンとハッチンソンを見つけ、片づけられると思ったのだ、と。二人の運命がいかなるものであったかについて、医師はつとめて考えないようにしている。

六

翌朝、ウィレット博士は探偵たちが来た時立ち会うためにウォード邸へ急いだ。彼はアレンを――あるいは、生まれ変わりという暗黙の主張を認めるなら、カーウィンを――どうあっても滅ぼすか監禁しなければならないと感じており、坐って探偵の到着を待つ間に、この信念をウォード氏に伝えた。二人は今回は一階にいた。家の階上《うえ》の部分は、むかつくような異臭がいつまでも漂っているため、嫌われ始めていたからである。古株の使用人たちは、その臭《にお》いを消えたカーウィンの肖像が残した呪《のろ》いに結びつけて考えていた。

九時に三人の探偵が到着し、さっそくわかったことを報告した。残念ながら、ポルトガル人トニー・ゴメスの行方は突きとめていないし、アレン博士の身元や現在の居所もわからないが、寡黙《かもく》な他所者《よそもの》に関する地元民の印象や事実を相当数掘り起こすことができた。アレンはポータクセットの人々にどことなく不自然な存在と思われており、そのふさふさしたヴァンダイク鬚は染めているか付け鬚だと誰もが信じていた。この考えは、忌まわしいバンガローのアレンの部屋で黒眼鏡と共にそういう付け鬚が見つかったことによって決定的に裏づけられた。彼の声は——ウォード氏は一度電話で話したのでそれを確認できるが——忘れがたい深いうつろな響きを持っていたし、その眼差《まなざ》しは、スモークガラスの角縁《つのぶち》眼鏡を通しても毒々しく見えたという。ある店の主人が取引の際に彼の筆跡を見て、非常に風変わりで読みづらかったと断言したが、このことは、アレンの部屋で見つかり、商人がこの字だと言った、鉛筆書きの意味不明な覚え書きによってたしかめられた。前年の夏の吸血鬼騒動に関していうと、噂をする者の大半はウォードよりもむしろアレンが実際の吸血鬼だと信じていた。トラックの荷が強奪された不愉快な事件のあとにバンガローを訪れた警官たちからも、話を聞けた。かれらはアレン博士にさほど無気味なものを感じなかったが、あの風変わりな薄暗い家を支配する人物は彼だと認識していた。あの家は暗くて、彼の姿もはっきりとは見えなかったが、会えば、その人とわかるだろう。顎鬚は変だったし、黒眼鏡をかけた右眼の上に小さな傷があるとかれらは思った。探偵たちはアレンの部屋を調べたけれども、鬚と眼鏡、そして鉛筆で書いた覚え書き以外、何も決定的なものは出て来なかった。覚え書きは読みづらい字で書いてあり、ウィレットは一目でそれがカーウィンの古い手稿や、消えた恐怖の地下洞窟《どうくつ》で大量に見つかったウォード青年の最近の覚え書きと同じ字であることを見て取った。

こうしたことが次第に明らかになるにつれて、ウィレット博士とウォード氏は深遠かつ微妙で油断のならぬ宇宙的恐怖の幾分かを把握し、それと同時に頭に浮かんだ曖《あい》昧《まい》な狂った考えを突き詰めると、身震いしそうになった。付け鬚と眼鏡——読みづらいカーウィンの筆跡——古い肖像画と小さな傷——病院にいる、人が変わった青年には、そのような傷がある——電話で聞いた深いうつろな声——こんな声になってしまったといって、息子があの哀れむべき声を出した時にウォード氏が思い出したのは、これではなかったろうか？　チャールズとアレンが一緒にいるのを見た者は、誰かいるのだろうか？　そう、警官たちが一度見ているけれども、そのあとは？　チャールズがつのる恐怖心を突然なくして、もっぱらバンガローに住み始めたのは、アレンが去った時ではなかったか？　カーウィン——アレン——ウォード——いかなる冒瀆《ぼうとく》的で忌まわしい融合のうちに、二つの時代と二人の人物が巻き込まれたのだ？　肖像画がチャールズに呪わしくも似ていたこと——あの絵は見つめ、見つめ、若者が部屋の中を歩くと目で追っていたではないか？　それに、なぜアレンもチャールズもジョゼフ・カーウィンの筆跡を真似《まね》したのだろう——一人きりで油断している時でさえも？　それから、あの連中の恐るべき所業だ——医師を一夜にして老け込ませ、そのあと消えてしまった恐怖の地下堂、悪臭のする穴にいる飢えた怪物たち、名状しがたい結果を生んだ畏るべき呪文、ウィレットのポケットに入っていた小草字《ミナスキュール》の言伝、古文書と手紙、墓と「塩《えん》」と発見についての話——すべてはどこに帰結するのか？　最後にウォード氏は、しごく賢明なことをした。自分がなぜそうするのかは考えまいとしながら、探偵たちにあるものを渡し、恐るべきアレン博士に会ったポータクセットの商店主たちに見せてくれと言ったのだ。渡したのは不幸な息子の写真だった。氏はそれに重苦しい眼鏡と先の尖った黒い顎鬚——探偵たちがアレンの部屋から持って来たものだ——を注意深くインクで描き加えた。

彼は医師と共に二時間、重苦しい家の中で待ち続けた。家の中では、恐怖と瘴気《しょうき》がゆっくりと深まり、階上の図書室にある空白の羽目板は横目で見やり、見やり、見やっていた。やがて探偵たちが帰って来た。そうです。黒眼鏡と顎鬚を描き加えた写真は、アレン博士だといって十分通りました。ウォード氏は蒼白《そうはく》になり、ウィレットは急に汗の噴き出した額をハンカチで拭《ぬぐ》った。アレン——ウォード——カーウィン——筋道を立てて考えると、あまりにもおぞましいことになりつつあった。若者は虚空《こくう》から一体何を呼び出し、そいつは彼に何をしたのだろう？　最初から最後まで何が起こっているのだ？　チャールズを「小うるさい」といって殺そうとした、このアレンという男は何者なのだ？　彼に狙われた若者は、あの取り乱した手紙の追伸に、アレン博士は酸に浸《つ》けて完全に消滅させなければいけないと記したが、それはなぜなのだろう？　また、小草字《ミナスキュール》の言伝は——それを何者が書いたのかは誰も考えようとしなかった——なぜ「カーウィン」を同じようにして消滅させなければならないと言ったのだ？　息子の変化とは何だったのだ？　いつ最終段階に入ったのだ？　取り乱した短信を受け取ったあの日——チャールズは午前中ずっと緊張しており、それから変化が起こった。人に見られずこっそり家を抜け出して、自分を護衛するために雇った男たちの間を堂々と通って、帰って来た。あれがその時だったのだ。彼が外にいた時が。いや、違う——彼は書斎に——ほかならぬこの部屋に入った時、恐怖にかられて叫び声を上げたではないか？　そこに何を見たのだろう？　いや、待て——何が彼を見たのだろう？　出て行くところは見られなかったが、堂々と入り込んだあの贋物《にせもの》——それは外出などしなかった震える若者に覆《おお》いかぶさった異質な影であり、恐怖だったのだろうか？　執事は妙な物音がしたと言ったではないか？

ウィレットは鈴を鳴らして執事を呼び、小声でいくつか質問した。本当に、と執事は言った、あれはひどい騒ぎでした。色々な物音がしました——叫び声、喘ぎ声、息の詰まるような声、カタカタ、ギイギイ、ドスンという音、あるいはこうしたものすべてが。そしてチャールズ様は、一言も言わずに部屋から出ていらした時、人が変わってしまったようでした。執事は話しながら身震いして、階上の開いた窓から吹き下ろして来たむっとする空気をクンクンと嗅いだ。恐怖がはっきりとこの家を押しつつんでおり、それを十分感じ取らなかったのは、実際家の探偵たちだけだった。しかし、かれらでさえ落ち着きがなかった。この一件の背景には、何かまったく気に入らない曖昧な要素があったからだ。ウィレット博士は深く、また迅速に考えていたが、それは恐ろしい考えだった。彼は悪夢のごとき出来事の新しい、身の毛のよだつような、ますます決定的になってゆく連鎖を頭の中で追いながら、時折、ぶつぶつつぶやきそうになった。

やがてウォード氏が話し合いは終わったという身振りをし、彼と医師以外は全員部屋を出た。もう正午だったが、迫り来る夜の影に似たものが亡霊に憑《つ》かれた屋敷を呑《の》み込んでいるようだった。ウィレットは家の主人とごく真剣な話をはじめ、今後の調査はおおむね自分にまかせてくれと言った。この先、ある種の不快な要素があらわれるだろうが、それには親族よりも友人の方が良く耐えられるだろうと言うのだ。自分はこの家のかかりつけ医として自由に行動しなければならぬといって、彼が最初に要求したのは、放置された階上の図書室に、しばらく邪魔をされずに一人きりでいることだった。その部屋では古めかしい炉上の飾りのまわりに悪臭を放つ恐怖の気配が立ちこめており、それはジョーゼフ・カーウィンの顔が、羽目板の絵から狡《ずる》そうな目つきで見下ろしていた時よりも濃厚だった。

ウォード氏は八方から押し寄せる奇怪で病的なことどもと、考えられないほど狂おしい暗示との洪水に呆然《ぼうぜん》として、ただ医師に従うだけだった。三十分後、医師はオルニー・コートから持って来た羽目板がある忌まれた部屋に閉じこもった。父親が外で聴耳を立てていると、やがてゴソゴソ動きまわったり、物を引っ掻きまわしたりする音がして、しまいに、きつく閉まった戸棚の戸を開けているような、ねじる音と軋《きし》む音が聞こえた。それから押し殺した叫び声、鼻を鳴らしてむせぶような声、そして、何かわからないが開けたものを慌ててバタンと閉める音がした。ほとんどそれと同時に扉の鍵《かぎ》が音を立て、ウィレットが廊下に現われた。憔悴《しょうすい》し、まるで幽霊のような様子で、部屋の南側の壁にある本物の暖炉で火を焚《た》くから、薪《たきぎ》が欲しいと言った。北側の壁に据えつけた暖炉では不十分で、電熱式の薪《たきぎ》はほとんど実用にならないと言うのだ。ウォード氏はあれこれ質問をしたかったが、その勇気がなく、使用人に必要な指図をした。一人の男が太い松の薪を持って来たが、火床にそれを置くため図書室の汚れた空気の中に入ると、身震いした。ウィレットはその間に備品が片づけられた実験室へ上がって、先の七月にチャールズが引っ越した際、置いて行かれた雑多な品物を持って下りて来た。それらは覆いをかけた籠《かご》に入っていたが、ウォード氏はそれが何かをついに見なかった。

　医師はまた図書室に籠《こ》もり、煙が煙突からもくもくと出て、窓の外を渦巻きながら下りて来たので、火を点けたことがわかった。やがて、新聞をガサガサやる大きな音がしたあと、あの妙なねじる音と軋む音がふたたび聞こえ、続いてドスンという音がしたが、立ち聞きしていた者はみなそれを気味悪く思った。次いで、ウィレットの抑えた叫び声が二度聞こえて、そのあとすぐ、何とも言えず厭らしい衣擦《きぬず》れのような音がした。最後に、風が煙突から吹き下ろす煙が真っ黒になり、刺激臭を帯びて来たので、異様な煙霧の息苦しい有毒な氾濫《はんらん》が収まってくれることを誰もが願った。ウォード氏は頭がクラクラし、使用人たちはみな一所《ひとところ》にかたまって、恐ろしい黒煙が流れ下りるのを見守っていた。果てしなく長い間待ったのちに煙の色が薄れて来たようで、擦《こす》ったり、掃いたり、その他の細かい作業をする雑然とした物音がかんぬきを掛けた扉のうしろから聞こえた。最後に、中で戸棚をバタンと閉める音がしてから、ウィレットが姿を現わした。悲しげで、青ざめ、憔悴して、階上の実験室から持って来た布のかかった籠を持っていた。彼は窓を開け放して来たので、かつては呪われていた部屋に清浄で健康的な空気がたっぷりと流れ込み、奇妙な新しい消毒剤の匂いと混じり合った。古めかしい炉上の飾りはまだ残っていたが、今は毒気を抜かれたようで、白い羽目板を張った、落ち着いて堂々とした様子は、まるでジョーゼフ・カーウィンの絵など初端《はな》からなかったかのようだった。夜が迫っていたが、今回はその影に恐怖は潜んでおらず、穏やかな憂愁があるだけだった。医師は自分がしたことについてけして語ろうとしなかった。彼はウォード氏に言った。「質問に答えることはできないが、魔術にもいろいろ異なる種類があると申し上げよう。私は大がかりな浄化をしたから、この家のみなさんは良く眠れるだろう」

七

ウィレット博士のいう「浄化」が、それはそれで、消えた地下堂での忌まわしい彷徨《ほうこう》に劣らず神経を擦り減らす試煉《しれん》だったことは、老医師がその晩帰宅するや否《いな》や、すっかり力尽きてしまった事実に示されている。彼は三日間、ずっと部屋で休んでいた。もっとも、のちに使用人たちは、水曜日の真夜中過ぎに彼が物音を立てているのを聞いたとささやき合った。その時、表の扉がそっと開いて、驚くほど静かに閉まったというのである。幸い、使用人たちの想像力は限られていたが、さもなければ、木曜日の「イヴニング・ブレティン」紙に載った次の記事を見て何か言い出したかもしれない。

ノース・エンドの墓荒らし
ふたたびあらわる

北墓地のウィーデン家の墓所で卑劣な蛮行が行われてから十ヵ月間は何も起こらなかったが、今朝早く同じ墓地で、夜警のロバート・ハートが夜の徘徊者《はいかいしゃ》を目撃した。午前二時頃、番小屋からふと外を見やったところ、ハートは、北西方向のさして遠からぬところにランタンか懐中電灯の光を認め、小屋の扉を開けると、園芸用の移植鏝《いしょくごて》を持った男の姿が、近くの電灯の明かりを背にしてはっきりと見えた。ただちに追いかけると、男は正門に向かって一目散に走り出し、往来に出たあと物蔭《ものかげ》に姿を消して、近づくことも捕らえることもできなかった。

昨年現われた最初の墓荒らし同様、この侵入者も実害を与えぬうちに発見された。ウォード家の墓所の空《あ》いている部分に地面を浅く掘った形跡が見られたものの、墓一基の大きさとは程遠く、既存の墓も荒らされていなかった。ハートは徘徊者が小柄で、たぶん長い顎鬚をたくわえていたとしか説明できないが、三件の墓掘り事件は共通の根を持つという見方に傾いている。しかし、第二分署の警察官の考えは異なる。第二の事件は凶暴なもので、古い棺《ひつぎ》が持ち去られ、墓石は乱暴に打ち砕かれていたからだ。

第一の事件では、何かを埋めようとする試みが失敗したと考えられるが、これは昨年三月に起こったことで、酒の隠し場を求める密売人の仕業とされている。この第三の事件も同種のものかもしれないとライリー巡査部長は語る。第二分署の警官たちは、度重なる犯行に及んだ犯人一味を逮捕すべく、特段の努力をしている。

ウィレット博士は木曜日丸一日休んでいた。まるで過ぎたことから立ち直り、これから起こることのために気力を蓄えているかのようだった。晩にウォード氏宛《あ》ての手紙を書き、それは翌朝配達されて、半分呆然としている父親を長く深い思索に耽《ふけ》らせた。不可解な報告を受け、無気味な「浄化」をされた月曜日の衝撃以来、ウォード氏は仕事に行くことができなかったが、医師の手紙に心安らぐものを見出した。とはいえ、それは絶望を予告し、新たな謎を呼び起こすように思われたのだが。

バーンズ街十番地、
ロード・アイランド州プロヴィデンス、
一九二八年四月十二日

「親愛なるセオドア——私は明日あることをするつもりだが、その前に一言言っておかねばならないと思う。我々が体験して来た恐ろしい一件は、それで片がつくだろうが（というのも、我々が知っているあの奇怪な場所には、いかなる鋤《すき》もとどくまいと思うからだ）、それが決定的である事をはっきり保証しておかないと、君は安心できないだろう。

君は幼い少年の頃からずっと私を知っているから、ある種の事柄は決着をつけず、調査もしないで放っておくのが一番だと仄《ほの》めかしても、私を疑わない方が良いし、ろうと思う。チャールズの件についてはこれ以上あれこれ考えない方が良いだろうと思う。彼の母親には、彼女がすでに察している以上のことを言ってはいけない。私が明日君を訪ねる頃、チャールズはすでに脱走しているだろう。人の心に残る必要があるのは、それだけだ。彼は狂っていて脱走した。彼の名前でタイプ打ちの手紙を出すのをやめたら、狂っているという部分について、彼の母親に少しずつ穏やかに話したら良い。君もアトランティック・シティーへ行って一緒に静養することを勧める。まったく、私自身もそうだが、こんなショックを受けたあとでは、静養が必要なのだ。私はしばらく南部へ行って心を落ち着け、元気を出そうと思う。

だから、私がそちらへ行っても、質問はしないでくれ。何か不都合なことが起こるかもしれないが、その場合は君に教える。そんなことはあるまいと思う。もう心配することは何もない。チャールズは本当に、本当に安全だろうから。彼は今——君が夢にも思わないほど安全な場所にいるのだ。アレンについても、彼が誰であり何物であるかについても、心配することはない。彼はジョーゼフ・カーウィンの絵と同様、過去の一部であって、私が君の玄関の呼鈴を鳴らす時、そんな人間はもういないことを確信してもらっても良い。そして小草字《ミナスキュール》の言伝を書いたものが君や君の家族を悩ますこともけしてあるまい。

だが、君は憂鬱《ゆううつ》に対して鋼《はがね》のように心を強くし、奥方もそうするように励まさなければいけない。率直に言うが、チャールズの脱走は君たちのもとへ帰ることを意味しない。彼は特異な病にかかっており――彼の心身の微妙な変化からおわかりだろうが――ふたたび会えることを希望してはいけない。ただこれだけを慰めと思ってくれ。彼は悪鬼でもなければ真の狂人でさえなく、熱心で、勤勉で、好奇心の強い若者にすぎず、神秘と過去への愛が破滅の元となったのだ。彼は人間がけして知ってはならないことを偶然発見し、誰もそうするべきではないほど歳月を過去に遡《さかのぼ》った。その歳月から何かが出て来て、彼を襲ったのだ。

さて、今は一番私を信用してもらいたい事柄について話そう。チャールズの運命に関しては、不確かなことは何もなくなるだろうから。そう、一年もしたら――君がもし望むなら――彼の最期《さいご》について適当な話をこしらえたら良いだろう。若者はもういないだろうから。北墓地にある貴家の墓所の、御尊父の墓よりもちょうど十フィート西に、墓石を同じ向きに建てたら良い。それが御子息の真の休み場所のしるしとなるだろう。何か異常なものや取り換えっ子の墓標になると案ずるには及ばない。その墓に眠る遺灰は、君の血を分けた愛息のそれであろう――君がその心を幼子の頃から見守って来た本当のチャールズ・

デクスター・ウォード——腰にオリーヴ色の母斑《ぼはん》があり、胸に黒い魔女のしるしはなく、額にも痘痕《あばた》がない本物のチャールズの。本当に悪いことは何もしておらず、「小うるささ」の代償を命で支払っているであろうチャールズの。

話はこれだけだ。チャールズは明日には脱走しているだろうし、一年後には墓石を建てるが良い。明日は何も訊《き》かないでもらいたい。そして君の由緒《ゆいしょ》ある家系の名誉は、過去ずっとそうだったように、今も汚《けが》されていないことを信じて欲しい。

深甚《しんじん》なる同情を持ち、君が堅忍、冷静、諦観《ていかん》の気持ちになられることを願って

君の誠実な友なる

マリナス・B・ウィレット」

かくて一九二八年四月十三日金曜日の午前中、マリナス・B・ウィレットはコナニカット島にあるウェイト博士の私立病院へ行き、チャールズ・デクスター・ウォードの部屋を訪れた。青年は訪問者を避けようとはしなかったが、不機嫌で、ウィレットが明らかに望んでいる会話を始める気がしないようだった。医師があの地下堂を見つ

け、そこで奇怪な体験をしたことは、もちろん、気まずさの新たな原因となっていたので、ぎごちなく型通りの挨拶《あいさつ》を交わしたあとは、二人共明らかにためらっていた。やがて緊張の新たな要素が忍び込んだ——医師の仮面のような顔のうしろに、それまでにはなかった恐るべき意図が読み取れるようにウォードは思ったからだ。前回訪ねて来てからある変化が起こり、気遣うかかりつけ医が無慈悲で容赦のない復讐者《ふくしゅうしゃ》に変わったことを感じて、患者は怖気《おじけ》づいた。

ウォードは実際に青ざめ、医師が最初に口を切った。「さらに多くのことが判明した」と彼は言った。「報いを受ける時が来たことを、君に公平に警告しておかなければならない」

「また地面を掘って、可哀想《かわいそう》な飢えたペットを見つけたんですか?」というのが、皮肉な返事だった。青年が最期まで虚勢を張るつもりなのは明らかだった。

「いや」ウィレットはゆっくりとこたえた。「今回は掘る必要もなかった。人を雇ってアレン博士を探させたところ、かれらはバンガローに付け鬚と眼鏡を見つけた」

「素晴らしい」不安になった部屋の主は、気の利いた言葉で相手を侮辱しようとして、言った。「それは、あなたの顔に今ついている鬚や眼鏡よりも良く似合ったんでしょうね?」

「君にはじつに良く似合うだろう」用意していた落ち着いた反応が返って来た。「実際、そうだったらしいな」

ウィレットがこう言った時、雲が太陽の面《おもて》を横切ったかのように思われたが、床の影には何の変化もなかった。それから、ウォードが大胆に言った。

「しかし、それはどうしても報いを受けねばならないようなことなんですか？　一人二役を演ずることが時々役に立つと思う人間がいるとしたら、どうです？」

「いや」とウィレットは厳かに言った。「それも間違っている。誰かが二重生活を欲しようと、私の知ったことではない。彼に存在する権利が少しでもあれば――自分を虚空から呼び出した者を殺さなければ、の話だ」

ウォードはギョッとした。「一体、何を見つけたというんです？　僕をどうしたいんです？」

医師は答える前に、少し間を置いた。まるで効果的な返事をするため言葉を選んでいるかのようだった。

「私は発見したのだ」彼はしまいに平坦《へいたん》な調子で言った。「以前絵が描かれていた古い炉上の飾りのうしろに戸棚がある。そこに、あるものが入っていた。私はそれを焼いて、遺灰をチャールズ・デクスター・ウォードの墓があるべき場所に埋葬した」

狂人は息を呑み、腰かけていた椅子からとび上がった。
「畜生、誰かに言ったのか？――しかし、丸々二ヵ月も経《た》って、その間僕が生きていたのに、それがあいつだったなどと誰が信じるものか。おまえは何をするつもりなんだ？」

ウィレットは小男だったが、一種裁判官のような威厳をまとい、手ぶりで患者を制した。

「誰にも言ってはおらん。これは通常の事件ではない――時間を超えて訪れた狂気であり、天空の彼方から来た恐怖であって、警察や法律家や法廷や精神科医には、計り知ることも、取り組むこともできないだろう。有難いことに、私のうちにはたまたま想像力の火花が残されている。おかげで、この一件を考え抜くにあたって脇道《わきみち》へ迷い込むこともなかった。私は騙されないぞ、ジョーゼフ・カーウィン、私はおまえの呪われた魔術が本物だと知っているからだ！

私は知っている――おまえがどうやって歳月の外にわだかまる呪法を編み出し、おまえの分身であり子孫である者にそれをかけたかを。私は知っている――どうやって彼を過去に引《ひ》き摺《ず》り込み、おまえを厭《いと》わしい墓から蘇らせるように仕向けたかを。私は知っている――彼が実験室におまえを隠し、その間におまえは現代の物事を学び、夜になると吸血鬼として外をさまよったことを。そして、のちには顎鬚と眼鏡をつけて――おまえが無法にも彼に似ていることを怪しまれないように――人前に姿を見せたことを。私は知っている――おまえが世界中の墓を非道に荒らすことや、そのあとやろうとしていることに彼が躊躇《ちゅうちょ》の色を見せると、おまえがどういう決心をしたかを。そして私は知っている――おまえがどうやってそれを実行したかを。

おまえは顎鬚と眼鏡を外して、家のまわりにいた護衛をまんまと欺《あざむ》いた。探偵たちは、中に入ったのはチャールズだと思い、おまえが彼を絞め殺し、隠してから出て来た時も、そう思った。だが、おまえは二つの精神の中身が違うことを考えに入れていなかった。見た目が同じだけで十分だと思ったのは浅墓《あさはか》だったな、カーウィン。言葉遣いや、声や、筆跡のことをどうして考えなかったんだ？　結局、上手《うま》く行かなかったじゃないか。小草字《ミナスキュール》であの言伝を記したのが誰か、あるいは何物かを、おまえは私よりも良く知っているが、あれが記されたのは無駄ではなかったと警告しておこう。この世には撲滅しなければならない妖魔や冒瀆が存在する。私はあの言葉の書き手がオーンとハッチンソンを処分してくれると信じている。あいつらのどちらかが以前手紙に書いていたな――『鎮《しず》め得ざるものを呼び出すなかれ』と。おまえは前に一度、たぶん、それをやって破滅したが、おまえ自身の邪悪な魔術がまたおまえを破滅させるかもしれないぞ。カーウィン、人間はある限度を越えて自然を弄《もてあそ》んではならないのだ。おまえが作り上げたすべての恐怖が立ち上がって、おまえを消し去るだろう」

しかし、ここで医師の言葉は、目の前にいる相手の発作的な叫びによって遮《さえぎ》られた。進退窮《きわ》まり、武器もなく、暴力を揮う様子を少しでも見せれば、二十人もの看護人が医師を助けに来ることを知っているジョーゼフ・カーウィンは、唯一《ゆいいつ》の古い盟友に頼って、両手の人差し指で一連の咒《まじない》の仕草を始め、それと共に、今はしわがれ声のふりをして隠す必要もなくなった彼の深いうつろな声が、恐ろしい呪文の冒頭の文句を大声で唱え始めた。

「主エロイム、主エホヴァ、主サバオト、メトラトン……」

だが、ウィレットは素早かった。外の庭で犬が吠《ほ》えはじめると同時に、そして湾から突然冷たい風が吹いて来ると同時に、医師は口誦《くちず》さむつもりでいたものを厳かに、悠然と唱えはじめた。目には目を――魔術には魔術を――奈落《ならく》の底での教訓をいかに良く学んだか、結果を以《もっ》て示そう！　かくて、マリナス・ビックネル・ウィレットは澄んだ声で、対になった呪文の第二の部分――第一の部分は、あの小草字《ミナスキュール》の書き手を蘇らせた――その上に「竜尾」、降交点のしるしがついている神秘な祈禱を唱えはじめた――

「オグトロド　アイ・フ
ゲブ・ル——エエ・ヘ
ヨグ・ソトホート
ンガー・ング　アイ・イ
ズロー！」

ウィレットの口から最初の単語が発せられたとたん、先に始めた患者の呪文はふっつりと歇《や》んだ。怪物は口を利けなくなり、両腕で荒々しい仕草をしたが、それもやがて止まった。ヨグ・ソトホートという恐るべき名が口にされた時、おぞましい変化が始まった。それは単なる分解ではなく、むしろ変形か発生反復だった。ウィレットは呪文を最後まで唱える前に気を失うといけないので、目をつむった。

しかし、彼は気を失わず、不浄なる数世紀を生き、禁断の秘密を知った男がこの世界を悩ませることは二度となかった。時間を超えて訪れた狂気はおさまり、チャールズ・デクスター・ウォードの事件は幕を閉じた。ウィレット博士は恐怖の部屋からよろめいて出て行く前に目を開けると、自分の記憶した言葉が間違っていなかったことを知った。予想した通り、酸は必要なかった。一年前、呪われた肖像画がそうなったように、ジョーゼフ・カーウィンは今、細かい灰青色の塵の薄膜として床を蔽《おお》っていたからである。

編訳者解説

南條竹則

本書は新潮文庫のためにわたしが翻訳した四冊目のラヴクラフト作品集になります。

これまでこのシリーズでは、ハワード・フィリップス・ラヴクラフトの作品の中から広義の〝クトゥルー神話小説〟といえるものを集めて、紹介して来ました。この本に入っている作品では「壁の中の鼠《ねずみ》」「戸口にいたもの」「チャールズ・デクスター・ウォード事件」がそれにあたりますが、今回は〝神話〟と関係のない「潜み棲《す》む恐怖」と「レッド・フックの怪」を読者に御紹介したいので、〝神話〟にこだわらない傑作選として編んでみました。

晩年の作である「戸口にいたもの」をべつとすると、本書に収録した作品は、いずれも一九二〇年代に書かれています。ラヴクラフトがダンセイニの影響の色濃い初期の作風から脱して、独特の怪奇小説を書き始めた時期のものであります。

お読みになればわかる通り、これらは先祖の悪行《あくぎょう》の呪《のろ》い、近親相姦《そうかん》、退化、食人、人身供犠《くぎ》といったおぞましい題材を扱い、主人公たちは、この作者の多くの作品の主人公と同様、怪異に引き寄せられて地面の下へ潜って行きます。そこに待ち受けているのはただただ真っ黒に塗り込められた心の闇《やみ》の世界で、地獄小説とでも呼びたくなるくらいです。

本書では、ラヴクラフトの描く数多《あまた》の風景の下地にある、この暗黒の世界を存分に楽しんでいただきたいと思います。

*

以下に、個々の収録作品について、簡単に述べておきます（例によってアルファベットは原題、括弧《かっこ》内の数字は発表された年です）。

「壁の中の鼠　The Rats in the Walls」(1924)

イギリスの文化を愛したラヴクラフトは、友人への手紙などで〝英国老人〟を自称したほどですが、イギリスを舞台にした作品は多くありません。良く知られているのは短篇「セレファイス」と本篇ですが、どちらも佳品で、ことにこの「壁の中の鼠」

は、古典的な幽霊屋敷の話かと思いきや、途方もない食人奇譚《きたん》に展開して読む者をアッといわせてくれます。思うに、ラヴクラフトはたとえこれ一作しか書かなかったとしても、比類のない怪奇作家として名前を残したでしょう。

これは「レッド・フックの怪」と共に、大地母神崇拝を題材とした邪教小説といって良いでしょうが、その邪教が単なる人間の宗教ではなく、底知れぬ地球の深部とホモ・サピエンス以前の世界につながるような書き方をしているあたりが、いかにもラヴクラフト的です。そういえば、ここには邪神ニャルラトホテプがチラと出て来ますね。

作品の素晴らしさは読んでいただければ一目瞭然《りょうぜん》で、冗語を費やすまでもありませんが、読者の参考になりそうな細かいことを少し申し上げます。

第一に、物語の舞台である建物は、語り手が訪れた時はすでに廃墟《はいきょ》で、それを彼が再建して自分の邸《やしき》にするわけですが、終始「イグザム修道院《プライオリー》」と呼ばれています。古い由緒《ゆいしょ》ある建物を用途や持主が変わっても昔の名前で呼ぶことは、歴史を貴ぶイギリス人の習慣でした。たとえば、これも架空の例ですが、ジェーン・オースティンに「ノーサンガー修道院《アビー》」という小説があります。この「修道院《アビー》」なども、物語の中ではすでに私人の邸宅になっているのですが、やはり昔の呼び名でこう呼ばれているのです。これは註に記しても良いことですが、文中に小さな活字の長々しい割註を入れるのは読みにくいと思ったので、ここで御説明しておきます。

それから第二に申し上げたいのは、語り手の台詞《せりふ》についてです。

ラヴクラフトがこの作品を執筆した一九二〇年代は、二十世紀の英米文学における新潮流、いわゆる〝モダニズム〟の時代でした。その旗手と目されるT・S・エリオットやジェイムズ・ジョイスの作品をラヴクラフトは嫌っておりましたが、嫌いながらも強く意識していたことはたしかで、「チャールズ・デクスター・ウォード事件」にはエリオットの「荒地」が言及されています。

そして、この「壁の中の鼠」には、どうもジョイスの影響を疑わせる部分があるのです。

ジェイムズ・ジョイスの長篇小説「ユリシーズ」は実験的な作風で当時の文学界を衝動させましたが、その第十四章の初めの方に、文章が古英語ないし中英語の混じったような変な言葉から始まって、しだいに欽定訳《きんていやく》聖書風になり、さらにもっと新しい英語に変わってゆく有名な箇所があります。丸谷才一がこの箇所を『古事記』の文体などを使って面白く訳したことを御記憶の方もおいででしょう。

ラヴクラフトは錯乱した語り手が言う長台詞の中で、これの逆を試みているのではないかとわたしは思うのです。

わたしの翻訳では上手《うま》く表現できませんでしたが、彼の言葉は、あたかもイグザム修道院の歴史を遡《さかのぼ》るかのように、現代英語から古い英語になり、ローマ人が使ったラテン語になり、さらに何やら得体の知れない言葉になっていきます。その言葉の原文は次の通り——「Dia ad aghaidh's ad aodann...agus bas dunach ort! Dhonas's dholas ort, agus leat-sa!」

種明かしをすると、これはゲール語——ローマ人がやって来るよりも前、この呪われた場所にいたであろう人々の言葉なのです。ラヴクラフトはこれをフィオナ・マクラウドの小説「罪食い」の一節から、そのまま借用して来ました。訳せば、「神が汝《なんじ》に敵対し、汝のなすことを妨げんことを……汝は非業《ひごう》の死を遂げんことを！……禍《わざわい》と不運が汝のもとに来《きた》らんことを！」というほどの意味で、けして出鱈目《でたらめ》な単語を並べているのではありません。しかし、小説のこの場面では、狂った男が（常人には）わけのわからぬ言語をしゃべり出すところに恐怖感を与える効果があるので、本文ではわざと意訳せず、音だけを記しておきました。

このゲール語の意味と発音については、岩瀬ひさみ氏の御教示を賜わったことをここに記し、深くお礼申し上げます。

それから、作中に登場する猫の名前「Nigger-Man」の訳語は、「黒すけ」という大西尹明訳を踏襲させていただきました。

「潜み棲む恐怖 The Lurking Fear」(1923)

この作品は初め「ホーム・ブルー」誌に連載され、その時は挿絵をクラーク・アシュトン・スミスが描きました。

ニューイングランドの辺鄙《へんぴ》な土地に孤立した集落があり、そこの住民は頽廃《たいはい》し退化現象を起こしているという設定は、「ダンウィッチの怪」や「家の中の絵」にも用いられていますが、本篇はその趣向を突きつめたものといえるでしょう。

「レッド・フックの怪 The Horror at Red Hook」(1927)

愛する古都プロヴィデンスに生まれて死んだラヴクラフトでしたが、一度だけ、生き馬の目を抜く大都会ニューヨークに暮らしたことがあります。

彼はアマチュア出版の活動を通じて知り合ったソニア・グリーンという女性と一九二四年に結婚し、ブルックリンのソニアのアパートに移り住みました。ソニアは婦人用の帽子や装身具の業界で働きながら文筆にも手を染め、ラヴクラフトと「マーティン浜辺の恐怖」などの短篇小説を合作しています。

けれども、彼女は結婚後、仕事のためにクリーヴランドへ行かねばならず、ラヴクラフトはレッド・フック地区のそばの小さなアパートに一人残されました。

彼はニューヨークで文学仲間をつくり、「ウィアード・テイルズ」誌に寄稿するなど、作家として身を立てようとしたのですが、どうも上手くゆきません。生活人としての無能を思い知らされた末、一九二六年にプロヴィデンスに帰りました。

ラヴクラフトはもともとアングロ・サクソン至上主義者で、人種差別的な傾向を持っていましたが、その気持ちが人種の坩堝《るつぼ》といわれる街で不遇を託《かこ》つ間にふつふつと沸き立ち、怨念《おんねん》のようなものになったと思われます。レッド・フックという場所を妖《よう》魔《ま》の巣窟《そうくつ》に仕立て上げたこの作品は、そうした怨念の結晶体ともいえるでしょう。

太古に起源を持つ邪教が異人種の間に伝わり、恐ろしい妖怪を呼び出すというパターンは「クトゥルーの呼び声」などと共通するものですが、ここに登場する妖怪は、大地母神かユダヤ神話のリリトかわかりませんが、とにかく女性で、その点がラヴクラフトの作品としては変わっています。

ちなみに、冒頭に掲げられたマッケンの文章は短篇「赤い手」からの引用。

「おお、夜の友」云々《うんぬん》の言葉は、『大英百科事典』第九版の「魔術 Magic」の項目から丸写ししたことが研究者によって指摘されています。

「彼方《かなた》より　From Beyond」(1934)

これは発表されたのは遅いけれども、一九二〇年に書かれた初期作品です。本集は最初からあまりにも重苦しい話が続くので、いわば箸休《はしやす》めのつもりで入れてみました。SF的な内容の小品ですが、認識能力の拡張によって見えて来る異次元の無気味さは、やはりラヴクラフト独特のものです。

「戸口にいたもの　The Thing on the Doorstep」(1937)

「ウィアード・テイルズ」誌に発表された本篇は「時間からの影」と同様、意識の転移というテーマを扱っています。

ラヴクラフト晩年の傑作群と見較《みくら》べると、少し軽量級の感があることは否《いな》めませんが、彼《か》の「インスマスの影」の後日譚にあたりますから、ラヴクラフトの愛読者なら一度は読んでおきたい作品でしょう。

「チャールズ・デクスター・ウォード事件　The Case of Charles Dexter Ward」

(1941)

ラヴクラフトが残した三つの長篇の一つである本作は一九二七年に書かれましたが、作者の生前は日の目を見ず、没後「ウィアード・テイルズ」誌に初めて発表されました。発表後の評価は高く、ラヴクラフト作品の中でも屈指の傑作と考える人が少なくありません。たしかに、緊密な構成といい細部に傾けた蘊蓄《うんちく》といい、凝《こ》りに凝った力作であります。

物語は、大まかにいえば死体蘇生《そせい》にまつわる魔術小説ですが、じつにスケールの大きい話です。

カーウィンをはじめとする魔術師たちは、死体の塩《えん》から死者を蘇《よみがえ》らせます。それには大きな目的がある。古今の賢人たちを喚《よ》び出して、かれらから諸々《もろもろ》の知識を得、世界を一変させるどころか、宇宙の秩序まで乱すような途轍《とてつ》もないことをしようとしている（ちなみに、かれらの手紙に出て来る「B・F」という死者の名は、ベンジャミン・フランクリンを暗示するものです）。そこに例のクトゥルー神話が関わってきます。

この作品にはランドルフ・カーターもチラと出て来ますし、邪神ヨグ・ソトホートが重要な役割を果たします。この神は「ダンウィッチの怪」に於《お》いてかなり明確に性格づけされますが、本篇ではいかなる存在なのか説明されていません。ただ魔術師たちが帰依《きえ》する対象だということが察せられる程度ですが、これによって古典的黒魔術に外宇宙の要素が加わり、作品に新味を添えています。

ところが、魔術師たちと「外部の」ものとの関係は微妙です。

カーウィンは十八世紀にプロヴィデンスの人々に襲撃されて死にますが、本篇を注意深く読むと、彼を直接殺したのは人間ではなく、彼が切羽詰まって呼び出した存在であることが匂《にお》わされています。「外部の」ものは扱いが難しく、しかも強力な「鎮《しず》め得ざるもの」です。魔術師がこれに助けを求めても、気に入らないと、かえってその魔術師に害を加えるのです。

一方、この作品には探偵小説の要素もあり、探偵役を演ずるのは、ウォード家のかかりつけ医ウィレット博士です。博士は物語の大団円でカーウィンの犯行の謎解《なぞと》きをする。そして怪人と魔術を用いて闘います。

この時、カーウィンは「主エロイム」云々というラテン語の呪文《じゅもん》を唱えます。

この呪文の出典は文中にも言及されるエリファス・レヴィの著書ですが、ラヴクラフトは、レヴィの生涯と著作を概説したA・E・ウェイトの『魔術の謎 The Mysteries of Magic』（１９２７）一六二ページからこれを引用しているようです。ちなみに、本作の第二部に出て来る「DEESMEES――JESHET――」云々の呪文も同書に載っているものです。

一方、ウィレット博士はラヴクラフトが創作した呪文を唱えます。ヨグ・ソトホートの名が入っており、「ダンウィッチの怪」で、ウィルバー・ホウェイトリーが探し求める「ヨグ・ソトホートという恐ろしい名前の出て来る一種の式文ないし呪文」は、もしかするとこれかもしれません。

既存の黒魔術の呪文と、新しい邪神ヨグ・ソトホートの呪文――この二つのうち後者を唱えた人間が勝利する結末を読んだ時、神話創造者ラヴクラフトが会心の笑みを浮かべるさまを、わたしは想像してしまいました。

＊

翻訳の底本には現行のアーカム版を用い、Leslie S. Klinger 編『The New Annotated H. P. Lovecraft』(Liveright Publishing Corporation) および『The New Annotated H. P. Lovecraft : Beyond Arkham』(同) を参照しました。

但《ただ》し、「チャールズ・デクスター・ウォード事件」に関しては、明らかに『The

New Annotated H. P. Lovecraft』の読みの方が妥当と思われる箇所があり、そこでは同書に従いました。例えば宇野利泰訳で「アルモンシン」「月桂樹《げっけいじゅ》と書物」となっているところを、それぞれ「アルムーシン」「少年と本」としたのは、このテキストの違いによります。

翻訳に際しては諸々の既訳を参照して、大いに助けられました。本書に限らず、先人諸氏の苦心の訳業がなかったら、わたしにはとてもラヴクラフトの文章を日本語にすることはできなかったでしょう。それら先行訳の訳者諸氏に深い感謝の意を表します。

二〇二五年春　編訳者しるす

本書は編訳者のセレクトによる新潮文庫オリジナル作品集である。

本作品中には今日の観点からは明らかに差別的表現ともとれる箇所が散見されますが、作品の持つ文学性ならびに芸術性、また、歴史的背景に鑑み、原書に忠実な翻訳としたことをお断りいたします。

（新潮文庫編集部）

ガルシア＝マルケス
野谷文昭訳
予告された殺人の記録
閉鎖的な田舎町で三十年ほど前に起きた幻想とも見紛う事件。その凝縮された時空に共同体の崩壊過程を重層的に捉えた、熟成の中篇。

ガルシア＝マルケス
鼓　直訳
百年の孤独
蜃気楼の村マコンドを開墾して生きる孤独な一族、その百年の物語。四十六言語に翻訳され、二十世紀文学を塗り替えた著者の最高傑作。

S・キング
永井　淳訳
キャリー
狂信的な母を持つ風変りな娘――周囲の残酷な悪意に対抗するキャリーの精神は、やがてバランスを崩して……。超心理学の恐怖小説。

S・キング
山田順子訳
スタンド・バイ・ミー
―恐怖の四季　秋冬編―
死体を探しに森に入った四人の少年たちの、苦難と恐怖に満ちた二日間の体験を描いた感動編「スタンド・バイ・ミー」。他1編収録。

K・グリムウッド
杉山高之訳
リプレイ
世界幻想文学大賞受賞
ジェフは43歳で死んだ。気がつくと彼は18歳――人生をもう一度やり直せたら、という窮極の夢を実現した男の、意外な、意外な人生。

J・M・ケイン
田口俊樹訳
郵便配達は
二度ベルを鳴らす
豊満な人妻といい仲になったフランクは、彼女と組んで亭主を殺害する完全犯罪を計画するが……。あの不朽の名作が新訳で登場。

E・ケストナー
池内紀訳
飛ぶ教室
元気いっぱいの少年たちが学び暮らすギムナジウムにも、クリスマス・シーズンがやってきた。その成長を温かな眼差しで描く傑作小説。

サン＝テグジュペリ
堀口大學訳
夜間飛行
絶えざる死の危険に満ちた夜間の郵便飛行。全力を賭して業務遂行に努力する人々を通じて、生命の尊厳と勇敢な行動を描いた異色作。

H・ジェイムズ
小川高義訳
デイジー・ミラー
わたし、いろんな人とお付き合いしてます――。自由奔放な美女に惹かれる慎み深い青年の恋。ジェイムズ畢生の名作が待望の新訳。

H・ジェイムズ
小川高義訳
ねじの回転
イギリスの片田舎の貴族屋敷に身を寄せる兄妹。二人の家庭教師として雇われた若い女が語る幽霊譚。本当に幽霊は存在したのか？

M・シェリー
芹澤恵訳
フランケンシュタイン
若き科学者フランケンシュタインが創造した、人間の心を持つ醜い〝怪物〟。孤独に苦しみ、復讐を誓って科学者を追いかけてくるが――。

D・デフォー
鈴木恵訳
ロビンソン・クルーソー
無人島に28年。孤独でも失敗しても、決してめげない男ロビンソン。世界中の読者に勇気を与えてきた冒険文学の金字塔。待望の新訳。

新潮文庫の新刊

W・ショー
玉木亨訳

罪の水際《みぎわ》

夫婦惨殺事件の現場に残された血のメッセージ。失踪した男の事件と関わりがあるのか……？　現代英国ミステリーの到達点！

C・S・ルイス
小澤身和子訳

ナルニア国物語5
馬と少年

しゃべる馬とともにカロールメン国から逃げ出したシャスタとアラヴィス。危機に瀕するナルニアの未来は彼らの勇気に託される――。

紺野天龍著

あやかしの仇討ち
幽世《かくりよ》の薬剤師

青年剣士の「仇」は誰か？　そして、祓い屋・釈迦堂悟が得た「悟り」は本物か？　現役薬剤師が描く異世界×医療×ファンタジー。

万城目学著

あの子とQ

高校生の嵐野弓子の前に突然現れた謎の物体Q。吸血鬼だが人間同様に暮らす弓子の日常は変化し……。とびきりキュートな青春小説。

桜木紫乃著

孤蝶の城

カーニバル真子として活躍する秀男は、手術を受け、念願だった「女の体」を手に入れた！　読む人の運命を変える、圧倒的な物語。

國分功一郎著

中動態の世界
―意志と責任の考古学―
紀伊國屋じんぶん大賞・小林秀雄賞受賞

能動でも受動でもない歴史から姿を消した〝中動態〟に注目し、人間の不自由さを見つめ、本当の自由を求める新たな時代の哲学書。

Title : THE CASE OF CHARLES DEXTER WARD AND OTHER STORIES
Author : Howard Phillips Lovecraft

チャールズ・デクスター・ウォード事《じ》件《けん》

新潮文庫　ラ－19－4

Published 2025 in Japan
by Shinchosha Company

令和七年五月一日発行

編訳者　南《なん》條《じょう》竹《たけ》則《のり》

発行者　佐藤隆信

発行所　株式会社新潮社

郵便番号　一六二―八七一一
東京都新宿区矢来町七一
電話　編集部(〇三)三二六六―五四四〇
　　　読者係(〇三)三二六六―五一一一
https://www.shinchosha.co.jp

価格はカバーに表示してあります。

印刷・錦明印刷株式会社　製本・錦明印刷株式会社

ISBN978-4-10-240144-6 C0197